Fred Vargas

Sulla pietra

Traduzione di Margherita Botto e Simona Mambrini

Einaudi

Titolo originale *Sur la dalle*

www.einaudi.it

ISBN 978-88-06-26355-3

Einaudi. Stile Libero Big

Dello stesso autore nel catalogo Einaudi

Io sono il Tenebroso
Chi è morto alzi la mano
Parti in fretta e non tornare
Sotto i venti di Nettuno
L'uomo a rovescio
Nei boschi eterni
L'uomo dei cerchi azzurri
Un po' piú in là sulla destra
Un luogo incerto
Scorre la Senna
Prima di morire addio
I quattro fiumi
Critica dell'ansia pura
La cavalcata dei morti
Piccolo trattato sulle verità dell'esistenza
Tempi glaciali
Il morso della reclusa
L'umanità in pericolo

Sulla pietra

1.

Gardon, il piantone del commissariato parigino del tredicesimo arrondissement, maniacalmente scrupoloso, era al suo posto alle sette e trenta in punto, testa piegata come al solito verso il ventilatore dell'ufficio per asciugarsi i capelli, il che gli permise di veder arrivare da lontano, a passi lentissimi, il commissario Adamsberg: palmi all'insú, con la stessa cautela che avrebbe usato per un vaso di cristallo, reggeva sugli avambracci un oggetto non identificato. Con quel cognome talmente appropriato alla funzione che ricopriva da avergli procurato prese in giro fino alla nausea, Gardon non spiccava per acume, ma adempiva al proprio compito con uno zelo quasi eccessivo. Compito che consisteva nell'individuare ogni minima stranezza in avvicinamento da cui proteggere il commissariato. E in questo era bravissimo, tanto per l'occhio esercitato da anni di servizio quanto per l'insospettabile prontezza di riflessi. Nel sancta sanctorum che era l'Anticrimine non entrava chiunque, e dovevi avere un aspetto piú che raccomandabile perché il cerbero del luogo – tutt'altro che minaccioso – acconsentisse ad aprire il cancello di sicurezza all'ingresso. Nessuno, però, avrebbe mai avuto da ridire sull'ossessiva circospezione di Gardon, che piú di una volta aveva notato l'impercettibile rigonfiamento di un'arma nascosta sotto i vestiti, o aveva dubitato di modi troppo melliflui per essere naturali, e stroncato sul nascere le velleità degli attentatori. Per lo piú si era trattato di tentativi di liberare un indiziato in custodia cautelare, ma anche, nientemeno, di fare la pelle a Adamsberg, e queste avvisaglie si andavano moltiplicando. Due tentativi in venticinque mesi. Con gli anni, e i successi del commissario nelle indagini piú intricate, la sua fama si era consolidata cosí come le minacce alla sua vita.

Rischio di cui Adamsberg non si preoccupava minimamente, ostinandosi ad andare a piedi da casa all'Anticrimine, tanto radicata era la sua innata noncuranza, spesso al limite della negligenza se non addirittura dell'indifferenza: una peculiarità caratteriale che disorientava anche i suoi collaboratori piú incalliti o li esasperava, pur lasciando inspiegati molti suoi successi. Successi sovente conseguiti con metodi opachi – se di «metodi» si poteva parlare nel suo caso – e per vie traverse su cui pochi riuscivano a seguirlo. Lungo le ramificazioni inintelligibili delle sue indagini, che talora sembravano voltare le spalle all'obiettivo, erano però costretti ad accompagnarlo, ma non sempre capivano. Quando i suoi uomini – e in particolare il suo vice, il comandante Danglard – gli rimproveravano di lasciarli annaspare in quella nebbia, lui spalancava le braccia con un gesto di impotenza, perché per lo piú non era in grado di spiegare neppure a sé stesso il proprio modo di agire. Adamsberg seguiva il suo vento personale.

Quando il suo capo fu a pochi metri dai gradini d'ingresso del vecchio edificio, Gardon aprí la finestra e lo vide girarsi per rivolgere un breve saluto a due donne d'affari che avanzavano con passo affrettato a venti metri di distanza – in realtà due tiratrici scelte incaricate di sorvegliare il tragitto del commissario. Adamsberg sorrise: sapeva di dovere quella recente misura, nonché l'auto appostata di notte davanti al giardinetto di casa sua, alle attente premure del comandante.

– Gardon, – disse senza entrare, sempre a braccia tese, – sarò un po' in ritardo, ho da fare. Lo spieghi, se qualcuno chiede di me. Però mi stupirebbe: ultimamente non tira aria di crimini, giriamo a vuoto su rapine da dilettanti.

– È colpa del clima, commissario. Di questo caldo anomalo ad aprile. Non inaridisce solo il pianeta, rinsecchisce anche il cervello degli assassini.

– Se lo dice lei, Gardon.

– Che cosa sta trasportando? – domandò il piantone fissando una specie di palla rossa che Adamsberg reggeva sulle braccia.

– Una vittima, Gardon, ed è mio dovere occuparmene.

– Ma deve andare lontano? Le faccio notare che è a torso nudo, commissario.

– Lo so benissimo, brigadiere. È questione di dieci minuti al massimo. Non si preoccupi.

Come al solito, pensò Gardon chiudendo la finestra. La gente lo prenderà per il culo e lui se ne fregherà, concluse con tutta l'indulgenza che nutriva per il suo capo. Lui non avrebbe mai osato girare a torso nudo, ma va detto che era bianchiccio e grasso mentre il commissario, che peraltro era magrissimo, aveva un torace sodo, con muscoli nervosi da cui era meglio stare in guardia.

La stagione dei grandi caldi era ancora lontana, sí, ma da una settimana il termometro registrava temperature record che non facevano presagire niente di buono per il futuro. Tutti gli agenti che arrivavano alla spicciolata all'Anticrimine erano in maniche di camicia, interdetti ma ben contenti di godersi quel tepore anomalo.

Al ritorno dalla sua missione il commissario aveva attraversato a torso nudo la sala comune, salutando i membri della squadra, piuttosto sbalorditi, e aveva tirato fuori dall'armadio dell'ufficio una delle sue eterne T-shirt nere. C'era da credere che non avesse nient'altro da mettersi. Il suo abbigliamento non variava mai, gli sembrava piú semplice cosí, al contrario del comandante Danglard, patito di eleganza inglese, probabilmente per calamitare gli sguardi sui suoi abiti invece che sul viso privo di attrattive.

Seduto alla scrivania davanti a un giornale aperto, concentrato com'era a spalmarsi su mani e braccia un liquido dall'odore acre, Adamsberg non girò nemmeno la testa quando il suo vice entrò nell'ufficio.

– Una nuova colonia? – chiese il comandante.

– No, una prevenzione contro la scabbia e la tigna. Ce le aveva, è normale. Sapendolo, avevo preso la precauzione di raccoglierlo usando la maglietta, ma la veterinaria mi ha consigliato di disinfettarmi lo stesso.

– Ma «raccogliere» chi? – domandò Danglard, pur cosí abituato alle stranezze del commissario che non avrebbe piú dovuto farci caso.

– Il riccio. Un bastardo l'ha investito con la macchina, l'ho visto da lontano, e crede che si sia fermato? Ovviamente no. Se sulla terra ci fossero meno cretini non saremmo a questo punto. Sono corso sulla scena del crimine…

– Del crimine?

– Esatto. Il riccio è una specie protetta, lo sa no? La lascia indifferente?

– No, certo, – rispose il comandante, sempre attento alle notizie sull'ambiente: non facevano che accrescere la sua ansia congenita. – E allora?

– E allora ho raccolto la bestiola, malconcia, con gli aculei abbassati, incapace di difendersi.

– Magari si era reso conto di aver trovato un amico, – commentò il comandante con il suo lieve sorriso.

– E perché no, Danglard? Adesso che lo dice, sono sicuro che lo abbia intuito. Il cuore batteva ancora, ma aveva una brutta ferita al fianco e sanguinava. Allora l'ho portato con delicatezza dalla veterinaria qui sul viale. Creatura adorabile.

– Il riccio?

– No, la veterinaria. Lo ha rivoltato come un calzino e sperava di salvarlo. Per fortuna è un maschio, quindi niente piccoli da sfamare in attesa chissà dove. Non appena si sarà rimesso dovrò riportarlo a casa, in quel boschetto che resiste coraggiosamente alle nostre aggressioni. Se dovessi essere assente, potrebbe farlo lei, Danglard?

– Assente?

Adamsberg picchiettò sul giornale aperto.

– Qui, – disse.

– Non ho notato niente di particolare sulla stampa.

– Ma sí, invece, – ribatté Adamsberg sottolineando con un dito un trafiletto. – Guardi, – aggiunse, e spinse il giornale verso il suo vice.

Mentre Danglard leggeva senza capire, lui chiamò il tenente Froissy.

– È libera, Froissy? – le chiese.

– Quando mai. Di che si tratta?

– Andrebbe a prendermi «France de l'Ouest»? Credo che ce l'abbiano, all'edicola.

– Torno subito. Cosí le prendo anche un croissant, sono sicura che non ha mangiato niente.

In realtà ne avrebbe presi quattro, Adamsberg ne era certo chiudendo la telefonata. Nutrire il prossimo era una delle soddisfazioni ossessive di Froissy, sempre preoccupata di «restare a corto di viveri», che si trattasse di sé stessa o degli altri. Infatti tornò un quarto d'ora dopo con un sacchetto bello pieno, preparò il caffè e serví ai due colleghi una colazione completa.

– Non capisco perché debba riguardarci, – disse Danglard staccando un pezzetto di croissant dopo aver ripiegato il giornale.

– Infatti non ci riguarda per niente, comandante. Ah, su «France de l'Ouest» se ne parla piú per esteso. Grazie, Froissy.

Adamsberg lesse lentamente l'articolo sottovoce e Danglard dovette avvicinarsi per sentire.

– Vede? – disse poi bevendo il suo caffè.

– Se non mangia almeno un croissant, finisce che Froissy si agita.

– Giustissimo, lo faccio subito. È già agitata di suo, non voglio peggiorare la situazione.

– Vedo solo che c'è stato un omicidio in un paesino in Bretagna.

– A Louviec, Danglard, a Louviec. L'altra sera, il 18 aprile. È a nove chilometri da Combourg, ho cenato lí in una vecchia locanda. E la vittima, Gaël Leuven, l'ho vista. Era il guardiacaccia, un tizio solido come uno scoglio bretone e grosso come un armadio.

– E avete fatto conoscenza.

– Neanche per idea. Era a un altro tavolo con tutta una combriccola. Ho ascoltato la loro conversazione, riguardava il fantasma del castello di Combourg. Sul quale immagino di non doverle dare nessuna informazione.

– Malo-Auguste de Coëtquen, conte di Combourg, detto «lo Zoppo» perché perse una gamba nella battaglia di Malplaquet, nel 1709, gamba che fu sostituita con una di legno, – recitò Danglard come se fosse la cosa piú banale del mondo. – Il destino vuole che quella gamba di legno continui a infestare il castello di Combourg, accompagnata da un gatto nero.

– Non avevo dubbi, – disse Adamsberg, che si chiedeva

se il suo vice non fosse dotato di tre cervelli supplementari accuratamente nascosti.

La cultura di Danglard era infatti di una vastità inaudita: spaziava dalle lettere alle arti, dalle arti alla storia, dalla storia all'architettura e cosí via, a perdita d'occhio. A eccezione della matematica e della fisica. Per quanto Adamsberg fosse ormai abituato all'insondabile scienza del comandante, nonché alla sua prodigiosa memoria a cui aveva fatto ricorso spesso, capitava ancora che Danglard lo sorprendesse. Perché chi mai, fuori da Combourg, aveva sentito parlare di Malo-Auguste de Coëtquen, che lui stesso faceva già fatica a ricordare? La cultura di Adamsberg, cresciuto in una famiglia povera in un remoto paesino dei Pirenei insieme a numerosi fratelli e sorelle, era al contrario limitata, e il fatto che in aula disegnasse invece di ascoltare le lezioni non aveva aiutato. A sedici anni aveva lasciato la scuola con un'infarinatura di base e intrapreso l'addestramento in polizia. Che le conoscenze di Danglard fossero mille volte superiori alle sue non lo imbarazzava affatto. Anzi, ammetteva spudoratamente le proprie lacune ed era pieno di ammirazione.

– Ebbene sí, Danglard, parlavano proprio di quello Zoppo. Che di notte va su e giú per le scale del castello di Combourg ma si spinge anche fino a Louviec, come se andasse in villeggiatura. Pensi un po', dopo un'assenza di quattordici anni, da qualche settimana è ricomparso. Di notte si sente la gamba di legno schioccare sul lastricato delle strade.

– E che cosa aveva seminato al suo passaggio, quattordici anni fa, a parte il terrore?

– Un delitto, Danglard, molto semplicemente. Delitto attribuito a un vagabondo, ma molti ipotizzavano che lo Zoppo fosse andato a Louviec con intenti omicidi e che quella morte fosse opera sua. Perciò oggi hanno una gran paura che il suo arrivo preannunci un nuovo assassinio. E infatti è successo, – disse battendo il palmo sul giornale. – L'articolo menziona la leggenda per riderci su, ma immagino che gli abitanti siano preoccupatissimi. È cosí facile, vero, ridere da lontano. Ma stavolta non è il delitto di un vagabondo. Gaël Leuven, un pezzo d'uomo, il piú tosto del paese, era appena uscito dalla locanda quando si è beccato due coltellate al torace. E non si è trattato di furto, comandante. Aveva ancora addosso tutti i suoi soldi.

Danglard annuí, meditando per qualche istante.

– Sarei incline a credere che qualcuno abbia approfittato del ritorno dello Zoppo per regolare i conti con quel Gaël. Continuo a non capire perché questa storia le stia tanto a cuore.

– Non lo so, Danglard, – rispose Adamsberg ricorrendo alla sua eterna formula.

– Glielo dico io. Perché un mese fa è andato a Combourg e a Louviec, e le basta questo per sentirsi coinvolto senza alcun motivo.

E, come accadeva spesso, nella voce del comandante c'era una punta di disapprovazione.

– Senza il benché minimo motivo, Danglard. Proprio cosí.

2.

Un mese prima, infatti, il commissario Adamsberg aveva passato le consegne a Danglard e, alle otto del mattino, si era affrettato ad allacciare lo zaino per andare a Combourg, in quella Bretagna che conosceva cosí poco. Alcuni colleghi gli invidiavano l'opportunità di scoprire l'ineguagliabile luce di quella costa, i riflessi che posava su ogni granello di sabbia. Chi gli raccomandava di fare una puntata a Saint-Malo, chi di percorrere i litorali ancora selvaggi, ma Danglard sapeva che per il commissario quel breve soggiorno era tutt'altro che una vacanza. La riunione a cui si recava doveva segnare la conclusione di una caccia sterile e spossante durata piú di quattro mesi, sulle tracce di un maniaco assassino che aveva violentato e massacrato in modo atroce cinque sedicenni. Il che voleva dire scartoffie, che il commissario aborriva. Sarebbero stati presenti gli altri quattro commissari incaricati di quella caccia all'uomo sotto la direzione di Adamsberg, che alcuni avevano giudicato troppo lento, per non dire indolente, insomma per nulla all'altezza della sua fama. Ma avevano dovuto arrendersi all'evidenza: era stato proprio lui a fare il collegamento tra le cinque vittime, sparpagliate in tutta la regione del Nord-Ovest, grazie agli schemi, peraltro incoerenti e dissimili, delle lacerazioni sui cadaveri, e a orientare cosí le ricerche verso un unico assassino. Lui aveva battuto l'area in ogni direzione, nei dintorni boscosi e deserti di Angers, Le Mans, Tours, Évreux e Combourg, sui luoghi dei rinvenimenti. Lui aveva dedotto da un'infima traccia di sangue, non conforme alle lacerazioni, che un guanto dell'assassino si era strappato in punta, e richiesto l'analisi del Dna. Senza alcun risultato: non presente nei database. Lui si era intestardito per avere l'elenco completo di rappresentanti e camionisti delle aziende della regione, che vendessero libri o stoviglie. E lui aveva messo insieme abbastanza uomini, tra gendarmerie e commissariati del territorio, per far prelevare il Dna di tutto il personale itinerante di sesso maschile. Erano già stati analizzati settecentoquarantatre campioni quando i colleghi di Adamsberg lo avevano caldamente pregato di lasciar perdere quella ricerca, tediosa e inutile. Due giorni dopo era arrivato un riscontro, e quel fatto improbabile aveva lasciato sbalordita la squadra degli investigatori. Avevano beccato il tizio a casa sua, a Fougères – motivo per cui la riunione finale si teneva a Combourg, poco lontano da lí. Un uomo come tanti altri, che avresti dovuto guardare dieci volte prima di riconoscerlo per strada, un corpulento padre di famiglia di cinquantatre anni, calvo, rubicondo, con una faccia insignificante che ispirava fiducia. Perché se tutte e cinque le ragazze erano state cosí imprudenti da fare l'autostop, di sicuro dovevano aver dato un'occhiata al conducente, per farsi un'idea prima di salire a bordo. E cosa c'era di piú inoffensivo di un vecchio grasso e calvo dall'aspetto paterno e bonaccione?

E con davanti agli occhi l'immagine dei loro giovani volti contratti e dei loro corpi seviziati Adamsberg ripartiva ora per Combourg, dove sarebbe stato redatto l'ultimo rapporto collettivo alla presenza del prefetto dell'Ille-et-Vilaine, che gli avrebbe consegnato con aria grave una qualche medaglia al merito. E quando alcuni membri dell'Anticrimine magnificavano al commissario i bagliori del sole sul quarzo delle sabbie bretoni, il comandante Danglard sapeva che in quel momento a Adamsberg, per quanto sensibile fosse alla bellezza, non importava un fico secco della sabbia. Ecco perché si era sforzato di tenere a freno la sua immensa erudizione e gli aveva risparmiato la storia di Combourg, della sua impressionante fortezza medievale e dell'uomo che ci aveva trascorso l'intera giovinezza: lo scrittore François-René de Chateaubriand, che a centosettantacinque anni dalla morte continuava ad assicurare la fama della città, ribattezzata «culla del Romanticismo». Il comandante si era limitato a consegnargli le centoventi pagine del rapporto che aveva scritto in sua vece. Da anni e anni che lavoravano insieme, era Danglard, appassionato di letteratura e scrittura, dal piú prezioso volume di miniature al piú modesto rapporto amministrativo, a redigere tutti i documenti al posto del commissario, che notoriamente era privo di qualunque talento per quel genere di esercizio. Il comandante aveva uno stile notevole, ma lo adeguava al linguaggio burocratico che ci si aspetta da un poliziotto, e in particolare da Adamsberg, conferendogli una semplicità, nonché un pizzico di goffaggine, che lo rendeva credibile. E soprattutto esponendo i dati in ordine tematico e logico, quando l'ordine era l'ultima cosa che Adamsberg era in grado di seguire.

Guidando senza fretta sull'autostrada in direzione di Rennes – a ben pochi era capitato di vederlo scalpitante o impaziente –, Adamsberg pensava che l'unico piacere sarebbe stato quello di incontrare di nuovo il commissario di Combourg, Franck Matthieu, con il quale aveva passato giorni e giorni a battere la distesa dei boschi dove era stato rinvenuto il cadavere della giovane Lucile, l'ultima della terribile serie, sul cui corpo c'era quella piccola traccia di sangue che aveva giocato un ruolo tanto cruciale. Per quanto diversi, lui e Matthieu si erano intesi quasi alla prima occhiata, mentre il commissario di Angers si era mostrato diffidente nel corso di tutta la loro collaborazione. Da parte di Matthieu niente reticenze, nessun risentimento invidioso nei confronti di un superiore mandato da Parigi, ma un buonumore misurato, un carattere franco e riservato, e nessun atteggiamento sprezzante per un collega che nei commissariati di provincia passava spesso per essere un sognatore o un bradipo dalla fama sopravvalutata. Un giorno un collega canadese lo aveva definito «spalatore di nuvole», soprannome che i membri dell'Anticrimine usavano tra loro con parsimonia e a seconda delle circostanze. Matthieu, invece, non aveva dubitato un istante dell'efficienza di Adamsberg, cosí come Adamsberg non aveva messo in discussione le qualità di Matthieu. Qualche volta il commissario di Combourg – in realtà di Rennes, ma Combourg era sotto la sua giurisdizione – aveva avuto modo di assistere alle fughe silenziose e distratte del collega, o di cogliere le sue osservazioni prive di qualunque nesso con l'indagine. E aveva anche potuto constatare la sua singolare memoria visiva – non aveva avuto nessun bisogno di fotografie per ricordare lo schema delle molteplici lacerazioni sui cadaveri – e la sua sconcertante attenzione a dettagli insignificanti.

Perciò Adamsberg non aveva difficoltà a rammentare con precisione la faccia e le espressioni di Matthieu, la sua testa rotonda di bretone dai capelli quasi biondi, i suoi occhietti azzurri – un viso da celta, avrebbe osservato Danglard –, figura benevola su cui si concentrò durante tutto il viaggio per tenere lontani i macabri ricordi delle ultime settimane, cosí vividi, fin troppo vividi.

Parcheggiò davanti alla gendarmeria di Combourg con dieci minuti di anticipo. La riunione, strettamente burocratica, durò oltre due ore, come aveva temuto, e fu noiosa e soporifera come previsto. Ovviamente gli fu affidato l'incarico di scrivere la relazione di sintesi, quindi si portò via i faldoni degli altri quattro colleghi e si ficcò in tasca la scintillante medaglia che gli aveva consegnato il prefetto. All'uscita, troppo rintronato addirittura per notare la qualità dell'aria bretone, cercò subito con gli occhi Matthieu che gli veniva incontro, altrettanto intorpidito.

«Formalità burocratiche del cazzo», disse Matthieu.

«Che partoriscono scartoffie, – aggiunse Adamsberg sollevando lo zaino appesantito e benedicendo in cuor suo Danglard che si sarebbe accollato la corvée. Quattrocentotrenta pagine da riordinare e sintetizzare. – Magari sarebbe il caso di distrarsi un po' prima di pensarci. Tu abiti a Rennes, ma lo conosci, il castello di Combourg?»

«Vuoi che un bretone non lo conosca? – rispose Matthieu dopo una breve pausa dovuta alla sorpresa. – Quando lavoravamo insieme a Brissac non ne hai approfittato per andare a dargli un'occhiata? Era solo a sette chilometri».

Adamsberg alzò le spalle.

«Be', no. Sono due giorni che i colleghi mi fanno una testa cosí. È la mia seconda missione: vedere il castello di Combourg. Non so perché, ma sembra che sia tassativo».

«Vieni, – disse Matthieu prendendolo per un braccio. – Lo capirai subito, il perché. Lo vediamo e poi ci beviamo qualcosa».

«Ci sto», rispose Adamsberg mettendosi lo zaino in spalla.

Matthieu piantò il collega per strada, di fronte al castello.

«Torno fra dieci minuti», disse, e si incamminò velocemente verso il centro città.

Al suo ritorno, dodici minuti dopo, trovò Adamsberg immobile nello stesso punto, a faccia insú, intento a esplorare con gli occhi i merli dell'imponente fortezza medievale che, stagliandosi in mezzo ai boschi in tutta la sua altezza, dominava la città. A meno che non stesse osservando le nuvole che passavano lentamente davanti ai tetti. Matthieu si piazzò al suo fianco, con un libriccino in mano.

«Capisco perché i colleghi insistevano», disse Adamsberg a voce bassissima, come se l'imponente e sinistra austerità del vecchio castello lo costringesse a moderare il tono. «Te lo immagini quel povero bambino, obbligato da quella bestia di suo padre ad andare a dormire da solo nella torre piú lontana? Ogni sera tremava, ogni sera prendeva una candela per percorrere il ballatoio, senza nessuno ad accompagnarlo, e raggiungere una camera al capo opposto di tutte le altre. In seguito scrisse che a volte, al momento di andare a dormire, quel padre dispotico e crudele gli chiedeva: "Il prode cavaliere ha forse paura?" Aggiungendo: "Quando me lo diceva, mi avrebbe fatto dormire con un morto". Aveva otto anni. Povero bambino».

«Ma di quale bambino parli?»

Matthieu ci pensò su per qualche secondo.

«Quindi non sai chi è cresciuto qui?»

«E se uno non lo sa, che medaglia si merita?» ribatté Adamsberg sorridendo.

Quel sorriso cosí irregolare, affascinante quanto involontario, che aveva fatto capitolare tanti irriducibili durante gli interrogatori, spazzò via l'abituale serietà di Matthieu.

«Questa, – rispose tendendogli il libro. – Arma inoppugnabile contro qualunque domanda».

Matthieu aveva scelto un breve testo ricco di illustrazioni. Adamsberg lo sfogliò rapidamente e si soffermò un istante sul ritratto del visconte François-René de Chateaubriand. Quel nome lo conosceva.

«Non ti credere, – disse Matthieu, – nel mio stesso commissariato non c'è un agente su dieci che sappia di preciso chi fosse l'illustre abitante della fortezza. E nemmeno un tizio su mille, me compreso, che avrebbe messo le mani sull'assassino di quelle ragazzine. Sai che cos'è a deprimerci tanto?»

«Quelle ragazzine».

«Quelle ragazzine. Propongo di sederci a uno dei tavolini là fuori, davanti a qualcosa da bere, e ti racconto la storia dell'illustre abitante, di cui, credimi, non ho letto nemmeno una riga. Conosco solo tre titoli delle sue opere. Vieni».

Lungo il breve tragitto fino al caffè Adamsberg inviò una semplice domanda dal cellulare, mentre camminava con la sua andatura un po' ondeggiante. Se c'era qualcuno a cui chiedere lumi, quello era Danglard. Diede una scorsa alle lenzuolate di messaggi che gli mandava il suo vice, ora scatenato, e tagliò corto. Adesso sapeva anche lui.

«Il tuo illustre antenato, – disse, una volta che ebbe davanti una ciotola di sidro, – il visconte François-René de Chateaubriand, è uno dei piú grandi scrittori francesi, precursore del Romanticismo e universalmente famoso».

Fece una pausa, alzò lo sguardo verso uno stormo di gabbiani.

«Non dirmi niente, – aggiunse sollevando una mano. – Ecco, trovato. *Memorie d'oltretomba* è la sua opera monumentale».

«Hai barato con Internet. Mi rubi la mia bella storiella».

«Non ho barato. Ho chiesto a uno dei pochissimi uomini della mia squadra in grado di rispondermi».

«Il comandante Danglard?»

«Proprio lui, – rispose Adamsberg, che intanto aveva preso a fare rapidi schizzi sul suo taccuino. – E ho pure dovuto interromperlo. Il suo flusso di cultura è cosí torrenziale che non riesce a tenerlo a freno».

«Allora non sai tutto, – disse Matthieu divertito. – Non sai niente dello Zoppo e del gatto nero, di cui lui conosce sicuramente l'esistenza».

«E chi sono?»

«Fantasmi. Riesci a immaginare per un solo istante la fortezza di Combourg senza fantasmi? Non avrebbe senso. Un'altra ciotola di sidro?»

«Che ore sono?»

«Quasi le sette. Troppo tardi per fare la strada di notte dopo una giornata del genere. Ti propongo un programma piú divertente e istruttivo».

Matthieu alzò una mano per chiedere un altro giro di sidro.

«La storia dei tuoi fantasmi?»

«Per esempio. Ma soprattutto un incontro che lascerebbe di stucco persino il tuo comandante».

«Un incontro con chi?»

«Con Chateaubriand».

«Con lui? – ribatté Adamsberg mostrando al collega la pagina del taccuino. – Mi prendi per il culo. Ho appena letto che è morto nel 1848».

Matthieu contemplò l'elegante ritratto di Chateaubriand, finemente disegnato dal collega e somigliante in ogni particolare.

«Come hai fatto?»

«Come? L'ho visto sul tuo libro».

«E ti è bastato? Il prefetto avrebbe dovuto darti un'altra medaglia. Io non so disegnare».

«Volta pagina».

Sulla pagina successiva c'era la faccia di Matthieu, di cui Adamsberg aveva sottolineato i tratti piú armoniosi e le espressioni piú vivaci per far dimenticare che non era un uomo granché bello.

«Cazzo, – disse lui sbalordito. – Me lo firmi? E me lo regali?»

Mentre Adamsberg obbediva, Matthieu si alzò, pagò il conto e sventolò le chiavi dell'auto.

«Sbrigati, non vorrei mancarlo».

«Non sono capace di sbrigarmi».

«Fra poco è la sua ora».

«Non prendermi per il culo», ripeté Adamsberg intascando con cura il taccuino.

Matthieu mise in moto e filò a gran velocità verso Louviec.

«Va spessissimo a cenare verso le otto, all'*Auberge des Deux Écus*, una delle migliori locande dei dintorni. Dove c'è un'ottima camera che ti aspetta. E pettegolezzi a non finire. Si trova a Louviec, un paese a dodici chilometri da qui. Un ulteriore benefit per te: è un autentico paesino bretone, intatto, con il granito verdastro di muschio, i vicoli lastricati e scivolosi, le vecchie colonne medievali e le volte, insomma tutto quel che si può desiderare per dimenticare Parigi o Rennes per qualche ora. Ti consiglio il pollo gratinato ai funghi».

«Vada per il pollo», acconsentí Adamsberg seguendo il collega all'interno della locanda, piena per tre quarti e con un arredamento ostentatamente medievale. Copie di arazzi antichi alle pareti, spade, armature, tavoli di legno.

«Mettiamoci lí, – disse Matthieu. – Cosí sarò di fronte alla porta e ti farò un cenno quando entrerà. In genere si siede a quel tavolo lungo: tendendo l'orecchio potremo sentire i pettegolezzi».

«Vedi che era inutile affrettarsi. Siamo in anticipo di venti minuti».

«Il che mi dà il tempo di raccontarti la storia dello Zoppo».

Matthieu fece una leggera smorfia, come per un'improvvisa reticenza.

«Ma non stupirti, – aggiunse, – se ti sembrerò strambo. Se mi vedrai strofinarmi l'occhio sinistro o coprirlo con una mano».

«Ti fa male?»

«Non ancora. Però non appena parlo del fantasma sento un dolore all'occhio sinistro. Non l'ho mai detto a nessuno, ma chissà perché non mi imbarazza confessartelo. Quindi tientelo per te».

«Credi allo Zoppo?»

«Neanche per sogno. Ma ogni volta che ne parlo sembra che qualcuno mi prema forte sull'occhio. Quando ho finito di raccontare, smette».

«Ti succede spesso?»

«Solo per lo Zoppo. Ora mi prenderai per matto. Capitano anche a te cose da matti?»

«Non le conto nemmeno piú. Perciò racconta senza farti problemi».

Matthieu sorrise, poi si coprí l'occhio con una mano come misura preventiva.

«Ti ascolto», disse Adamsberg mentre la cameriera apparecchiava il loro tavolo.

«È un vecchissimo fantasma. C'era ancor prima che il padre di Chateaubriand comprasse il castello. Era conte di Combourg, si chiamava Malo de Coëtquen. Piú bretone di cosí... Nel 1709 perse una gamba in battaglia e da allora porta una gamba di legno. È lo schiocco di quella gamba di legno sul lastricato che si sente nottetempo nel castello di Combourg. Aspetta, – aggiunse consultando il cellulare, – ho qui la frase di Chateaubriand: "I domestici erano convinti che un certo conte di Combourg, con la gamba di legno, morto da tre secoli, apparisse in determinati periodi, e che qualcuno l'avesse incontrato sullo scalone della torretta; qualche volta poi la sua gamba di legno andava in giro da sola insieme a un gatto nero". Altri hanno raccontato che capitava di sentire il miagolio dello spettro del gatto. Il padre di Chateaubriand ci credeva fermamente e non aveva mancato di raccontarlo ai figli. Una bella favola della buonanotte, no? Passami un po' d'acqua, che mi inumidisco l'occhio».

Intinse il tovagliolo nel bicchiere e lo tamponò sulla palpebra, che in effetti Adamsberg trovò un po' arrossata.

«Attento, – disse, – eccolo. L'attuale Josselin de Chateaubriand. Guarda, ma con discrezione. È un uomo gentile e umile, nonostante l'abbigliamento un po' inusuale. Però bisogna capire, il suo incredibile destino gli pesa sulle spalle come un fardello».

Sorseggiando un bicchiere di vino, Adamsberg si girò appena e, con stupore, vide entrare l'uomo in persona di cui aveva fatto il ritratto sul suo taccuino. Il corpo magro, i lineamenti armoniosi, il mento aguzzo, lo sguardo un po' malinconico, le labbra ben disegnate: era il perfetto sosia dello scrittore. Adamsberg, che non aveva creduto nemmeno per un attimo a quell'«incontro» ventilatogli da Matthieu, restò a guardarlo intensamente mentre salutava tutti con semplicità, passando da un tavolo all'altro, muovendosi con scioltezza, ben vestito ma senza ostentazione. Eppure, per quanto i suoi abiti, presi uno per uno, fossero classici – pantaloni aderenti, camicia bianca, panciotto, giacca nera un po' lunga –, l'insieme dava un'impressione ottocentesca abbastanza spiccata. Arricchita da un piccolo foulard bianco annodato intorno al collo e dal colletto della camicia sollevato, per il quale nessuno lo criticava sapendo che era delicato di gola. Le persone gli rispondevano ora «Buonasera visconte», ora «Buonasera Chateaubriand» o semplicemente «Buonasera Josselin».

«Lo stai guardando troppo, – bisbigliò Matthieu. – Girati. Cazzo, viene verso di noi. Fai finta di niente, mi raccomando. Non riconoscerlo, gli farà piacere».

«Però sfoggia un'aria un filo ottocentesca, o sbaglio?»

«È il sindaco in persona a chiederglielo, pensa un po'. Per la pubblicità, per i turisti, che sarebbero delusi di vedere Chateaubriand in maglioncino e stivali. Frutta parecchi soldi alle attività commerciali di Louviec, credimi. È un'imposizione che a Josselin pesa, visto che lui rifiuta ogni legame con Combourg e con quell'ingombrante antenato».

«Ma allora perché accetta di stare al gioco?»

«In cambio il sindaco gli assicura un sussidio e un alloggio gratuito. Per arrotondare dà lezioni private: storia, letteratura, matematica, scienze, arte, filosofia e via dicendo. Le sue competenze non eguagliano quelle del tuo Danglard, ma sono vaste. Gli allievi fanno rapidi progressi, ed è molto richiesto».

«Danglard di scienze non sa niente. Quindi, in un certo senso, il suo abbigliamento è una divisa da lavoro».

«Esatto. Però ho sempre avuto l'impressione che non gli dispiacesse poi cosí tanto. Credo che il suo antenato lo tenga ancora per la giacchetta. Senza che lui ne sia del tutto consapevole. Una cosa da matti, se vuoi».

Josselin de Chateaubriand si avvicinò al tavolo dei due poliziotti e tese la mano a Matthieu, che fece per alzarsi.

«Stia comodo, Matthieu, – disse l'altro con una voce

flautata, quasi musicale. – Abbiamo avuto parecchie occasioni di incrociarci, a Combourg o a Louviec, per esempio quella volta che dei turisti imbecilli si erano introdotti a casa mia per scattare fotografie e in particolare alcuni avevano messo a soqquadro tutte le stanze alla ricerca di chissà quali carte lasciate dallo scrittore. I gendarmi di Combourg l'avevano chiamata alla riscossa».

«Cinque o sei anni fa, sí. Un paio di fanatici. Incriminati per effrazione e violazione di domicilio. Del resto, non avevano trovato niente».

«Tranne la mia vita privata. Ma ci ho fatto l'abitudine. E in quel caso lei ha dimostrato un tatto impeccabile».

«Grazie per il suo apprezzamento, signore», disse Matthieu annuendo.

«La prego, mi chiami Josselin, come tutti quanti, qui».

Poi l'uomo si girò cortesemente verso Adamsberg.

«Quanto a lei, se non sbaglio la sua fotografia era sul giornale locale di ieri. Lei è il commissario che ha posto fine alla terrificante impresa di quel serial killer, e per me è un onore farle le mie congratulazioni. Però non dicevano niente di come sia riuscito ad arrivare fino a lui. Immagino si sia trattato di un'omissione deliberata».

«Quindi le interessa… Josselin?» chiese Matthieu, un po' imbarazzato di dover usare il suo nome di battesimo, ma ben consapevole di quanto Chateaubriand desiderasse quella forma di semplicità.

«Ma certo. Viene da chiedersi come abbia fatto il commissario a uscire da un simile ginepraio».

«La prende una ciotola di sidro con noi? – chiese Matthieu indicando una sedia. – Non credo che il mio collega sia tipo da segreti».

Josselin ringraziò con un cenno del capo e si sedette, avendo cura di scostare le falde della giacca.

«Cinque vittime, tutte straziate, – disse Adamsberg. – Ma questo lei lo sa. In totale centosessanta lacerazioni, tutte diverse. Molto diverse. Troppo, direi».

«“Tutto quel che è eccessivo è insignificante”, avrebbe detto Talleyrand, ma nel suo caso sembra invece che sia stato significativo».

«Giusto. E a furia di osservarle ho potuto individuare delle somiglianze, magari minime, ma nette e sistematiche. Questo ci portava dritti a un unico assassino che operava in tutta la regione del Nord-Ovest. Ci sono volute piú di settecento analisi del Dna per identificarlo».

«Avevate trovato del Dna?»

«In una traccia di sangue, leggera ma piú ampia delle lacerazioni. Gli si era strappato un guanto».

«Piú di settecento analisi... – disse Josselin in tono meditabondo. – Ma di chi?»

«Di un sacco di rappresentanti e camionisti della regione che girano per il Nord-Ovest. Confesso, – disse Adamsberg sorridendo, – che due dei miei collaboratori non hanno approvato quell'ultima tappa dell'indagine, e neanche le persone a cui veniva chiesto di sottoporsi all'esame, cosa piú che comprensibile».

«Be', io invece, commissario, per quanto ozioso possa essere, l'avrei spalleggiata fino in fondo in quella ricerca della minuzia, e mi permetta di rinnovarle i miei complimenti. Ma ecco le vostre ordinazioni, – disse alzandosi. – Non voglio disturbare oltre la vostra cena. Pollo ai funghi, ottima scelta».

Salutò con un inchino e il piccolo foulard bianco cadde ai piedi di Adamsberg, che lo raccolse e glielo allungò.

«Spiacente, – disse Chateaubriand, – mi si scioglie di continuo. Dovrei procurarmene uno piú lungo, ma sarebbe troppo all'antica e non ci tengo proprio», aggiunse con un sorriso, riannodandolo.

Una volta che Chateaubriand si fu allontanato per chiacchierare con il padrone della locanda – un omone nel pieno vigore degli anni, alto e imponente –, Matthieu annuí.

«Perfetto, – disse. – Gli hai risposto come se parlassi con un tizio qualunque».

«Intendi dire che ho parlato come un tizio qualunque?»

«E allora? Ti vergogni di aver parlato come un poliziotto? Ma era appunto quello che voleva lui, no?»

«Chissà perché voleva sapere tutti quei dettagli. Spero di averlo soddisfatto».

«Hai paura di aver deluso uno Chateaubriand? Tu? Stai tranquillo, non è *quello* Chateaubriand. Ti sei lasciato impressionare dal suo linguaggio un po' ricercato e dalla sua faccia».

«E come spieghi che sia il suo ritratto sputato?»

«Mangia, che si raffredda, – disse Matthieu riempiendo i bicchieri. – Come puoi ben immaginare, la questione ha fatto versare fiumi d'inchiostro. Aspetta un attimo, ascolta cosa dicono al tavolone, sarà di certo divertente».

Il tavolone contava nove persone, fra cui Chateaubriand, che si era seduto al suo solito posto.

«Allora, visconte, – stava dicendo un tizio tutto muscoli, – tu che ne pensi?»

«Quello è Gaël, il guardiacaccia, – bisbigliò Matthieu. – Un provocatore, un attaccabrighe. Josselin è uno dei suoi bersagli preferiti».

«Ma piantala di chiamarmi "visconte", porca miseria! – si scaldò Chateaubriand. – Sono visconte quanto lo siete voi! Quante volte devo ripeterlo? Che ne penso di cosa?» aggiunse, mettendosi a mangiare la sua omelette.

«Sai benissimo di cosa parlo. Lo Zoppo di Combourg. Sono tre settimane che lo sentiamo di nuovo martellare per le strade di notte».

«È vero, – confermò una grassona. – L'ho sentito sotto la mia finestra non piú tardi di ieri. La gamba di legno batteva sulle pietre, mi sono spaventata a morte».

«L'ho sentito anch'io, – disse un tizio annuendo. – Mi sono precipitato alla finestra ma non ho visto niente. È normale, con gli spettri. Soprattutto con quello là. Si vede solo la gamba».

«Lui è il Gobbo, come puoi vedere, – sussurrò Matthieu indicando un uomo seduto al bancone, spalle al muro. – Maël Yvisc. Un sacco di gente gli tocca la gobba quando passa, porta fortuna, e questo lo manda fuori dai gangheri, si capisce. Josselin invece non lo fa mai».

«E perché la faccenda dovrebbe riguardarmi in particolare?» chiese Chateaubriand al guardiacaccia.

«Non fare il finto tonto, visconte. Lo Zoppo viene comunque dal castello di Combourg».

«E io pure, forse? Sapete tutti che non ho mai messo piede al castello e non intendo farlo. Sono di Louviec, io, non di Combourg».

«Però, – insistette il guardiacaccia, – lo Zoppo è un po' come uno Chateaubriand».

«Ma cosa credi, Gaël? – scattò Josselin. – Che io sia andato a stuzzicare il fantasma al castello per distrarvi?»

«Sarà qualcuno, magari un ragazzino, che si diverte a battere con un bastone», disse un bell'uomo con una folta chioma bianca per allentare la tensione.

«Quello è il dottore, – spiegò Matthieu. – Loig Jaffré».

«Ma certo, – intervenne il Gobbo. – Josselin rispetta tutti, qui, e non pianta grane a nessuno. E a voialtri conviene fare altrettanto, specialmente a te, Gaël. Il primo che gli rompe le scatole se la vedrà con me».

«Comunque erano quattordici anni che lo Zoppo non si faceva vivo, insomma la sua gamba di legno, a Louviec, – riprese la grassona. – Vi ricordate?»

«Sí, ha martellato tutte le notti per due o tre mesi. E poi cos'è successo?»

«Hanno sparato al vecchio Armez nel suo letto, e i suoi risparmi sono scomparsi».

Adamsberg sollevò un sopracciglio verso Matthieu, che annuí.

«È l'unico omicidio avvenuto a Louviec, ha fatto scalpore, – disse. – Qui è cosí tranquillo che la gente si dimentica di chiudere a chiave la porta. Il vecchio Armez teneva stupidamente i soldi sotto il materasso. Sai che nascondiglio... Si è pensato a dei dilettanti in erba, a idioti senza scrupoli, abbiamo cercato ovunque le tracce di due o tre ragazzi che avessero di colpo soldi da spendere, ma non è emerso niente. Poi, e questo è il punto che qui appassiona, lo Zoppo è scomparso da Louviec. Fino a poco tempo fa».

«E adesso che è tornato, – disse un tizio mingherlino, – che cosa succederà secondo lei?»

«Non so che cosa vi prenda, – rispose Chateaubriand, intento a osservare il colore del vino tenendo il bicchiere sollevato controluce con un gesto, va detto, piú aggraziato di quelli dei suoi commensali. – Primo, i fantasmi non esistono, vi ricordo. Siete bretoni, avete la testa sulle spalle. Secondo, un fantasma non lascia la sua dimora. Terzo, il fantasma di Combourg non ha mai aggredito nessuno, che io sappia. Quarto, quattordici anni fa io non ero ancora rientrato a Louviec. Vi basta? Uno di voi ha sentito una specie di martellio o se lo è sognato. E da quel momento avete cominciato a sentirlo tutti quanti. O, piú precisamente, a immaginarlo. Allucinazione collettiva. È tutto frutto dell'immaginazione, prima ve ne dimenticate e prima il vostro Zoppo sparirà».

L'intervento di Chateaubriand e l'arrivo di altre tre bottiglie posero fine alla discussione, che si perse in un vociare generale.

«Ci credono sul serio?» chiese Adamsberg.

«Ho paura di sí, per la maggior parte. Chi piú, chi meno».

«E pensano che lo Zoppo venga a gironzolare da queste parti per via della presenza di Chateaubriand?»

«Piú o meno. Anche se, l'hai sentito, Chateaubriand non era a Louviec quattordici anni fa. Ma in queste cose la logica non c'entra. Qui, per esempio, molti credono fermamente che se qualcuno calpesta la tua ombra, e in particolare quella della testa, attenta all'integrità della tua anima e, alla lunga, ti fa morire. Molti altri, la maggioranza, ci scherzano su e si divertono a camminare sulle ombre. Bambini, soprattutto, che giocano in gruppo a saltarci sopra finché non vengono cacciati via a schiaffoni».

«Succedeva anche nel mio paesino dei Pirenei. Mia nonna ci prendeva per mano e ci bloccava non appena qualcuno attraversava la strada. Per proteggere le nostre ombre».

«È una cosa vecchia come il mondo, una credenza a cui nessun popolo è sfuggito, – disse Matthieu togliendosi finalmente la mano dall'occhio. – Ma tu mi chiedevi di questa somiglianza sconcertante. Ci sono solo tre ipotesi. È cosí raro avere un sosia che reggerebbe solo la pista dell'imbroglio. Ho ceduto alla curiosità, ho fatto delle ricerche. Ho spulciato il registro parrocchiale delle nascite e quello del municipio. Niente, – concluse scuotendo la testa. – La carta non è stata grattata né cancellata, si riconoscono benissimo la calligrafia del parroco cosí come quella dell'impiegato comunale. Lui è proprio nato qui, a Louviec, cinquantatre anni fa, da un padre di nome Auguste-Félix de Chateaubriand. Quindi non ha approfittato della somiglianza per alterare il suo nome. E poi un imbroglione cercherebbe di trarne vantaggio, no? Invece questa somiglianza gli ha portato solo rogne. È passato da un incarico d'insegnamento all'altro, che gli venivano assegnati a braccia aperte per via della sua faccia e del suo nome, senza chiedergli uno straccio di titolo di studio. Per cui, mancando di qualunque formazione, come professore di Lettere per esempio, non adempiva ai suoi compiti, tanto piú che aborriva i programmi e gli obblighi. Una vita disseminata di fallimenti e tracolli che l'ha riportato umilmente qui a Louviec».

«E la tua seconda ipotesi?»

«Suo padre, pure lui di Louviec, era cosí orgoglioso del suo nome e del suo rampollo che ha passato anni a frugare in tutti gli archivi per ricostruire il vasto albero genealogico della famiglia. È conservato nell'archivio comunale, Josselin non lo vuole neanche vedere. È un documento che misura un metro per due, precisissimo, con tutti i nomi e le date (suo padre era notaio e di specchiata onestà). L'ho esaminato per ore e ore e in effetti vi compare una famiglia di lontanissimi cugini in cui figura un Josselin-Arnaud de Chateaubriand, primo di quel nome, trasmesso di generazione in generazione. In tal caso il nostro Josselin sarebbe un cugino di quarto grado. Lontanuccio, no?, Per una somiglianza del genere».

«Troppo».

«Resta la pista del bastardo, ed è la mia preferita. Chateaubriand, quell'altro, quello vero per cosí dire, era un donnaiolo. Ha conosciuto tantissime donne! Le sue relazioni, brevi o lunghe, devono per forza aver prodotto una numerosa discendenza, che lui non ha riconosciuto. Ma supponi che almeno *una* donna abbia avuto abbastanza influenza su di lui da costringerlo a riconoscere il bambino. Allora il nostro Josselin sarebbe un discendente diretto, e ne porta legalmente il cognome».

«Due secoli sono comunque una bella distanza per assomigliargli fino a questo punto».

«Non dimenticare che in quelle famiglie i matrimoni o le unioni fra consanguinei erano frequentissimi. Il che può aver ampliato la possibilità genetica di una tale anomalia. Non vedo altra spiegazione, anche se non è soddisfacente. Il bicchiere della staffa prima di lasciarci?»

«Non so», disse Adamsberg con un gesto evasivo.

«Come vuoi, non voglio forzarti».

«Non è questo, – puntualizzò Adamsberg con un moto di scusa. – È solo che dico spesso “Non so”».

«Ma perché?»

«Non so, – rispose il commissario sorridendo. – Vada per il bicchiere della staffa, Matthieu».

3.

L'indomani alle nove Adamsberg aveva ripreso la strada per Parigi, con la testa ancora piena delle storie dello Zoppo, dei calpestatori di ombre e del raffinato Josselin de Chateaubriand.

E un mese dopo, una mattina, Danglard lo sorprendeva in ufficio intento a leggere e rileggere quell'articolo sull'omicidio di Louviec, che lo assorbiva senza alcun valido motivo. Gaël Leuven era un tipo aggressivo. Adamsberg si ricordava del battibecco con Chateaubriand alla locanda. Fu lí lí per telefonare a Matthieu per avere ulteriori dettagli, ma Danglard aveva ragione, quella faccenda non lo riguardava affatto. Lo sapeva benissimo anche Matthieu, il quale però, a centinaia di chilometri di distanza, pensava a Adamsberg, tentato di sentire il suo parere. Dopo aver tentennato per un'ora chiuse la porta dell'ufficio e lo chiamò.

– Adamsberg? Matthieu. Va male qui da noi. Hai saputo?

– Sí, Gaël Leuven. Dove?

– Molto semplicemente nella stradina buia verso casa sua. Tornava dalla locanda, sbronzo, o almeno abbastanza brillo da aver molestato un sacco di gente. Fra cui Josselin. Sedendosi gli ha rovesciato, in apparenza inavvertitamente ma nessuno ci ha creduto, del vino sul panciotto grigio. Devi sapere, e Gaël non si stancava di ribadirlo, che tutto di Josselin lo irritava: il suo cognome da nobile, il suo abbigliamento «effeminato», i suoi riccioli un po' lunghi. Nel complesso ci andava piano, perché pochi gli davano corda da quel lato. E lo sanno tutti, te l'ho detto, che il sindaco è il primo ad aspettarsi che Chateaubriand coltivi quell'aspetto piuttosto elegante e desueto. Ma quando Gaël alza il gomito la situazione degenera. L'oste l'ha preso per il bavero e l'ha buttato fuori.

– Come ha reagito Josselin, per il bicchiere di vino?

– Si è limitato a prendere un tovagliolo e ad asciugarsi il panciotto. Con tutta calma.

– E poi?

– E poi il dottore, quel tale con una bella capigliatura bianca, hai presente?

– Sí, aveva tentato di calmare le acque.

– Ha lasciato la locanda dieci minuti dopo facendo la stessa strada di Gaël. E l'ha trovato lí, per terra, in una pozza di sangue. Due coltellate al torace. Una ha perforato un polmone, l'altra ha fratturato una costola e raggiunto il cuore. Il dottore ha chiamato un'ambulanza da Combourg ed è rimasto accanto al ferito. Che ha parlato.

Dal tono di voce di Matthieu Adamsberg intuí che qualcosa non andava.

– Ti ascolto.

– Aspetta che ti racconto in due parole la scena che è successa il giorno prima dell'omicidio, a un ricevimento in municipio, per il vernissage di un pittore locale, altrimenti non ci capisci niente. C'era una sessantina di persone, fra cui un giornalista incarognito, stronzo e odioso, che si occupa della cronaca locale per la «Feuille de Combourg» e «Sept jours à Louviec». Ignaro della sua presenza, Josselin stava parlando dello scarso rispetto e delle prese in giro da parte dei giornalisti in generale. Con la scusa, spiegava – e come dargli torto – che da lui ci si aspettava mille volte di piú che da un uomo comune: ne aveva sofferto tanto. E dire che era un uomo comune anche lui. Poi quell'imbrattacarte locale, quel Joumot, si è avvicinato e lo ha scrollato per una spalla. In effetti, Josselin è un uomo come me e te, però nessuno aveva mai alzato un dito sul «visconte de Chateaubriand». Del resto, non ci sono motivi per farlo. Joumot era furibondo (aveva bevuto anche lui, era paonazzo) e si è schierato con i suoi colleghi giornalisti. Ha dato a Josselin dell'incapace, del fallito, del misero insegnante, e ha concluso che avere la sua faccia e il suo nome non gli impediva di essere un'autentica nullità. Che la verità su quanto poco valesse l'avrebbe pubblicata sul giornale di Louviec, cosí tutti lo avrebbero saputo. I presenti sono rimasti sbalorditi e scandalizzati, e cosí pure il sindaco.

– E Josselin, cos'ha fatto?

– Ha scrollato la testa, ha alzato le spalle e ha preso un bicchiere di champagne dal vassoio di un cameriere di passaggio. Ma era chiaro che quella valanga di pubblici insulti, non tutti infondati, lo aveva scosso. È il primo a non negare i propri smacchi professionali, ma immagina se quel bastardo di Joumot avesse pubblicato un articolo del genere sul giornale locale, dipingendo come una «nullità» Josselin de Chateaubriand: in un attimo la storia avrebbe fatto il giro della regione e inferto un bel colpo al nome tanto riverito di Chateaubriand. All'improvviso Josselin ha perso la sua calma abituale. Mentre il sindaco tentava con discrezione di mettere alla porta Joumot, Josselin gli ha rifilato un gancio al mento che lo ha mandato al tappeto, riscuotendo l'approvazione generale. Niente di grave, ma umiliante.

– Ottimo. Probabilmente l'avrei fatto anch'io.

– Figurati io.

– Sicché quel Joumot sarà ancora piú deciso a pubblicare le sue infamie.

– Non farà in tempo, perché il direttore della «Feuille de Combourg» e quello di «Sept jours à Louviec», sdegnati, lo hanno licenziato in tronco. La sera dell'omicidio non si sapeva ancora, ma i discorsi di quel bastardo di Joumot sono circolati in tutta Louviec. Alla maggior parte degli abitanti dispiace, ma certi altri, che invidiano il prestigio locale di quel «nobilastro», di quell'«impostore», sotto sotto ne godono. Però a Louviec non succede niente sotto sotto. Pisci contro un albero a un capo del paese e un attimo dopo, all'altro capo, lo vengono a sapere tutti.

– E cosa c'entra con l'omicidio?

– Adesso lo capirai. Ma tientelo per te.

– Ovvio.

– Hai da scrivere?

– Sono pronto.

– Le ultime parole del ferito, quelle raccolte dal dottore. Ci sei?

– Ti ascolto.

– Te le detto, pause comprese. Gaël non parlava piú in modo fluido, le parole erano smozzicate. Annotale bene, il tuo parere mi interessa: «visc... beran... botte... jou... mo... è... mor...» Ha fatto una pausa e ha aggiunto «zion... omm...». E poi basta. Un'accusa schiacciante per Chateaubriand, Adamsberg, non c'è scampo. Sono costernato.

– Me le studio e poi ti richiamo. Non avere fretta, ricordati che il tipo era sbronzo e moribondo. Il che non facilita... aspetta... sto cercando la parola... non facilita l'eloquio, né il pensiero.

Adamsberg aveva colto al volo il motivo per cui il collega era costernato. Riprese in mano l'appunto e lo analizzò come avrebbe fatto Matthieu. «Visc... beran»: Visconte beran, ossia visconte Chateaubriand, tenendo conto del fatto che si trattava di parole smozzicate. E il nome dell'assassino è la prima cosa che uno cerca di comunicare. Gaël Leuven chiamava Chateaubriand «visconte»? Sí. Ricordava che lo aveva interpellato cosí, per derisione. Il resto delle parole era chiaro: «Botte Joumot». Poi qualcuno che era morto, e la parte finale restava incomprensibile. Adamsberg studiò di nuovo le parole di Gaël con obiettività, e richiamò il commissario di Combourg.

– Allora? – disse Matthieu, un po' teso. – Non può cavarsela, vero? Tirerò per le lunghe in attesa del rapporto dell'autopsia, ma non ho scelta. Interrogatorio e custodia cautelare.

– L'accusa sembra schiacciante, non dico di no. Ma ci sono cose che non quadrano, troppe cose. Gaël era presente quando quel Joumot ha insultato Josselin in municipio?

– Sí, e ci ha riso su, ovviamente. Era chiaro che ci godeva.

– Ma perché Gaël avrebbe citato quell'episodio?

– Per spiegare l'odio di Josselin nei suoi confronti.

– Ma la prima cosa che avrebbe fatto Josselin sarebbe stata uccidere Joumot, non Gaël, perché non sapeva ancora che il giornalista sarebbe stato licenziato. Gaël aveva riso, certo, ma questo non costituisce un movente. È da un pezzo che Gaël provoca Josselin alla locanda e non ci sono mai state conseguenze. È la prima volta che Gaël gli versa addosso del vino?

– Almeno la quinta. Per quel che ne so io. Non vado a Louviec tutti i giorni.

– Ecco, vedi. Eppure Gaël non è mica stato ucciso per quel motivo. Josselin non ha un movente.

– D'accordo, ma che vuoi che ti dica? Le parole sono eloquenti.

– Ce n'è una che non mi convince. «Botte Joumot». *Botte*, Matthieu? Ma è una parola che userebbe un bambino! Te lo immagini Gaël che dice: «Josselin ha fatto a botte con Joumot», come uno scolaro durante la ricreazione? Ha pestato, ha picchiato, ha menato, tutto quel che vuoi, ma fatto a botte no. No, non funziona. Gaël avrebbe dovuto essersi rimbambito.

– Ti seguo, però il significato è evidente. Non c'è niente da fare.

– È evidente per «visconte Chateaubriand», ma poi tutta la frase deraglia e non ha alcun senso. Per non parlare della fine, che è incomprensibile: «è morto». Ma chi è morto, Matthieu? E «zion... omm...»: tu cosa ci capisci?

– Nulla piú di te.

– A parte il visconte, il resto non sta in piedi. Tutto quello che si può capire delle parole di Gaël è: «Il visconte Chateaubriand ha fatto a botte con Joumot». Non la definirei un'accusa di omicidio.

– No. Ma il commissario capo si è fissato solo su quel nome: Chateaubriand. E mi sta addosso. Di sicuro non gli dispiacerebbe un arresto cosí spettacolare. Tu come la vedi?

– Non mi hai detto se a furia di bere e sbraitare Gaël si fosse attirato delle grane, quella sera alla locanda.

– Non proprio. La gente è abituata ai suoi sfoghi da ubriaco, che peraltro non sono rari. Lo ascolta con un orecchio solo, si lascia scivolare addosso i suoi discorsi come pioggia su un tetto di ardesia e continua a chiacchierare finché il padrone non butta fuori Gaël per avere un minimo di tranquillità. Ah sí, una cosuccia c'è, comunque. A un certo punto è entrata una donna, non per cenare ma per minacciare Gaël con il pugno dicendogli: «Mi vuoi morta, Gaël Leuven? Se non mi lasci in pace ti garantisco che non la passerai liscia». E se n'è andata. Quella donna, la merciaia, crede fermamente alla faccenda delle ombre. E siccome Gaël è il capo dei «calpestatori di ombre», lo teme e lo odia. Non credere che io non abbia fatto il mio lavoro: è stata subito interrogata.

– Prima di Josselin?

– Il dottor Jaffré è dovuto andare via per assistere d'urgenza una partoriente, appena prima che arrivasse l'ambulanza. Purtroppo nella fretta ha dimenticato lí il cellulare, poi ha visitato nel suo ambulatorio per tutto il giorno. Perciò abbiamo saputo delle ultime parole di Gaël solo ieri notte, quando Jaffré ci ha finalmente contattati da casa. Stamattina Josselin è andato a fare la solita passeggiata nei boschi e poi un giro a Combourg per delle compere. C'è un bel sole, potrebbe metterci del tempo. Non intendo sguinzagliare i miei uomini nella foresta come cani da caccia.

– Torniamo a quella donna. Corporatura?

– Bella robusta. Un donnone con due braccia come prosciutti. Nel pomeriggio Gaël le era saltato sulla testa, insomma, sull'ombra della testa, almeno cinque volte di fila. A quanto dice, quando l'ha visto passando davanti alla locanda, non ha resistito ed è entrata a «dirgliene quattro». Poi sarebbe tornata direttamente a casa. Niente testimoni.

– Può benissimo averlo aspettato nel vicolo, con un coltello in mano.

– Ma minacciarlo davanti a tutti prima di ammazzarlo significa proprio mettersi il cappio al collo.

– Forse è un po' tonta, ha agito senza riflettere.

– Che sia un po' tonta non c'è dubbio. Ma soprattutto è a capo di una cerchia di comari. Sparlare di chiunque, persino dei bambini, si direbbe che la appassioni. Si chiama Marie Serpentin, ma è soprannominata «la Serpe», o «la Vipera».

– C'è proprio da divertirsi, a Louviec.

– Che vuoi farci, ci si annoia da morire qui.

– La Vipera? – ripeté Adamsberg. – Comincia per «vi», come «visconte».

– Mah, per me è semplicemente fuori di testa. Sognava di mettere su una famiglia ideale, con sette figli, senza essere né abbastanza bella né abbastanza furba per attrarre un uomo. È rimasta sola nella sua merceria, e come sai parlar male è spesso segno che si sta male. E da lí è facile passare a farsi coinvolgere in storie di ombre, fino al fanatismo. È qualcosa che ti dà uno scopo. Ma da qui a sfoderare un coltello ce ne corre.

– Concordo. Però quel che mi interessa è che hai un'altra sospettata. Lei, e tutti quelli che Gaël provocava calpestando le loro ombre. Ci sono impronte?

– Sí, molto strane. Si direbbe che l'assassino sia scivolato nel sangue. Diciamo che sono impronte lisce, con delle increspature irregolari.

– L'assassino deve essersi avvolto le scarpe in sacchetti di plastica. Avrete controllato i bidoni della spazzatura nei paraggi, immagino, per trovare dei sacchetti e dei guanti?

– Già all'alba. Nessuna traccia di guanti, né dei tuoi sacchetti.

– E Josselin? Quando ha lasciato la locanda?

– Se n'è andato prima di tutti. Prima di Gaël. Ventiquattro testimoni. Ma anche lui avrebbe potuto aspettare Gaël nel vicolo. Brutta faccenda, questa, brutta faccenda. Te lo chiedo di nuovo: tu come la vedi?

– Aspetta, lasciami riflettere un momento. Un lungo momento, per piacere. Io rifletto lentamente, oltre a camminare e scrivere lentamente. Peggio ancora: non sempre rifletto con ordine.

Matthieu lo sapeva ma, come molti altri, teneva al parere di Adamsberg. Si accese una sigaretta, e passarono piú di cinque minuti prima che il commissario riprendesse a parlare.

– Al tuo posto, collega, non mi butterei a testa bassa.

– Perché tu non ti butti mai a testa bassa.

– Non credere, capita anche a me. Secondo te, le ultime parole di Gaël sono lampanti. Sí, c'è il nome di Chateaubriand, ed è una cosa grave, ma sono solo brandelli di parole. E il resto è ambiguo. Se arresti Josselin, la faccia del «visconte de Chateaubriand» sarà su tutte le prime pagine e appassionerà l'opinione pubblica fino al processo. Ma a quel processo, Matthieu, perfino il piú scarso degli avvocati demolirà quell'unica «prova», quella famosa frase, in un batter d'occhio: nessuna accusa, nessun movente, niente prove materiali, illogicità, incoerenze, l'ubriachezza della vittima, altri sospettati data la sua indole bellicosa, che sarà messa bene in evidenza per contrapporla al temperamento tranquillo e compiacente di Josselin. Con quel Joumot è un altro paio di maniche: lo ha colpito. Ma al suo posto chi non l'avrebbe fatto? In fin dei conti, Matthieu, grazie all'ammirazione per l'antenato scrittore che continua a riflettersi sul suo curioso discendente, puoi star certo che verrà assolto. Dopo mesi di custodia cautelare, di cui tu sarai responsabile. Cosa che ti metterà in una posizione molto delicata. Errore? Fretta? Corri il pericolo di sentirtene dire di tutti i colori e fare da capro espiatorio. Il terreno è scivoloso, e la cosa piú grave sarebbe che rischieresti di sbattere in galera un innocente.

A quel punto fu Matthieu a restare in silenzio e Adamsberg ad accendersi una sigaretta. Aveva ripreso a fumare quando suo figlio era tornato a stare da lui e lasciava in giro pacchetti di sigarette. Quel tabacco non gli piaceva, ma di tanto in tanto, alla sera, ne fumava una in sua compagnia. Abitudine che aveva conservato anche dopo che il figlio se n'era andato. Comprava la stessa marca, dicendosi che non fumava: si limitava a rubare qualche sigaretta a suo figlio, cosa completamente diversa.

Matthieu riprese a parlare.

– Hai ragione, – disse con un tono piú deciso. – Mi è preso un colpo leggendo quel «visc... beran», ho perso il sangue freddo. Cercherò di tenere buono il mio commissario capo, mi sono appuntato tutte le tue obiezioni. Perché se Josselin viene incarcerato e poi assolto, finirà nei guai pure lui.

– Fino al collo. Il caso non mi riguarda, ma se tiri per le lunghe fino alle due del pomeriggio mi autorizzeresti ad assistere all'interrogatorio di Josselin? Mi piacerebbe molto vederlo.

– Vederlo? A che ti serve?

– Mi interessano il tono di voce, le espressioni del viso, i gesti, le reazioni.

– Perché no? Ma sii discreto. Alla gendarmeria di Combourg entra da dietro, evita l'ascensore, sali al terzo piano, prima porta a sinistra. È lí che ho sistemato il mio ufficio provvisorio. Se qualcuno te lo domanda, di' che ti ho chiesto io di venire.

– Grazie, Matthieu. Corro in stazione.

Adamsberg attraversò la vasta sala dell'Anticrimine quasi a passo di carica, andatura che lasciò sbigottiti tutti i suoi collaboratori, e passò le consegne per la giornata a Danglard. Il comandante lo rincorse, affrettandosi sulle sue lunghe gambe molli.

– Ma dove va, accidenti? – chiese.

– A Combourg, andata e ritorno. Voglio assistere all'interrogatorio di Chateaubriand, è in pericolo.

– Questa cosa non solo non la riguarda, ma è totalmente illegale. Sta andando fuori di testa, commissario.

– Rimarrà ufficioso.

– Ma per la misera, ha dimenticato la riunione delle undici? La donna con la pelliccia e i brillanti, assassinata e derubata nella sua auto ieri sera? Non abbiamo in mano niente. Tranne quel testimone che ha visto per un momento l'auto ferma e un uomo chino sulla portiera, che chiedeva un po' di benzina con una tanica in mano. Forse non le interessa piú? Nessuna pista, nessuna impronta, una donna con una sfilza di conoscenze lunga un braccio, fatta fuori sul posto, e lei taglia la corda?

– Mi interessa cosí poco, Danglard, che stamattina all'alba ero sulla scena del crimine, a frugare nei cespugli e nel bosco dove si trovava l'auto.

– Li avevamo già setacciati ieri sera con venticinque uomini e diciotto riflettori. Un'autentica discarica. Risultato: zero.

– Ma senza i cani. E una tanica puzza. Quella tanica, color verde scuro, era ben nascosta fra i rami di un tasso, è sfuggita a tutti.

– L'assassino portava i guanti.

– Per il colpo, certo. Ma è la sua tanica, e ci sono sopra le sue impronte precedenti. È raro che quei tizi non facciano un errore, anche se non sempre lo si scova. Ho svegliato Lambert alle sette e un'ora dopo avevo la risposta: Simon Reboulier, detto Sim l'Anguilla, l'inafferrabile. Due anni di galera vent'anni fa, poi un curriculum di furti, rapine a mano armata e omicidio, nientemeno, senza che riuscissimo mai a beccarlo. È uno in gamba, cambia nome, aspetto e luogo come cambia camicia. L'Anguilla poteva scivolarci ancora fra le dita per secoli, ma non sfuggire al naso di un cane. La tanica è in ufficio sotto sigilli, e il rapporto di Lambert è sul mio tavolo. Resta da beccare il tizio. Con l'età e dopo tanti anni di immunità è diventato piú imprudente, piú trascurato. Stando alle segnalazioni, in questi ultimi tempi lo si vede spesso nella casa da gioco di Angelo, *Il dado fortunato*. Il suo nascondiglio deve essere da quelle parti. Munitevi ciascuno di una sua fotografia e setacciate i caffè del quartiere, gli alberghetti, i bed and breakfast. Sennò la solita prassi, passeremo in rassegna i ricettatori.

– Ma perché non me l'ha detto? – protestò Danglard, indignato, mentre Adamsberg si allontanava in tutta fretta diretto alla stazione di Montparnasse.

– Stavo scrivendoglielo dettagliatamente, – disse sventolando il cellulare. – Avrà tutto quello che le serve per la riunione delle undici.

– Tranne lei, – mormorò Danglard, sempre diviso, di fronte a Adamsberg, tra disapprovazione e ammirazione.

Da una parte il razionalissimo Danglard era esasperato dal modo di agire, di lavorare e soprattutto di ragionare di Adamsberg, ma dall'altra non poteva fare a meno di seguire l'imprevedibile direzione della sua strana bussola. Di quella bussola, cosí sgangherata e fuorviante da far pensare che fosse rotta, aveva bisogno per sopravvivere alla propria ansia. Nonostante le sue sregolatezze, era la luce da cui lui non staccava mai gli occhi.

Adamsberg stava sonnecchiando in treno quando ricevette un messaggio di Danglard.

«Perché quel tizio si è sbarazzato della tanica, invece di portarsela via? Siamo incagliati su questo punto».

«Perché l'odore non rischiasse di impregnare i gioielli. È un odore volatile e tenace. A un ricettatore non piace tanto che la refurtiva puzzi di benzina. La si rintraccia, è difficile rivenderla».

4.

Poco prima dell'ora dell'interrogatorio a Combourg Adamsberg s'intrufolò nell'ufficio di Matthieu, con quindici minuti di anticipo. I due si scambiarono un vigoroso abbraccio e Matthieu squadrò il collega.

– Non hai dormito molto.

– Ho dovuto chiudere un caso all'alba, ho sonnecchiato un po' in treno.

– Ti faccio un caffè.

– Grazie. Hai sentito Josselin?

– Sí, l'ho chiamato. Ho preferito non informarlo dell'assassinio di Gaël tramite un messaggio. L'ho semplicemente pregato di presentarsi al piú presto alla gendarmeria di Combourg, ho detto che avevo bisogno di lui, ma ha consultato il cellulare solo a mezzogiorno e mezzo.

– Risposta? – chiese Adamsberg ingurgitando a grandi sorsi il suo caffè. – Ho tempo per una sigaretta?

– Abbiamo nove minuti, – disse Matthieu offrendo da accendere al collega, che cercava invano l'accendino in tutte le tasche. – Risposta educata e neutra. Finisce le sue commissioni a Combourg e sarà qui all'ora indicata. Siamo intesi che tu non farai nessuna domanda, sarebbe irregolare.

– Ovviamente, Matthieu.

Alle quattordici in punto Josselin batté tre colpetti e si affacciò alla porta.

– Entri, Josselin, si accomodi, – disse Matthieu stringendogli la mano.

– Ma guarda, – commentò Josselin con un sorriso, – Adamsberg. Non può piú fare a meno di noi?

– Ultimissimi dettagli da sistemare. Ho fatto una deviazione a Louviec e sono tornato a salutare il commissario.

Intanto Josselin si affannava a spazzolare dall'orlo degli spessi calzoni di tela la terra raccolta nei boschi. Per i suoi giri nella foresta non indossava gli abiti da visconte.

– Scusate, – disse all'improvviso, raddrizzandosi. – Sto sporcando l'ufficio, chiedo scusa, mi comporto da maleducato. Semplice automatismo. Stamattina faceva umido nel folto del bosco, ma la raccolta è stata buona, – aggiunse, e mostrò un cestino. – Figuratevi che ho trovato cinque spugnole, sono rare a questa data. Catherine sarà molto contenta.

– Catherine è la sua domestica, – precisò Matthieu rivolto a Adamsberg, a cui quell'esordio da parte di Josselin sembrava di un'assoluta naturalezza, molto improbabile se avesse saputo qualcosa sulla morte di Gaël o, peggio, se lo avesse ammazzato.

– Signor de Chateaubriand, si sieda, prego. Ha qualche obiezione se registro la nostra conversazione?

Josselin socchiuse i suoi occhi malinconici.

– «Signor de Chateaubriand»? E una registrazione? Quindi è un interrogatorio, Matthieu?

– Non si preoccupi, non sarà né il primo né l'ultimo a subire le mie domande. Di quelli che erano alla locanda l'altroieri ne ho già interrogati sette, e non è finita.

– Interrogati a che proposito? Che succede, commissario?

– Gaël Leuven è stato assassinato l'altroieri sera.

– Cosa? – esclamò Josselin alzando la voce e appoggiando le mani sui braccioli della sedia, come per balzare in piedi.

– Proprio cosí, assassinato. Come mai non l'ha saputo? È successo troppo tardi per essere sui giornali del mattino, ma ieri la notizia correva già in tutta Louviec.

– Ieri ero da un amico d'infanzia a Dol. Lo interroghi, se crede. Ma Gaël? Che cos'è successo? La discussione si è cosí invelenita l'altroieri sera alla locanda? Va detto che era ubriaco fradicio e che distribuiva insulti a destra e a manca. Ha esagerato con qualche provocazione? Qualcuno gli ha spaccato una bottiglia in testa?

– Perché pensa a una bottiglia?

– Perché è già capitato, cinque o sei anni fa. Ha chiamato Kamener «lumacone bavoso» e Kamener è saltato su, con una bottiglia in mano, e gliel'ha rotta sulla testa.

– Kamener è il direttore della scuola, – disse Matthieu rivolto a Adamsberg.

– Ed è vero che tende a sbavare parecchio, – aggiunse Josselin. – Il danno si è limitato a un taglio del cuoio capelluto di Gaël. Il padrone della locanda, Johan, l'unico abbastanza grande e grosso per poter tener testa al guardiacaccia, è riuscito a dividerli e ha telefonato alla gendarmeria.

– Be', signor de Chateaubriand…

– Interrogatorio o meno, non potrebbe risparmiarmi questo «signor de Chateaubriand»? Qui tutti mi chiamano Josselin, o Chateau, o Chateaubriand.

Matthieu spense il registratore.

– Mi spiace, Josselin, ma la procedura dell'interrogatorio registrato impone di chiamarla per cognome. Altrimenti potrebbero accusarmi di parzialità.

– Mi rendo conto, – disse Josselin. – Allora vada pure avanti. La procedura la autorizza a dirmi che cosa è successo a Gaël? Davvero non riesco a capire. Sí, era un provocatore, uno a cui piaceva fare dell'ironia, per non dire una specie di bestia quando beveva troppo, ma sostanzialmente, come si suol dire, era un bravo ragazzo.

– «Un bravo ragazzo»? E lo dice proprio lei, che Gaël ha tanto preso in giro non piú tardi dell'altroieri, versandole addosso del vino?

– Non è sicuro che lo abbia fatto apposta, barcollava. Quanto alle sue prese in giro, ai suoi attacchi veri e propri, diciamo che sparava a casaccio un po' su tutti quanti, me compreso. Sbeffeggiava soprattutto i difetti fisici o l'aspetto: naso, capelli, denti, orecchie, andatura. Non si spingeva mai troppo oltre perché nemmeno lui era bellissimo, e lo sapeva. Prendeva in giro pure i magrolini, i fifoni. Spiacevole, certo, ma neppure chissà che grave.

– E lei questo lo definisce essere un «bravo ragazzo»?

– Intendo dire che non c'era odio in lui. Dolore, questo sí, da quando era morta sua madre, rabbia, ed è da quel momento che c'è stata un'escalation. Potevi digrignare i denti davanti all'insulto, ma da qui ad ammazzarlo, no. Non facciamone una caricatura: era un uomo franco, cordiale, sempre con una parola per tutti. Quando era sobrio, ovvio. Anche con me, quando ci incrociavamo nel bosco. Quella donna, invece, la Serpentin, che è venuta a minacciarlo alla locanda, lo odiava profondamente. E aveva un altro motivo, a parte quello di vedersi calpestare l'ombra. È la sorella di Joumot. Non c'è bisogno di spremersi il cervello per sapere da dove ricavasse le sue informazioni quel ficcanaso. Lui sí che è un astioso, senza alcun dubbio, proprio come sua sorella. Quei due fanno il paio. Mi scusi, commissario, – si riprese all'improvviso, – non sta a me formulare sospetti al suo posto, mi dispiace, ritiro quello che ho detto.

Matthieu aprí un cassetto e tirò fuori una grande busta di plastica macchiata di sangue.

– E questo, signor de Chateaubriand, – disse mostrandola a Josselin, – le dice qualcosa? Non si preoccupi, lo sto facendo vedere a tutti.

– Ma è il mio coltello! – esclamò Josselin scattando in piedi. – Proprio il mio! Posso? – chiese tendendo la mano verso la busta.

– Certo, però eviti di aprirla.

– Guardi! – continuò Josselin con un'eccitazione insolita nella voce. – Qui, vicino al marchio sul manico (un coltello Ferrand, i migliori che esistano), c'è un graffio! È il mio, non c'è dubbio!

Di colpo gettò il coltello sul tavolo, come se volesse allontanarlo il piú possibile da sé.

– È con questo che è stato ucciso, vero?

– Sí.

– È da ieri che Catherine non riesce a trovarlo. L'aveva usato l'altroieri per preparare il pranzo. Non può fare a meno di quel coltello (va detto che è di qualità superiore), ed era cosí contrariata che mi ha chiamato a Dol per sapere se l'avessi portato via io. No, certo che no. Ed è questo che sono andato a comprare a Combourg stamattina: un coltello della stessa marca. È nel mio cesto, se desidera vederlo.

– Inutile.

– E questo mi incrimina, vero?

– Diciamo, – rispose Matthieu adagio, – che non è mai una bella cosa essere il proprietario dell'arma del delitto.

– È evidente. Anche se bisogna essere davvero stupidi per uccidere qualcuno con il proprio coltello. Peggio ancora, dichiarare spontaneamente che è il tuo. Ma Catherine lo conosce benissimo, lo avrebbe identificato subito. E ci sono per forza le mie impronte. E le sue.

– Esatto. Ma sono un po' confuse. L'assassino può aver agito d'impulso, però non ha dimenticato di mettersi i guanti. Immagino che lei li indossi per i suoi giri nei boschi.

– Ovvio. Ci sono un sacco di rovi e di ortiche.

– Le dispiace mostrarmeli, per piacere?

Con una fugace smorfia di irritazione, Josselin tirò fuori i guanti dal cesto e li posò sul tavolo con un gesto brusco.

– So che è spiacevole, – disse Matthieu. – Ma è...

– ... la prassi, – lo interruppe Josselin, – la procedura.

A Adamsberg non dispiacque vedere Josselin perdere un po' del suo sangue freddo. Quando i sospettati sono troppo calmi è perché le loro risposte sono state preparate con cura.

– Immagino che ci cercherà sopra tracce di sangue, sempre per via della prassi. Ma anche in questo caso ci vorrebbe un bel cretino per non sbarazzarsi dei guanti macchiati. Joumot mi accuserà pure di essere una nullità, ma non sono un idiota.

– Gli insulti di Joumot l'hanno irritata, vero? – chiese Matthieu infilando i guanti in un'altra busta.

– Avrebbero irritato chiunque, benché io non abbia mai negato le mie lacune professionali. Ma non l'ho colpito per questo motivo. È stato quando ha minacciato di pubblicare tutto su «Sept jours à Louviec» e sulla «Feuille de Combourg». Che in paese lo sappiano tutti non mi fa né caldo né freddo: mi conoscono. Ma se un articolo cosí mortificante fosse uscito a Combourg, accompagnato da una bella foto della faccia che ho ereditato, non ci avrebbe messo due giorni a fare il giro della Francia e persino a oltrepassare le frontiere e a finire su Internet. All'idea di quella campagna diffamatoria è partito il pugno, e non l'ho mancato. Si è fatto buttare fuori, schiumante di rabbia. Se mai in vita mia dovessi ammazzare qualcuno, sarebbe un rettile come Joumot e non un uomo come Gaël.

– Eppure c'è un nesso tra i due fatti, a quanto pare, – disse Matthieu con voce sorda picchiettandosi le labbra con la gomma della matita. – E il nesso lo ha stabilito Gaël.

– Gaël? Ma tutti i testimoni glielo diranno: non ha detto una parola su Joumot, quella ormai famosa sera alla locanda. A meno che non sia successo dopo che me ne sono andato.

– Dopo, sí. È stato il dottore a trovarlo agonizzante nel vicolo. Prima di morire, Gaël ha fatto in tempo a pronunciare qualche parola smozzicata. Eccole, – ribatté Matthieu passandogli un foglio.

Quando gli restituí il foglio, Josselin era leggermente sbiancato.

– Ora capisco che cosa pensa, commissario, – disse a denti stretti. – Che ho ucciso Gaël perché le sue prime parole mi accusano. «Visc… beran», cioè «visconte Chateaubriand». Mi chiamava sempre «visconte», sapeva che non mi piaceva. E logicamente, la prima cosa che uno dice è il nome dell'assassino. Quindi io. Ma prima che mi metta agli arresti, commissario, ho un paio di osservazioni da fare sulle ultime parole di Gaël.

Riprese il foglio e lo rilesse sottovoce, calmo e persino concentrato come se stesse correggendo il compito di uno dei suoi allievi. A dire il vero, pensò Adamsberg, dopo l'impercettibile tremito della voce quando aveva pronunciato le parole «agli arresti», adesso rifletteva, stava studiando il testo.

– Poi si può leggere «visconte ha fatto a botte con Joumot». Da una parte non capisco perché un moribondo, per quanto ubriaco, si preoccuperebbe di menzionare quell'incidente. Ma attribuiamolo pure alla confusione che aveva in testa in quel momento. In compenso, agonia o meno, sbronza o meno, quello che non cambia è il suo modo di esprimersi. «Ha fatto a botte con Joumot»? Intanto, non ho fatto a botte. Gli ho mollato un pugno, cosí alla sprovvista da buttarlo a terra. E «botte»? Ma è parlare come un bambino! Se lo immagina un uomo come Gaël che usa un vocabolo cosí puerile? Impossibile, inimmaginabile.

– Ciò non toglie che, per quanto espresso in modo curioso, il fatto è proprio questo: lei ha effettivamente colpito Joumot.

– Certo. E non vedo che interesse avesse Gaël a ricordare quella scena. Quanto al seguito, è incomprensibile. Non si sa chi sia morto, non si sa a che cosa o a chi si riferisca quel «zion... omm...» Ma nonostante le inverosimiglianze di questa frase, non si può negare che prima di ogni altra cosa ha pronunciato il mio nome. Perciò, – concluse Josselin raddrizzandosi sulla sedia, – sono a sua disposizione, commissario.

– Un particolare importante, però, – disse Matthieu, senza mostrare di aver sentito l'ultima frase. – Non dobbiamo escludere che il coltello possa esserle stato rubato.

– A che scopo?

– Quello di incriminarla.

– Non ho nemici a Louviec.

– Tranne Joumot, che la odia piú che mai. E sa, come chiunque altro, che Gaël è alla locanda quasi ogni sera. Sa tutto purtroppo, è il suo sporco mestiere. Sa anche a che ora arriva Catherine.

– Dalle undici alle quattordici. Mi serve il pranzo e prepara la cena. Io non so cucinare.

– E lei, signor de Chateaubriand, a che ora esce?

– Nella stagione dei funghi esco abbastanza presto quasi ogni mattina, quindi in casa non c'è nessuno dalle nove alle undici. Dopo pranzo, fra le quattordici e trenta e le sedici vado dal piccolo Germain o da Victor, sono entrambi disabili e non frequentano la scuola.

– Ci va tutti i giorni alla stessa ora?

– Senza eccezione, tranne nel fine settimana.

– E a Louviec chiunque lo sa.

– Certo. Poi do lezioni private a casa mia, dalle diciassette alle diciotto e trenta.

– E chiunque sa che di giorno non chiude mai la porta.

– A che pro? Mi capita spesso di dimenticarmene persino alla sera. Perciò dopo le lezioni, quando esco a fare un giro in bicicletta e, già che ci sono, a comprare pane o latte per l'indomani, la casa resta vuota un'ora buona. Particolari risibili, commissario, ma che le fornisco se desidera verificare con i negozianti.

– E quindi sarebbe stato un gioco da ragazzi, sgraffignarle il coltello. Per esempio martedí, il giorno dell'omicidio, nel primo pomeriggio, quando lei dà lezione ai bambini disabili.

– Facilissimo. Però non ce lo vedo Joumot a rubarmi il coltello e uccidere Gaël per la semplice ragione di accollarmi l'omicidio.

– E perché no?

– Perché è un vigliacco, un viscido. Ma non un uomo d'azione.

– Non la seguo. Le offro un sospettato su un piatto d'argento, e lei lo difende.

– Nemmeno per sogno. Le dico che cosa penso di quel tale, per una questione di onestà. Che abbia velleità omicide è possibile. Quanto a concretizzarle, è tutt'altra faccenda, di cui lo ritengo incapace.

– La ringrazio per la sua collaborazione, signor de Chateaubriand, – disse Matthieu alzandosi. – Può andare.

– Mi lascia andare? Anche se Gaël mi accusa?

– Esatto.

5.

Adamsberg rivide Matthieu alle sette di sera, alla locanda. Un pisolino lo aveva aiutato a recuperare, mentre il commissario di Rennes sembrava esausto.

– Un interrogatorio dopo l'altro, sono morto, – disse prendendo posto al solito tavolo. – Che ne pensi di Josselin?

– Che a prima vista non ha nulla da nascondere. Non sono sicuro di niente, ma pareva davvero sbalordito, persino scioccato, alla notizia dell'omicidio di Gaël. Non sembrava proprio che facesse finta. E sarebbe stato facilissimo portar via il suo coltello. Hai reinterrogato la Serpentin, immagino.

– Prima sono passato dalle comari della sua cerchia. Quattro di loro, quattro, hanno suonato alla sua porta, l'altroieri, martedí, fra le due e un quarto e le tre e mezzo. Il negozio è chiuso, a quell'ora.

Matthieu consultò il suo taccuino. La stanchezza gli faceva tremare leggermente le dita.

– Dovresti ordinare qualcosa da bere, – disse Adamsberg, – ti tengo compagnia. E mangiamo subito, lascio scegliere a te. Abbiamo tempo prima dell'ultimo treno.

Matthieu fece un cenno a Johan e il colosso biondo, piuttosto di bell'aspetto, prese le ordinazioni.

– Malgrado le circostanze, – disse rivolgendosi a Adamsberg, – sono onorato di rivederla fra noi, e in questa locanda.

Adamsberg gli sorrise e davanti a quel sorriso il rigore professionale del gigante parve vacillare.

– Mi chiami Johan, commissario, – disse prima di allontanarsi.

– Gli sei piaciuto subito, – osservò Matthieu.

– E le tue comari?

– Hanno suonato piú volte, – riprese Matthieu continuando a far cenno a Johan. – Puoi ben immaginare. L'aggressione di Josselin a Joumot è un avvenimento, c'è molto da commentare. Una alle due e un quarto, un'altra alle due e trentacinque, un'altra ancora alle tre meno dieci e l'ultima alle tre. Nessuna risposta.

– Quanto ci vuole dalla casa della Serpentin a quella di Josselin?

– Poco, se ci è andata in bicicletta. Ma era rischioso. Ha una bici rossa e la conoscono tutti. È una donna a cui piace farsi notare. Al suo posto, se avessi voluto andare da Josselin con discrezione avrei indossato abiti poco appariscenti e sarei passato dalle stradine dietro al paese. Il tragitto è piú lungo, ma sono praticamente deserte. A piedi, diciamo venti minuti. Sono andato a interrogarla ieri alle tre e mezzo. Mi ha giurato su Dio che il giorno prima non si era mossa di casa. Le ho fatto notare che martedí quattro delle sue amiche erano venute da lei per spettegolare e che non aveva risposto. «È perché era in funzione la centrifuga, – ha detto. – La lavatrice fa un baccano tremendo, non ho sentito niente». Le ho chiesto di farmi vedere il bucato steso, e non ce n'era. Era con le spalle al muro, confusa e arrabbiata, mica ha la resistenza di uno Josselin. Ha strillato che se volevo proprio saperlo, sí, era in casa, d'accordo, ma si era addormentata davanti alla tivú. Se non lo aveva detto era perché non voleva essere presa per una pigrona. Mi ha supplicato di tenermelo per me, che l'avrebbe danneggiata troppo.

– Perché?

– Ha fama di essere una tipa energica e instancabile. Quindi fare un pisolino al pomeriggio le rovinerebbe l'immagine.

– Regge, – disse Adamsberg.

– Regge, – ripeté Matthieu ingurgitando metà bicchiere e incominciando a mangiare. – Ma non dimenticare che è una bugiarda patentata e una mitomane. Unica debolezza che confessa e anzi rivendica: il terrore che qualcuno cammini sulla sua ombra. Motivo per cui avrebbe ucciso Gaël.

– È facile, di fronte a un uomo che barcolla a occhi semichiusi. E con quel coltello appioppava l'omicidio a Josselin.

– Eppure faccio fatica a immaginarla affondare la lama. Per quanto odio possa covare, come dice Josselin.

– To', ha dimenticato il cesto di funghi sul bancone di Johan.

– Non l'ha dimenticato, lui non li mangia i funghi. Li regala. A Catherine, a Johan, a chi li vuole.

– Va spesso a raccoglierli?

– Quasi tutti i giorni. Per otto mesi, finché è stagione.

Adamsberg posò la forchetta e gettò un'occhiata al cesto, che vedeva in una luce nuova.

– Mi stai dicendo che se ne va nei boschi quasi tutte le mattine per riempire il suo cesto anche se non gli piacciono i funghi?

– Proprio cosí, – rispose Matthieu bevendo un sorso. – Non gli piace nemmeno il bosco. Finita la stagione non ci mette piú piede.

– Ma come lo spiega?

– Non lo spiega. Quando glielo chiedono, fa un gesto per dire che non lo sa e basta. Nessuno se lo spiega.

– Ma non ha senso. Soprattutto visto che richiede tempo e perizia.

– Diciamo che è abbastanza suonato, sí. Ognuno ha la propria interpretazione. Ci sarebbe di mezzo un voto, una promessa, un ricordo… Io dico che è semplicemente suonato. Oppure gli piace gironzolare senza uno scopo e i funghi sono solo un pretesto: sarebbe il tocco di romanticismo ereditato dal suo antenato.

– Forse gironzola per fantasticare. A me capita spesso, – disse Adamsberg.

– Ah sí? A ore fisse?

– Come potrei, con il lavoro? No, quando ne ho l'occasione. A volte esco persino dal commissariato, il che fa infuriare il coscienzioso Danglard. Ma posso benissimo fantasticare anche seduto su una sedia, con i piedi appoggiati sul piano del caminetto.

– E su che cosa fantastichi?

– Non lo so.

– Ancora quel tuo «Non lo so».

– Ma è vero.

Alla chiesa vicina rintoccarono otto colpi; la locanda si stava riempiendo dei clienti abituali e di qualche turista.

– Si farà un gran spettegolare, – commentò Matthieu.

– Non è un posto economico, questo. Come fanno gli abitanti di Louviec a venirci cosí spesso? Non mi sembrano tanto ricchi.

– Non lo sono, – rispose Matthieu abbassando la voce. – Ma qui si applicano due prezzi. Uno per quelli di Louviec e uno per gli estranei. Johan, il padrone, dice che un ristorante vuoto non incoraggia a entrarci. Gli avventori autoctoni per certi versi servono da esca, specie Josselin. Sapessi quanta gente viene qui per vederlo, o per farsi fotografare con lui! È incredibile. Quel poveraccio, te l'ho detto, è la migliore pubblicità per il paese. Nella stagione turistica fa raddoppiare da solo gli incassi.

– Non che sia un ordine, ma non ha il diritto di tagliarsi quei lunghi riccioli bruni. Che del resto gli donano. In fondo è uno schiavo.

– In un certo senso. Ma molto amato e trattato bene.

– Tranne da chi vuole appioppargli un omicidio sul groppone.

Adamsberg si immobilizzò di colpo.

– Che ti prende?

Forchetta alzata, bicchiere sospeso a mezz'aria, si era bloccato, con uno sguardo che sembrava perso in lontananza.

– Si direbbe che tu non veda piú niente, – disse Matthieu, che non aveva mai avuto il tempo di osservare bene quei momenti di assenza del collega, quando le sue pupille parevano annegare nel bruno delle iridi. Scosse per un braccio Adamsberg, che si rimise in moto come se qualcuno avesse ricaricato il meccanismo.

– Non è niente, – disse. – Giusto un'idea che ho in testa e che non trovo.

– Ma se ce l'hai, dovresti trovarla.

– No, Matthieu. È quel tipo di idee che si nascondono come bestioline nelle profondità della melma di un lago. So che è lí, ma non so esprimerla. So solo che è scattata perché ho detto «appioppargli sul groppone». Come vedi, non ha senso, e di sicuro non ha nessuna importanza, – concluse finendo di tagliare la carne. – Un particolare da niente.

– Io non ho mai avuto idee indefinibili nascoste nella melma.

– A me capita spesso. È irritante. Ma le lascio vivere la loro vita.

Al tavolone ora al completo i discorsi vertevano ovviamente sull'omicidio e ognuno diceva la sua sull'assassino. Uno ipotizzò persino che fosse stato il dottore stesso, che aveva lasciato agonizzare Gaël con la scusa di andare a far partorire d'urgenza una donna. Dopotutto, Gaël e il dottor Jaffré erano sempre in guerra perché il primo beveva troppo e nessuno dei due arretrava di un passo. Insomma, come mai il medico aveva tagliato la corda ancora prima che arrivasse l'ambulanza? E come mai non aveva subito contattato Matthieu per riferirgli le ultime parole di Gaël?

– Non ha torto, – disse Matthieu. – In effetti c'è qualcosa che non quadra nel comportamento del dottore. Che abbia dimenticato lí il cellulare è indubbio. Ma che non se ne sia fatto prestare uno il giorno dopo per chiamarmi mi stupisce un po'.

– A meno che, semplicemente, sul momento non abbia valutato l'importanza delle parole incoerenti di Gaël, balbettate da un uomo sbronzo marcio e moribondo. Jaffré è un medico, si sarà concentrato soprattutto su quello.

Johan, preoccupato per i turisti, andò a supplicarli di abbassare la voce. Ma quei turisti, che percepivano solo un chiasso indistinto, non avevano occhi che per Josselin de Chateaubriand. Tuttavia all'*Auberge des Deux Écus* era vietato fotografarlo – lo precisava un cartello sulla facciata – e Johan proteggeva cosí Josselin nel rifugio dove consumava la cena.

– Tu che ne pensi, visconte? – chiese il maestro di scuola.

– Niente, – rispose Josselin. – Non vedo proprio chi potrebbe aver avuto un motivo per eliminare Gaël.

– Però, – disse il vicesindaco, – era comunque un bel rompipalle.

– Può essersi fatto dei nemici, sempre a sbraitare a vanvera.

– Non sempre, – lo corresse Josselin. – E doveva essere ubriaco fradicio per passare il segno.

– È vero che diceva spesso delle cretinate.

– Ed ecco perché tutti, piú o meno, se ne fregavano.

– Il nocciolo della questione sta proprio in quel «piú o meno», – riprese l'assessore.

– In ogni caso non sentiremo piú la gamba di legno dello Zoppo, adesso che ha avuto il suo cadavere, – disse il maestro.

– Chissà.

– Andranno avanti cosí per tutta la sera, – disse Matthieu. – Istruttivo, ogni tanto, nota bene. A differenza del rapporto del medico legale. Che ci dice che Gaël è morto per due coltellate, una al polmone e una al cuore. Sorprendente, no? E che presentava morsi di pulci. A che ci serve? A un bel niente. Questi medici...

– Di' un po', – lo interruppe Adamsberg, con gli occhi fissi su uno sgabello da bar sul quale un uomo tarchiato e piuttosto alto stava finendo un panino accompagnato da un bicchiere di sidro, – non è il Gobbo, quello?

– Abbassa la voce, per piacere. Sí, è lui, ma non ha piú la gobba.

– Ma cos'è successo? Un miracolo? Si è immerso nell'acqua della fontana di Louviec?

Fontana da cui scendeva un rivolo trasparente che gorgogliava sulle pietre, al quale si attribuiva, come in molti paesini, il potere di procurare fecondità e guarigione.

– È molto piú prosaico di cosí, ma non saprei dirti con precisione. Era consumato dalla febbre, si era sviluppata un'infezione all'articolazione della scapola, dislocata, mal posizionata, che si spostava all'indietro e gli incurvava la schiena. Da quel che sono riuscito a farmi dire da lui, cioè due parole in croce, il dottore l'ha portato a viva forza all'ospedale di Rennes, ce lo ha persino accompagnato. Lui non voleva sentir parlare di ospedale, ed è tornato cosí, operato da un luminare delle patologie delle articolazioni, a quanto ha rivelato il medico, con grande reticenza.

– Segreto professionale.

– Ovvio. Un consiglio, Adamsberg: attento a come parli. Sono passate quasi tre settimane, e il Gobbo, cioè, Maël ha espresso con chiarezza le sue istruzioni, anzi, i suoi ordini: non vuole sentir parlare mai piú della sua malformazione, vuole essere lasciato in pace e chiamato con il suo nome, Maël. Come se volesse cancellare il proprio passato. Ha ingoiato tanti di quei rospi quando era bambino, continuamente preso in giro, maltrattato, emarginato. In compenso, però, era sempre il primo della classe e tutti avevano bisogno di lui per i compiti. Ma come vedi continua a non cenare con gli altri. Un'abitudine. Penso che gli passerà. E sul suo sgabello è sotto l'indefettibile protezione del padrone, il grande Johan.

– Eppure, da quel che ho notato, sono tutti amichevoli con lui.

– Certo, e per un motivo. Maël è gentile, addirittura premuroso, teme sempre di non riuscire simpatico. Il dottore dice che cerca ancora affetto, come quando era piccolo. Ma sotto sotto alcuni lo fuggono come il diavolo. Sai che i gobbi avevano la disgrazia, oltre alla loro deformità, di essere considerati servitori del demonio. E qui, l'hai visto, le superstizioni abbondano.

– E perché ha il braccio sinistro steccato e ingessato?

– Perché rimanga immobile finché la cicatrizzazione non è completa. Ne avrà per sei settimane buone.

La porta si aprí violentemente e nella sala fece irruzione una donna agitatissima: – Lo Zoppo! Herveline dice che è passato sotto la sua finestra! Non osa piú mettere il naso fuori.

– Oh, cazzo, – disse Matthieu vuotando in un sorso solo il bicchiere.

– Ma perché non ha mandato suo marito? – chiese Maël.

– Perché secondo Erwann sono cavolate. Non lo ha nemmeno sentito, lo Zoppo, dice lui. Ma è uscito comunque e non ha visto niente.

Maël scese piano dallo sgabello – il dolore si faceva ancora sentire –, ma senza contorcersi come prima, e si avvicinò al tavolo di Adamsberg.

– Erwann ha ragione. E voi, che non siete degli imbecilli, piantatela di farvi infinocchiare da queste chiacchiere. Chi si sta divertendo con questa pagliacciata si stancherà.

– Ben detto, Maël, – intervenne l'oste. – Non fate che incoraggiare quel tizio, nascondendovi sotto il letto quando lo sentite. Uno come Erwann ha buon senso e fegato da vendere. Ma da solo non riuscirà a beccare quel rompipalle. Bisogna dargli una mano.

– Propongo, – riprese Maël, – di fare una battuta ogni sera negli immediati dintorni. Passate la voce. Chi è favorevole?

Si alzarono le braccia e il piano di Maël fu approvato all'unanimità, seguito da un giro offerto da Johan a quegli uomini diventati all'improvviso orgogliosissimi del loro inedito coraggio.

6.

Sul treno di ritorno Adamsberg fu informato da Danglard della cattura di Sim l'Anguilla, in un alberghetto a pochi passi dal *Dado fortunato*. La scoperta del suo nuovo nascondiglio era merito di Estalère. Avevano trovato Simon in compagnia di cinque uomini armati. Ci erano andati solo in tre e avevano esitato a chiamare rinforzi.

La tenente Retancourt, che Adamsberg considerava la dea polivalente della squadra per via di un'energia sbalorditiva che, secondo lui, poteva convertire in molteplici qualità a seconda delle situazioni, a esclusione della delicatezza e della grazia, si era opposta fermamente all'idea di «chiamare rinforzi». Aspettando troppo rischiavano di farsi scoprire e lasciarsi sfuggire le prede. Cosicché Retancourt aveva aperto la serratura senza far rumore, con il suo grimaldello, ed era entrata per prima – quel tipo di gente non ha paura di una donna, per quanto imponente –, seguita nell'ombra dal brigadiere Noël e dal tenente Veyrenc. Prima di fornire la benché minima spiegazione o risposta alle domande, aveva atterrato tre uomini, fra cui Sim, mettendoli fuori combattimento. Il campo era già sgombro e lei teneva Sim sotto la minaccia dell'arma, il che aveva permesso a Noël e Veyrenc di immobilizzare un quarto complice. Due erano in fuga. Con la canna della pistola puntata al collo Sim si era reso conto di non aver a che fare con un avversario qualsiasi e aveva rivelato dov'era nascosta la refurtiva.

Adamsberg sorrise, immaginandosi esattamente la scena. Frattanto gli era arrivato un messaggio di Matthieu: analisi piú approfondite da parte del medico legale indicavano chiaramente che il coltello era stato usato da un mancino. In effetti le profonde ferite deviavano un po' verso destra. Questo cambiava tutto per il commissario, al quale non restava che stendere la lista dei mancini. Adamsberg si spostò nello spazio tra i due vagoni per telefonare al collega.

– Quanti abitanti ha Louviec? – chiese.

– Milleduecentoventitre.

– Togliendo chi ha meno di quindici anni ne restano circa mille, – calcolò Adamsberg consultando la piramide delle età sul cellulare.

– E gli anziani.

– Matthieu, ci sono settantacinquenni robustissimi. Ma ammettiamo pure: senza quelli sopra i settantacinque anni te ne restano circa ottocentosettanta. Considerando solo i mancini rimani comunque con piú o meno centotrenta persone, che non sono poche.

– Questo restringe in ogni caso le ricerche.

– No, le concentra. Non l'hai notato, durante l'interrogatorio di Josselin?

– Cosa?

– Josselin fuma con la sinistra.

– Sei sicuro? – gridò quasi Matthieu.

– Sicurissimo. E se lasci filtrare questa informazione diventerà impossibile tenere a freno il tuo commissario capo e Josselin si ritroverà in galera. Però, Matthieu, qualunque destrimano può colpire con la sinistra per sviare le indagini. È un vecchio trucco, lo sai meglio di me. Ma in tal caso, per lo piú, il braccio non ha abbastanza forza per affondare la lama in un colpo solo fino al manico, e il coltello devierà un pochino per poi essere conficcato a fondo. È bravo il tuo medico legale?

– Molto competente e appassionato dal suo lavoro.

– Chiedigli urgentemente di esaminare in dettaglio, ma proprio in dettaglio, con la risonanza magnetica, il tracciato delle ferite. Puoi richiamarmi non appena hai il risultato? Per il momento tieni la cosa per te. Quello che mi turba è perché qualcuno cerchi di incriminare Josselin: prima il coltello, e adesso la mano sinistra. Per non parlare della ricomparsa dello Zoppo, che indirizza gli sguardi verso uno Chateaubriand. Davvero non ha nemici, secondo te?

– Neanche uno, ma non conosco tutti e mille gli adulti di Louviec.

– Neanche uno tranne Joumot e sua sorella, la Serpentin. Cerca in quella direzione, metti sotto un paio di uomini, se hai tempo. Che cos'hanno contro di lui? E chi è d'accordo con loro?

– Lo farò. Che un assassino cerchi di addossare la responsabilità a un'altra persona è un classico. Ma hai mai visto qualcuno ammazzare con l'unico intento di far finire un altro in galera?

– È rarissimo, ma è capitato. E il tuo caso nasconde qualcosa di molto particolare, di notevole addirittura. E questo tienilo bene a mente.

– Notevole? Il guardiacaccia si fa accoltellare per strada proprio dopo aver riversato bordate di insulti. Succede dappertutto. A Louviec come altrove. Non ci vedo proprio niente di notevole, a Louviec.

– E io vedo Josselin-Arnaud de Chateaubriand. Il sosia di uno dei piú grandi scrittori di Francia, l'«incarnazione», in un certo senso, di uno dei suoi piú grandi geni. Per di piú è un uomo colto, raffinato, elegante, celebre e piuttosto bello. Per cui, sia pure senza arroganza e suo malgrado, è di gran lunga superiore a tutti gli abitanti di Louviec. Credimi, devono esserci un sacco di donne sensibili al suo fascino. Il che fatalmente amareggia e ingelosisce un sacco di mariti, che non lo hanno di certo in simpatia. Non gli dispiacerebbe affatto che finisse in carcere. E fra loro uno potrebbe arrivare a uccidere per farlo incriminare.

Dopo aver chiuso la telefonata Matthieu sentiva il bisogno di starsene da solo e andò a bersi un caffè. Lui, quello indipendente, il commissario efficiente, si rendeva conto che si stava mettendo nella scia di Adamsberg. Lo chiamava alla minima novità e non soltanto ascoltava il suo parere, ma lo seguiva. Come un insetto attratto dalla luce, cercava le sue opinioni e i suoi consigli in un caso che avrebbe potuto risolvere da solo e che non riguardava Adamsberg. Conosceva la sua fama, ciò che gli veniva rimproverato e ciò per cui lo si ammirava, il disordine della sua logica, i percorsi tortuosi e inusitati che imboccava, quei modi di procedere che potevano sembrare enigmatici, il rispetto, per non dire il culto che suscitava, cosí come l'antipatia, o la ripulsa. Lo si sarebbe potuto definire tanto un lavativo quanto un genio. Il suo viso singolare rifletteva un po' di tutto questo. Spigoloso, carnagione olivastra, naso aquilino, occhi dolci persi nel vago, tranne quando lo sguardo diventava di colpo puntuto, labbra irregolari dal sorriso accattivante che aveva spiazzato molte persone, accompagnato da una voce flautata. Ma non era quel sorriso, per quanto affascinante, a spingere Matthieu verso Adamsberg, suo malgrado. Erano proprio la sua visione cosí eccentrica delle cose, le sue stranezze, la sua totale mancanza di classicismo. Benissimo, concluse finendo la seconda tazza di caffè, doveva dare un taglio a quella che considerava un'inedita debolezza. Il caso era suo, e lui era in grado di risolverlo senza l'aiuto dell'ondivago commissario.

Tuttavia lo richiamò non appena ebbe la risposta del medico legale. Doveva ammettere che Adamsberg non si era sbagliato.

– Avevi ragione. La lama ha deviato di un nonnulla invece di affondare dritta fino al manico.

– Allora hai proprio a che fare con un finto mancino. Il che elimina Josselin e aumenta il numero dei tuoi potenziali sospettati.

7.

Con il ritorno a Parigi di Adamsberg, all'Anticrimine si ristabilí la solita routine, senza nessun caso «rilevante» in grado di attirare l'attenzione del commissario. Dal punto di vista di un poliziotto quella tregua inconsueta era una manna di cui approfittare. Molti sfruttavano l'alleggerimento degli impegni per ridurre il ritmo, recuperare, protrarre la pausa pranzo, dedicarsi ad altre incombenze, come Danglard alle ricerche araldiche – il suo pallino del momento – o Voisenet alla passione per i pesci, specie di acqua dolce. Il loro decremento per effetto del riscaldamento climatico e dell'inquinamento lo coinvolgeva come se fosse stato un pesce anche lui. Altri, come Mercadet e Froissy, geni dell'informatica, aspiravano a una ricerca lunga e complessa, che però non arrivava. Retancourt, per la quale l'azione costituiva l'essenza stessa del suo carattere, se ne andava a fare lunghe passeggiate a ritmo sostenuto per sfogare l'energia in eccesso. Quanto a Adamsberg, dietro la sua indolenza si celavano, privi di sfogo e di appagamento, l'odio radicale per l'omicidio e l'esasperazione di fronte a killer furtivi, dissimulati, che attraversavano la sua strada senza che riuscisse a definirne il minimo contorno; cosí lui percorreva i vecchi uffici ancora piú lentamente del solito. Si annoiava, era chiaro, ma i colleghi non si preoccupavano, sapendo da tempo che il commissario era capacissimo di vivere la noia senza che gli venisse a noia.

E che la sua mente, per un motivo del tutto incomprensibile perfino a lui, continuava a indugiare su Louviec. Già al ritorno si era abbonato online a «Sept jours à Louviec» e alla «Feuille de Combourg». Apprese cosí che il martellio dello Zoppo continuava a farsi sentire, che le battute organizzate da Maël avevano avuto come unico risultato la cattura di un vagabondo, privo di qualsivoglia bastone, al quale era stato permesso di proseguire per la sua strada con in tasca qualche spicciolo, e che la sua famosa coorte si era sciolta.

La pausa durò poco. Otto giorni dopo l'omicidio di Gaël Leuven, Anaëlle Briand, una giovane sui trent'anni, era stata trovata pugnalata con due coltellate a pochi metri dal negozio di elettrodomestici che gestiva con la cugina. Tutti sapevano, precisava «Sept jours à Louviec» in un'edizione straordinaria apparsa online già alle dieci, che le due donne lavoravano fino a tardi dopo la chiusura: facevano le pulizie, smaltivano la contabilità della giornata, si occupavano di scartoffie e ordinativi. L'articolo di «Sept jours» specificava che la cugina se n'era andata intorno alle ventuno e Anaëlle probabilmente mezz'ora dopo, come al solito. Lasciava sempre la bicicletta in un vicolo cieco all'angolo del negozio ed era stato lí che l'avevano accoltellata. La cugina, non vedendola rientrare – erano vicine di casa –, era tornata indietro e l'aveva scoperta. Niente testimoni, né tracce, né movente. Secondo la polizia non c'era nessun collegamento fra l'omicidio di Gaël Leuven e quello di Anaëlle Briand, che non avevano alcun legame tra loro. Anaëlle Briand, che cenava alla locanda ogni sabato, riservava a tutti un sorriso e qualche parola; ma, stando ai testimoni, tranne quel cordiale saluto, nessuno l'aveva mai vista discorrere con Gaël Leuven.

Il testo era corredato da una fotografia e da un box sotto il titolo *Anaëlle Briand era benvoluta da tutti*: «Questo terribile omicidio ha lasciato sbigottita l'intera Louviec. Non si capisce chi potesse avercela con la giovane donna. Le due cugine erano la gentilezza fatta persona, cordiali e sorridenti con la clientela. Tutti concordano nel dire che la morte di Anaëlle è un mistero insondabile».

Adamsberg annotò sul taccuino la data e qualche elemento. Intanto teneva d'occhio il telefono. L'omicidio era stato scoperto la sera precedente, alle ventidue. Come il medico legale, pure Matthieu doveva aver dormito poco. E quella mattina doveva essere passato da un interrogatorio all'altro. Ciononostante non era da Matthieu non mandargli nemmeno un messaggio per informarlo. Forse il suo commissario capo lo aveva rimproverato per l'ingerenza di Adamsberg nel caso.

Mentre Froissy, incollata al suo schermo, aveva infine trovato una ricerca impossibile da condurre e lavorava accanitamente su un'immagine indecifrabile, Adamsberg andò nell'ufficio di Danglard, dove il comandante stava redigendo il rapporto sulla rapina a mano armata in una piccola oreficeria avvenuta due giorni prima e conclusasi con il grave ferimento del cassiere. I due rapinatori se n'erano andati a mani vuote e senza lasciare ai poliziotti indizi probanti, a parte il fatto, secondo il proprietario del negozio, che sembravano giovani, sui vent'anni, che il «capo» aveva il respiro sibilante, e che da una maglia del passamontagna sbucava una ciocca rossa. Passamontagna che, cercando di infilarselo nel giubbotto prima di mettere in moto lo scooter, gli era caduto a terra. Un errore da dilettante che aveva permesso di rilevare il Dna del ragazzo dalle tracce di saliva. Non presente in archivio. Non appena l'aveva avuto in mano, Froissy si era appassionata a quel passamontagna: non era a coste fitte o in pile, ma lavorato ai ferri, a maglie larghe, come per permettere al tizio di respirare meglio.

– Che cosa le interessa tanto di questo passamontagna, tenente? – aveva chiesto Adamsberg.

– Un'idea da pazzi, di sicuro.

– Dica pure. Mi piacciono le idee da pazzi.

– Non abbiamo un passante che l'ha fotografato abbastanza da vicino quando usciva dal negozio?

– Sí, ma non serve a niente, Froissy. Portava ancora il maledetto passamontagna.

– Solo che si tratta di un passamontagna fatto in casa, a maglie larghe. Vede, le dita si infilano facilmente nei buchi. Forse lavorato ai ferri dalla nonna perché il nipote potesse sciare senza rischiare un attacco d'asma. Non dimentichi il respiro sibilante.

– E allora?

– E allora mi chiedevo se, vista l'ampiezza degli spazi fra le maglie, ingrandendo la foto e poi selezionando solo le immagini attraverso i buchi, questo non possa darci almeno i contorni della faccia del tizio, le dimensioni del naso, la lunghezza delle labbra, cose cosí. Piú probabile che ci dia solo un'immagine grigia inutilizzabile. Idea stupida. Ci sto lavorando con Mercadet, è imbattibile nella ricostruzione di immagini.

– Tenti comunque, Froissy.

– Come sta il cassiere? – chiese Adamsberg senza che Danglard sollevasse il naso dal computer.

– Un po' meglio. L'ha scampata per un pelo.

– Lo troveremo. Froissy sta cercando la sua faccia.

– Ah sí? E come? – volle sapere Danglard interrompendosi.

– Nei buchi delle maglie del passamontagna.

Danglard liquidò con un gesto quell'idea stravagante.

– Quindi a Louviec il massacro continua? – commentò. – Povera donna.

– Come fa a saperlo?

– Quando le importa di qualcosa, io mi informo.

– Venivo appunto a parlargliene. Il commissario capo di Rennes, Combourg e dintorni, che tipo è?

Per queste domande, come per tante altre, ci si poteva rivolgere a Danglard in assoluta sicurezza. Conosceva i vari graduati di tutta la polizia nazionale come altri conoscono l'alfabeto.

– Le Floch? È un cretino, – dichiarò. – Un cretino privo di immaginazione, uno zelante conformista e maniaco delle regole che non vede piú in là della sua logica limitata.

– Come ha fatto a ottenere quel posto?

– Ah, questa è la sua altra sfaccettatura. Del resto ne ha solo due, tanto per dire quanto è profondo. È un volpone, un intrallazzatore, un ladro. Trova sempre la maniera di appropriarsi del lavoro degli altri, cioè dei loro successi. È bravissimo a spiare tutti e a tenere in pugno i sottoposti. Proprio un tipaccio, ma che ha manovrato in modo da avere ovunque conoscenze in alto loco, negli «ambienti che contano», diciamo. Mescoli il tutto e otterrà un idiota disonesto gonfio di ambizione e diventato commissario capo.

– Dopo il primo omicidio quel Le Floch voleva sbattere in cella Chateaubriand. Sono riuscito a convincere Mathieu a fargli capire che razza di errore fosse.

– Aveva prove solide?

– I farfugliamenti di un moribondo ubriaco. Ma era stato ammazzato con il coltello di Chateaubriand.

– Dov'è stato ritrovato?

– Nella ferita.

Danglard scosse il capo con un'espressione sprezzante.

– Certo che per predisporre trappole cosí infantili bisogna proprio avercela con quel disgraziato discendente degli Chateaubriand, che già porta la croce cosí pesante del suo antenato. Ma l'assassino dovrà darsi molto da fare. Ce ne vorrà prima che lassú, ai vertici, – disse puntando il dito verso il soffitto, come se il ministero si trovasse sopra i tetti, – accettino di toccare uno Chateaubriand, e soprattutto Josselin, che sembra la sua reincarnazione, talento a parte.

– Perché?

– Perché Chateaubriand, innovatore, antesignano del Romanticismo, grandioso maestro di stile, è una gloria nazionale, riconosciuta in tutto il mondo, – si scaldò Danglard, – dal Canada al Giappone, dal Brasile alla Russia. Accusare il suo discendente Josselin, che gli somiglia come una goccia d'acqua, di essere un omicida produrrà un immediato contraccolpo, e nonostante i decenni trascorsi l'ignominia coprirà di fango l'augusto antenato. A meno che non esistano prove davvero tangibili, verrà fatto di tutto per impedirlo. Il secondo omicidio ha fornito qualche indizio?

– Matthieu non mi ha informato.

– Eppure mi sembrava che foste inseparabili. Farebbe bene a sentirlo subito prima che il commissario capo lo ficchi in un pantano.

Non appena fu nella sala comune Adamsberg chiamò il collega. Ebbe l'impressione che Matthieu gli rispondesse con un tono contrariato.

– Il tuo commissario capo ti ha fatto la predica? Mi espelle dalla partita?

– Anche.

– E c'è dell'altro.
– Un po'.
– Molto. Riguardo all'omicidio di Anaëlle. Qualcosa che ti mette cosí a disagio che non vuoi informarmi.
– Esatto.
– Perché avete altri elementi per accusare Josselin, ovviamente. Mi sbaglio?
– No.
– E quel cretino di commissario capo ci si butta a pesce per garantirsi la gloria. Non è la gloria che troverà, Matthieu. Morderà la polvere. La ragazza ha avuto il tempo di dire qualcosa a sua cugina?
– No.
– E il coltello? È rimasto nella ferita?
– Sí.
– È la prima volta in assoluto che sento parlare di qualcuno che non si sbarazza dell'arma. Il rapporto del medico legale?
– Ti stupirà: è morta per le ferite, le stesse di Gaël. E non per i morsi di pulci.
– Aveva anche lei dei morsi di pulci?
– Sí, anche lei, – rispose Matthieu seccamente, sentendo aumentare l'attenzione di Adamsberg dalla vibrazione della sua voce. – Mica mi dirai che ti interessa? Aveva un cane, tutto qui.
– Liquidi la faccenda troppo in fretta, Matthieu. Perché invece Gaël un cane non ce l'aveva.
– Ma perché ti interessano quelle pulci, porca miseria?
– Mi interessano molto. Tanto che mi piacerebbe che chiedessi al medico legale se erano morsi freschi, e se su Anaëlle c'erano tracce di vecchi morsi. Lo stesso per Gaël, sempre che se ne ricordi.
– Per farmi prendere per il culo?

– E allora? L'importante è che otteniamo l'informazione.

– «Otteniamo»? Questa è la mia indagine, Adamsberg, non venire a incasinare tutto con le tue elucubrazioni. E quei morsi non mi interessano affatto.

– Inutile arrabbiarsi, io non sono in gioco. Ti chiedo un semplice favore che ti occuperà solo pochi minuti.

– E che ti servirà a cosa?

– A riordinare le idee.

– E da quando riordini le idee?

– Devi essere stanco morto, – svicolò Adamsberg flemmatico. – Ti faccio un'ultima domanda e poi ti lascio in pace.

– Al punto in cui siamo, – sospirò Matthieu. – Spara.

– Grazie. Il coltello è un Ferrand pure stavolta, nuovo di zecca?

– Sí, e stavolta quello che aveva comprato Josselin a Combourg era a casa sua.

– Non è difficile procurarsi lo stesso coltello da un ferramenta di Rennes. Per non dire piú d'uno.

– Piú d'uno? Perché dici cosí? Pensi che ce ne saranno altri, di omicidi?

– Non lo so, Matthieu.

Ancora quel «Non lo so», formula ricorrente di Adamsberg che, agli occhi del collega, condensava un bel po' di pensieri. Informi, forse, ma pensieri. Durante la loro precedente indagine aveva avuto modo di veder germogliare e poi sbocciare quelle specie di pensieri sotterranei e non li sottovalutava. Matthieu intuiva di stare cedendo, che la sua determinazione a fare a meno del commissario svaniva. Tanto quanto resisteva l'interesse di Adamsberg per i casi di Louviec.

– Visto che il coltello non è un indizio, c'è qualcos'altro per cui il tuo commissario capo ti sta sul groppone.

Ancora una volta, di colpo, Adamsberg sentí la mente vagare altrove, verso la melma, e si perse la risposta del collega.

– Non ti ho sentito, – si scusò.

– Perché non ho detto niente.

Adamsberg si ripeteva l'ultima frase che aveva pronunciato e non ci trovava proprio nulla che giustificasse quella sua improvvisa distrazione.

– Le cose si mettono cosí male? – riprese.

– Avevi detto un'ultima domanda, non due.

– Mi limito a chiedere come la pensi.

– Be', sí, si mettono male. Josselin sarà dentro prima di sera.

– Lasciami riflettere. Sai che mi ci vuole tempo.

E Matthieu, invece di ribellarsi, posò il telefono e attese. Adamsberg, incapace di concentrarsi davvero, lasciava sfilare dentro di sé le tante immagini di Josselin che aveva perfettamente memorizzato, alla ricerca di un dettaglio singolare e facile da ritorcergli contro. La sua mente si soffermò sull'*Auberge des Deux Écus*, nel momento in cui aveva teso a Josselin quel piccolo foulard di seta bianca che gli cadeva di continuo.

– Sul cadavere avete trovato il foulard insanguinato di Josselin, – disse. – Che secondo voi sarebbe caduto sulla vittima mentre lui si chinava per infliggere le coltellate. Qualcosa del genere. Mi sbaglio? Sconcertante, schiacciante.

Matthieu non rispose, dal che Adamsberg dedusse di aver indovinato.

– L'assassino ha colpito con la sinistra? Come per Gaël?

– Sí.

– E le coltellate? Sempre come interrotte e dirette verso destra? Un po' deviate?

– Sí.

– Il tuo assassino è un finto mancino, ormai è sicuro.

– Ma il foulard, per la miseria! – esplose Matthieu, abbandonando ogni riserbo. – Come faccio col foulard?

– Un indizio fuorviante, Matthieu. Prima il coltello di Josselin, poi un assassino apparentemente mancino, poi il suo foulard, cosí facile da raccogliere, che lui lo perda alla locanda o per strada, o persino a casa sua, dove la gente va e viene come le pare e dove deve esserci tutta una collezione di foulard. Il tuo assassino non sembra preoccuparsi delle vittime, come se le beccasse a caso.

– E torniamo al punto. Perché cerca di far sbattere in galera Josselin?

– O il contrario, Matthieu, o il contrario.

– Non ti capisco.

– Chi troppo accusa strafà, Matthieu. Pensi di poter tenere a bada quel cretino del tuo commissario capo? Sai che ha fama di essere un idiota nonché un intrallazzatore che si attribuisce i successi degli altri?

– No, questa volta non potrò tenerlo a bada. Arrestare il famoso Josselin de Chateaubriand: lui immagina che sarebbe la sua consacrazione, con il suo nome sui giornali e tutto il resto.

– Sei al commissariato di Rennes, in questo momento? Se è cosí, prendi tutti gli uomini disponibili e setaccia tutti i centri commerciali e negozi di ferramenta della città per verificare se un tizio, o una donna, ha comprato recentemente molti coltelli Ferrand. Uno alla volta, in negozi diversi. Non dimenticare che travestirsi è uno scherzo: barba posticcia, parrucche, tinture, occhiali e via dicendo.

– Lancio l'operazione. Josselin è fregato, vero?

– Se non fosse per quell'imbecille di commissario capo, no. Ma con lui non scommetto due soldi sulla sua pelle. Aspetta, dammi ancora un secondo. Sul primo coltello, quello di Josselin che l'assassino ha lasciato nella ferita, i rivetti del manico erano dorati o argentati?

– È importante?

– Sono andato a guardarmi dei coltelli Ferrand da un ferramenta. Mi ha mostrato due modelli, uno coi rivetti dorati e uno coi rivetti argentati. Quello coi rivetti dorati è nettamente piú caro e il legno è di qualità migliore.

– Tre rivetti dorati per Gaël, – disse Matthieu dopo aver controllato sulle foto.

– Bene. Può darsi che l'assassino non abbia memorizzato questo particolare e abbia comprato quello meno caro, con i rivetti argentati. Si vede sulle foto?

– Sí, rivetti argentati.

– Be', puoi star certo, al cento per cento, che Josselin, che al suo coltello ci teneva, ha ricomprato lo stesso identico modello, con i rivetti dorati. È stato qualcun altro a procurarsi il secondo coltello. Fai presente anche questo al tuo Le Floch. E non dimenticarti delle pulci.

– Non c'è pericolo, – rispose Matthieu, ma questa volta nella sua voce c'era un vago sorriso.

Due ore dopo Adamsberg girava ancora per l'ufficio, facendo avanti e indietro da una parete all'altra, scavalcando il palco di corna di cervo abbandonato a terra – ricordo di una vecchia indagine –, annotando una parola di tanto in tanto. Si fermò per scrivere «cordiale, caloroso, groppone», e raggiunse Froissy e Mercadet, chini su uno schermo.

– Cosa sta venendo fuori?

Mercadet gli mostrò un foglio coperto di quadratini grigiastri in tonalità diverse.

– Non è esattamente un identikit.

– Aspetti, commissario, dobbiamo ancora ottimizzare

la pixelizzazione, cancellare le aree nere, creare i nessi e colorarlo. Resta una remota speranza.

– Benissimo, ottimizzate, – disse Adamsberg, che non capiva una parola e che, con la mente altrove, pensava ai titoli cubitali del giorno dopo: *Arrestato Josselin-Arnaud de Chateaubriand, l'efferato assassino di Louviec*.

8.

Il venerdí mattina Danglard uscí dal suo ufficio facendo grandi cenni al commissario perché lo raggiungesse immediatamente.

– Il sottosegretario del ministero dell'Interno al telefono, – gli disse sottovoce. – È urgente, si sbrighi.

– Che cazzata possiamo aver fatto? – bisbigliò Adamsberg.

Danglard lo spinse avanti, lo fece sedere sulla sua sedia e gli mise in mano il telefono. Adamsberg salutò con tutta la deferenza del caso, ma il sottosegretario tagliò corto ai preliminari per andare dritto al sodo, parlando il piú in fretta possibile.

– Il caso di Louviec, commissario Adamsberg. Risparmiamo tempo, conosco tutti i dettagli. Non ho mai creduto alle qualità del commissario capo Le Floch, ma stava per oltrepassare i limiti della stupidità e dell'incoscienza arrestando su due piedi Josselin de Chateaubriand. Il ministro lo ha stoppato di netto e Le Floch è provvisoriamente sostituito dal vostro commissario capo, fino a nuovo ordine. Significa che lei prende in mano le indagini seduta stante: cosí ha deciso il ministro, per quanto paradossale sia la fama di cui lei gode. Si porti tutti gli uomini che le servono, non esiti a chiedere rinforzi, ha carta bianca, e mi blocchi quell'assassino che, con i suoi immondi misfatti, si accanisce a coinvolgere Josselin de Chateaubriand. Il ministro è furibondo.

Il sottosegretario fece una pausa che non richiedeva risposta e riprese in tono piú calmo.

– Le ho trasmesso il tenore delle parole del ministro, e anche il suo umore. So che lei è stato due volte a Louviec, ha lavorato in perfetta intesa con il suo collega Matthieu, un ottimo elemento, e in un'occasione ha già bloccato le disastrose iniziative del suo commissario capo. Come ha fatto?

– Mancanza di capi d'imputazione, incoerenza e, come confermano i fatti recenti, un eccesso di prove degno di un demente. Cosa che Josselin de Chateaubriand non è affatto.

– No di certo.

– Ma il caso non sarà semplice, signor sottosegretario. Verrebbe da pensare che l'assassino colpisca a casaccio, ma anche di questo non sono convinto.

– Perché?

– Non so lo, signor segretario. È una vaga sensazione.

– Nonostante il silenzio cautelativo dei membri della sua squadra, ci è giunta notizia delle sue vaghe sensazioni, – disse il sottosegretario in tono piú secco. – Cerchi di dimenticarle, di essere preciso, efficiente e veloce. Tiri fuori di lí Chateaubriand, è tutto quello che le viene chiesto.

La comunicazione si chiuse senza che ci fosse il tempo di scambiarsi nessuna formula di saluto.

– Siamo stati incaricati, Danglard. Louviec è nostra.

– L'avevo capito.

– Prepari una riunione nella sala del Concilio perché tutti siano informati. Io chiamo Matthieu.

La «sala del Concilio», cosí pomposamente denominata da Danglard, era la piú grande delle due sale riunioni, mentre la «sala del Capitolo» ospitava comitati piú ristretti. Nel Concilio ognuno si sedeva sempre allo stesso posto, non per rispettare un rituale ma per automatismo. Anche se nessuno si sarebbe seduto all'estremità del lungo tavolo di legno, dove presiedevano i comandanti Danglard e Mordent, i due collaboratori piú alti in grado di Adamsberg. L'uno con la sua scienza e memoria immensa, l'altro con la sua perspicacia e il suo istinto intuitivo, concorrevano entrambi al funzionamento delle indagini, soprattutto di quelle che a Adamsberg interessavano poco.

Il commissario occupava la sedia di fronte alle due grandi porte finestre che davano sul vecchio cortile lastricato, da cui osservava i cambiamenti della vegetazione e l'attività degli uccelli. Uccelli per i quali Froissy – ovviamente per paura che mancassero di cibo – appendeva ai rami mangiatoie piene di semi e depositava a terra ciotole d'acqua.

Mentre il brigadiere Estalère distribuiva sul tavolo le tazze di caffè – compito di cui andava orgoglioso e di cui era diventato l'esecutore indiscusso –, Adamsberg chiamò il commissario Matthieu, che gli lasciò a malapena il tempo di pronunciare tre parole.

– È successo un miracolo, Adamsberg, – e la sua voce era sovreccitata. – Senza la minima spiegazione il commissario capo mi ha appena comunicato che rilasciavamo Josselin, ormai a due dita dalla cella. Poi, furibondo, se n'è andato sbattendo la porta.

– Nessun miracolo, Matthieu. L'ordine è arrivato qui al comandante Danglard, dritto dal ministro dell'Interno. Te l'avevo detto: toccare Chateaubriand è fuori questione, se non in presenza di prove indiscutibili.

– Ottimo. Questo salva provvisoriamente Josselin e mi dà un po' di tempo.

– Che il tuo commissario capo sia malvisto nelle alte sfere è dir poco.

– Perfetto, mi sta benissimo.

– Temo che il seguito non ti starà altrettanto bene.

Adamsberg cercava le parole. Annunciare a Matthieu che gli era stata tolta la direzione delle indagini non era affatto piacevole.

– Vista l'enormità che stava per commettere, il tuo commissario capo è stato relegato in panchina: divieto di immischiarsi in questa inchiesta, sempre per ordine del ministro. Quindi è provvisoriamente sostituito per il caso di Louviec.

– Mi sta bene anche questo. Quale commissario capo subentra?

– Il mio, Matthieu. E ti assicuro che io non c'entro niente, non siamo per nulla in buoni rapporti.

– Spara, – si innervosí l'altro. – Se c'è un nuovo commissario capo, c'è un nuovo commissario, vero? E questo nuovo commissario sei tu?

– Pura logica burocratica.

– Ovvio, – disse Matthieu con una voce di colpo spenta. – Le Floch viene estromesso e io, io che non sono stato capace di convincerlo e di tenerlo a freno, cazzo, salto insieme a lui.

– Come ti viene in mente? Ai piani alti ti considerano un «ottimo elemento», cito, al contrario del sottoscritto, e sono vivamente pregato di lavorare insieme a te.

– Sotto la tua tutela.

– Dal punto di vista burocratico, sí. Ma solo in questo senso. Hai tutto lo spazio di manovra per formare la squadra, ho bisogno di te e conto su di te. Se accetti di unirti a noi.

– Ma non ho scelta, no? O sarò colpevole di insubordinazione.

– Non capisco perché una semplice formalità burocratica ti offenda tanto. Quanto a me, che sia tu o io a dirigere la squadra, è solo un dettaglio ufficiale di cui non mi frega niente, e te ne lascio la responsabilità sul campo, se ti fa piacere. Hai capito, sí?

– Sí, – disse Matthieu, il cui tono stava ridiventando normale.

Lieve ferita all'amor proprio, si disse Adamsberg. Sarebbe passata. Ferita che lo stupiva perché lui, invece, di amor proprio era totalmente privo.

– In pratica ci saranno collaborazione e azioni congiunte permanenti e, sí, ho bisogno di te e dei tuoi uomini. Non posso trasferire tutta la squadra di Parigi. Cristo santo, – aggiunse alzando un po' il tono, – non è colpa tua né mia! L'importante è che Josselin sia ancora libero. Per il resto non cambia niente. È stato quel cretino di Le Floch a essere messo all'indice, che cosa c'entra con te?

– Niente, – ammise Matthieu. – Chiedo scusa. Quando conti di venire?

– Oggi pomeriggio stesso. Puoi trovarci una sistemazione in paese? Penso che saremo cinque, compresa una donna.

– Mi organizzo con il municipio di Louviec.

– Dimmi, riguardo ad Anaëlle...

– Recenti, – lo interruppe Matthieu, – anzi recentissimi. Parlo dei morsi di pulci. Nessuna traccia di vecchi morsi. Idem per Gaël. Mi sono persino spinto a far controllare il cane di Anaëlle. Niente. Contento?

– Contentissimo.

– Puoi dirmi perché?

– Perché significa che è l'assassino ad avere le pulci. A contatto ravvicinato ne ha rifilata almeno una a ognuna delle sue vittime.

Matthieu rimase un attimo in silenzio, rimuginando sul proprio errore. Era un indizio importante e gli era sfuggito.

– E sul fronte di Anaëlle, – riprese in fretta Adamsberg,

poco desideroso di percepire la mortificazione del collega, – nessuna storia sentimentale tempestosa?

– Sua cugina è cosí distrutta che sarebbe impietoso interrogarla. È a malapena in grado di parlare. Devi capire, le due ragazze sono cresciute insieme. Ma da quel che so, e anche secondo i vicini, non c'erano complicazioni affettive. Molti amici, fra cui uno speciale, ma senza rivali all'orizzonte. Ho visto il tizio, dolce come un agnello, prostrato dal dolore. Niente da ricavare su quel versante.

– E Gaël Leuven? Nessuna attrazione per Anaëlle?

– Ho reinterrogato i suoi migliori amici. No, era sposato e aveva una compagna a Louviec, una donna divorziata, non so come si chiama, il che sembrava bastargli ampiamente. Lascia perdere il movente sentimentale, non ce ne sono.

– E quello economico?

– Nemmeno. Si direbbe che il nostro soggetto colpisca il primo che incontra per strada, a casaccio. Ah, un particolare a proposito di Anaëlle. Alla sera, tornando a casa, passa davanti alle finestre dei Joumot-Serpentin, la coppia infernale. Si vocifera – ma sai quanto valga questo «si» – che tra quei due non ci sarebbero normali rapporti fraterni. A volte me lo sono chiesto persino io. Supponi che sia vero, supponi che lei li avesse visti poco tempo prima in una situazione intima.

– In tal caso, Anaëlle lo racconta a sua cugina, il che mette la cugina... come si chiama?

– Gwenaëlle.

– ... in pericolo. Non appena sarà in grado, chiedile se Anaëlle le ha parlato di un incesto a casa Joumot. Se sí, bisognerà metterla sotto protezione. Quanto a Gaël, provocatore com'era, non è difficile immaginare che facesse capire a quei due che cosa pensava di loro. Deve proprio essersi divertito a mettere la Serpentin sulla graticola.

Tranne che non si è reso conto che con quella bravata firmava la sua condanna a morte. Joumot ha un alibi?

– Sí e no. Fornito dalla sorella, il che significa che non vale niente. Lei assicura che Joumot è tornato da Combourg verso le venti, che sono rimasti a casa e basta. A far che? A cenare e fare i tarocchi per conoscere il loro futuro e quello degli altri, con l'aiuto di fotografie e pendolini. Se Joumot è l'assassino, si capisce la sua insistenza nel far accusare Josselin. E tutto questo complica ulteriormente le ultime parole di Gaël: «visc... beran... botte... Joumot».

– Si torna sempre a quello scoglio. Ma è proprio quello scoglio che ci metterà sulla strada giusta. Solo che per il momento ci sbattiamo il muso contro. Lo stiamo prendendo dal lato sbagliato.

– Come fai a saperlo?

– Ma non lo so, Matthieu.

Durante la riunione di tutti gli agenti della squadra nella sala del Concilio, Adamsberg si dilungò ampiamente per esporre il caso di Louviec nei minimi particolari, dalla gamba di legno dello Zoppo fino ai dissidi sul fatto di calpestare le ombre e agli indizi schiaccianti contro il discendente di Chateaubriand. Danglard ne approfittò per dissertare sulla storia di François-René de Chateaubriand, vita e opere, e il commissario constatò con una certa soddisfazione che molti lo conoscevano solo di nome e che altri non avevano mai sentito parlare né di lui né della fortezza di Combourg. Il taccuino su cui erano annotate le ultime parole di Gaël Leuven passò di mano in mano, e tutti scossero il capo, impotenti. Adamsberg spiegò il primo significato che gli era stato attribuito, e perché fosse incoerente.

– Hai ragione, – disse Veyrenc. – «Botte» è una parola da bambini, e dalla descrizione che hai fatto di Gaël Leuven è inconcepibile che abbia usato quel sostantivo, o che abbia raccontato la scena al municipio mentre era in punto di morte. Però resta quel «botte Joumot», e bisognerà dargli un senso.

– Un guazzabuglio inestricabile, – riassunse Adamsberg. – Ultime parole senza significato, ombre su cui è tassativo non camminare, minacce, il rumore della gamba di legno del fantasma di Combourg che preannuncerebbe un omicidio, la presenza del sosia di Chateaubriand, sul quale si accumulano grossolanamente tutti gli indizi, la mancanza di moventi, tranne per Joumot, ma è molto discutibile, la mancanza di un legame fra le due vittime: compatisco chi dovrà lavorarci su. Cioè noi. Cioè voi, Retancourt, Veyrenc, Noël e Mercadet. Non si può lasciare del tutto scoperta l'Anticrimine, e avremo il supporto del commissario Matthieu e dei suoi uomini. Noël, si controlli e sia gentile con i rinforzi. Punto importante: a Louviec non ci si veste come a Parigi o a Rennes. Niente giacca e cravatta. Pantaloni semplici, larghi, camicie ampie, a quadretti se volete, maglioni un po' logori, felpe, niente di aderente, niente di attillato, niente di particolarmente alla moda, tranne i giovani quando i genitori hanno i mezzi per regalargli ciò che desiderano.

– Perfetto, – disse Danglard con un sorriso inequivocabile. – Lei non dovrà cambiare abbigliamento, commissario. E neanche Retancourt o Mercadet, che si veste nel modo piú comodo possibile per poter essere a suo agio sia da seduto che da sdraiato. Noël però dovrà rinunciare ai suoi appariscenti giubbotti da motociclista, e Veyrenc alle sue tenute dalla studiata semplicità che risulta piuttosto raffinata. Ma perché questo provvedimento? Ha paura che gli abitanti si offendano? Eppure sono abituati ai turisti.

– Ma non ai poliziotti spediti a casa loro dalla capitale, Danglard. Non voglio che i «parigini» siano tenuti subito a distanza. Dovremo instaurare rapporti, fare interrogatori.

Adamsberg parve concentrarsi di nuovo sul suo disegno, che rappresentava il riccio tornato nel suo boschetto. Chiedeva notizie di continuo, e non erano buone. La ferita si era infettata e due giorni prima si era manifestata una setticemia. Ma la veterinaria non demordeva e non disperava. Attualmente la bestiola dormiva, il che lo fece ripensare agli agenti che lo avrebbero accompagnato a Louviec. La decisione di portare Mercadet non era semplice. Il tenente soffriva di ipersonnia e funzionava a cicli di veglia e sonno di tre o quattro ore, il che non facilitava un'indagine sul campo che, ne aveva il presentimento, rischiava di essere tosta. Di quell'handicap Adamsberg non aveva mai informato i superiori, che avrebbero subito espulso il tenente dal corpo di polizia. Tutti gli agenti dell'Anticrimine proteggevano Mercadet. Lui faceva i suoi sonnellini nella stanzetta del distributore di bevande, al primo piano, dove erano stati sistemati per terra dei cuscini, vicino alla ciotola del gatto. Ma Mercadet era un informatico dal talento impareggiabile e Adamsberg desiderava a ogni costo averlo in squadra. Sarebbe toccato a lui fare in modo che le regolari sparizioni del suo tenente ipersonne non venissero scoperte. Retancourt e Noël erano stati aggiunti per assicurare difesa ed energia, e Veyrenc, efficiente, abile e influente, per sostituirlo durante le sue assenze, giustificate o meno.

Tutti viaggiavano leggeri, convinti com'erano che non si sarebbero trattenuti per molto a Louviec, tranne Adamsberg, che oltre allo zaino si portava dietro un lungo bagaglio visibilmente pesante.

– Che cos'hai lí dentro? – finí per domandargli Veyrenc, mentre percorrevano la banchina della stazione. – Un supplemento di artiglieria pesante?

– No, attrezzatura da pesca. Be', quella che mi ha prestato Voisenet. Ho individuato sulla cartina un fiumiciattolo un po' a nord del paese, dal bel nome di Violette, frequentato da carpe, alburni, lucci, salmoni atlantici e non so che altro.

– Perché? Adesso peschi? – disse Veyrenc fermandosi di colpo.

– Ma no. Non ho neanche portato esche o ami. Solo un piombino per far affondare la lenza, nel caso che qualcuno mi veda. Bisogna essere credibili.

– Ma cosa sta tramando, commissario? – chiese Mercadet, che aveva seguito la conversazione.

– Qualche fuga, tenente, qualche fuga. In un paesino come Louviec non si scompare cosí, come niente. Invece se dici che vai a pescare tutti capiscono che hai bisogno di silenzio e ti lasciano in pace.

La squadra conosceva il bisogno di Adamsberg di andare a camminare da solo e isolarsi, alla ricerca di pensieri accidentali.

– Bel trucco, – disse Retancourt salendo in treno. – Ma che ne farà dei pesci pescati?

– Ma non avrò pesci, Retancourt.

– E come lo spiegherà?

– Dirò semplicemente che li ho ributtati in acqua.

– Sembrerà un tipo strano, – disse Noël.

– Sembro comunque un tipo strano, tenente. Non li scandalizzerà piú del comportamento di Josselin de Chateaubriand.

– Cioè? – chiese Veyrenc.

– Andarsene nei boschi ogni mattina a raccogliere funghi e regalarli a chi li apprezza, perché a lui non piacciono.

– È fuori di testa? – domandò Retancourt, che in fatto di psicologia non andava troppo per il sottile.

– Nemmeno per sogno. Eccentrico, forse, ma lo definirei piuttosto un *flâneur*, un sognatore, un amante delle fughe, o queste tre cose insieme. Raccogliere funghi per tutta la mattina è un modo per sfuggire al mondo. Durante il resto della giornata quell'uomo, peraltro incantevole, è costretto a esporsi alle masse di turisti venuti lí apposta, anche dall'estero, per vederlo e farsi fotografare accanto a lui. Abbastanza per sentire il bisogno di sottrarsi a questa pressione che mal sopporta.

– La somiglianza è cosí impressionante? – chiese Mercadet.

– Piú che impressionante, tenente: da lasciare di stucco. È un assoluto enigma. Non ho insistito troppo su questo punto durante la riunione perché non riguardava direttamente gli altri agenti. Ma ecco il ritratto del celebre scrittore nel 1809, – rispose Adamsberg facendo circolare il libriccino che gli aveva regalato Matthieu. – Aveva circa quarant'anni.

– Attraente, – commentò Retancourt.

– Ed ecco la fotografia di Josselin che mi ha girato il commissario, scattata piú o meno alla stessa età.

Veyrenc si concentrò sui due ritratti, passando dall'uno all'altro, sbalordito quanto i suoi colleghi, ammutoliti per lo stupore.

– Il suo sosia perfetto, – disse Adamsberg. – Josselin è di sicuro un discendente del suo avo François-René, ma è comprensibile che una tale somiglianza a tanti anni di distanza affascini e che Josselin cerchi di sfuggirvi come può. Per cui, ecco le istruzioni: quando lo vedrete la sera all'*Auberge des Deux Écus*, dove va a cenare – lí le foto sono vietate –, mi raccomando, fate finta di non riconoscerlo. Nulla gli fa piú piacere di essere ignorato e trattato come una persona qualsiasi.

– È comprensibile, – mormorò Veyrenc, che non riusciva a staccare gli occhi dai due ritratti.

– Visto che non ha segreti con il padrone della locanda, un gigante biondo, saprà subito che siamo una squadra di poliziotti impegnati in un caso nel quale lui è seriamente coinvolto, e di sicuro verrà a salutarci e a presentarsi. Non mostratevi sorpresi, e soprattutto non fissatelo.

– Capito, – disse Noël. – Ci proveremo.

– Ha dato appena uno sguardo di sfuggita al ritratto dello scrittore, – gli fece notare Adamsberg.

– È perché lo conosco a memoria, – ribatté Noël con un sorrisetto sarcastico. – Le *Memorie d'oltretomba* erano il libro preferito del mio padrino e l'ho ereditato. C'era sopra questo ritratto. E quel libro l'ho letto due volte. E poi, di seguito, pure *René* e *Atala*. Vi ho lasciati di sale, eh? Solo perché sono molto diretto, parlo come un carrettiere e ho spesso delle reazioni brutali mi prendete tutti, tranne Retancourt, per un buzzurro. Giusto capace di spaccare la faccia ai criminali. Be', non sono un buzzurro.

– Non lo pensa nessuno, Noël, – disse Adamsberg, la cui voce avviluppò il tenente abbastanza per convincerlo. – Se qui c'è un buzzurro, quello sono io. Prima di andare a Combourg, di Chateaubriand conoscevo solo il nome.

– Però il nome di Combourg mi diceva qualcosa, – disse Retancourt.

– Anche a me, ma niente di piú, – aggiunse Mercadet.

– E lei, Noël, – riprese Adamsberg, – visto che conosce questa faccia, come Veyrenc di sicuro, mi raccomando, cerchi a maggior ragione di controllarsi quando stasera vedrà il suo discendente.

9.

Il commissario Matthieu era venuto a prenderli alla stazione. Il sindaco di Louviec si era subito attivato mettendo a disposizione un vecchio edificio comunale, un tempo destinato ad accogliere anziani non autosufficienti. Un'ampia sala affacciata su un prato, una cucina, dieci camere al primo piano, ognuna dotata di water con sedile rialzato e piatto doccia a filo pavimento, munita di sostegni. Ovviamente i letti avevano sbarre metalliche per evitare cadute. Il tutto pulito e praticamente disinfettato. Quando la squadra si acquartierò mancava poco alle otto di sera.

– L'indagine nei negozi di ferramenta di Rennes ha dato qualche risultato? – chiese Adamsberg mentre sistemava le sue cose.

– Non è andata tanto male, – rispose Matthieu con un sorriso. – Avevi ragione: quattro coltelli venduti in quattro negozi diversi. Tutti con rivetti argentati. Quattro! Il tizio, sempre con lo stesso travestimento, si è fatto notare perché è abbastanza raro che uno chieda un coltello Ferrand, il piú caro sul mercato.

– Quattro… Dunque progetta altri tre delitti! E poiché è lo stesso tizio, il fatto di distribuire gli acquisti in posti diversi dimostra chiaramente che è diffidente e che le sue intenzioni sono feroci e determinate. Ovvio che si sia travestito. Che aspetto aveva?

– Testimonianze imprecise, tutte, con qualche piccolo dettaglio. «Altezza media», «di mezza età», ma comunque una faccia piuttosto appariscente.

– È necessario per mascherare quella vera. Capelli rossi, no?

– Grigi. Ma in effetti baffi, sopracciglia e barbetta rossi. Pancia, guance paffute, colorito rubicondo, una verruca su una pinna del naso. Vestiti anonimi, grigi e un po' sciupati, una casacca e un vecchio berretto da marinaio. A Louviec non c'è nessuno che si vesta da marinaio, non è un paesino di pescatori. I negozianti hanno notato il suo abbigliamento trasandato perché quel coltello costa comunque piú di quaranta euro.

– Da copione: tutta roba che si può fingere, Matthieu. La pancia, le guance gonfie e rubiconde, cenere per i capelli, una tintura all'acqua per sopracciglia e baffi, e persino la verruca, facile da fabbricare con una pallina di colla. Deve aver comprato la tintura in un grande magazzino. E dopo gli acquisti deve essere andato a togliersela e a cambiarsi in qualche caffè affollato. Il che presuppone che avesse con sé una borsa.

– Dimenticavo. Una sacca da marinaio, appesa alla spalla.

– Ci ha ficcato dentro la roba, la pancia finta, i vestiti, la verruca, ha ripreso il suo aspetto normale e se n'è andato. Mica facile sbarazzarsi di una grossa sacca in pieno giorno.

– Fra i paesini di Saint-Germain e Saint-Médard si possono raggiungere le rive dell'Ille. Se il tizio ha preso la precauzione di appesantire la sacca con dei sassi gli bastava fare una piccola deviazione e buttarcela dentro.

– Mi chiedo dove abbia trovato i vecchi abiti da marinaio.

– A Saint-Malo ci sono negozi che ne vendono. Nuovi o usati. Molto turistico. In ogni caso, a Louviec non c'è nessuno che corrisponda a questo identikit. Quattro coltelli, perdio.

– Spedizione ben preparata, – commentò Noël. – Ne ha di sale in zucca, quel tale, – aggiunse picchiettandosi la fronte.

– Non appena siete pronti ci ritroviamo all'*Auberge des Deux Écus*, – disse Matthieu prima di andarsene. – Il padrone ci ha riservato un grande tavolo, mi ha detto che vi faceva gli stessi prezzi che fa agli abitanti di Louviec.

– D'accordo, – rispose Adamsberg con un tono improvvisamente distratto.

E rimase immobile come una statua nella sua stanza. L'idea vaga. La stessa o un'altra. Ma che cos'era successo, accidenti? Niente di niente. Noël aveva detto che l'assassino era furbo e si era picchiettato un dito sulla fronte. Niente per cui abbandonarsi alle idee vaghe. Che peraltro il ministro gli aveva proibito. Si riscosse, annotò sul taccuino quel microavvenimento, si ravviò i capelli con le dita e raggiunse la locanda, distante sei minuti a piedi. Matthieu si era portato due colleghi, un ometto tutto rotondità, atteggiamento compreso, dalla forma del naso a quella dei polpastrelli, e uno spilungone biondo illuminato da un gran sorriso di denti candidi. Il commissario gliene aveva fornito una breve descrizione: quello piccolo, Berrond, duttile e affabile, nonostante dall'aspetto non sembrasse uno smaliziato ed efficiente, invece era un tipo energico, infaticabile e perspicace. Quanto a Verdun, dalla faccia luminosa si intuiva che era uno intraprendente e lesto, e presentava una sfaccettatura opposta, fatta di lungimiranza, discrezione e riserbo. Né l'uno né l'altro manifestavano il minimo rancore nei confronti di una squadra piombata lí da Parigi e i due gruppi si intesero senza difficoltà. Matthieu si era premurato di escludere dalla sua scelta gli agenti pariginofobi, per quanto abili fossero.

Il padrone, Johan, la cui voce alta e forte si sentiva fin dal tavolo, collocato lontano dal bancone e accanto a un grande caminetto, si avvicinò con il taccuino in mano per dar loro il benvenuto, poi abbassò il tono all'improvviso per illustrare quasi in un bisbiglio il tenore della cena che proponeva di servirgli, enumerandone la composizione e i vini per accompagnarla. Se non gradivano quel menu, era possibile un'alternativa, che descrisse con la stessa minuzia discreta e appassionata. Considerate le porzioni abbondantissime che vedevano negli altri piatti, optarono tutti per il menu del giorno, ma senza antipasto. Un po' offeso, Johan si allontanò con la comanda.

– Perché bisbiglia?

Matthieu sorrise e bisbigliò di rimando: – Per istinto di protezione. È spasmodicamente affezionato alla qualità e alle specificità della sua cucina. Ne parla sempre sottovoce, come se temesse che una spia gli rubi i segreti di Stato. Tutte ricette che non sono scritte da nessuna parte se non nella sua testa. Un consiglio: non interrompetelo quando vi descrive i piatti in modo circostanziato, gli dareste un dispiacere.

– E non ha paura che un cliente li memorizzi?

– No, troppo complicato, e omette apposta certi particolari chiave aggiungendone altri falsi. Lo so dal cuoco. È come un messaggio in codice. Perciò le sue creazioni sono impossibili da riprodurre.

– Qui sono tutti un po' matti, – osservò Retancourt.

– A volte bisogna toccarla con mano, la follia, per scorgerla.

Matthieu notò un movimento al tavolo dei clienti abituali.

– State pronti, – disse. – Ora che Johan è passato a prendere la comanda, Chateaubriand non tarderà a venire a conoscervi prima che vi servano le portate. Non dimenticate: voi non lo avete mai visto. Chiamatelo semplicemente «signore».

Qualche minuto dopo Josselin arrivò al loro tavolo, mentre il padrone gli portava una sedia.

– Grazie, Johan, ma non intendo disturbare a lungo, – disse, sedendosi comunque.

– Nessun disturbo, – replicò Matthieu, – lei è il benvenuto. Conosce già il commissario Adamsberg. Le presento i quattro collaboratori che lo accompagnano. I tenenti Veyrenc, Noël, Retancourt e Mercadet.

Ci fu uno scambio di saluti e di «Buonasera, signore» che suonavano molto naturali.

– E cosí, commissario Matthieu, ecco la sua nuova squadra, – disse Josselin il cui sguardo incuriosito si era soffermato su Retancourt e sulla sua statura poco comune.

– Tranne che non è la mia nuova squadra, ma quella di Adamsberg. Il commissario capo attualmente incaricato del caso di Louviec ha affidato a lui la responsabilità.

– Sí, ho saputo tutto, – disse Josselin rivolgendosi a Adamsberg. – Stavo per finire in cella e le sono quanto mai riconoscente. La sua ostinazione a credermi innocente è riuscita a esautorare il commissario capo locale per passare la mano a lei.

– E come l'ha saputo?

– Da Matthieu, che ha sbattuto in faccia al commissario capo tutte le sue argomentazioni e l'ha caldamente invitato a non avventarsi su questa pista. Invano. E ieri Le Floch ha perso le staffe, accusando lei di aver avvertito il suo commissario capo, che a sua volta ha avvertito il ministero.

– Vero, – disse Adamsberg. – Anche se in quel momento non erano ancora fatti miei, mi è sembrato il caso di informarlo, perché in effetti è un personaggio influente, e parecchio. Ma per essere giusti, è stato il ministero a non tollerare l'accanimento di Le Floch contro di lei, come mi aspettavo.

– E per essere ancora piú giusti, – aggiunse Josselin con un sorriso, – non è affatto la mia insignificante persona che il ministero ha protetto, ma Lui. Lui, l'antenato.

– Siamo tutti d'accordo, – ribatté Adamsberg ricambiando il sorriso.

– Ma scusatemi, – dichiarò all'improvviso Chateaubriand con un sobbalzo, – sono proprio uno zotico, non mi sono nemmeno presentato ai suoi collaboratori. Signori, signora, grazie per il vostro aiuto. Mi chiamo Josselin de Chateaubriand, abito a Louviec e sono io quello che è stato accusato dei due delitti.

– Credo che lo avessero capito, – replicò Adamsberg. – Prima di partire gli ho illustrato il caso e la sua situazione.

– Allora è tutto a posto, – disse Josselin vedendo arrivare i piatti. – Auguro buon appetito a tutti e vi sono grato della vostra presenza.

– Parla sempre cosí? – chiese Noël quando Chateaubriand si fu allontanato abbastanza.

– Quel suo padre presunto aristocratico l'ha allevato come un futuro visconte, – spiegò Matthieu. – E anche se Josselin ha opposto una strenua resistenza, è una cosa che lascia il segno.

– E induce un pizzico di follia? – intervenne Retancourt.

Adamsberg parve riflettere un attimo prima di rispondere.

– Può darsi, – disse.

10.

L'indomani, dopo una notte discreta nel suo letto pieghevole, Adamsberg venne a sapere che Gwenaëlle era in grado di parlare. Ma il riccio investito no, pensò segretamente per qualche secondo, e se ne vergognò.

– Andateci verso le undici, – precisò il dottore, in modo da avere il tempo di convincere la giovane donna a vestirsi e a mangiare qualcosa.

– Le undici, – disse Adamsberg a Matthieu. – Vieni con me?

Matthieu fece una smorfia.

– Non mi piace questo tipo di missioni, – rispose.

– Neanche a me.

– Ma passerò a prenderti un quarto d'ora prima.

– Hai fatto sorvegliare le finestre dei Joumot ieri sera?

– Hanno giocato a carte. Ai tarocchi, di sicuro. Niente di molto sensuale.

– Aspetta un minuto, – aggiunse Adamsberg. – Mi sta passando per la mente una cosetta. Qualcosa che mi prude.

Adamsberg si strofinò automaticamente un braccio e si rimboccò la manica per esaminare la puntura. Una zanzara. Pungevano sempre piú presto e resistevano fino a novembre e oltre. Si godevano alla grande il riscaldamento globale.

– Una pulce? – chiese Matthieu. – Continui a pensarci?

– Ovvio. Mi prudono e mi stuzzicano. Mi interessano. Intendo far indagare, stasera ti dico.

Adamsberg si accomodò in ritardo al lungo tavolo dove i suoi collaboratori facevano colazione. In mancanza di Estalère, il maestro del caffè all'Anticrimine, si era incaricato di prepararlo Mercadet, mentre Veyrenc era andato a prendere pane, burro e zucchero. Adamsberg si versò una tazza sotto lo sguardo ansioso di Mercadet.

– Ottimo, tenente, – disse.

– Non è certo all'altezza di quello di Estalère, – ribatté Mercadet con una smorfia. – Cercherò di migliorare.

– Non si può mica essere bravi in tutto. Ma a partire da oggi avrò bisogno delle vostre doti di impostori. Vi riassumo le cose, e pazienza se vi sembrerà grottesco: dobbiamo farlo. Non c'è niente che colleghi le nostre due vittime, tranne un piccolo dettaglio: entrambe presentavano morsi freschi di pulci, e nessuna traccia di vecchi morsi. Poiché non abbiamo nient'altro a cui aggrapparci, dobbiamo supporre che durante il contatto con le sue vittime l'assassino gli abbia rifilato una pulce.

– È meno grave di una coltellata, – borbottò Retancourt.

– Ho detto «pazienza se vi sembrerà grottesco», Retancourt.

– E quindi si può dedurne che l'assassino ne aveva qualcuna addosso, – disse in tono serio Veyrenc.

– Meglio ancora, Louis. L'assassino ne era infestato. Se ne hai addosso tre, mica riesci a passarle a qualcun altro. Ce ne vogliono di piú. È questa la cosa interessante.

– E come sappiamo per certo che si tratta di pulci? – chiese Mercadet tagliandosi una quarta fetta di pane.

– Spesso mordono in linea, generalmente in serie di tre morsi. È facilissimo riconoscerli. E il medico legale non è un incompetente.

– E qual è lo scopo della manovra? – chiese Noël.

– Identificare gli abitanti di Louviec che potrebbero essere portatori di pulci.

– Per cui suoniamo alla porta chiedendo alle persone se sono piene di pulci? – intervenne Retancourt.

– Retancourt, – sospirò Adamsberg, – per questa indagine, e fin da oggi, dovrà fare lo sforzo di convertire la sua energia in amabilità e dolcezza. Pensa di poterci riuscire?

– Assolutamente. Non mi riconoscerà piú.

– Benissimo. Vi saranno forniti moduli ufficiali del Comune, dell'Istituto di igiene e una mappa di Louviec con il nome degli abitanti, casa per casa, tutte numerate. Ho già avvertito il sindaco, che penserà a preparare i documenti. Poi comincerete il porta a porta. Louviec conta circa quattrocentocinquanta nuclei famigliari. Piú o meno settantacinque visite per ognuno di voi sei, compresi i due uomini di Matthieu e tenendo conto della pausa riposo di Mercadet. Vi ci vorranno due giorni, ma le domande sono semplici e richiederanno solo pochi minuti. Prenderete a prestito delle biciclette in municipio. Mercadet, beva dei caffè per cercare di resistere quattro o cinque ore.

– Cinque ore, – disse Mercadet con aria afflitta, – non ce la farò mai. Al massimo quattro e mezza.

– A quanto ne so, – osservò Noël, – le pulci che uno si porta addosso provengono da cani e gatti. Ma la metà della gente, qui, avrà un animale. E questo significa che mezzo paese ha le pulci. Quindi a che serve? Ad avere centinaia di sospettati?

– Non è cosí semplice, tenente, – rettificò Adamsberg. – D'accordo, metà o piú dei nuclei famigliari probabilmente ha un animale domestico. Ma questo non significa affatto che i loro proprietari siano pieni di pulci. E credo davvero che l'assassino, per aver lasciato una pulce sulla vittima, dovesse averne addosso una bella colonia.

– Concordo, – disse Veyrenc.

– E perché alcuni ne avrebbero addosso una bella colonia e altri no? – chiese Mercadet.

Adamsberg si versò una seconda tazza di caffè e fece circolare la caffettiera.

– Questo mi obbliga a tenervi una piccola lezione sulle pulci, – rispose. – Prendiamo un gatto, un cane, che vive in casa. Ma che se ne va in giro. Forse avrete notato che per le strade di Louviec girano parecchi animali. Poi tornano, con le pulci. Se vengono sottoposti a un trattamento, i parassiti muoiono ed è finita lí. Ma qui la gente non è ricca, i prodotti antipulci sono cari e devono essere applicati ripetutamente. Senza contare la visita annuale dal veterinario. Se l'animale non è protetto, ed è un caso che di sicuro riscontrerete spesso, sarà infestato, ma lo sarà anche l'abitazione. Perché le pulci non restano sull'animale. Quando si sono nutrite, lo abbandonano e girano per la casa. La quasi totalità delle pulci vive per terra. Quando hanno fame risalgono sull'ospite e lo mordono. Poi lo abbandonano di nuovo. Si sa che una pulce può deporre da venti a cinquanta uova al giorno per tre mesi, uova che diventeranno larve a tempo di record, e larve che raggiungeranno lo stadio adulto in quindici giorni, un mese al massimo, e cominceranno a loro volta a mordere e a deporre uova. Un gatto, un cane ne eliminano un bel po', ma vi lascio immaginare quante migliaia di pulci può contenere una casa.

– Accidenti, è un'escalation, – disse Mercadet. – E quindi gli abitanti vengono divorati, no?

– No, appunto. Morsi, semplicemente, ma mai infestati. L'uomo, infatti, non è la preda preferita delle pulci di gatti e cani, è solo un ripiego in caso di necessità. Ecco perché tutto precipita se l'animale scompare da casa. Se scappa, se si smarrisce o se muore. Allora le pulci affamate che girano per terra, private del loro ospite prediletto, si gettano sull'uomo e lo infestano. Chi ci interessa, quindi, è un proprietario che non sottoponeva a un trattamento antipulci il suo animale, e che l'ha perso.

– Come mai ne sa così tanto sulle pulci? – chiese Noël.

– Noël, non avrà mica dimenticato l'epoca in cui lavoravamo sulla peste.

– Certo che no.

– Be', avevo approfondito l'argomento, tutto qui.

– Insomma, – riprese Noël, – che domande dobbiamo fare?

– Uno: nome e cognome, età. Due: se in casa è presente un animale. Tre: se l'animale è trattato contro le pulci. Quattro: quante persone vivono in casa, i nomi, l'età. Cinque, ed è il punto cruciale: se recentemente l'animale è scomparso o è stato dato via. Approfittatene per annotare, quando gli fate firmare il modulo, se sono mancini o destrorsi.

– Non è molto complicato, – disse Veyrenc. – Tutto sta nel presentarsi con le dovute maniere.

– E prendere delle precauzioni. Non entrate nelle case e non avvicinatevi a meno di trentacinque centimetri dalla persona. Una pulce non può saltare né molto lontano né molto in alto. Io e Matthieu andremo dalla cugina di Anaëlle, voi cominciate la caccia.

Durante il breve tragitto in auto fino a casa di Gwenaëlle Briand, Adamsberg e Matthieu rimasero in silenzio. Entrambi temevano gli interrogatori di vittime distrutte dal dolore. Le frasi consolatorie non servivano a niente, e loro avevano il duro compito di strappare a quei poveracci qualche parola.

– Poco piacevole, – disse alla fine Matthieu.

– Cominci tu? – chiese Adamsberg. – La conosci?

– Per niente. Cominci tu, sei tu il responsabile del caso, tocca a te farlo.

– Ti stai tirando indictro.

– Certo. E anche tu.

– Certo.

Il dottore aprí la porta e li salutò con un cenno del capo. La giovane donna, accasciata su una sedia, spalle curve, dita strettamente intrecciate, alzò verso di loro un viso distrutto e uno sguardo spento. Non era bella di suo e l'assenza di qualsivoglia espressione la imbruttiva ancora di piú. I due poliziotti sedettero in silenzio ai due lati.

– Non le sarà di nessun aiuto, – esordí Adamsberg sottovoce, – ma sappia che partecipiamo al suo dolore. Troveremo il colpevole.

In quante occasioni aveva dovuto dirle, quelle frasi fatte, di fronte a uno sguardo perso nel vuoto dell'indifferenza?

– Il visconte, – disse lei. – È il suo foulard.

Qualche parola, era già qualcosa.

– È il suo foulard, ma non è il visconte il colpevole.

– La polizia non trova mai niente.

– A volte sí. Sua cugina per caso aveva un cane o un gatto?

Questa domanda non pertinente sorprese la giovane donna e parve rianimarla un po'. Rivolse a Adamsberg uno sguardo piú a fuoco.

– No, certo che no. Con il negozio, sa...

– E nel suo negozio la gente entrava con degli animali?

– Ma no, è vietato per motivi di igiene. E non è piú il mio negozio, – disse in tono deciso, – e questo non è piú il mio paese. Venderò e andrò via. Mio zio mi ha offerto un lavoro a Dinan.

– Che lavoro?

– Fa il conciatetti. Salirò sui tetti e presto arriverà il giorno in cui cadrò giú. È tutto quello che mi auguro.

– Capisco, – disse Matthieu.

Come Adamsberg, sapeva che, per il momento, dissentire sarebbe stato inutile e avrebbe anzi peggiorato le cose.

– E fra i suoi amici, – continuò Adamsberg, – Anaëlle è stata recentemente in contatto con degli animali? O con qualcuno che ne possiede?

– Stiamo in negozio tutto il giorno, lo avrà saputo. Ma perché mi parla di animali?

– Perché sua cugina è stata morsa da una pulce.

Gwenaëlle lo guardò, sconcertata. Almeno era riuscito a distrarla un po' dai suoi pensieri.

– Mia cugina è stata ammazzata, ammazzata! E lei viene a parlarmi di una pulce! È cosí che conta di trovare il suo assassino?

– Un'ultima domanda, – disse Adamsberg alzandosi in piedi, come per sminuirne l'importanza. – Ogni sera sua cugina passava davanti alle finestre illuminate dei Joumot. La strada è in salita, non doveva andare veloce. Le ha mai detto di aver visto qualcosa, diciamo, di insolito, di inaspettato?

– Intende le chiacchiere che girano, vero?

– Sí.

– No, Anaëlle non mi ha parlato di niente, e lei mi diceva tutto.

– Ancora una cosa: sa se Anaëlle camminava sulle ombre?

Gwenaëlle alzò appena le spalle.

– Intende quegli idioti che credono che non appena uno mette piede sulla loro ombra ferisca la loro anima? Io e Anaëlle li trovavamo stupidi e arretrati –. Gwenaëlle si strofinò gli occhi gonfi. – Ma è vero che lei ci scherzava sopra. C'era un che di ribelle, di canzonatorio in lei, e se si presentava l'occasione non resisteva: camminava sull'ombra. Mi era capitato di dirle di lasciare in pace quei retrogradi, ma un giorno Anaëlle mi aveva risposto tutta seria che li curava dalla paura: che a furia di vedersi calpestare l'ombra senza che gli succedesse niente avrebbero finito per non crederci piú. Perché me lo chiede?

– Perché Gaël Leuven era un notorio calpestatore di ombre ed era stato minacciato di morte.

– Da chi?

– Da Marie Serpentin.

– Capisco, – disse la giovane donna. – Quella vipera. Ma da qui a... Le faccio notare che quelli che proteggono la propria ombra non sono cosí fragili come si potrebbe immaginare.

Il dottore le aveva portato una tazza di caffè – mescolato con un farmaco, fece capire a segni ai due commissari – che sembrò farle bene.

– No, – riprese, – non sono cosí inoffensivi. Credono che la loro vita sia in pericolo e allora reagiscono. Fra loro si chiamano gli «Ombrosi» e si riuniscono due sere al mese per «organizzare la difesa». Una pagliacciata. Ma comunque hanno fatto un elenco degli «aggressori», che chiamano «Ombristi»: si rende conto a che punto sono? Sembra ridicolo, ma adesso che ne parla mi dico che forse lei non ha tutti i torti.

– Come fa a sapere queste cose?

Gwenaëlle si soffiò il naso per la decima volta.

– Grazie a una mia amica, Laure Célestin. Ha voluto assistere a una di quelle riunioni, per farsi due risate. Ma quando è tornata a casa non rideva mica piú tanto. Due o tre tizi avevano proposto di «conciare per le feste» gli Ombristi.

– Che cosa intendevano?

– Laure non ha saputo dirmelo. Forse dargli una bella ripassata. Oppure...

La giovane donna scoppiò di nuovo a piangere e Adamsberg le mise una mano sulla spalla.

– Grazie, Gwenaëlle, – disse piano.

Quando fu fuori tirò un lungo respiro.

– È dura, – dichiarò. – Di solito in questi casi mando un mio tenente, Froissy. È una donna molto apprensiva, ma resiste meglio di me.

– Mi sembra di uscire da un rito funebre, – disse Matthieu scuotendo la chioma bionda. – Vado a bere qualcosa.

– A quest'ora?

– A quest'ora. Vieni.

– La pista «incesto dei Joumot» è fuori gioco. Che bisogno avevi di parlarle delle pulci? – chiese Matthieu quando furono seduti a un tavolino del caffè *Da Joss*, a cinque metri dall'*Auberge des Deux Écus*, con davanti un cognac.

– Da Joss, – ripeté Adamsberg guardando l'insegna.

– Non partire in quarta, è solo il nome del bisnonno che ha fondato il caffè. Niente a che vedere con Josselin. E le pulci? L'hai fatto apposta per scuoterla o dicevi sul serio?

– Dicevo sul serio, Matthieu. Quegli animaletti mi interessano, te l'ho già detto. A quest'ora le nostre due squadre stanno bussando alle porte di Louviec, a nome dell'Istituto di igiene del Comune, per cercare tutti quelli che potrebbero essere infestati dalle pulci.

– Perché, ci credi sul serio?

– Al fatto che l'assassino abbia passato una pulce alle sue vittime? Sí, mi sembra molto probabile.

– E ti basta per andare a suonare a tutte le porte del paese? Sarà lunga, collega, metà della gente ha un animale.

– Ci sono pulci e pulci.

– E poi che farai?

– Un elenco delle persone infestate.

– E poi?

– Solo dopo, una verifica dei loro alibi. Mica interrogheremo tutto il paese.

– Con gli alibi, lo sai benissimo, è sempre la stessa solfa: «Eravamo a casa a guardare la tivú», «Eravamo già a letto»... È raro ricavarne qualcosa. E il marito o la moglie conferma sempre.

– Controllerò che film trasmettevano mercoledí sera all'ora del delitto i canali piú comuni. Ma prima le pulci.

– E come ti è venuto di parlarle delle ombre?

– La frase di Gaël. Cerco di decifrarla. Alla fine, quello «zion... omm...». Mi sono chiesto se non abbia voluto dire «attenzione alle ombre».

– Ma non c'entra niente con il resto.

– Niente di niente. A meno che non abbia voluto dire «silenzio... nell'ombra», riferendosi allo Zoppo. Ma ricordati della minaccia della Serpentin, alla locanda. Non sarebbe male infiltrarsi nel loro gruppo. Non hai sentito parlare di qualcuno che ammazza gatti, per caso?

Matthieu, sbalordito, posò piuttosto bruscamente il bicchiere vuoto sul tavolino.

– Ma dove vuoi arrivare, collega?

– A questo: a uno che ammazza gatti, o cagnolini.

– Confesso che mi sconcerti, Adamsberg.

– E ti chiedi, – aggiunse il commissario sorridendo, – perché diamine il ministro mi abbia affidato questa indagine.

– Un po' sí, – ammise Matthieu.

– Figurati che me lo chiedo anch'io. Allora, conosci qualcuno che ammazza gatti? Dalla tua espressione vedo che ti dice qualcosa.

– Non è proprio qualcuno, è una banda di teppistelli che si diverte cosí. A strangolare i gatti. Una cosa abietta. Il sindaco vorrebbe riuscire ad acciuffarli, perché dei ragazzini che esordiscono con questo tipo di «gioco» non promettono niente di buono.

– E come mai nessuno li ha ancora beccati?

– Perché hanno i loro sistemi. Il mercoledí, il sabato, uno di loro attira un gatto con del cibo e lo cattura. Lo ficca in uno zaino e scappa nei dintorni deserti di Louviec insieme ai suoi amici. È lí che si svolge la «cerimonia dello strangolamento». Disgustoso. Viene ritrovato il cadavere del gatto, e basta. Ogni tanto, per accrescere il divertimento, aggiungono una rana sventrata, un passero con le ali strappate. Una futura banda di sadici, te lo dico io.

– Dura da tanto, questo giochetto?

– Da un annetto, direi.

– E in un anno quanti ne hanno già ammazzati, secondo te?

– A giudicare da quelli che sono stati ritrovati direi all'incirca ventotto, ventinove. Ma se lo fanno due volte a settimana, e senza contare le vacanze, potrebbero essere una sessantina. Sono tanti.

– Decisamente, – disse Adamsberg, – ci si diverte un sacco a Louviec. C'è un collegio, in paese?

– Sí, nella zona nord. Si pensa che la banda venga da lí.

– Quanti bambini in tutto?

– Una cinquantina. Piú genitori di quanto si creda si arrendono di fronte a un figlio difficile e finiscono per sbatterlo in collegio. Chi vuole può uscire la domenica. Perché figurati che ci sono bambini che si rifiutano di tornare a casa. È tutto dire.

– Quanti anni hanno?

– Dagli otto ai dodici. Poi vengono restituiti alle famiglie.

– E come fanno a uscire di mercoledí e di sabato?

– C'è un grande parco, interamente circondato da siepi spinose. Li conosci, i bambini, sanno arrangiarsi. Un buco fra gli sterpi, e passano.

– Non dovrebbero essere sorvegliati il mercoledí e il sabato?

– Dovrebbero fare i compiti nelle loro stanze. Camerate da sei. Se uno si eclissa, vige l'omertà, nessuno lo denuncia.

– Fossi in te, permettimi, farei una puntata al collegio. Un luogo ideale per covare dolore, rabbia e sviluppare odio e violenza. Bisognerebbe perquisire gli zaini. Gli zaini sono interessanti.

– Perché?

– Un gatto chiuso a viva forza in uno zaino si divincola e graffia. Può persino pisciare per la paura. In poche parole, rovina lo zaino, lascia dei segni, lo strappa. Se perquisisci cinquanta zaini, è molto probabile che troverai i tuoi piccoli assassini in erba.

Matthieu annuí in silenzio.

– Sarà fatto, – disse. – Però credevo che tu fossi venuto qui per occuparti degli omicidi.

– Chi uccide gatti può avere un ruolo nella faccenda. Non penso a un bambino killer, sai bene che non esistono assassini nati. Penso ai genitori, al padre soprattutto. A un bambino maltrattato, al figlio di un bruto, e quindi forse al figlio di un assassino.

– Salti di palo in frasca. Dall'assassino alle pulci, dalle pulci agli strangolatori di gatti, dagli strangolatori di gatti a quei bruti dei loro padri.

– Tutto ha delle ramificazioni, Matthieu.

11.

La sala dell'*Auberge des Deux Écus* era stata prenotata esclusivamente per la squadra di poliziotti dalle otto alle nove e mezza di sera. I due uomini di Matthieu erano già là. Leggendo e rileggendo i suoi appunti, Adamsberg aveva finalmente memorizzato i nomi dei collaboratori di Matthieu: quello tutto rotondità si chiamava opportunamente Berrond e il biondo con il gran sorriso timido Loïc Verdun.

– Si sieda, le offro un sidro secco, – dichiarò Johan.

– Quando sono passato davanti al negozio delle cugine, – disse Verdun, – c'era una buona sessantina di persone in attesa di porgere le condoglianze. Anaëlle era davvero benvoluta da tutti. Quando gli abbiamo detto che il negozio non avrebbe riaperto sono rimasti tutti lí, incerti sul da farsi, come incapaci di allontanarsi.

– E niente impedisce all'assassino di mescolarsi ai presenti per piangere la sorte di Anaëlle. È sempre una buona copertura, – aggiunse Berrond. – Perciò abbiamo preso tutti i nomi, cominciando dagli uomini. Gli interrogatori, se cosí li si può chiamare, sono stati condotti in modo irrituale, sulla vecchia panchina di pietra davanti al negozio. Nessuno cercava di andarsene. Piazzati lí, tutti aspettavano pazientemente il proprio turno. Non potendo parlare con Gwenaëlle, ci tenevano a esprimere i loro sentimenti alla polizia. Elogi, rimpianti, ricordi... tutto molto commovente ma tremendamente ripetitivo.

– Fra quegli uomini, – chiese Adamsberg, – non ne avete notato uno che si grattava?

– Che si grattava? Cosa? La testa? – disse Verdun.

– No, un braccio, una gamba, una spalla, un punto qualunque.

– Devo dire che non ci abbiamo fatto caso, commissario.

– Ma sí! – intervenne di colpo Berrond. – C'era un tale davanti a me che non smetteva di grattarsi.

– Ha il nome?

Berrond sfogliò attentamente il suo taccuino, tutto bello ordinato.

– Yvon Briand, – rispose. – Un famigliare, forse, solo che di Briand in Bretagna ce n'è una marea.

– Grazie –. disse Adamsberg aprendo anche lui il taccuino per annotare il nome, taccuino su cui, al contrario di quello di Berrond, c'era un guazzabuglio di nomi, disegni, spezzoni di frasi, date.

– Ma sono io, questo! – esclamò Berrond fermando la mano di Adamsberg su una pagina.

– Sí, è lei, tenente.

– Perché mi ha fatto il ritratto? Sono forse un sospettato?

– Ma no, – disse Matthieu. – L'ha fatto anche a me.

– A che serve? A ricordarsi delle nostre facce?

– No, – rispose Adamsberg. – Serve a disegnare.

– Posso vederlo? – chiese Berrond, eccitato come se avesse ricevuto un encomio.

Il commissario gli passò il taccuino e le facce si sporsero verso la pagina. Adamsberg aveva sfumato qualche rotondità e Berrond rimase affascinato davanti alla propria immagine.

– È la prima volta in vita mia che a qualcuno viene in mente di disegnarmi, – disse, quasi commosso. – Caricature sí, al commissariato ce ne sono state, ma un ritratto vero e proprio, mai. Me lo regalerebbe?

Adamsberg staccò la pagina del taccuino, scrisse la data, firmò, e gliela porse.

– Grazie, sono commosso, – disse Berrond riponendo accuratamente il foglio.

Matthieu, sorridendo, guardava i suoi tenenti destreggiarsi con le tortuosità di Adamsberg. Poco dopo li raggiunsero i quattro agenti di Parigi e seguí un altro giro di sidro. Avendo fatto un sonnellino di oltre tre ore, Mercadet era sveglio come un grillo e attivo, ma si vergognava un po' di non aver raccolto tante testimonianze quante i suoi colleghi.

– Fine del giro dei pulciosi, per oggi, – dichiarò Noël, all'apparenza stremato da quella massa di interrogatori che sotto sotto reputava una perdita di tempo. La sua stanchezza contrastava con l'aspetto di Retancourt, a cui la conversione forzata in amabilità e dolcezza aveva restituito tutta l'esuberanza.

– A tavola, – disse Adamsberg prendendo l'iniziativa. – Ci resta solo un'ora per...

Aggrottò le sopracciglia per qualche secondo.

– ... per riepilogare, – concluse. – Spiacente, ma ogni tanto mi sfuggono le parole.

– Va detto che «riepilogare» non è facile, – mormorò al suo fianco il grasso Berrond, e Adamsberg trovò in lui un amico, un fratello.

– Del padrone, Johan, – disse sedendosi accanto a Matthieu, – ci si può fidare?

– È una tomba, – rispose Matthieu. – Per carattere, innanzitutto, e poi perché quando gestisci una locanda non hai interesse a divulgare le conversazioni dei clienti. Segreto professionale, in un certo senso.

– Era quel che speravo. Allora, questa prima giornata di spulciatura che risultati ha dato?

– Fra tutti e sei, – disse Mercadet tirando fuori il computer, – ci siamo sciroppati duecentotrentotto visite.

– Piú della metà, – commentò Adamsberg. – Avete fatto presto.

– No, – ribatté Mercadet. – Molto spesso non c'era nessuno in casa. La gente è al lavoro, bisogna ripassare piú tardi o ottenere l'informazione da un vicino. E non sempre è facile tagliar corto perché, una volta abbordato l'argomento, tanti non la smettono piú di parlare del loro animale. Ma penso che domani procederemo piú in fretta e in tarda mattinata avremo finito. È sabato, ci sarà molta piú gente a casa. Ho registrato tutto qui dentro mentre vi godevate il sidro, cosí sarà piú chiaro.

– Di già? – chiese Adamsberg, stupefatto per la velocità di esecuzione di Mercadet, che compensava ampiamente le sue deficienze sul campo.

– Delle duecentotrentotto case visitate, centodue ospitano, o hanno ospitato, un animale. Tra quelli che non ne avevano piú, alcuni non hanno voluto prenderne un altro. Troppo dispiacere per la perdita o troppo sbattimento. Se conto solo quelli che ne hanno uno o ne hanno avuto uno recentemente, ce ne restano ottantaquattro. E di questi ottantaquattro piú di metà va dal veterinario, soprattutto le donne. Restano trentadue animali che non sono protetti dalle pulci. O che non lo erano. Perché lei ci ha chiesto di informarci su quelli scomparsi o morti. Be', ce ne sono stati parecchi.

– Parlatemi di quelli degli ultimi mesi. Le pulci non vivono a lungo se hanno solo sangue umano da mettere sotto i denti.

Mercadet smanettò sul computer.

– Va bene se prendo in considerazione gli ultimi due mesi?

– Forza.

– Su trentadue, in due mesi, undici gatti e tre cani sono scomparsi, si sono persi o hanno avuto un incidente, non si sa, e quattro sono morti a casa. In breve, diciotto animali. Sono molti, comunque.

– Soprattutto i gatti, – disse Noël.

Adamsberg rivolse uno sguardo a Matthieu. Che annuí. Capiva le domande del collega sulle uccisioni di gatti. Si era portato avanti.

– Avete saputo se i tre cani scomparsi erano grossi o piccoli?

– Non era nel questionario, – rispose Retancourt. – Ma le tre donne mi hanno mostrato le foto incorniciate dei loro cani. Erano di piccola taglia.

– Sono stati bravi, no? – mormorò Adamsberg a Matthieu.

– Direi, sí. Oggi pomeriggio ho avuto l'autorizzazione a perquisire il collegio, mica facile con dei minorenni di mezzo. Lo faccio domani con due agenti. Cinquanta zaini, non ci vorrà molto.

– In totale, – riassunse Adamsberg, – abbiamo già diciotto case infestate. Quante donne sole, in questo campione, Mercadet?

Il tenente tornò a immergersi nelle sue tabelle.

– Undici.

– Per il momento escludiamo le donne. Il che ci lascia con sette nuclei famigliari sospetti. Quanti uomini in tutto, in quelle case?

– Dieci. Di cui però sei anziani, che vivono da soli o a casa del figlio, secondo me troppo vecchi per essere in grado di uccidere e scorrazzare di sera per le strade.

– Destrorsi? Mancini?

– Tutti destrorsi, da quel che abbiamo visto. Perché

due dei nonnetti, ottantadue e ottantanove anni, stavano facendo un sonnellino.

– Restano quattro uomini validi, infestati e destrorsi.

Soddisfatto, Mercadet si strofinò i baffi e passò al commissario i fogli con i risultati, non ancora stampati ma suddivisi casa per casa, e la mappa su cui aveva appena colorato in rosso i siti infestati, con i nomi degli abitanti. Berrond puntò il dito sulla casa numero 44.

– Conosco la coppia che abita nella 44, – disse. – I Vernon. Può darsi che siano andati in pensione o in vacanza e abbiano affittato la casa, perché non è il cognome annotato da Mercadet: Longevin. Quelli non li conosco. Domani dovremmo andare dal sindaco e chiedergli di controllare questa lista. Forse ci sono altri sconosciuti venuti ad abitare a Louviec. Quando, per quanto tempo, e soprattutto per fare cosa?

– Sí, perché è curioso venire a stabilirsi a Louviec se non si è originari di qui, – aggiunse Noël.

– Lo penso anch'io, – confermò Berrond. – Ci serve un elenco di questi «forestieri». Guardate la 62, è la casa del Gobbo. Scusate, di Maël. Segnata in rosso.

– Aveva un cane, – confermò Noël. – È finito sotto una macchina.

– Quando? – chiese Matthieu.

– Diciamo quasi un mese prima dell'assassinio di Gaël.

– E quando Maël è tornato dall'ospedale le pulci affamate devono essergli saltate addosso, – concluse Adamsberg. – E in tante. Senza nutrimento si moltiplicano ancora di piú per garantire la sopravvivenza al massimo numero di esemplari.

– Mica stupide, le pulci, – mormorò Berrond con aria pensosa.

– Sei stato tu a dire che l'assassino doveva essere destrorso, – intervenne Matthieu. – O piú esattamente un finto mancino. Maël non può colpire con la sinistra, hai visto in che condizioni è il suo braccio.

– Ho visto, Matthieu. Retancourt, lei mi ha detto che tre persone le avevano mostrato una foto del loro cane. Per guardarle non si è mica avvicinata?

– No, ma me le hanno passate a braccio teso. Dovevo pur prenderle.

– Stasera, per precauzione, fate subito una doccia, senza dimenticare lo shampoo, e mettete tutti i vestiti, dico proprio tutti, in lavatrice. Minimo a sessanta gradi. Lo stesso dopo il secondo giro di visite, domani.

– Sessanta gradi, – disse Veyrenc. – Meno male che mi sono cambiato, altrimenti addio giacca.

Erano le nove e mezza e Johan aprí la porta. Alcuni clienti erano già in attesa e si sparpagliarono nella vecchia locanda.

12.

L'indomani mattina Matthieu e Adamsberg mostrarono al sindaco la mappa di Louviec e i nomi collegati a ogni casa.

– Non rientra nei miei compiti sorvegliare i movimenti dei miei concittadini, – disse il sindaco sorridendo. – Sono liberi di spostarsi e di affittare la loro casa, se gli va.

– Certo, – ribatté Matthieu. – Ma data la situazione, ci aiuterebbe se lei ci segnalasse nomi di sconosciuti per l'una o l'altra delle quattro case segnate in rosso.

Il sindaco avvicinò il foglio e lo esaminò per un momento.

– Longevin, – disse, – nella 44, non li conosco. La casa appartiene ai Vernon.

– Quella l'avevamo individuata. Ma le altre?

– La 12 è abitata dai Jouel. Ma il nome che vi è stato dato è Desmond. Non conosco nessun Longevin e nessun Desmond. Sono le uniche due novità che noto.

– Desmond, Desmond, – borbottava Adamsberg tornando all'auto.

– Lo conosci?

– È un nome che ho già sentito. In un modo indefinito, alla lontana.

– Sarebbe bene che tu tornassi a quell'indefinito.

– Be', Matthieu, non ho mai trovato la strada. Quando mi capita di fare il collegamento, è perché l'indefinito è venuto da me, non il contrario.

Dall'auto inviò un messaggio a Mercadet chiedendogli di cercare nello schedario i nomi dei due abitanti sconosciuti: René Longevin e Roger Desmond. Mercadet richiamò sette minuti dopo, piuttosto nervoso.

– Niente su Longevin. Per Desmond è un'altra faccenda. Si tenga forte, commissario: è un uomo di Sim l'Anguilla. Desmond è un nome falso, ne ha usati cinque. Le mando l'identikit?

– Grazie. È uno dei due nuovi abitanti di Louviec. Longevin deve essere il suo socio. Non dimentichi che due tizi sono sfuggiti all'irruzione di Retancourt nel nascondiglio di Sim.

– E sarebbero alle nostre calcagna?

– Vede qualche altro motivo?

– No. E se è cosí, c'è puzza di bruciato.

Adamsberg riassunse i fatti per Matthieu.

– Vai dritto a casa di Desmond, togliamoci il pensiero. Ma non parcheggiare davanti. Mostra con discrezione l'identikit ai vicini. No, contrordine, il vicino potrebbe parlargli della tua visita. Vai piuttosto nei negozi di alimentari nei paraggi. Drogheria o panetteria. Probabilmente esce solo per lo stretto necessario. Presentati come impiegato del comune. Se è lui, esigi la piú assoluta discrezione. Vai armato, è un tipo pericoloso.

Matthieu tornò meno di dieci minuti dopo.

– È lui, – disse sbattendo la portiera. – Ho interrogato solo la panettiera ed è bastato. Ha visto il tizio andarsene a fare un giro in bici. È qui solo da ieri. Il che significa che vi ha seguiti fin da quando avete lasciato Parigi. Fin dal vostro arrivo, insomma.

– Ci mancava solo questa, Matthieu, – replicò Adamsberg con un sospiro. – Sim l'Anguilla che ci manda il suo sgherro. «Giro in bici», figurati! Prepara la sua operazione.

– Vendetta?

– Commissionata da Sim in persona dalla sua cella, puoi starne certo.

– Si tratta proprio di Sim l'Anguilla?

– Lo conosci?

– Qual è il poliziotto che non ha sentito parlare di lui?

– È in galera, insieme a tre complici. Retancourt ne ha atterrati due subito e teneva sotto tiro Sim. Il suo intervento ha sgombrato il campo e Noël e Veyrenc ne hanno beccato un quarto. Ma due sono riusciti a tagliare la corda e Veyrenc non è riuscito a raggiungerli. Erano in moto.

– Sim deve sentirsi tremendamente umiliato per essere stato messo al tappeto da una donna.

– Puoi star certo. Ed ecco il risultato: un'operazione eseguita da un commando nel cuore di Louviec.

– Lo arrestiamo subito? Prima che faccia danni?

– No, Matthieu. Di sicuro non è venuto da solo. Prima assicuriamoci che il secondo nuovo abitante, Longevin, sia l'altro complice in fuga. Come temo.

– Mica tanto furbo, quando sei un latitante, venire ad appostarti in un villaggio che brulica di poliziotti.

– Non ricordavamo bene le loro facce. Ho individuato Desmond solo dal nome. Quanto all'altro, non è schedato. Ci servirebbe una foto per chiedere a Mercadet di fare una ricerca.

– Impossibile nascondersi davanti a casa sua e fotografarlo. Deve stare in guardia e ci faremmo beccare.

– C'è un'altra soluzione. A me, quei due non mi conoscono. Suono il campanello da Longevin...

– Ci sono le tue foto sui giornali, – lo interruppe Matthieu.

– Vero, – ammise Adamsberg. – La maledetta stampa gli ha confermato che ero a Louviec.

– Prendi il mio berretto con la visiera, abbassala bene, cambia i connotati. E togliti questa eterna giacca nera, anche la maglietta, mettiti la mia camicia azzurra e il mio giubbotto. Cosí camuffato confonderai un po' le acque.

I due fermarono l'auto, si scambiarono i vestiti e Matthieu esaminò il collega.

– Non male, – valutò. – Non ti si riconosce subito. Forse nel giro di tre minuti. Fai piú in fretta che puoi.

– Allora suono da Longevin, – disse Adamsberg, – e chiedo di vedere i Vernon, il tizio mi informa che sono in vacanza e hanno affittato la casa, mi scuso e me ne vado.

– Non capisco a che ti serva.

– A disegnare poi il suo ritratto, Matthieu.

– Ah, certo.

– Ritratto che manderò a Mercadet, il quale, in mancanza del nome, mi dirà se trova quella faccia nello schedario.

– È comunque un'imprudenza. Il tizio potrebbe riconoscerti, nonostante tutto. È meglio che ci vada io.

– È un rischio che dobbiamo correre e non abbiamo scelta.

– Perché?

– Perché tu non sai disegnare.

– Giustissimo, dimenticavo.

– Vai al collegio?

– I miei due collaboratori devono aver già cominciato la perquisizione. Li avverto e rimango con te.

– Grazie.

Dopo la sua breve visita a Longevin, in camicia azzurra e con i capelli coperti, temendo che quel misero sotterfugio non avesse ingannato il suo sospettato, il commissario si rifugiò in un angolo di un piccolo bar poco lontano dal municipio, con vista sul nuovo domicilio di Longevin, e prese a completare il suo ritratto. Matthieu gli sedette accanto, estraendo l'arma dalla fondina.

– Nessun movimento, – disse Adamsberg, che teneva d'occhio la porta della casa mentre disegnava.

– Come fai a disegnarlo con tanta precisione dopo averlo visto per cosí poco tempo?

– Non lo so, Matthieu.

– Ma certo.

Adamsberg fotografò il ritratto e lo mandò a Mercadet.

Desmond aggrottò le sopracciglia leggendo il messaggio che aveva appena ricevuto dal suo compare: «Scoperti. Ricevuta visita di Adamsberg».

«In persona?»

«Nessun dubbio, travestimento del cavolo».

«Sappiamo che non è venuto da solo. Ho visto la cicciona neanche dieci minuti fa sulla strada del Maillant. Mica è il tipo di donna che può sfuggirti. Sta facendo il giro delle case in bicicletta, non va veloce».

«Istruzioni?»

«Tagliamo la corda un attimo prima di essere bruciati. La nostra operazione è già in piedi; guadagniamo tempo. Passo a prenderti nella traversa e la raggiungiamo prima di perderla di vista. Tieniti pronto».

Desmond afferrò la giacca e lo zaino, uscí da una finestra sul retro e lanciò l'auto per le stradine.

Nessuno eguagliava Mercadet – aiutato dai due informatori con cui corrispondeva in codice – quando si trattava di intrufolarsi nei dedali delle false identità. Adamsberg, seduto davanti a un caffè freddo, ottenne rapidamente le informazioni che aspettava. Il ritratto che aveva disegnato era quello di un certo Pernot, altro falso nome di René

Longevin, cinquantasei anni, che era un socio di Sim l'Anguilla. La banda stava invecchiando e Adamsberg sperava in un calo della loro efficienza.

– Non appena hanno saputo che eravamo a Louviec, non hanno perso tempo. Il primo ci ha seguiti in treno, il secondo è venuto qui in auto. Porca miseria, Matthieu, non ci voleva proprio.

– E come hanno fatto a trovare due case in affitto in un batter d'occhio?

– Non le hanno trovate, hanno costretto gli abitanti ad andarsene. Per qualche giorno. Era piú che sufficiente per sorvegliarci, tastare il terreno e organizzare il colpo.

– Quale?

– Il peggiore, temo, Matthieu.

13.

Adamsberg si affrettò ad avvertire Noël, Retancourt e Veyrenc che avevano alle calcagna i due complici di Sim, proprio lí, a Louviec, e ordinò loro di tener pronta la pistola e stare all'erta. Matthieu fece lo stesso con i suoi uomini, accompagnando ai messaggi i ritratti dei due compari. Da Noël e Veyrenc Adamsberg ricevette subito la risposta «Capito». Retancourt invece non si fece viva.

– Cristo santo, ma che cazzo sta facendo? – si innervosí.

Era la prima volta che Matthieu vedeva il collega perdere un po' la calma: fatto raro, a quanto si diceva. Ci teneva davvero, a quella Retancourt, nonostante il suo aspetto poco accattivante.

– Sarà impegolata con una che le sta mostrando la foto del suo gatto.

– No, Matthieu, no. Retancourt non è mai impegolata, – disse Adamsberg alzandosi e lasciando una banconota sul tavolino. – L'arresto di Sim l'Anguilla me lo faranno pagare molto caro. E non serve a niente precipitarci ad arrestarli a casa. Di sicuro non sono piú lí. Longevin deve avermi riconosciuto e ha lanciato l'allarme.

Fece una pausa, cercando lo spiraglio migliore in cui intrufolarsi.

– Tutta la nostra squadra è impegnata sulle pulci, – disse. – Ma tu hai altri due uomini nelle vicinanze, al collegio. Quanto ci mettono a tornare indietro?

– Guidando veloce, quattro o cinque minuti.

– Chiedigli subito di precipitarsi a controllare se è stata vista un'auto davanti a casa di Desmond o di Longevin, e quale.

– E se fossero ancora lí? È possibile.

– Secondo me no, Matthieu. Che Retancourt non mi risponda è un pessimo segno. Sono già a caccia.

– E come avrebbero fatto a localizzare Retancourt?

– L'hanno seguita, è la loro bestia nera. Stamattina doveva passare in rassegna queste strade, – rispose Adamsberg stendendo sul tavolo una mappa stropicciata. – Quelle evidenziate in verde. Le conosci?

– Molto bene. Seguiremo il suo itinerario. A quest'ora di sicuro è già lontano, sulla strada del Maillant. Deserta.

– Non c'è tempo di aspettare gli altri, ogni minuto è prezioso. Se li raggiungiamo, ci saremo solo noi due per affrontarli, ci stai?

Matthieu annuí risolutamente.

– Hai l'attrezzatura? – chiese Desmond accelerando sulla strada del Maillant.

– Sí, Roger.

– Quando avrò bloccato la bici di quella bastarda di poliziotta che ha fatto fuori tre dei nostri e ha osato ficcare la canna della pistola nel collo di Sim, saltiamo fuori tutti e due. Ripeto: uno, tu butti a terra la bici e la donna e le tappi la bocca col nastro adesivo; due, le dài un colpo in testa con il calcio della pistola; tre, le metti le manette e io le chiudo i braccialetti alle caviglie. Quattro, apro il portellone e la ficchiamo nel retro del furgoncino.

– Non innervosirti, lo so benissimo. È là! – gridò. – A sessanta metri!

Il furgoncino superò la bicicletta, frenò piazzandosi di

traverso, Retancourt stava mettendo mano all'arma quando una violenta pedata al ventre la fece cadere a terra. Vide l'arma volare via e subito si sentí appiccicare sulla bocca del nastro adesivo. Si raddrizzò e scagliò i piedi contro il torace di Longevin, che barcollò e crollò accanto a lei.

– Il calcio della pistola, Desmond!

Il colpo fece cadere di nuovo Retancourt, che si rialzò con un balzo, pronta a battersi.

– Un'altra botta, Longevin. Questa donna è un mostro!

Retancourt riprese ben presto i sensi, mani e piedi ammanettati. Riempiva per intero il retro del veicolo e i due uomini erano seduti davanti. Il furgone viaggiava verso chissà dove svoltando di continuo, di sicuro per far perdere le sue tracce.

Il cellulare fece un *bip* e Adamsberg ci si avventò sopra. Retancourt, finalmente. Ma non era Retancourt. Solo un breve messaggio che mostrò, digrignando i denti, al collega: «Vedrai che risate quando si perde un compagno».

– Troppo tardi, – disse in tono affranto stringendo i pugni. – Non sono piú nel nascondiglio e hanno Retancourt.

– Rapporto di Noblet, uno dei miei, – disse Matthieu. – Stamattina i vicini hanno notato un veicolo davanti a casa di Desmond.

– Dio santo, hanno in mano Retancourt, hanno in mano Retancourt, – ripeteva Adamsberg con voce roca.

– Li raggiungeremo, – rispose Matthieu in tono sordo. – Sali, filiamo a tavoletta verso la strada del Maillant. Cosa pensi che faranno? – disse sbattendo la portiera. – Prenderla in ostaggio per scambiarla con te?

– No, farla soffrire un bel po' e ammazzarla. Tanto per dimostrare che non scherzano. A me, mi cattureranno dopo e negozieranno per scambiarmi con Sim. Sono dei perversi, dei sadici, non degli strateghi, stanne certo. Descrivimi il veicolo.

– Un vecchio furgoncino, colore blu elettrico, targa che finisce con GA76.

– Manda la descrizione a tutte le gendarmerie e a tutti i commissariati dei dintorni, con i ritratti di quei bastardi. Massima urgenza.

Adamsberg accelerò ulteriormente, facendo tremare la carrozzeria.

– Specifica il punto da cui sono partiti, – disse.

– Fatto.

– Chiedi che la polizia di Combourg metta dei posti di blocco su tutte le strade in uscita da Louviec.

– Fatto.

Mentre Adamsberg e Matthieu attraversavano in tromba il paese, Noël, Veyrenc, Mercadet, Berrond e Verdun, condannati all'attesa, portavano a termine la missione pulci con una stretta allo stomaco. Sapevano di aver perso Retancourt e che quella banda non avrebbe fatto sconti né a lei né a Adamsberg. Seduto su un masso di granito, Mercadet, cupo, finí di riordinare il suo elenco e di ritoccare la mappa delle case segnate in rosso, poi si addormentò con la testa sulle braccia, sempre seduto sul masso.

– Riassumiamo la missione pulci? – chiese goffamente Verdun in un silenzio di piombo.

– Dopo, – rispose Berrond. – Quando ci sarà anche lei.

– Se tornerà, – mormorò Noël, condensando il pensiero di tutti.

– Dimentica una cosa, Noël, – ribatté Veyrenc con fermezza. – Si tratta di Retancourt, non di lei o di me o di chicchessia.

– Comunque non è mica un superuomo, – disse Verdun. – Imbavagliata, legata sul retro di un'auto, – non osò dire «uccisa», – con due bastardi armati, non può mica fare miracoli.

Un po' prima della fine della strada del Maillant i due commissari scoprirono la bicicletta di Retancourt, gettata sul ciglio.

– Niente sangue, – disse Adamsberg. – Solo tracce di lotta. Ne ha buttato a terra uno, qui. Devono aver fatto fatica a bloccarla prima di riuscire a portarla via. Il tempo di farcela, di partire e di mandarmi il messaggio, hanno un buon quarto d'ora di vantaggio su di noi. Li seguiamo a tutta velocità.

– Ma da che parte? – ribatté Matthieu. – Fra trenta metri c'è un bivio, con tre diramazioni. Come si fa a sapere quale hanno imboccato?

– Informati sui posti di blocco, dobbiamo sapere se li hanno già messi.

Ma era troppo presto perché la polizia di Combourg avesse avuto il tempo di fare qualcosa e i due percorrevano le strade a casaccio, andando, tornando indietro, cambiando direzione, senza dire una parola.

– Non vedo posti di blocco, – disse Adamsberg in tono cupo.

– I poliziotti devono aver anticipato la loro avanzata e li hanno messi piú lontano.

– Le strade sono parecchie, – mormorò Adamsberg. – Devono far venire rinforzi da Dol, Saint-Malo o da chissà dove. Ci vuole tempo, troppo tempo.

– Rientriamo, – disse Matthieu. – È da un'ora che battiamo la campagna per niente. E loro possono aver cambiato auto lungo la strada.

Adamsberg annuí e fece inversione, dirigendosi verso Louviec. Erano le due passate quando Johan gli aprí la porta della locanda e dalle loro facce comprese che qualcosa non andava.

– Un omicidio? – chiese con voce sorda.

– No, Johan, – rispose Matthieu. – Retancourt. Rapita da due canaglie. O ammazzata.

– Niente di niente, – disse Adamsberg sedendosi pesantemente a un tavolo, senza staccare gli occhi dal cellulare. – Volatilizzati.

Muovendosi nel silenzio, Johan fece notare che l'ora di pranzo era ampiamente passata e che sarebbe stato saggio mangiare qualcosa.

– Mi scusi ma non ho fame, Johan, – disse Adamsberg stroncando sul nascere il discorso dettagliato che il padrone di casa si accingeva a bisbigliare per presentare il menu. Gli altri agenti, tutti tornati dalla missione pulci, annuirono, compreso Mercadet, a cui la preoccupazione aveva invece stimolato l'appetito.

– E io lo ribadisco! – disse Veyrenc, alzandosi e battendo una manata sul tavolo. – Non hanno preso una persona qualunque, ma Retancourt. Però non lo sanno, e non saperlo sarà la loro rovina.

– Perché no? – commentò Berrond, che si rese conto in quel momento che cosa gli ricordassero i lineamenti della faccia del tenente Veyrenc, incerti ma con un che di imperiale: un busto romano custodito in una nicchia del municipio di Louviec.

Come un animale all'improvviso obbediente, il cellulare di Adamsberg suonò alle due e mezza e il commissario ci si avventò sopra. Poi esultò e lesse ad alta voce il messaggio:

«Caso chiuso. Ho due tizi a terra e disarmati. Ma comunque datevi una mossa. Strada dipartimentale Saint-Aubin-Combourg, località “Pietra dritta”».

Alla desolante apatia di poco prima subentrò di colpo una vivace agitazione.

– Lei l'aveva detto, tenente, l'aveva detto! – gridò Johan rivolto a Veyrenc, che si infilava la giacca con un sorriso.

– Era una certezza, Johan, – rispose.

– Matthieu, – disse Adamsberg, – avverti quelli di Combourg che troveranno i loro pacchetti ben incartati alla Pietra dritta.

– Fatto, – ripeté Matthieu con un lampo divertito negli occhi, poi recuperò il berretto.

A sirene spiegate i poliziotti giunsero in quattro e quattr'otto sul posto, dove li aspettava una scena sbalorditiva. Due uomini si divincolavano a terra mentre una donna di proporzioni insolite li teneva sotto tiro, tranquillamente appoggiata a un furgoncino, con quattro armi ai suoi piedi. Adamsberg spiegò la situazione, il fotografo scattò qualche foto della scena e i poliziotti portarono via gli aggressori, che urlavano le peggiori ingiurie, minacce e oscenità a Retancourt, impassibile come il menhir che si ergeva sul ciglio della strada.

Tre buoni quarti d'ora dopo Adamsberg e Veyrenc varcavano di nuovo la porta della locanda; il commissario stringeva Retancourt per una spalla, con espressione radiosa. Gli agenti si erano alzati e acclamavano la rediviva. Johan chiese addirittura il permesso di baciarla sulle guance, bisbigliandole: – Abbiamo avuto cosí paura per lei –. Poi si affrettò ad andare a impartire ordini in cucina, e stavolta nessuno lo contraddisse. Erano le tre passate e a tutti era tornata la fame. Johan fece presto, volendo, come gli altri, sentire il racconto di quella donna, e tornò in un baleno a sedersi al tavolo.

– Niente di cosí trascendentale, – disse Retancourt sorridendo, con tutti gli sguardi fissi su di lei. – È stato un lavoretto facile.

– E l'aggressione? – chiese Matthieu.

– Alla fine della strada del Maillant, mi hanno buttata a terra con la bici e disarmata. Uno mi ha tappato la bocca con il nastro adesivo e mi ha dato una botta in testa con il calcio della pistola. Restavano le caviglie e scalciavo tanto che non riuscivano a infilarmi nel furgoncino. Due poveri sfigati. Per mettermi fuori combattimento mi hanno di nuovo colpita col calcio della pistola, quello l'ho proprio sentito, poi mi hanno legato le caviglie, mi hanno buttata nel retro e via. L'effetto dei colpi non è durato a lungo, li sentivo parlare davanti, sicurissimi di sé e tutti gongolanti. Per la verità non parlavano, urlavano. Per forza, quel vecchio furgoncino sobbalzava e faceva un rumore d'inferno. Il che ha facilitato il mio piano, semplice come bere un bicchier d'acqua. L'autista aveva ficcato la pistola tra i due sedili. Mi sono finta svenuta per un bel po', in modo che non facessero piú caso a me, però dovevo comunque sbrigarmi perché stavano guardando la cartina: cercavano un pozzo abbandonato a una trentina di chilometri da lí, contavano di buttarmici dentro dopo avermi spaccato la testa. Studiavano i sentieri nel bosco per arrivarci ed evitare eventuali posti di blocco. Ho attorcigliato la catena delle manette intorno a quella delle caviglie, l'ho stretta forte e ho tirato. *Clac*. Ho infilato e bloccato la catena sotto la manovella del finestrino, poi ho girato, e *clac*.

– Come sarebbe a dire, *clac*? – chiese il tenente Berrond.

– *Clac*, le catene si sono rotte.

– Ma erano manette comuni?

– Certo non erano giocattoli. Poi non c'è voluto niente. Prendere la pistola di quello che guidava fra i due sedili, puntargli la canna alla nuca, recuperare tutte e tre le armi, fermarsi e farli scendere continuando a tenere il braccio sotto il collo dell'autista e la pistola sulla sua nuca. Devo dire che lo strangolavo un po' mentre il suo compare si teneva ancora le costole. Peccato che quel tizio avesse una seconda pistola nascosta, l'ha tirata fuori, ho dovuto sparare. L'ha visto, commissario, non ho fatto danni seri, ho mirato al grasso della coscia evitando l'arteria e quello è caduto a terra. L'altro si divincolava come un matto e rischiava di sfuggirmi. Ho dovuto rifilargli qualche bel colpo, di cui due al basso ventre, lo ammetto, e stordirli tutti e due a pugni per calmarli. Una volta che sono stati a terra, legati uno all'altro con le mie manette e le loro cinture, sono stata cosí gentile da fare un laccio al ferito con la sua camicia. E le ho scritto un messaggio. Fine della storia e fine di Sim l'Anguilla, – disse buttandosi sul piatto che le aveva portato uno dei cuochi. – Roba che ti fa venir fame, comunque.

– Fine della storia… fine della storia… – riprese Berrond, sempre sbalordito, mentre la squadra di Adamsberg, abituata alle prodezze di Retancourt, sorrideva. – Intende dire che se tiro forte sulle manette la catena si rompe?

– Molto forte, molto molto forte, – puntualizzò Adamsberg. – Non ci provi, tenente, l'ho già fatto io, e anche Noël e Veyrenc. Ci siamo tagliati i polsi e basta.

Retancourt si esaminò i polsi arrossati.

– Poi però passa, – disse riprendendo la forchetta.

– Ma ha del sangue nei capelli! – esclamò Johan.

– Ferita superficiale, Johan, non si preoccupi. A che punto siete con l'indagine sulle pulci? Avevo appena finito l'ultima casa della mia lista quando quei due bastardi mi hanno sbarrato la strada.

– Non adesso, – disse Adamsberg. – Prima dedichiamoci tranquillamente al divino pranzo di Johan. Ci godiamo quest'ora di grazia, ci prendiamo un caffè con un cognac e mandiamo a dormire Mercadet, non si regge piú in piedi. Ma senza di lui, niente sintesi sulle pulci. Riprendiamo alle sei e mezza. Pausa mentale o sgranchita alle gambe per tutti.

– Vado di corsa, – disse Mercadet.

– E io andrò a pescare, – disse Adamsberg.

– Perché, lei pesca? – chiese Johan, interessato.

– Sí e no.

– Che significa «sí e no»? – chiese Johan cercando aiuto in Veyrenc. – Che dipende se abboccano o meno?

– In un certo senso.

– E cosa pesca? Lucci? Trote? Posso consigliarle dei posti, a seconda delle sue preferenze.

– Cosa pesco? – ripeté distrattamente Adamsberg, senza sforzarsi troppo di trovare una risposta.

– Forse idee immangiabili, Johan, – disse Veyrenc sorridendo.

14.

Adamsberg si era rimboccato i pantaloni e aveva lasciato penzolare le gambe nel fiume, ancora freddissimo, osservando i mulinelli dell'acqua intorno alle pietre e ai suoi piedi, che agitava per contrastare la corrente e creare bolle. Dopo due ore di quell'operazione che lo catturava senza mai stancarlo, e a cui di rado aveva il tempo di dedicarsi, si sentí completamente rimesso dal subbuglio che l'episodio di Retancourt gli aveva provocato, ma anche pronto ad affrontare il lavoro in sospeso sui pulciosi. Il commissario recalcitrava di fronte a qualunque compito che comportasse inventari, liste, spogli, selezioni, ma questa volta non poteva sottrarsi. Il caso era importante e quella tappa forse decisiva. Si asciugò alla bell'e meglio i piedi sull'erba, si avviò e arrivò per primo all'appuntamento alla locanda, dove srotolò l'orlo dei pantaloni umidi.

– Ha visto qualche pesce? – chiese Johan poco convinto. – La sua canna non è neanche bagnata.

– Si è asciugata, adesso la ripiego. Ma ho visto dell'acqua. Molta acqua.

– È una gran noia guardare l'acqua, se non si cerca nemmeno di pescare.

– Una noia, Johan? A ogni secondo succede qualcosa di nuovo, con l'acqua, qualcosa che non è mai successo prima e non tornerà mai piú.

– Se questo la rilassa...

Il resto della squadra entrò alla spicciolata. Johan distribuí tazze e bottiglie e portò d'ufficio un caffè a Mercadet, che evidentemente non aveva dormito le sue ore di sonno sufficienti ma trovò il coraggio di aprire il computer.

– Forza, – disse Adamsberg dopo essersi strofinato a lungo le guance.

Mercadet s'immerse subito nei suoi documenti.

– Posso abbandonarvi un momento? – chiese Johan. – È ancora presto ed è già tutto pronto.

– Ma certo, Johan, – rispose Adamsberg. – Ci lascia le chiavi?

– Chiudetevi dentro, – disse l'oste. – Busserò per entrare.

– Lo fa sempre, – spiegò Matthieu, – non può mica restare chiuso qui tutto il giorno. E fa sempre anche questo, – aggiunse portandosi la mano all'orecchio.

Per strada si levava un canto possente, di cui non conoscevano le parole, e Adamsberg aprí una finestra per sentire meglio: «Monstre affreux, monstre redoutable, Ah! L'amour est encore plus terrible de vous...»

– Chi è che canta? – chiese richiudendo la finestra.

– Ma è Johan, – rispose Matthieu. – È felice e orgoglioso di avere una voce di baritono cosí potente, è persino capace di uscire dalla sua tessitura, negli acuti come nei gravi, e lo si sente per le strade piú volte alla settimana. Tutti qui conoscono a memoria i suoi canti, ne intona solo quattro, sono i suoi preferiti e si attiene a quelli. Per cui capita di incontrare abitanti che canticchiano un'aria del Seicento e del Settecento senza saperlo. Per la verità, – aggiunse abbassando la voce perché non aveva nessuna voglia di screditare Johan, – quando si eclissa cantando cosí forte è perché va alla ricerca della rondine bianca.

– Una rondine bianca? Tutta bianca?

– Sí, ha delle visioni, ma non dirlo in giro. Ti racconterò la storia un altro giorno.

– Tutti i suoi canti appartengono al repertorio barocco? – chiese Veyrenc.

Veyrenc era l'unico agente della squadra appassionato di musica. Era membro di una corale e frequentava regolarmente i concerti. Aveva tentato senza successo di trascinarci Danglard, ma quell'arte non rientrava nelle conoscenze e nei gusti del comandante.

– Ah, – disse Matthieu, – l'ha riconosciuto?

– È Rameau, no?

– Rameau o Lully, sono i suoi idoli.

– È vero che ha una bella voce sonora di baritono, – disse Veyrenc, – peccato che stoni un pochino.

– Sí, ma le musiche di quei due non sono facili da cantare, ci ho provato. Del resto nessuno se ne accorge o si preoccupa se qualche nota è stonata. Mi raccomando, non una parola su questo difetto: non se ne rende conto e ci rimarrebbe malissimo.

– Certo, – disse Adamsberg. – Ma per quanto sorprendente sia la passione di Johan, noi purtroppo dobbiamo giocare con le nostre pulci.

Lí per lí rimpianse per un attimo di non accompagnare Johan alla ricerca della rondine bianca. Perché la sua ricerca, al momento, era molto meno attraente, e si risedette concentrandosi. In fondo era stato lui a decidere di passare al pettine fitto tutta Louviec.

– Prima devo aggiungere i suoi dati, – disse Mercadet a Retancourt.

– Inutile. Niente pulci nelle case che ho visto.

– Ah, benissimo. Dunque abbiamo, donne escluse, diciannove case infestate e quattordici uomini validi.

– Abbiamo dimenticato una cosa importante, – disse Adamsberg. – L'uomo che Matthieu ha individuato a Rennes, quello che ha comprato i quattro coltelli, aveva sicuramente baffi e barbetta posticci, rossi.

– Perciò dai nostri quattordici uomini infestati dobbiamo eliminare i barbuti.

– Santo cielo, – disse Noël, – dobbiamo ricominciare tutto da capo?

– Un secondo, – intervenne il tenente Verdun. – Io sono di Louviec e ho qui due fratelli. Credo di poter dire di conoscere un bel po' di gente. E anche Berrond ci ha vissuto in questi ultimi dieci anni con sua moglie, fino al trasferimento a Rennes. Forse, fra noi due, potremo indicarvi i barbuti.

– Tenga, – disse Mercadet girando il computer verso i due colleghi.

Berrond e Verdun esaminarono la lista dei quattordici nomi, consultandosi di tanto in tanto.

– Yvon Briand no, – disse Verdun.

– Sono sicuro di sí. L'ho visto ieri nella fila di gente che aspettava davanti a casa di Gwenaëlle.

– Allora se l'è fatta crescere di recente. Forse dopo l'acquisto dei coltelli. Una barba di tre o quattro giorni. Corrisponderebbe?

– Sí, – rispose Adamsberg.

– Quindi lo teniamo nella lista, – disse Verdun versando un secondo giro di sidro.

– In genere ci sono due motivi per cui un uomo si lascia crescere la barba, – disse Adamsberg. – Uno, gli secca radersi tutte le mattine, come a ognuno di noi. Due, i tizi sui cinquanta, cinquantacinque, cominciano a portare la barba per mascherare le prime rughe o il doppio mento. Loro è raro che cambino idea e se la taglino, anche per sostituirla con un posticcio. Secondo voi, quanti sono in tutto i barbuti?

– Direi sei, – valutò Verdun. – Restano sette senza barba e Yvon Briand.

– E di questi otto uomini mi sapreste dire l'età? – chiese Adamsberg che stava prendendo appunti.

– Non giovani, – assicurò Mercadet. – In maggioranza uomini maturi, sulla cinquantina o poco piú, e due sessantenni.

– Quindi ci restano otto tizi, pieni di pulci, sbarbati o con una barba recente, maturi ma ancora in forze. Soli? Sposati?

– Cinque vivono soli. Un vedovo, tre divorziati e uno scapolo incallito.

Alla porta risuonarono quattro colpi e Veyrenc andò ad aprire, desideroso di complimentarsi con Johan per il suo canto.

– Rameau, – gli disse. – Ma da che opera? *Dardanus*?

– *Dardanus*, sí! – esultò Johan. – Però! Fa piacere avere a che fare con un intenditore. Ha visto l'opera?

– Sí. Stava cantando il pezzo forte in cui Dardanus si prepara ad affrontare il mostro.

– Un brano irresistibile.

– Be', i miei complimenti, Johan, spero di sentirla ancora, – la chiuse lí Veyrenc tornando al proprio posto.

– Io non ho nessun merito, – sorrise Johan scuotendo la testa. – Mio zio era un musicista di strada e mi ha insegnato qualche aria.

– Abbiamo dimenticato un'altra cosa, – riprese Retancourt.

Berrond girò la testa verso Retancourt, di cui era diventato seduta stante un nuovo devoto, al punto da non fissarsi sulla sua altezza e la sua massa muscolare, ma sul suo viso rotondo incorniciato da capelli biondi tagliati troppo corti in cui trovava un fascino discreto ma innegabile. Il che era vero.

– Mi è venuto in mente quando quei tizi discutevano in macchina. Uno si rammaricava del fatto che non avevano preso dei baffi finti e quello che guidava ha brontolato che non aveva la minima intenzione di farsi venire un altro eczema, che la colla di quella roba è una porcheria che ti massacra la pelle. Non aveva mica torto: perché un paio di baffi stiano su ci vuole un adesivo potente. E che effetto fa un adesivo potente, soprattutto se lo porti a lungo?

– Ti fa venire un eczema, – rispose Matthieu.

– O un'allergia, una dermatosi, in ogni caso ti arrossa la pelle.

– Giustissimo, – disse Adamsberg. – Quindi il tizio che ha comprato i coltelli dovrebbe avere un'irritazione sopra le labbra o sul mento.

– Mi è capitato di portare una barba finta, – disse Matthieu, – ma dopo qualche ora il rossore è sparito. Il nostro amico può avere di nuovo la pelle di un neonato.

– Non abbiamo altro da cui partire, facciamo almeno un tentativo, – disse Adamsberg.

– Come ci organizziamo per l'interrogatorio degli otto tizi?

– Davanti alla porta di casa loro. Non è il caso di infestare la gendarmeria. Direi che Matthieu e i suoi due uomini sono i piú adatti al compito. Conoscono quei soggetti, che con loro parleranno piú facilmente che con dei poliziotti di Parigi.

– Poco ma sicuro, – confermò Matthieu.

– Vale anche per voi: tenetevi a distanza. Cercate di informarmi se hanno una compagna. E controllate se ci sono tracce di rossore sulla parte bassa del viso.

– Sarà facile trovarli in casa, domani è domenica.

– Quanto alle domande, mi sembra evidente: dov'erano all'ora degli omicidi di Gaël e Anaëlle? Insistete in particolare su Anaëlle, è molto piú recente nella loro memoria. Se vi rispondono che mercoledí scorso stavano guardando la tivú, domandategli quale programma. Mercadet, prepari un elenco dei film e delle trasmissioni di quella sera che possono aver suscitato interesse.

– Mercoledí c'era Francia-Germania, – disse Verdun. – La partita di calcio, intendo. Lo so perché l'ho guardata con Noël. Ha vinto la Germania 1 a 0 agli ultimi minuti dei supplementari. È durata fino alle ventidue circa.

– Immagino che parecchi dei nostri amici saranno rimasti incollati davanti alla tivú, – disse Mercadet. – I francesi di quell'età passano in media dalle tre alle quattro ore al giorno a guardare la tivú. Quando c'è una partita, l'audience aumenta.

– C'era anche una bella serie poliziesca e un film su Robin Hood niente male, – aggiunse Verdun. – La partita andava per le lunghe e mi rompevo le scatole, perciò ogni tanto cambiavo canale.

– E se invece hanno visto un film su Internet, – riprese Adamsberg, – fatevi dire tutti i dettagli. Personaggi, luoghi, trama, eccetera. Se erano usciti, qualcuno può testimoniarlo? E infine, sono in buoni rapporti con Josselin de Chateaubriand? E, qualunque sia la risposta, che cosa pensano di lui? Peccato, mi sarebbe piaciuto avere delle foto. Vedere le loro facce. Per il momento mi accontenterò della loro descrizione. Potete fornirmi i nomi? E le professioni, se sono note?

Il grasso Berrond riprese la lista e Mercadet si mise a trascrivere i dati, battendo sui tasti a una tale velocità che si riusciva a malapena a seguire i movimenti delle dita.

– Yvon Briand, – cominciò Berrond. – È quello con la barba non rasata che ho visto grattarsi davanti a casa di Gwenaëlle. Spazzacamino. Vive da solo, vedovo. Lo segnalo perché non è cosí facile assentarsi la sera quando si è sposati. Poi abbiamo Jestin Cozic. Che lavoro fa Cozic?

– Consegna legname, un tipo massiccio, – rispose Verdun. – Sposato. Abita nella strada bassa.

– Ce l'ho presente, – intervenne Matthieu. – È venuto un giorno a Combourg a sporgere denuncia per il furto di alcune fascine. Un tipo sgradevole. Sposato, sí, ma non conta piú di tanto. Sua moglie lavora di notte, fa la badante.

– Esatto, – disse Verdun, – ed è molto richiesta. Gira voce che abbia scelto apposta questo lavoro per evitare di passare le notti con Cozic.

– Kristen Le Roux, – proseguí Berrond. – Idraulico. Sposato. Hervé Kerouac, uno dei maestri. Se non ricordo male, lo definiscono uno scapolo incallito. Tristan Cloarec, elettricista.

– Divorziato, – precisò Matthieu. – Conosco sua moglie. Vive a Rennes adesso.

– Mikael Le Bihan, – proseguí Berrond. – Non so che lavoro faccia.

– Autista di pullman, – disse Verdun. – Sposato.

– Corentin Le Tallec, ha un negozietto di alimentari. Era sposato, sua moglie lo aiutava alla cassa. Ma hanno divorziato prima che io lasciassi Louviec. E infine Alban Rannou, che ha l'officina sulla strada principale. La stessa storia di Le Tallec. Sua moglie teneva la contabilità prima che si separassero e lei se la filasse con un tipo di Combourg.

– Dunque abbiamo cinque uomini soli, – disse Adamsberg, – piú Cozic, con la moglie che lavora dalla sera alla mattina. Visti i rispettivi mestieri, tutti quanti devono aver avuto a che fare con Chateaubriand.

– Credevo che non stessimo seguendo quella pista.

– La seguiamo per abbandonarla.

– Ah, d'accordo, – disse Berrond senza cercare di capire. Gliel'aveva raccomandato il suo commissario a proposito di Adamsberg: «Non cercare di capire sempre».

– Io prendo Cozic e Le Tallec, li conosco bene, – disse Matthieu.

– E io, – disse Verdun esaminando la lista come se si fosse trattato di scegliere un piatto su un menu, – prendo Le Bihan e Rannou. Ho qualche nozione di meccanica.

– Quindi a me restano Le Roux e Kerouac, – concluse Berrond. – Ne avanzano due. Chi vuole Yvon Briand?

– Non è uno molto ciarliero, ma lo prendo io, – disse Matthieu. – E Cloarec?

– Lo prendo io volentieri, – disse Berrond. – È da un po' che non lo vedo.

– Dunque è tutto sistemato per i nostri otto soggetti, – concluse Adamsberg. – Abbiamo anche bisogno di sapere a che punto sono i piani degli Ombrosi contro gli Ombristi. Data e luogo della prossima riunione.

– Questo è facile, – saltò su Verdun. – Uno dei miei fratelli è sposato con un'Ombrosa, non una fanatica, ma comunque non c'è sempre da divertirsi, – disse, e si allontanò per chiamarlo.

– Resta il collegio, – disse Adamsberg a Matthieu. – Qualche risultato?

– Ottima l'idea di perquisire gli zainetti. Ne abbiamo trovati cinque tutti graffiati. Guarda caso quei cinque sono tra le teste piú calde del collegio. Attaccabrighe, facinorosi, provocatori, violenti e chi piú ne ha piú ne metta. Tutti dagli undici ai dodici anni. Li ho interrogati, con l'autorizzazione del preside. Presi in blocco hanno negato e riversato una caterva di insulti. Ma sentiti e anche un po' incalzati uno per uno, fingendo di mostrare una certa comprensione e soprattutto elencandogli le conseguenze penali del maltrattamento sugli animali, hanno finito per vuotare il sacco, compreso il capobanda, un'autentica belva. Tutti dei duri, degli spacconi, ma sotto sotto sono dei poveri disgraziati. Ho chiesto a ciascuno di loro se il padre li picchiava e la risposta è stata sí.

– C'era da aspettarselo, – disse Verdun. – Ho la data della prossima riunione degli Ombrosi: lunedí alle ventuno e trenta in rue du Prieuré 5. Da quella carogna della Serpentin. È lei che conduce le danze.

– Matthieu, – lo interpellò Adamsberg, – non avresti tra i tuoi agenti una brava attrice, capace di infiltrarsi in quella riunione?

– Ne ho due adatte. Una mi sembra perfetta, ha una zia a Louviec. Quarantotto anni, può andare bene?

– Perfetto, attivati subito, non si sa mai. Per tornare ai ragazzini, la faccenda piú interessante, – ripeté Adamsberg per quelli che non avevano seguito la loro conversazione, – sono i loro genitori. I padri soprattutto, e Matthieu ha confermato che picchiavano i figli. È il solito meccanismo triste e banale: è molto probabile che un bambino malmenato diventi a sua volta violento. Ora, a Louviec abbiamo ben cinque bulli appurati. Matthieu, per miracolo, uno di questi ragazzini di cognome fa come uno dei nostri otto pulciosi?

– Porca miseria! – esclamò Matthieu dopo aver consultato l'elenco. – Ce ne sono due. Cozic e Le Roux.

– Non significa granché, – disse Mercadet alzando il naso dal computer. – Le Roux è un cognome diffuso in Bretagna. Ce ne saranno diversi a Louviec. Un Cozic e tre Le Roux, – precisò alcuni istanti dopo. – Impossibile reperire la progenie. Dovrei craccare lo schedario dell'anagrafe, – aggiunse interrogando Matthieu con lo sguardo.

– Lascerà delle tracce?

– Io non ne lascio mai.

– Allora avanti.

In meno di quattro minuti Mercadet ottenne i risultati voluti.

– Cozic è sposato, senza figli. Non è il nostro uomo. Magari il padre di Cozic non vive in paese. Due Le Roux hanno figli maschi, ma uno solo ha undici anni. E si tratta del nostro Kristen Le Roux, sposato.

– Il suo fascicolo si ingrossa, – mormorò Matthieu.

– State all'erta, – insisté Adamsberg. – Per quanto le apparenze possano essere tranquille, c'è senz'altro un assassino nel mucchio. Che ore sono?

– Hai due orologi al polso, – osservò Matthieu, – e non sai che ore sono?

– Per forza, Matthieu, non funzionano.

– Le otto e cinque, – disse il collega sorridendo, mentre Berrond si ripeteva la frase: «Non cercare di capire sempre».

– Ora di cena. La cuoca del nostro ospizio, quella bella signora amorevole che ci prepara delle colazioni principesche, è venuta a sapere del sequestro di Retancourt e ci aspetta per una «cena di rimpatriata». Non possiamo sottrarci. Matthieu, ci ritroviamo qui domani all'una?

– Ma sarà chiuso di domenica, – disse Veyerenc.

– Vuole scherzare? – intervenne Johan, che stava facendo accomodare la clientela. – All'*Auberge des Deux Écus* mai un giorno di riposo, mai una sosta. Anche perché, oltre al sabato sera, la domenica è il giorno piú redditizio per me. Bisogna dire che io e il riposo non siamo compatibili.

– Sarebbe a dire? – chiese Veyrenc divertito, pregustando la risposta di quel gigante dall'apparenza invincibile.

– Sarebbe a dire che se mi fermo, sprofondo nel pozzo.
– Quale pozzo?
– Il pozzo nero. Quello della tristezza. Quindi, no grazie, preferisco lavorare. Bene per l'una, vi tengo un tavolo. Potrete parlare in tutta tranquillità, con il baccano che c'è la domenica non vi sentirà nessuno. E, se posso permettermi, signora Retancourt, a costo di ripetermi, ma siamo davvero molto sollevati di averla di nuovo con noi. I suoi colleghi avevano certe facce lunghe... Neanche sbronzi di sidro c'era modo di strappargli una parola, doveva vedere...
– Grazie, – disse Retancourt con un sorriso smagliante che non si vedeva spesso.
Quei due colossi si piacevano, non c'era ombra di dubbio.
– C'è una cosa che mi lascia dubbioso, – disse Johan. – Tra noi due, chi è il piú alto?
Misero Retancourt e Johan schiena contro schiena, con grande soddisfazione di Berrond. La spuntò Johan di diversi centimetri.
– Ha barato, Johan, – disse l'avvocato difensore Berrond battendo il pugno sul tavolo. – Porta stivali coi tacchi.
– Vero, – disse Johan sfilandoseli prima di sottoporsi nuovamente alla prova, mossa che gli lasciò due soli centimetri di vantaggio.
– Sí, ma lei è una donna, e non conta, – disse Johan, che difendeva Retancourt. – Io non so se sarei stato capace di «torcere, tirare e *clac*».
– È tutta questione di concentrazione. Può chiamarmi per nome, Johan.
– E come si chiama?
– Violette.
Violette, come il delicato fiorellino.

15.

Il giorno dopo, all'ora di pranzo, gli otto poliziotti si ritrovarono nella chiassosa sala della locanda. Il tavolo era apparecchiato e Johan cominciava già a portare l'antipasto, una crema di carciofi di cui sussurrò la ricetta. E un piccolo bicchiere con dentro dell'acqua e qualche violetta colta quel mattino che posò accanto al piatto di Retancourt. Mercadet aveva dormito undici ore di fila e si sentiva pronto ad affrontare la giornata.

– I carciofi mi fanno schifo, – disse Noël a voce bassa.

– Prima assaggi la vellutata di Johan, – disse Verdun, – e vedrà che non ci sono solo carciofi.

– Berrond, ci riassumi gli interrogatori? – chiese Matthieu.

– È già tutto pronto, – disse il tenente tirando fuori un foglio dalla tasca, mentre Mercadet sistemava il computer. – Ho cominciato da Kristen Le Roux, l'idraulico che ha messo il figlio in collegio. Non era certo contento di vedersi arrivare in casa un poliziotto la domenica mattina, anzi, era di pessimo umore. Me lo vedo benissimo, un tipo del genere, a cinghiare il figlio per un nonnulla. Il ragazzino del resto non era in casa, aveva preferito uscire con la madre. Se l'assassino è tra questi otto, Le Roux si piazza in pole position: primo, – disse guardando Mercadet, che con una mano batteva sulla tastiera e con l'altra mangiava, – ha un leggero rossore sopra le labbra e sul mento. Secondo, ha un alibi penoso: mercoledí scorso avevano una coppia di amici a cena, ma alle nove lui era già cosí sbronzo che si è alzato da tavola ed è uscito a fare due passi per smaltire la sbornia. Era chiaro che la moglie era ancora indispettita ed è lei che mi ha fornito gli orari: si è assentato per una mezz'oretta, dalle ventuno e un quarto alle ventuno e quarantacinque. Casa loro è a nove minuti a piedi dal negozio di Anaëlle, ho fatto il calcolo. Il tempo di appostarsi, ucciderla, mettere via i guanti, ci sta. Altro punto a suo sfavore: i loro ospiti, che sono andato a trovare, si sono stupiti di vederlo tornare in piena forma, dritto come un fuso. Il marito, soprattutto, che è piú abituato alle ciucche. Quindi o Le Roux recupera in fretta, oppure dopo l'omicidio si è dimenticato di fare la commedia dell'ubriaco.

– E la sua opinione in merito a Chateaubriand?

– Neutra. Lo conosce poco e ancor meno il suo celebre antenato, di cui non gliene frega un bel niente, ha precisato.

– Segnato, – disse Mercadet. – Evidenziato in rosso.

– Hervé Kerouac, il maestro, anche lui non è messo benissimo, – continuò Berrond. – Vi sembrerà strano, ma pure lui aveva una leggera irritazione sopra il labbro, tra i baffi che gli stanno ricrescendo. Non ho potuto vedergli il mento sotto una barba di qualche giorno, come Briand. Si preparava ad andare a messa e forse per questo era mellifluo come un prete. Tutto il contrario di quello scorbutico di Cozic. Se il movente è dettato da una rabbia cieca – perché è su questa ipotesi che stiamo lavorando, no? – sono venuto a sapere da una comare della congrega della Serpentin che si diceva Kerouac fosse sterile, il che spiegherebbe perché le donne se ne tengono alla larga. Altri dicono che sia impotente, la questione non è ben chiara. La stessa comare, pettegola come una gazza, mi ha confidato anche che, frustrato dalla disastrosa vita amorosa, Kerouac ha finito per dedicarsi anima e corpo agli allievi e agli studi. Studi rivolti a chi, tra gli altri?

– Chateaubriand, – disse Adamsberg.

– Esatto. E nel suo soggiorno campeggia una riproduzione del grand'uomo. Oltre al labbro irritato, ha un alibi che fa acqua da tutte le parti. A quanto dice, sarebbe stato impegnato fino alle ventidue a correggere i compiti. Ma la vicina, uscendo a buttare la spazzatura, assicura che alle ventuno e trenta era tutto buio da Kerouac. Per strada ha incrociato un'altra vicina e sono rimaste a parlare una ventina di minuti senza veder rincasare Kerouac.

– È sicura di non sbagliare sera?

– Sicurissima. È il mercoledí che si mettono fuori i rifiuti della raccolta differenziata.

– Segnato in rosso, – ripeté Mercadet.

– Che tipo è? – chiese Adamsberg.

– Nervoso, mezzo pelato, non certo bello ma con un sorriso accattivante. Poi ho proseguito con Cloarec: aveva guardato la partita in tivú e conosceva il risultato.

– Facile, – disse Adamsberg. – Se avesse vinto la Francia ci sarebbe stato un carosello di clacson a Louviec.

– Però sapeva che il gol era stato segnato all'ultimo minuto durante i supplementari. Per quanto la notizia sarà passata sugli schermi fin dalle prime ore del mattino.

– È un alibi, – convenne Adamsberg, – ma traballante. E con le impostazioni di programmazione è facile far scattare e spegnere la tivú, nonché le luci di casa. Un caso dubbio, e lo stesso vale per tutti quelli che hanno visto la partita.

– Ossia, stando agli appunti di Verdun e del commissario Matthieu, altri tre tizi: Cozic, Briand e Le Bihan. La moglie di Cozic era uscita come al solito alle venti e quaranta per il turno di notte. Briand era da solo e la moglie di Le Bihan era andata a cena dalla madre.

– Un'occasione offerta su un piatto d'argento, – osservò Matthieu.

– Segnati tutti e quattro con un punto interrogativo, – concluse Mercadet.

– Ma tutti e quattro senza particolare animosità nei confronti di Josselin, – puntualizzò Berrond. – Almeno a sentire loro.

– Aggiungiamo un forte sospetto per Corentin Le Tallec, – disse Matthieu allungando la mano verso Adamsberg per mendicare tacitamente una sigaretta, che accese servendosi della fiamma di una delle candele che Johan stava sistemando in giro per ribadire le origini medievali della sua locanda. – Il suo caso è piuttosto delicato. Aperto, allegro, direi persino gioviale, ha un'altissima opinione di Chateaubriand, di cui va molto fiero. Mercoledí sera, dopo un aspro scambio di battute con il suo garzone, che aveva lasciato avvizzire alcune mele in fondo a una cassetta – ma niente di troppo pesante stando allo stesso garzone –, è andato a Combourg a giocare al casinò, dove sperpera regolarmente un bel po' di soldi. Il garzone, che stava scartando le mele sciupate, l'ha sentito allontanarsi in macchina prima delle ventuno. Non si aspettava di vederlo tornare prima delle ventitre e se l'è presa comoda. «Ma il padrone, – ha affermato, – è tornato meno di un'ora dopo, e allora mi sono affrettato a gettare tutte le mele guaste. Quanto sarà rimasto al casinò? Un quarto d'ora al massimo! Neanche il tempo di una partita a poker, che senso ha? Mi ha detto che a un tavolo c'era quel "vecchio rincoglionito di avvocato" e aveva preferito non incontrarlo».

– Il che potrebbe significare che è rimasto cinque minuti al casinò, – disse Adamsberg, – tanto per procurarsi un alibi, poi è tornato indietro e ha avuto il tempo di uccidere Anaëlle. Dunque abbiamo tre soggetti cerchiati in rosso. Chi è l'ultimo dei nostri pulciosi?

– Alban Rannou, – disse Verdun. – Non era a casa, ma indaffaratissimo in officina e continuava a mugugnare tra sé. Quando gli ho chiesto che cosa aveva fatto mercoledí sera è andato in bestia. Lavorava da giorni su quel «dannato catorcio», sere e domeniche comprese, catorcio che doveva consegnare il giorno dopo con un bel bonus in vista se rispettava i tempi. Per cercare di rabbonirlo gli ho chiesto che cosa c'era che non andava. «Tutto! Per la miseria! Questa macchina ha piú di vent'anni e la tengono per strada! Può ben immaginare il lavoro!» Certo, avrebbe potuto benissimo programmare l'accensione delle luci, ma sinceramente era credibile.

– Tutti senza uno straccio di prova e senza un movente, – disse Matthieu. – Ma tre segnati in rosso, quattro in posizione traballante e forse Rannou da escludere.

– Kerouac potrebbe avere un movente, – disse Berrond. – Un solitario, maltrattato dalla vita, che si sente umiliato e inferiore agli altri, può improvvisamente ribellarsi e riacquistare forza e potere uccidendo.

– Ci rifletterò sopra, – disse Adamsberg rificcando il taccuino nella tasca della vecchia giacca nera.

Per chi conosceva Adamsberg, riflettere non significava affatto sedersi a un tavolo, con la fronte appoggiata sulla mano, ma camminare a passo lento, lasciando ogni sorta di idee – senza nessuna scrematura – vagare al ritmo della sua andatura ondeggiante, intrecciarsi, scontrarsi, addensarsi, disperdersi, insomma lasciandole agire per conto proprio. Beninteso, come ogni poliziotto, memorizzava i fatti materiali e le testimonianze. A volte questo bastava a individuare il colpevole e la faccenda era chiusa. Cosí era successo per l'uccisione delle cinque ragazze, e anche se il caso era andato per le lunghe era stato un indizio materiale a condurre al colpevole. Ma quando gli elementi pratici opponevano resistenza e non permettevano di designare questo o quel colpevole, non restava che sprofondare nell'universo delle fantasticherie e delle idee impaludate, nel tentativo di farle schiudere, di forzare la loro nascita. Adamsberg non conosceva altri metodi.

«Cordiale», «aperto», «caloroso»... gli sembrava di non aver mai sentito ripetere cosí spesso quelle parole in cosí poco tempo. Del resto Johan era stato piú che cordiale nell'offrire quei fiori a Retancourt. E l'assassino, dove li gettava i guanti, per la miseria? E i sacchi di plastica con cui si proteggeva le scarpe? Il giorno successivo alla morte di Gaël i poliziotti di Matthieu avevano bloccato tutti i camion della spazzatura, il tempo di rovistare invano in una cinquantina di cassonetti nei dintorni. Evidentemente l'assassino si ficcava tutta la roba in tasca e poi la lavava a casa. A meno che non avvolgesse uno straccio intorno al manico del coltello e in seguito lo bruciasse.

Alle otto e un quarto, dopo una passeggiata infruttuosa e una lunga pausa a riposo con i piedi a mollo nel fiume, Adamsberg si diresse verso la locanda avvertendo gli echi di un baccano che aumentava via via che si avvicinava. Si fermò di botto. Aveva completamente scordato che quella sera si festeggiava il compleanno di Johan. Una festa privata per sessanta invitati, ai limiti della capienza massima della sala. Non solo non aveva pensato a fargli un regalo, non solo non avrebbe incontrato quasi nessuno che conosceva, ma soprattutto di solito si teneva alla larga da occasioni del genere: una bolgia chiassosa dove, in mezzo a un carnaio, ci si scambiavano frasi fatte, infervorate dall'alcol e sentite e risentite. Chissà perché, quelle serate agitate e tumultuose gli inducevano un'immediata malinconia. Gli venne voglia di tagliare la corda – non sarebbe stata la prima volta –, ma non poteva far questo a Johan. Si risolse allora a entrare nella locanda, il tempo di salutare il festeggiato e fare atto di presenza, dopodiché sarebbe uscito di nuovo a fare due passi, per poi ripassare di quando in quando.

Il marciapiede e la strada davanti al ristorante erano già affollati al punto che non si riusciva ad afferrare una sola parola. Adamsberg si intrufolò all'interno del locale impregnato di sudore e di fumi dell'alcol, riuscí ad attirare l'attenzione di Johan e gli rivolse un ampio saluto con la mano. Compiuto il suo dovere, sgusciò di nuovo tra i convitati e riprese a girare per le vecchie stradine, ancora piú deserte del solito per via della festa. Si mise a pensare al riccio che, gliel'aveva assicurato quella mattina la veterinaria, era fuori pericolo. Sorrideva all'idea che, tempo una settimana, il *suo* animaletto sarebbe ritornato nel proprio territorio. Svoltò in rue de l'Arbre Penché e scorse in lontananza una massa accasciata sul marciapiede. No, si disse, era troppo presto per essere sbronzi a quel punto, e affrettò il passo per raggiungere l'uomo che giaceva supino. Si inginocchiò, inebetito, sgomento, e gli tastò il polso. Poi chiamò Matthieu, Berrond, Noël e gli altri, ma nessuno sentiva squillare il telefono nel chiasso della festa, che lui maledisse.

– Tenga duro, il medico sta arrivando, – disse.

Il ferito faceva sforzi evidenti per parlare e Adamsberg iniziò a registrare un video.

– Bastardo, impostore, bugiardo... Non era... Era un... Era... brian... Avverta il dottore... Presto...

– È in arrivo, – assicurò Adamsberg prima di abbandonare l'uomo per correre alla locanda.

Nella grande sala si fece strada a gomitate tra gli invitati che lo separavano da Matthieu e afferrò al volo il dottor Jaffré.

– Si spicci, dottore, – disse trafelato. – Un'altra vittima, in rue de l'Arbre Penché. Parla ancora, chiede di lei. Matthieu, vieni con me, presto. Retancourt, – chiamò aprendosi un varco, – raduni i nostri ragazzi, blocchi immediatamente le due uscite della locanda, avvisi quelli della Scientifica e procuriamoci l'elenco dei nomi di tutti gli invitati. Veyrenc e Noël, sbarrate la stradina e passatela al setaccio.

– Quale stradina? – gridò Veyrenc nel bailamme.

– Rue de l'Arbre Penché! Sbrigatevi!

Il dottore era già accovacciato accanto all'uomo quando Adamsberg e Matthieu lo raggiunsero di corsa.

– È il sindaco, Matthieu! È il sindaco! – gridò Adamsberg. – Un coltello Ferrand. Rivetti argentati.

– È finita, – disse il medico alzandosi. – Cristo santo, il sindaco! Non posso credere che abbia ucciso il sindaco!

– Che ore sono? – chiese Adamsberg.

– Le otto e quaranta, – disse Matthieu.

– Era già alla festa quando sono arrivato, alle sette e dieci, – aggiunse il medico. – Stava tenendo un discorsetto.

– Ha notato quando è uscito?

– Vediamo... Ho ricevuto una chiamata alle... mi dia un secondo che controllo... alle venti e quindici precise. Non riuscivo a sentire niente perché Johan aveva intonato una delle sue canzoni preferite. Mi sono allontanato verso la porta ed ero al telefono da dieci minuti quando il sindaco mi ha salutato con la mano uscendo. Saranno state le venti e venticinque quando se n'è andato.

– Non ha visto nessuno seguirlo?

– No, c'era un sacco di gente sulla porta e sono tornato in sala.

– Matthieu, chiedi ai nostri agenti se hanno visto uscire qualcuno verso le venti e venticinque.

– Un attimo, – disse il medico. – C'è una cosa insolita, – disse indicando la mano del cadavere. – Credo che sia un uovo.

– Cosa? Un uovo? – disse Matthieu.

– Un uovo, ha presente? Quello che depongono le galline? Fotografategli il pugno, cosí posso scostargli le dita.

Adamsberg fece una serie di scatti, dopodiché il dottore aprí con delicatezza la mano del sindaco.

– Non c'è ombra di dubbio, – disse. – È un uovo.

– Sta dicendo che l'assassino gli ha messo un uovo in mano e l'ha schiacciato richiudendogli il pugno?

– Cosí pare. Non ce lo vedo il sindaco arrivare con un uovo alla festa di compleanno di Johan per divertirsi a lanciarlo in sala. Scusate, – disse, – sono parecchio scosso. Il sindaco era un caro amico.

Dopo aver perlustrato invano ogni angolo della stradina dove l'assassino avrebbe potuto appostarsi, Retancourt e Noël raggiunsero i colleghi alla locanda per dare una mano con gli interrogatori. Adamsberg e Matthieu aspettarono che i fotografi levassero le tende e che il corpo venisse caricato sull'ambulanza alla volta di Combourg, quindi si avviarono a passi lenti verso la locanda.

– Un uovo, – ripeteva Matthieu. – Un uovo. Ci prende per il culo?

– No, si è imbaldanzito. Conduce il gioco e strafà. Ma in questo modo ci indirizza.

– Verso cosa? Allude a «rompere le uova nel paniere»? Il sindaco avrebbe mandato all'aria i piani di qualcuno?

– Non credo che sia questo il significato. Ho filmato il sindaco prima che morisse. Ha detto qualcosa.

– Ti ricordi le parole esatte?

– Meglio ancora, le ho registrate. Ve le farò ascoltare tra poco. Ma ti avverto, non ti piacerà.

Un'ora e mezzo dopo i sessanta e passa invitati vennero rilasciati. Non uno nel mucchio era stato in grado di dire chi fosse uscito e chi rientrato e a che ora. Tra i sospettati, due avevano partecipato alla serata: l'idraulico Le Roux e il maestro Kerouac. Era tutto quello che erano riusciti a sapere. Vale a dire, niente.

Gli otto poliziotti si erano radunati intorno a un tavolo, in silenzio, costernati, mentre Johan, affranto, serviva da bere a tutti.

– Madonna, commissario, ha ucciso il sindaco! Ha osato uccidere il sindaco!

– Ha alzato il tiro, Johan. Non ha piú paura di niente.

– Non credo che berremo, Johan, – disse Matthieu.

– Un brindisi alla sua memoria, – disse con fermezza l'oste.

– Alziamo i bicchieri e buttiamo giú tutto d'un fiato, – approvò Matthieu. – Adamsberg, – continuò dopo aver sbattuto sul tavolo il bicchiere vuoto, – hai detto di aver registrato le ultime parole del sindaco.

– Ti ho avvisato, – disse Adamsberg appoggiando il telefono al centro della cerchia di agenti che si strinsero intorno al dispositivo. – Non ti piacerà.

– Fai partire la registrazione, per la miseria! – replicò Matthieu, spazientito, alzando la voce.

Adamsberg fece partire la registrazione e la voce della vittima risuonò forte e chiara: «Bastardo, impostore, bugiardo… Non era… Era un… Era… brian… Avverta il dottore… Presto…»

Gli agenti trasalirono, ci fu una certa agitazione, mormorii, esclamazioni, e Matthieu, sbiancato, alzò la mano per invitare alla calma. Con un gesto chiese al collega di riavviare la registrazione, che riascoltò ancora e ancora, a denti stretti, in un silenzio di tomba. Poi sollevò la testa.

– Stavolta è la fine, – disse con voce lenta e sorda. – Chateaubriand è spacciato, che il ministro lo voglia o no... «Era... brian». Il sindaco lo nomina inequivocabilmente. Puoi smetterla di darti da fare, Adamsberg, e di farci correre dietro alle tue pulci, non riuscirai mai a tirarlo fuori da questo pasticcio.

– Non ne sarei cosí sicuro. Molto buono il vino, Johan. Grazie.

– E ti metti a parlare di vino! – reagí di scatto Matthieu, inasprendo i toni. – Parli del vino e intanto abbiamo fatto cilecca, Louviec è in lutto, Josselin finirà in galera e tutti quanti salteremo! Tu, spedito qui da Parigi dal ministro per compiere miracoli, non trovi di meglio da fare che parlare del vino!

Adamsberg restò un attimo in silenzio. La tensione aggressiva di Matthieu si estendeva ormai all'intera squadra – eccetto Retancourt e Veyrenc, che non sembrava se la fossero presa – e questo non aiutava. Adamsberg rivolse al collega uno sguardo calmo.

– Non si fanno miracoli con un pazzo furioso, – disse pacatamente.

– Allora a che serve la tua presenza? – sbraitò Matthieu scattando in piedi.

– Qualche volta gli succede, – sussurrò Berrond mentre Matthieu faceva su e giú a grandi passi per la sala. – Non la prenda sul personale, commissario, poi gli passa.

– Certo che la prendo sul personale, – disse Adamsberg ad alta voce con l'abbozzo di un sorriso. – Del resto non ha torto. Josselin si trova in una posizione delicata.

– «Una posizione delicata»? – strepitò di nuovo Matthieu tornando verso il tavolo. – È questo che pensi? Lo dico e lo ripeto: Josselin è spacciato, fritto! E noi con lui!

– Dimentichi l'uovo, – disse Adamsberg, che tirò fuori in tutta calma dalla tasca una sigaretta stropicciata e la accese alla fiamma della candela.

– Chissenefrega dell'uovo! – scattò Matthieu.

– Al contrario! Io non faccio che pensarci.

– Be', io no! Il sindaco ha accusato Chateaubriand, Chateaubriand l'impostore, Chateaubriand il bastardo, il bugiardo, su questo non ci piove!

– Sí, invece. Sono tutti al corrente della faccenda dell'uovo?

– Tutti. E sono d'accordo con me. Non sanno che farsene del tuo uovo del cazzo! Tranne Retancourt, a quanto pare.

– Non è il *mio* uovo del cazzo, Matthieu, – disse Adamsberg sempre senza scomporsi. – È l'uovo del cazzo *di tutti*. Tu fai come vuoi, vattene, resta, io non ho finito. E se me ne lasci il tempo, vorrei proiettare il video della morte del sindaco su grande schermo. Mercadet, ha fatto quello che le ho chiesto?

– Siamo pronti, commissario, – disse Mercadet posando il computer sul tavolo.

– L'immagine è nitida? Il cielo era cupo e cominciava a far buio.

– Nitidissima, l'ho schiarita. E ho fatto un primo piano sul viso.

– Grazie, tenente. Piazzi il computer al centro del tavolo, e voialtri, – disse girando lo sguardo sulle facce degli agenti ancora scossi dalla sfuriata di Matthieu, – stringetevi in modo che ognuno possa vedere bene. Ho chiesto a Mercadet di ingrandire e migliorare l'immagine per permettervi di osservare con la massima attenzione i movimenti delle labbra del sindaco quando dice «brian». Sul mio taccuino ho appuntato «brian/brion» perché non ero sicuro di quello che avevo sentito. Prima, però...

– Abbiamo sentito benissimo! – saltò su Matthieu, esasperato. – Ha detto «brian».

– Prima, però, – riprese Adamsberg senza far caso all'interruzione del collega, – ripetete in silenzio, senza parlare, «brian» e poi «brion» piú volte di seguito, e concentratevi sul movimento delle vostre labbra. È un po' diverso. Fate con calma. Siete pronti? – domandò dopo che gli agenti ebbero diligentemente eseguito l'esercizio. – Perfetto. Mercadet, faccia partire il video.

La voce del sindaco risuonò di nuovo nel silenzio, con gli occhi di tutti inchiodati sulle sue labbra. «Bastardo, impostore, bugiardo... Non era... Era un... Era... brian... Avverta il dottore... Presto...»

– Possiamo rivederlo? – chiese Berrond.

– Quanto sarà necessario, – disse Adamsberg notando che Matthieu, sempre in piedi e a braccia conserte, si era avvicinato e si chinava verso lo schermo. – Proceda, tenente.

L'operazione venne ripetuta un paio di volte, dopodiché Mercadet chiuse il computer.

– Allora, che ne pensate? – chiese Adamsberg.

– Ha detto «brion», – disse Matthieu con un sospiro di sollievo, subito approvato dagli altri agenti.

– E non «brian», – ribadí Retancourt. – Il movimento delle labbra è chiarissimo.

– Era evidente fin dall'inizio, – disse Veyrenc.

– Per via dell'uovo, – disse Adamsberg.

– Certo.

– Era comunque meglio verificarlo sulle sue labbra e con otto paia di occhi. Allora siamo d'accordo: il sindaco non ha pronunciato il nome di Chateaubriand. Inoltre ha detto: «Era *un*...» e poi si è corretto con «Era *brian*...». Avrebbe potuto dire «Era *un*... Chateaubriand»? Ovviamente no.

– No, – ripeté Matthieu con voce roca, non sapendo come fare ammenda per la sfuriata e la violenza verbale usata nei confronti del collega, screditandolo davanti a tutti, quando poi era Adamsberg ad aver ragione.

L'unica cosa che riuscí a fare fu tornare a sedersi in silenzio al proprio posto. Aveva rovinato tutto e ce l'aveva a tal punto con sé stesso da essersi dimenticato dell'omicidio. A che cosa sarebbero servite le parole? Qualsiasi scusa avesse potuto presentargli, Adamsberg non lo avrebbe mai perdonato. In questo, però, si sbagliava. Il commissario si frugò di nuovo in tasca e tirò fuori un'altra sigaretta, sempre stropicciata, che si premurò di raddrizzare alla bell'e meglio, lisciandola pian piano. Poi si girò verso Matthieu e, rivolgendogli il suo sguardo penetrante cosí singolare, gliela offrí avvicinando la candela. Matthieu sostenne quello sguardo, annuí piano e accese la sigaretta alla fiamma. Si erano detti tutto e Matthieu si sentí distendere in ogni parte del corpo, mentre dentro di sé sfiorava l'ammirazione. Lui sarebbe stato capace di un simile comportamento? Ne dubitava fortemente.

– Cenerei volentieri, Johan, se non è troppo tardi, – disse Adamsberg. E Johan sparí subito in cucina.

– Però, – fece Berrond con la fronte aggrottata, – continuo a non capire la faccenda dell'uovo.

– L'uovo di per sé sarebbe privo di senso, – rispose Adamsberg, – ma le cose cambiano adesso che sappiamo che il sindaco ha pronunciato la parola «brion».

– Intendeva «embrione»! – esclamò Verdun.

– Proprio cosí, Verdun.

Johan cominciò a portare piatti e vassoi, gli restava di

che sfamare venti persone. Aveva allestito un buffet regale e gli agenti ci si gettarono sopra. Mercadet chiese un caffè doppio.

– Ora il tutto sta nel capire perché l'assassino ha schiacciato un embrione nella mano del sindaco, – disse Noël con la bocca piena.

– È possibile che quell'embrione distrutto alluda a un aborto, – disse Adamsberg. – Che altro, sennò?

– Nient'altro, – disse Retancourt. – Può significare solo «aborto».

– Il che almeno ci fornisce una pista da seguire circa il movente dell'assassino, – disse Verdun. – Un aborto.

– Ma che tipo di aborto? – disse Adamsberg. – Ufficiale? Clandestino? Uno solo? Molteplici? Oppure la pratica in generale? In ogni caso è una faccenda che tocca l'assassino da vicino, come minimo. Supponiamo che abbia perso un embrione, un feto: perché la rabbia lo spingerebbe a uccidere persone come Gaël, Anaëlle e il sindaco? Perché queste persone sarebbero responsabili di aver «ucciso» questo embrione? Se la persona in questione ha perso un feto e non lo ha mai accettato, la sua rabbia la porterebbe a uccidere quelli che l'avrebbero fatto intenzionalmente: uomini che possono aver spinto la donna a sbarazzarsene, una donna che ha deciso lei stessa di abortire. È plausibile ipotizzare che sia Gaël sia il sindaco abbiano inguaiato una donna e poi messo a tacere la faccenda? Perché no? Quello che lascia perplessi è perché il sindaco abbia usato il termine «embrione» e non «feto». Non è un dettaglio insignificante.

Mentre parlava mangiando con calma, Adamsberg aveva notato che Berrond aveva contratto il viso e incassato le spalle. Forse era contrario all'aborto oppure l'argomento lo imbarazzava.

– Il che fa pensare che si sia trattato di aborti clandestini, – disse Veyrenc.

– Giusto, – disse Mercadet. – Supponiamo che il sindaco abbia avuto una relazione, evidentemente ufficiosa, e che la donna fosse rimasta incinta. Nessuno meglio di lui sapeva bene che a Louviec tutto si viene a sapere, si intuisce e si mormora. Una visita dal medico, un ricovero in clinica, cose del genere avrebbero moltiplicato il rischio di far trapelare la verità. Nel caso del sindaco, la notizia di un aborto avrebbe destato scalpore.

– Mi hai detto che Gaël era sposato, no? – chiese Adamsberg a Matthieu.

– Sí. Io non la conosco, ma secondo Johan la moglie è una donna molto simpatica e ancora piuttosto bella. Il che comunque non impediva a Gaël di avere un'amante.

– E soprattutto è la moglie ad avere la grana, – intervenne Johan. – Eredità paterna. Il che spiega come mai, nonostante i costi, Gaël poteva permettersi di venire a cenare qui spesso, a cenare e a bere. E non solo sidro. Quindi, figuratevi, un aborto alla luce del sole è fuori discussione. La sua amante avrà dovuto arrangiarsi, come suol dirsi.

– Johan, – fece Adamsberg, – davanti a lei parliamo senza freni perché Matthieu ci ha assicurato che lei è una tomba. Il patto è sempre valido? Mi garantisce che non trapelerà nulla della faccenda dell'uovo?

– Nemmeno un frammento di guscio.

– Grazie, Johan. E ne conosce lei di… praticone?

– Farei volentieri il bis di paté di coniglio, – disse Retancourt.

– Detto fatto, Violette. Delle praticone? Circolano dei nomi, qui come a Saint-Gildas e a Combourg. Ma non mi piace parlare quando non ho certezze.

– Potremmo cominciare con l'andare a trovare Gwenaëlle, – propose Veyrenc. – Magari sua cugina ha abortito quand'era piú giovane e viveva ancora con la zia.

– Tutto questo però, non spiega le prime parole del sindaco, – osservò Adamsberg. – «Bastardo, impostore, bugiardo». A chi si riferiva? Al suo assassino, ovvio. Che avrebbe imbrogliato tutta Louviec per anni. Ma imbrogliato come? Con un nome falso? E a quale scopo? Sfuggire a un crimine commesso da qualche altra parte?

– Forse ha fatto fuori la donna che si era sbarazzata del feto, del *suo* feto, – ipotizzò Retancourt. – Poi si è volatilizzato ed è ricomparso a Louviec sotto un altro nome.

– E un'altra faccia? – obiettò scettico Adamsberg. – Un nome falso non trasforma una faccia. Mercadet, è un'impresa immane, ma cerchi nello schedario se trova qualcuno che potrebbe corrispondere, qui o nei dintorni. Un tizio che oggi avrebbe suppergiú cinquant'anni.

– Ci provo, – disse Mercadet, che adorava le imprese immani, soprattutto quelle che sembravano impossibili da realizzare. – Dato che non sappiamo dove può essere accaduto, userò parole chiave come «omicidio», «donna», «aborto», «clandestino», «Ille-et-Vilaine». Non si può certo chiamarla una ricerca precisa.

– Provi lo stesso, tenente, e se risulta impossibile, lasci perdere.

– A proposito, sono sicuro che la Serpentin ne sa qualcosa, – disse Matthieu. – Ma come farle sputare il rospo? C'è una congiura del silenzio su tutta la faccenda.

Adamsberg afferrò il cellulare al primo squillo e fece segno ai colleghi che si trattava del medico legale. Mise in viva voce: – C'è da credere, – disse il dottore, – che questo tizio conosca un solo e unico modo di uccidere. La coltellata è identica, leggermente di traverso con una flessione e una ripresa fino al tacco. Sempre un falso mancino.

– Ha esaminato l'uovo, dottore?

– No, devo dire di no.

– Potrebbe analizzare il tuorlo e dirmi se era fecondato o no?

– Mi dia un secondo. Sí, – disse di nuovo in linea, – c'era l'embrione.

– E i morsi di pulci?

Si sentí il medico sospirare.

– Cinque, commissario, alla base del collo. Tutti recentissimi.

– È possibile, – disse Adamsberg riponendo il telefono, – che l'assassino abbia sperato l'uovo prima di sceglierlo, per essere sicuro di non prendere un uovo sterile.

– Niente, non funziona, – intervenne Mercadet. – «Assassinio», «donna», «aborto», «clandestino» non dànno nessun risultato in Bretagna.

– C'è un'ultima cosa che mi lascia perplesso, – disse Adamsberg. – Perché il sindaco ha detto: «Avverta il dottore», e non, come sarebbe stato piú normale: «Chiami il dottore?»

– Era moribondo, – osservò Veyrenc. – «Avverta» o «chiami» non fa una grande differenza.

– Comunque sia, – proseguí Adamsberg, – possiamo ipotizzare che tra la prima e la seconda coltellata l'assassino parli alle sue vittime. A ogni modo, è quel che ci insegna il caso di Gaël. Dunque il sindaco ha fatto in tempo a sapere che moriva per una questione di embrioni e forse ha voluto avvertire il dottore. Con «Avverta il dottore» io capisco: «Avverta il dottore del pericolo che corre». Insomma, le cose si possono vedere anche in questo modo.

– Per *te*, – disse Veyrenc. – Ma è parecchio azzardato.

– Già, Louis. Mi raccomando, – concluse Adamsberg facendo girare lo sguardo tutt'intorno al tavolo, – non una parola a nessuno della faccenda dell'uovo, tantomeno alla stampa. Dobbiamo tenerci per noi questa carta.

Berrond si rammentò per l'ennesima volta dell'avvertimento di Matthieu: «Non cercare di capire sempre».

Era tardi quando gli otto poliziotti ringraziarono e si congedarono calorosamente da Johan.

– Non è stato un gran bel compleanno, – gli disse Matthieu attardandosi nei saluti.

– Sí, invece, – disse Johan. – Ho potuto ammirare il vostro lavoro. E sí, mi dispiace molto per il sindaco, ma sono contento per Josselin. Ne ha di sale in zucca quell'Adamsberg. Un po' a modo suo forse, ma non ci piove. Non so a chi altro sarebbe potuto venire in mente che il sindaco non abbia voluto dire «Chateaubriand».

– E pensare che io l'ho attaccato e gliene ho dette di tutti i colori come un vero idiota, quando ero io ad avere torto marcio.

– Fossi in te...

– ... chiederei scusa.

– Qualcosa del genere. Sforzati. Perché, te ne sarai accorto, non è facile chiedere scusa e non sono in molti a trovare il fegato di farlo.

16.

Un lugubre clima di desolazione era sceso su Louviec. Un po' tutti si erano adoperati ad appendere un pezzo di stoffa, uno scialle, una maglia nera alla finestra o alla porta di casa. Il negozio di elettrodomestici continuava a restare chiuso e Adamsberg andò a suonare da Gwenaëlle, smorta come la vestaglia beige che indossava, due occhiaie violacee e i capelli arruffati.

– Posso? – chiese il commissario.

– È orribile quello che è successo al sindaco, – disse quella con un filo di voce aprendo la porta.

– Forse lei potrebbe aiutarci.

– Almeno questo non incrimina Josselin?

– Al contrario.

Gwenaëlle doveva avere un debole per Josselin, se si preoccupava della sua sorte in pieno lutto.

– Vorrei farle una confidenza, – disse Adamsberg. – Ma posso star sicuro che se la terrà per sé?

Gwenaëlle drizzò la testa, un po' offesa.

– Se vuole saperlo, non sono mai andata in giro a spiattellare segreti. Non sono mica la Serpentin, io.

– Faccio davvero affidamento su di lei, Gwenaëlle. Ecco qui: il sindaco stringeva in pugno un uovo frantumato.

La giovane donna si limitò ad aggrottare la fronte.

– Le suggerisce qualcosa?

– Sí, un aborto.

– Lei è piú perspicace dei miei collaboratori, Gwenaëlle.

Quella affermazione le strappò un mezzo sorriso, com'era nelle intenzioni di Adamsberg. Anzi, si alzò addirittura per andare a scaldare un po' di caffè e ne portò due tazze al tavolo.

– Grazie, Gwenaëlle, ha anche capito che non ho chiuso occhio. E sono d'accordo con lei, quell'uovo frantumato allude a un aborto.

– Allora è per quello, – disse Gwenaëlle, che ricominciò a piangere. – Ma è stato tanto tempo fa, chi potrebbe essere venuto a saperlo?

Adamsberg le asciugò delicatamente le lacrime.

– Mi racconti tutto.

– Anaëlle aveva diciassette anni. Eravamo andate in un locale a tre chilometri da qui. Lei si era lasciata abbordare da uno «tanto per vedere com'è», mi aveva detto, e poi: «Ho sentito male, tutto qua». Ma non è finita lí. Ha cominciato a vomitare e un mese e mezzo dopo abbiamo capito che era incinta. Parlarne a mia madre era fuori discussione, dovevamo arrangiarci da sole. Ci ha aiutate quell'amica di cui le ho detto a proposito degli Ombrosi. Aveva ventidue anni, una persona adulta per noi, e ci ha accompagnate in macchina a Combourg. Ha parcheggiato a cento metri da una casa ben tenuta e ci ha fatto entrare da una porta sul retro. Mi ricordo che l'intervento è stato veloce e a pagare è stata la nostra amica Laure.

– Sa come si chiama quella donna?

– Sí, – ammise. – Non lo nascondeva, dato che è una levatrice autorizzata, ma non va certo in giro a sbandierare ai quattro venti che aiuta le ragazze che si trovano nella situazione di mia cugina. Sono cose che si sanno tramite passaparola. Di cognome fa Berrond.

– Come la moglie di…

– Berrond, sí.

Adamsberg si passò le mani sul viso e prese un lungo sorso di caffè. Ecco perché il tenente era cosí teso il giorno prima, quando parlavano di aborto.

– E Berrond? – disse. – Disapprova?

– No di certo. Una volta è stato lui in persona ad aprire la porta sul retro per far entrare un'amica nell'ambulatorio. È un brav'uomo, molto coraggioso e molto buono, commissario, bisogna proteggerlo.

– Non si preoccupi. Non si saprà niente. Niente di niente.

Al suo ritorno Adamsberg si confidò solo col suo amico Veyrenc, camminando per le stradine del paese.

– Quindi è andata proprio cosí. Lei ha abortito e lui l'ha uccisa. Stai pur certo che per Gaël sarà una storia simile.

– Infatti, Jean-Baptiste. Sono stato dalla Serpentin. Non ho avuto problemi a farla parlare, ovviamente scucendole qualcosa. Stando ai vari «si dice» che ha messo insieme, «quello schifoso di Gaël» sei anni fa avrebbe messo incinta una del posto non piú giovanissima e quindi una gravidanza a rischio per sé e per il bambino. Lui però non ha voluto saperne di fare degli accertamenti clinici, l'ha costretta a sbarazzarsi del feto senza tanti complimenti. Dopodiché, si sa soltanto che quella sera lei era in lacrime mentre scendeva dalla macchina.

– E hai avuto tempo di fare un passaggio in municipio a dare un'occhiata?

– Il municipio era deserto, con un drappo nero all'ingresso. Solo Jeannette resta di stanza, in caso di emergenza. C'è un'aria tetra. Jeannette è una delle due segretarie. Sulla quarantina, divorziata, non molto attraente, due figli adolescenti. Scatola di fazzoletti sulla scrivania, occhi gonfi. Ho sfoderato tutto il mio fascino per convincerla a uscire dall'ufficio e venire a pranzo con me, nonostante fosse appena mezzogiorno. Alla fine lei ha accettato, a patto che andassimo a Saint-Gildas, dove non la conosce nessuno. Si è data una pettinata, si è truccata alla bell'e meglio e ci siamo ritrovati a un tavolo del *Café du Vieux Pont* insieme a due o tre altri clienti. Era presto, ancora non servivano da mangiare, ma il proprietario ha accettato di farci due panini, non aveva altro da offrire. Benissimo, Jeannette sembrava gradire, vino compreso, e ne ho approfittato per rincarare la dose. Le ho detto come stavano le cose in punta di piedi, ma lei non si è fatta pregare e, complice il vino, mi ha raccontato tutto senza troppo ritegno, appellandosi naturalmente al segreto professionale.

– Era l'amante del sindaco. Quando è successo?

– Dodici anni fa, lei aveva trentuno anni.

– Si è ritrovata incinta, sposata e con due bambini piccoli, come il sindaco. Una situazione impossibile.

– Tanto piú che era in piena istanza di divorzio e le avrebbero di sicuro revocato la custodia dei figli.

– Quindi lei era d'accordo.

– Sí, ma a malincuore, perché ai tempi era innamorata del sindaco. Da allora le cose si sono aggiustate e forse quel che è successo allora c'entra qualcosa. Per farla breve, il sindaco, che conosceva il paese come le sue tasche, l'ha mandata da una mammana. Lei ci ha messo un po' a riprendersi e per qualche mese ha avuto uno strascico di depressione. Quello che non riesce davvero a spiegarsi, e lo stesso vale per Gwenaëlle, è come si sia saputo in giro. Ma una tresca fra un'impiegata e il capo, o chi per lui, prima o poi finisce per saltare agli occhi di tutto il personale. E dopo, di colpo una tristezza, una depressione e il sindaco che all'improvviso si mostra preoccupato e iperpremuroso verso la giovane donna afflitta... Ti garantisco che tutti, al comune, avranno sgamato cos'era successo senza bisogno di tante spiegazioni. Per quanto riguarda Anaëlle, lei era un'adolescente, andava ancora al liceo, a nessuno sarà sfuggito che a un certo punto le sue nausee sono cessate. Gaël, una sera in cui era sbronzo, si dev'essere lasciato sfuggire uno sprazzo di verità.

– E dietro questo piccolo mondo la Serpentin e il resto delle comari son lí a raccogliere i pettegolezzi. I pettegolezzi e le verità.

– Già, niente sfugge a Louviec, e tutto finisce per trapelare. L'assassino è venuto a conoscenza della faccenda e non è stato il solo. Non c'è alcun dubbio che il movente sia legato alla questione degli aborti. Ma c'è qualcosa che non torna in questa storia.

– Perché è una storia vecchia. Non è cosí, Louis?

– Già. Perché questo improvviso rigurgito di rabbia, di follia, a dieci o tredici anni di distanza? Perché l'assassino non ha «punito» i responsabili caso per caso, ciascuno all'epoca dei fatti? C'è stato un motivo scatenante, Jean-Baptiste. Ma quale, per la miseria?

– I nostri tre sospettati hanno suppergiú cinquant'anni. Bisognerebbe scavare piú a fondo tra quelli che hanno figli. Dovresti tornare in comune e farti una chiacchierata con Jeannette. Sarà certo felicissima di rivederti.

Veyrenc alzò le spalle. Ignorava fino a che punto il suo viso compatto, i lineamenti regolari, il naso dritto, le labbra ben disegnate, i capelli leggermente mossi, le guance piene e quel piccolo mento caratteristico dell'arte romana – cosí gli aveva detto Danglard – riuscivano a sedurre uomini e donne.

– Chissenefrega del nome delle praticone, delle mammane. Penso che da questo momento sia il caso di passare alla tappa successiva: far sorvegliare i nostri tre principali sospettati tutte le sere, sia con un appostamento davanti a casa, sia pedinandoli finché non rientrano. Peccato che siamo solo in otto. Sette, escludendo Mercadet. Sei, tolto me. Potremmo darci il cambio.

– Tolto te? – fece Veyrenc.

Adamsberg fece una smorfia, un po' contrariato.

– Avrei preferito tallonare Maël stasera, – disse in tono esitante.

– Maël? E lui che c'entra? Non la smette di grattarsi, questo te lo concedo. Ma aveva il braccio ingessato prima della morte di Gaël.

– Questo non gli impediva di andarsene in giro di notte con un bastone. Da quel che mi ha detto Johan, lo Zoppo si fa sentire sempre tra le dieci e mezza e mezzanotte. Non tutte le sere, certo.

– Ma è stato Maël, Jean-Baptiste, a lanciare le battute per scovare lo Zoppo.

– Che non è stato scovato.

Veyrenc scosse la testa, scettico.

– Ce la caveremo in sei, – ammise con un sospiro. – Visto che tu vai a caccia di fantasmi.

Alle sette di sera gli otto poliziotti si ritrovarono alla locanda, intorno al solito tavolo in fondo alla sala, per non disturbare la clientela. Poco folta, solo alcuni ignari turisti occupavano qualche tavolo. Ma a nessun abitante di Louviec, in lutto per il sindaco, sarebbe venuto in mente né avrebbe avuto voglia di uscire a divertirsi. Il funerale si sarebbe svolto l'indomani mattina alle dieci.

– Allora? – chiese Adamsberg a Veyrenc. – Jeannette?

– Jeannette è la segretaria del sindaco, – spiegò agli altri Matthieu.

– Che ha ceduto al fascino di Veyrenc? – scherzò Berrond divertito. – Non mi sorprende.

– Poverina, – disse Johan arrivando con il sidro, le tazze e un piatto con delle piccole crêpe al prosciutto arrotolate, – è lei che si occupa di tutto per il buffet di domani dopo il funerale. Un lavorone. Io l'ho aiutata come ho potuto per la consegna delle vivande. Perché che cosa fanno le persone dopo una messa e un funerale? Mangiano. Io dico che è la messa a stancare la gente.

– Allora? Jeannette? – ripeté Adamsberg.

– Quattro dei nostri pulciosi hanno figli, tra gli undici e i ventidue anni. Nove in tutto. Per sapere se c'era l'ombra di un aborto, ho preferito evitare di sentire i genitori, come al solito gli ultimi a essere informati, e sono tornato a trovare la Serpentin, che comincia a mostrarsi piú arrendevole.

– Anche lei? – disse Berrond sorridendo mentre si portava alle labbra la ciotola di sidro.

– Da non crederci, eh, Berrond? Ammansire la vipera di Louviec, chi l'avrebbe mai detto? Fatto sta che lei, sempre la prima a sapere le cose, è quasi certa che l'idraulico, Kristen Le Roux, uno dei nostri due energumeni che ha un'irritazione intorno alle labbra, abbia fatto abortire di nascosto la figlia a diciotto anni. A quanto pare, dopo, lei ha pianto molto.

– Qual era il suo alibi? – chiese Noël.

– Una cena con degli amici, che ha abbandonato una mezz'oretta per andare a fare due passi per smaltire la sbornia. E ripresentarsi fresco come una rosa. Niente male per uno che era ubriaco fradicio. Oppure era tutta una messinscena, ma recitata malissimo.

Johan arrivò con i piatti – senza dimenticare un caffè doppio per Mercadet – e riempí i bicchieri, annunciando a mezza voce un tortino al salmone che Verdun, a quanto pareva amante della buona cucina come il collega Berrond, si affrettò a tagliare.

Con questo elemento in piú, – disse Verdun servendo i colleghi, – le cose si mettono male per il nostro pulcioso Le Roux.

– Oppure l'inverso, – replicò Adamsberg. – Perché uccidere Gaël o il sindaco quando lui è nella stessa barca? Al contrario, questo lo scagiona. Per vostra informazione, ha un piccolo pollaio nel giardino di casa. E non è il solo. Anche Tristan Cloarec, l'elettricista, e l'autista del pullman, Mikael Le Bihan, ne hanno uno. Obiettivamente non significa niente, dato che quando compri una confezione da sei uova ce n'è sempre almeno uno fecondato.

Adamsberg restò un attimo in silenzio per dare il tempo a Verdun e Berrond, che si servirono entrambi una seconda porzione, di gustare appieno la cena. Il commissario, che si saziava con poco, si chiedeva dove andasse a finire tutto quel cibo. Di sicuro nelle loro pance, nei loro menti.

– Dunque, per riepilogare il lavoro di stasera, – riprese dopo che i due poliziotti furono satolli, – lavoro che può andare avanti per tutta la settimana. Mettiamo sotto sorveglianza i nostri tre principali sospettati, anche se non dimentico certo gli altri cinque. Sappiamo bene che gli alibi perfetti sono troppo belli per essere veri. Preferisco di gran lunga gli alibi traballanti. Ma intanto concentriamoci sul trio di testa. Noël, si faccia dare una vecchia giacca da Johan, dovete tutti vestirvi di nero o di grigio. Verdun, gli presti un berretto, quei capelli biondi sono troppo appariscenti. Vale pure per te, Matthieu. Ognuno prenda posto alle otto davanti al domicilio della rispettiva preda. Scegliete con cura dove appostarvi. Propongo di affidare l'energumeno, Kristen Le Roux, a Retancourt.

A Noël il proprietario del negozio di alimentari, Le Tallec. Matthieu, tu prendi Kerouac, non dimenticare il rossore sul labbro. Ti conosce?

– Non mi vedrà nemmeno.

Adamsberg e Matthieu finirono di distribuire i ruoli e stabilire i turni.

– Non dimenticate che alle nove e mezza c'è la riunione degli Ombrosi in rue du Prieuré. Se vedete il vostro uomo infilarsi al numero 5, lasciate perdere, vuol dire che non è la serata buona.

17.

Si separarono rapidamente per andare ad assumere ciascuno il proprio turno di guardia mentre Adamsberg si avviava senza fretta verso il domicilio di Maël, notando lungo la strada il gran numero di portoni a volta e pesanti colonne romane, tutti posti propizi a fornire un ottimo nascondiglio, se necessario. Rallentò ulteriormente il passo avvistando l'abitazione di Maël, una casetta a un solo piano con le imposte azzurre e le fughe candide tra le larghe pietre di granito. L'annessa tettoia di lamiera gridava vendetta. Attraverso le tende filtrava una luce, priva dei riflessi bluastri che segnalano un televisore acceso. Adamsberg si addossò al riparo di una colonna e restò in attesa. Non gli scocciava aspettare, era piú paziente di altri per natura. Spesso, alle otto e mezza, Maël andava a cenare da Johan, ma quella sera, come molti altri, era evidente che si atteneva al lutto cittadino. Una rondine volò rapida sotto la tettoia, dove aveva probabilmente il nido. Il che lo riportò subito col pensiero alla strana ossessione di Johan per la rondine bianca. Non cosí strana, a conti fatti, lui stesso si era innamorato di un riccio. Ma almeno il suo riccio era una creatura esistente, mentre una rondine bianca era una chimera. Doveva chiedere a Mercadet di verificare se esistevano rondini albine. Perché no? Da bambino, insieme a suo padre, aveva pur visto un merlo bianco. E comunque il fatto che Johan andasse in cerca di una chimera non lo sconcertava per niente. Rivolse seduta stante la richiesta a Mercadet.

Il suo sguardo perso per un istante in fantasticherie si riconcentrò sulla finestra di Maël. Scorgeva la figura indistinta del Gobbo – pardon, dell'ex Gobbo – affaccendarsi di qua e di là, sparire in una stanza sul retro che doveva essere la cucina. Poi, di colpo, verso le dieci e quaranta, tutte le luci si spensero e Adamsberg vide la porta socchiudersi. Si appiattí dietro la colonna e osservò Maël girare il chiavistello con cautela, senza far rumore, insolitamente vestito con un lungo mantello grigio e la testa coperta da un ampio cappuccio. Raggiunsero il centro in meno di cinque minuti, poi, come fu arrivato sulla strada principale, Maël rallentò il passo e si mise a picchiare per terra con un pesante bastone, a intervalli cadenzati e regolari. Si guardava intorno di continuo, sul chi vive, passava rasente i muri per poi riprendere a martellare. A una quindicina di metri da loro, un uomo si era fermato per far pisciare il cane e sia Maël che Adamsberg si ritrassero nell'ombra di una nicchia. Quando uomo e cane tornarono indietro, Maël aspettò cinque minuti buoni prima di infilarsi in una traversa e riprendere ad avanzare facendo risuonare il bastone a ritmo cadenzato. Adamsberg gli concesse l'ultima soddisfazione di spaventare gli abitanti in qualche altra stradina, dopodiché gli si parò di fronte. Maël trasalí.

– Dunque eri proprio tu, Maël, – disse a bassa voce. – Ficca il bastone sotto il mantello, adesso io e te andiamo a parlare là, sulla panca del vagabondo.

– Ah, no, sulla panca del vagabondo no, – si irrigidí Maël.

– E perché no?

– Si dice che porti male.

– Tu superstizioso, Maël? Proprio tu che alla locanda dicevi peste e corna degli imbecilli che credevano alle fandonie a proposito dello Zoppo. Certo, nessuno poteva saperlo meglio di te. Ma cosa credi che penserebbero se andassi a dirgli che non vuoi posare le chiappe sulla panca del vagabondo?

– No, per favore, non dica niente.

– Sarò buono con te, – disse Adamsberg costringendo con un gesto Maël a sedersi sulla panca. – E cosí, – aggiunse con un sorriso, – sei tu che fingi di essere lo Zoppo, eh? A costo di spaventare delle brave persone superstiziose come te?

– Come l'ha saputo? Come mi ha scoperto?

– Seguendoti da casa tua, molto semplicemente.

– E perché mi seguiva?

– Avevo dei sospetti.

– Come mai?

– Per via della tua aria da furbetto al bar di Johan quando parlavano dello Zoppo, l'aria di chi sta preparando di nascosto un bello scherzetto. Oh, non è durata a lungo, giusto il tempo di mandar giú una sorsata di vino. Ma io l'ho vista quell'espressione lí, nel tuo sguardo, sulle tue labbra. Ho realizzato dopo, mentre stavo con i piedi a mollo nel fiume.

– In gamba, – mormorò tra sé Maël. – Decisamente in gamba. Lei ha occhio, commissario, non c'è che dire.

– Poi ti sei alzato e hai fatto il duro, hai proposto di organizzare la battuta. Divertente, anche questo. Oltretutto ti avrebbe fornito una copertura nel caso qualcuno avesse riconosciuto la tua ombra.

– Non mi diverto, commissario, non mi diverto affatto.

– Lo credo bene, Maël. Altrimenti non perderesti tempo a tormentare il prossimo. Dimmi perché lo fai e non ti metto nei pasticci.

– Quali pasticci?

– Si chiama «disturbo della quiete pubblica». È un reato che si paga caro, Maël. Quindi dimmi perché e ti lascio in pace.

– È come ha detto lei, per dare il tormento agli altri.

– Questo lo so, ma perché vuoi dare il tormento agli altri?

– Perché loro mi hanno dato il tormento per tutta la vita! Sempre a strapazzarmi, a chiamarmi «il Gobbo», «Quasimodo», a emarginarmi, a trattarmi come se fossi un mostro. Mi avessero chiamato una volta col mio nome! Macché! A parte i miei genitori e gli insegnanti. E il sindaco? No! Sempre e solo «il Gobbo», non avevo altri nomi.

– Alla locanda mi è sembrato che gli altri fossero piuttosto amichevoli con te.

– Nessuno è amichevole con un gobbo, – disse amaramente Maël, come sollevato di poter finalmente dare libero sfogo alla sua pena, di condividere quel fardello. – No, nessuno gli parla sinceramente, senza un secondo fine. Non è amicizia, è commiserazione, commissario, perché un gobbo resta un gobbo, «il gobbo del villaggio», come esiste «lo scemo del villaggio», e i bambini ti additano. Quando i genitori non li tirano in disparte, perché i gobbi portano sfortuna. No, – ripeté, – nessuno se ne dimentica per un solo istante. Mi hanno rovinato l'esistenza, e allora una notte ho deciso che era ora di fargliela pagare. Ma come? Cosí ho pensato di ritirare fuori il fantasma dello Zoppo di Combourg. Lí, sí, lo ammetto, solo all'idea mi veniva da ridere. E quando vedevo qualcuno che, terrorizzato, si affrettava a chiudere la finestra, pure in quel caso me la ridevo.

– E perché poi hai smesso per quattordici anni?

– A causa dell'omicidio del vecchio spilorcio. Avevo fifa che qualcuno potesse vedermi e accusarmi. Finché, tutt'a un tratto, mi è tornata la voglia.

– Che lavoro fai, Maël?

– Ah, di sicuro quando sei gobbo il lavoro non ti aspetta a braccia aperte. Non sei una bella pubblicità. Se lo figura un medico, un avvocato, che ti propone un posto da segretario? No, per un gobbo ci vuole un lavoro dove nessuno possa vederlo. Sono portato per i numeri, e dunque faccio il revisore contabile nello studio Dressel. Ma, badi bene, il mio ufficio è in una stanza sul retro, non c'è pericolo che i clienti mi vedano. A furia di lavorare gomito a gomito da anni, Dressel mi tratta normalmente. E anche Josselin, immagino perché, come me, deve sorbirsene ogni giorno di tutti i colori. E forse un pochino anche Johan, non che qualcuno ce l'abbia con lui, ma perché ha un grano di follia.

– Un grano di follia?

– Ha le visioni, vede delle rondini bianche, è convinto che siano delle specie di fate che vegliano su di lui. Sua sorella, che si intende di volatili, l'ha accompagnato un sacco di volte nelle sue spedizioni per dimostrargli che quelle rondini erano un parto della sua fantasia. Ma niente da fare, non è mai riuscita a toglierglielo dalla testa. È stata lei a raccontarmelo, a me solo, di sicuro perché ero speciale. Ma, mi raccomando, non vada a dirlo in giro, non vorrei per niente al mondo che Johan avesse delle seccature.

La voce si era fatta ansiosa a quella prospettiva.

– Non aver paura, Johan non ha niente da temere con me. Proteggo tutti quelli con un grano di follia, io, come dici tu.

– Come mai?

– Perché anch'io ne faccio parte.

– Cosí dicono, almeno. Insomma, non proprio in questi termini, ma è la stessa cosa. Io, però, non ci credo.

– Per quale motivo?

– Perché da quel che ho notato, e l'ho vista l'altro giorno che faceva finta di pescare o di passeggiare con aria svagata, direi piuttosto che si tratta di...

Maël alzò la mano e descrisse dei lenti mulinelli nell'aria notturna.

– ... di passaggi. Passaggi a vuoto, o a volte a pieno, o mezzo pieno, che ne so?

– Sei sveglio, Maël, – disse Adamsberg con un sorriso, – capisco che il tuo capo, quel Dressel, non voglia perderti.

– Sicuro che noi due ci intendiamo. Se mi accorgo di una manipolazione contabile, e capita spesso, vado da lui e ci facciamo due risate. Il cliente ride un po' meno quando viene a ritirare i documenti da presentare al fisco. A parte questo, visto che parliamo di lavoro, nel tempo libero mi diletto a fare qualche lavoretto di muratura qui e là. Ma dopo l'operazione ne faccio meno, mi stanco facilmente. Pare che ci vorrà del tempo prima che mi rimetta in sesto.

– Allora ti lascio riposare, – disse Adamsberg alzandosi. – Comunque ci siamo capiti, eh, Maël? Piantala con quel bastone. Abbiamo già abbastanza grane a Louviec.

– Capito, commissario, non dovrà piú preoccuparsi di me, promesso.

Maël si allontanò in silenzio e Adamsberg si attardò a chiedere notizie ai poliziotti in appostamento. Niente da segnalare. Ma era una giornata di lutto e le strade erano deserte. Ben poche le speranze di trovare una preda da catturare.

La sergente di Matthieu che si era infiltrata alla riunione degli Ombrosi gli aveva lasciato però un lungo messaggio:

Eravamo in diciotto, compresa la Serpentin. È proprio lei a condurre il gioco. Mi ha presentato con il mio falso nome, Noémie Rannou, e mi ha chiesto i documenti. Erano tutti incappucciati per via «della nuova arrivata di cui non si sapeva niente». Undici donne e sei uomini, piú la Serpentin, me esclusa. La Serpentin ha cominciato a invitarci a concentrarci per la salvezza delle anime di «quello schifoso di Gaël, di quella ebete di Anaëlle e di quel cretino del sindaco». Si sono levate alcune voci di protesta: pregare per le anime di quegli Ombristi? La Serpentin ha replicato che niente faceva ritenere che il sindaco fosse un ombrista, ma liberi di pensare quel che volevano, non cambiava niente. Tutti e tre erano colpevoli. Pregare per l'anima di Gaël, di Anaëlle e del sindaco: sí, assolutamente. Significava mostrare fino a che punto noi, gli Ombrosi, siamo interessati alla salvezza di tutte le anime. Poi ha distribuito a ciascuno un rimedio preparato da lei – e di cui lei sola detiene la ricetta – e iniettato in alcuni flaconi vuoti una soluzione fisiologica che fortifica la resistenza dell'anima degli Ombrosi. La distribuzione è avvenuta con una solennità degna di un'autentica setta, dopodiché ognuno si è messo in bocca una gomma da masticare per poi usarla per tappare il flacone. «Mi raccomando, – ha continuato la Serpentin, – vi ho già avvertiti e lo ripeto per la nuova arrivata: non piú di due gocce al giorno, altrimenti l'equilibrio tra corpo e anima ne risentirà». A quel punto è stata affrontata una questione controversa: la Serpentin è in possesso di fiale di un decotto – anch'esso distillato dalle sue mani – destinato a punire e tenere a bada gli Ombristi. Si tratterebbe di un preparato che, nelle due ore successive all'ingestione, provoca allucinazioni, sogni a occhi aperti e malesseri, indebolendo al contempo l'animo. Da versare nel bicchiere di un Ombrista a seguito di una minaccia subita, a mo' di monito. Solo cinque Ombrosi sono contro: hanno fatto presente il rischio di un incidente mortale nel caso in cui l'allucinazione si verifichi mentre la vittima è al volante, in bicicletta, in cima a una scala, ecc. Dodici sono a favore, e hanno garantito che useranno la pozione solo se saranno certi che la persona non si muoverà nelle due ore successive alla somministrazione. La Serpentin finge di mantenersi neutra, ma le sue fiale le vende, e a caro prezzo. Impossibile conoscere la composizione del preparato e la sua eventuale nocività. Questo fatto comprova che, sí, l'atteggiamento di questa «loggia», come si definiscono loro, non è affatto innocuo. Al termine della seduta è arrivato il momento di pagare: la seduta (un bicchiere di idromele per ciascuno): quindici euro; il tubetto di pozione protettrice per quindici giorni: trenta euro; e la fiala contro un Ombrista: cinquanta euro. Introito totale della serata: mille e cinquanta euro circa. Oltre al clima piuttosto malsano fomentato da questa loggia, la Serpentin si fa un bel gruzzoletto al ritmo di due riunioni al mese. Sarebbe il caso di impadronirsi in futuro delle fiale destinate agli Ombristi per analizzarne il contenuto: pericolo o impostura?

18.

Alle dieci di martedí mattina c'era cosí tanta gente davanti alla chiesa di Louviec che era stato impossibile far entrare i quasi cinquecento abitanti del paese venuti ad assistere al funerale del sindaco e che si stipavano sul sagrato e nelle stradine adiacenti, ben decisi ad aspettare che la chiesa si svuotasse pian piano per andare a rendere omaggio al feretro. Gli otto poliziotti si aggiravano in mezzo a quella folla in lutto, nel tentativo di afferrare qui e là i vari commenti, che vertevano tutti sulle qualità umane del sindaco scomparso, sull'assassino e sull'inefficienza delle forze dell'ordine. Il carro funebre si fermò a una ventina di metri dalla chiesa e la folla si fece da parte in silenzio per lasciar passare il feretro avvolto in una bandiera tricolore. C'erano tanti di quei fiori che riempirono la navata centrale, arrivando fino all'ingresso.

Per via dell'affollamento e delle dimensioni ridotte della chiesa e del cimitero la cerimonia non si concluse prima dell'una, dopodiché la stessa fiumana di gente prese d'assalto il comune, straripante. Johan schiumava di rabbia davanti alla porta.

– Merda, – diceva imbestialito, – mica mi avevano avvertito di dover dar da mangiare a cinquecento persone.

– Non è piú un tuo problema, Johan, – disse Adamsberg. – Torna alla locanda e riposati. Noi, – aggiunse rivolgendosi alla squadra, – resteremo sfaccendati fino a stasera. E domani probabilmente mi unirò alla squadra di sorveglianza.

– Torni a spiare Maël? – domandò Matthieu. – Ma perché?

– Un lampo di apprensione che mi è sembrato di cogliere nel suo sguardo quando l'ho avvicinato.

– Nient'altro?

– Nient'altro, ma mi basta. Ho la sensazione che Maël sia coinvolto in qualche intrallazzo.

– Sua sorella è venuta oggi. Sapeva quanto si era dato da fare il sindaco per proteggere Maël.

– Appunto. Li vedrò cenare tutti e due insieme.

– Vederli cenare... E a che cosa ti serve?

– Ad ascoltarli, magari. Farà caldo per una sera di primavera, probabilmente la finestra sarà aperta. Vanno d'accordo?

– D'amore e d'accordo.

– Perfetto. Johan, il dolmen di cui mi hai parlato è sulla strada del ponticello?

– Due chilometri *dopo* il ponticello, non sbagliarti. Sulla sinistra, non puoi non vederlo. È splendido, con tutte le pietre ancora in piedi.

– A che epoca risale un dolmen?

– A un'epoca antichissima!

Johan aggrottò le sopracciglia per aiutarsi nella concentrazione mentre Adamsberg realizzava in quel momento che lui e l'oste erano passati improvvisamente al tu.

– Circa quattromila anni, – riprese Johan. – A quel che dicono, il nostro dovrebbe avere tremiladuecento anni.

– Dunque sono pietre intrise di secoli. Perfetto per me.

– Ma perfetto per cosa?

– E a che cosa servivano questi dolmen? – domandò Adamsberg senza rispondere.

– Sono dei monumenti funerari. Delle tombe, se preferisci. Pietre verticali che sorreggono un lastrone orizzontale. Spero che questo non ti metta a disagio.

– Per niente. Ho intenzione di andare a sdraiarmi sul lastrone, sotto il sole.

– E che cavolo ci vai a fare là sopra?

– Non lo so, Johan.

– Sii rispettoso, è pur sempre una tomba.

– Non temere, non intendo calpestarla. Dimenticavo, Matthieu, – aggiunse Adamsberg abbassando la voce. – Lo Zoppo è Maël. Mi raccomando, non dirlo a nessuno, ho dato la mia parola. Se si venisse a sapere, rischia il linciaggio.

– Maël? Ma perché?

– «Per dare il tormento alla gente», cosí ha detto.

Adamsberg fece un rapido passaggio al *Café des Arcades* per comprare un panino e del sidro e si incamminò alla volta del dolmen osservando il cielo soprappensiero. Aveva ricevuto la risposta di Mercadet, che non si stupiva mai di nessuna delle richieste del commissario: no, non esistevano rondini albine, mentre poteva succedere, seppur raramente, di avvistare un merlo bianco. Ma di rondini nessuna traccia, con assoluta certezza. Se Johan affermava di averne vista una, poteva trattarsi di una giovane colombella di piccola taglia. Anche se la forma delle ali e il tipico volo della rondine, che fende l'aria come una falce, non potevano in alcun modo essere confusi con la forma delle ali e il modo di volare di una colomba. Adamsberg sorrideva. Non lo infastidiva per niente che lo considerassero un tipo strano, anche se non ne aveva mai capito bene il motivo, ma imbattersi in altri personaggi bislacchi gli piaceva. Almeno non era l'unico «spalatore di nuvole», e la rondine di Johan era in tutto e per tutto una nuvola. Che l'oste spalava con assiduità.

La sera gli otto uomini si separarono come il giorno prima dopo un rapido pasto alla locanda, ancora semivuota. Adamsberg risalí la strada principale verso la casa di Maël gettando uno sguardo qui e là nelle numerose stradine laterali. Vedeva gente a tavola, era ancora troppo presto per uscire a divertirsi. Molte finestre erano aperte per far entrare un po' di aria fresca al termine di quella giornata afosa. Molto probabilmente l'indomani avrebbero rimosso i drappi a lutto e a poco a poco la vita sarebbe ripresa.

Adamsberg constatò con soddisfazione che Maël, come molti altri, aveva lasciato la finestra aperta. Stava finendo di cenare con la sorella. Il commissario la vedeva di spalle, massiccia come il fratello ma molto piú piccola. Si alzarono entrambi per sparecchiare, poi tornarono a sedersi a tavola.

– Non bere troppo, – disse la sorella, – Devi mantenerti lucido per spiegarmi tutto. Tutto quanto, hai capito, Maël? Perché non mi chiedi una cosa da poco. Te lo ripeto, non approvo per niente quello che hai fatto. Ma sono tua sorella, so cos'hai passato, quanto hai sofferto, e posso capire che tu ci trovassi una rivincita, un senso di superiorità.

– Te l'ho detto, Arwenn, mi rincuorava, mi rinvigoriva. Contemplare dall'alto in basso tutta quella gente piena di disprezzo mi permetteva di resistere. Mi dicevo: «Se sapessero, tutti questi spocchiosi», e andavo fiero di me.

Adamsberg, che era andato semplicemente a sedersi sotto la finestra, non poté vedere la sorella posare la mano su quella del fratello e scuoterla.

– Adesso però è finita, Maël, – riprese lei in tono fermo. – Adesso hai ritrovato la tua forza, il tuo potere, la tua supremazia. Ma li hai acquisiti giocando a un gioco pericoloso. A quest'ora potevi essere in galera.

– Ma tu mi giuri che non dirai niente alla polizia? Me lo giuri?

– Altrimenti sarei qui, Maël? Tu, però, devi renderti conto che a partire da questa sera mi fai diventare tua complice.

– Lo so, Arwenn, non ti avrei chiesto niente se non ci fosse il pericolo che quelli si mettano a perquisire l'intero paese.

– Ne sei sicuro?

– Lo fanno sempre. Al momento brancolano nel buio, perciò rivolteranno tutto il paese alla ricerca di coltelli, di abiti sporchi di sangue, di scarpe, che so io. E troveranno la mia valigetta. Non voglio perderla, Arwenn, è il mio unico bene, il mio bene piú prezioso.

– Portala e facciamola finita. I bambini sono grandi ormai, ma non mi piace lasciarli soli per troppo tempo. È l'età in cui si fanno fesserie. Tu non l'hai vissuta. Le fesserie le hai fatte piú tardi.

Adamsberg sentí Maël alzarsi e andare a rovistare nella piccola rimessa adiacente alla casa. Doveva tenere lí tutta l'attrezzatura da muratore. Tornò dopo cinque minuti buoni.

– Di', era ben nascosta, eh?

– Non abbastanza per dei poliziotti, stanne pur certa.

Il commissario si tirò su lentamente per sbirciare la valigetta. Di metallo pesante, abbastanza piccola, e dotata di una serratura a combinazione.

– Non occorre che tu me lo ripeta, Maël, non cercherò di aprirla. Domattina vado subito a depositarla nella mia cassetta di sicurezza in banca. Userò la mia vecchia sacca di cuoio, per discrezione. Puzza di soldi lontano un miglio, la tua valigetta.

– Infatti. E a te posso dire quanto c'è qui dentro. Centosessantatremila euro.

– Però, ti sei dato da fare, eh?

– Avrei potuto tirare su molto di piú, ma non me la sono mai presa coi grossi evasori. Gente troppo pericolosa. Mi limitavo a riferire al mio capo dei loro traffici. No, io sceglievo clienti piú modesti, piú arrendevoli.

– E qual era la percentuale che chiedevi per coprire le loro frodi?

– Il venti per cento.

– Quanto tempo ci hai messo?

– Ventidue anni. Ci sono andato cauto. Ma se ci pensi, erano dei ladri. Io non ho fatto altro che rubare a dei ladri. Come Robin Hood.

– Non ti faccio la morale, Maël, se questo ti ha aiutato a tirare avanti. Ma adesso è finita. Non ho voglia di venirti a trovare in galera né tantomeno di finirci per aver occultato della refurtiva.

– Non ho rubato niente. È il frutto di un ricatto.

– E per aver nascosto una frode fiscale.

– Da domani è tutto finito, te lo giuro sulla tua testa e quella dei tuoi figli. E non so come ringraziarti del tuo aiuto.

– Smettendo i tuoi intrallazzi. Adesso devo proprio andare, Maël.

– Guida con prudenza. Sarebbe troppo stupido se ti facessi fermare dalla polizia.

Sentendo che Arwenn si alzava, Adamsberg si affrettò a riguadagnare il suo nascondiglio dietro la colonna. La vide riporre la valigetta nel bagagliaio, coprirla con un vecchio telo cerato e richiudere la portiera. Maël restò a guardare la sorella allontanarsi, dopodiché rientrò in casa e stavolta accese la televisione. La sera prima, durante i suoi andirivieni doveva aver radunato il denaro disseminato in vari nascondigli per sistemarlo nella valigetta da affidare alla sorella.

Erano solo le nove e cinque e il commissario si avviò con calma lungo la strada principale, diretto alla locanda. Dunque aveva visto giusto. Da ventidue anni Maël reagiva al rifiuto da parte degli altri e si era procacciato di nascosto un tesoretto che ai suoi occhi lo collocava ben al di sopra di loro. Per un attimo il poliziotto che c'era in Adamsberg insorse contro di lui, Jean-Baptiste Adamsberg. Arwenn aveva ragione su tutta la linea. Maël si era reso colpevole di ricatto e occultamento di denaro estorto illecitamente e sarebbe stato condannato. Adamsberg poteva mettere in moto seduta stante la macchina giudiziaria, com'era suo compito e addirittura suo obbligo fare. Ma ormai il capitolo era chiuso. E poi Maël non aveva mica torto: i tizi che depredava erano ricchi evasori fiscali e in fondo non aveva fatto altro che imporgli di pagare un'ammenda in anticipo. Nel momento in cui spinse la porta della locanda il dilemma era bello che risolto. Era stata una cosa rapida.

– Ho appena sistemato una faccenda, – disse a Johan sedendosi su uno sgabello. – Dammi un bel bicchiere di idromele.

– Riguardo all'omicida?

– No, niente a che vedere. Ci si prende gusto in fretta all'idromele, eh?

– È per via del miele che contiene. Scivola giú che è una bellezza.

Adamsberg consultò il telefono. Le nove e tredici e ancora nessuna novità dai poliziotti in appostamento.

– Niente, ancora niente.

– Forse è un po' presto, – osservò Johan. – Ed è in arrivo un bel temporale dopo questo gran caldo. Hai visto il lampo laggiú?

Johan si interruppe per mettersi a contare lentamente sulle dita.

– Uno, due, tre, quattro, cinque, sei. Sei. Dev'essere a un paio di chilometri da qui, si sta avvicinando. L'assassino ci ripenserà, vedrai.

– Cos'è che conti sulle dita?

– Tu non lo fai? Conto il numero di secondi che passano tra il lampo e il tuono. Sei significa due chilometri di distanza tra noi e il tuono. Mi segui?

– Se lo dici tu.

– Poi, – continuò Johan alzando le mani in un gesto fatalista, – tutto dipende dalla direzione del vento.

19.

Non si era accorto del passare del tempo, aveva ascoltato il temporale tuonare. Doveva essere puntuale, spaccare il minuto. Controllò in fretta il materiale e schizzò per strada. Aveva due vantaggi. Riusciva a correre piú veloce della media della gente e dei poliziotti – a parte il donnone, quella era impossibile da battere – e conosceva a menadito tutte le viuzze, i vicoli e le scorciatoie di Louviec. Si fermò di botto in pieno slancio. L'uovo, accidenti! Aveva dimenticato l'uovo! Si maledisse, fece dietrofront e riprese a correre controllando che non ci fossero ombre visibili nei vicoli che imboccava. Il rombo del tuono risuonò poco lontano. Afferrò la cerata verde bronzo, si tirò su il cappuccio e si ficcò in tasca il prezioso uovo. Quella schifosa avrebbe avuto il suo uovo, a tutti i costi. Come si era permessa di impicciarsi degli affari suoi, di presentarsi addirittura a casa sua a fargli la lezione! Sarebbe stato un piacere indicibile sistemarla per le feste. Mentre ripercorreva di corsa le stradine in senso inverso pensava a lei; pieno di odio, la vedeva torcersi tra le fiamme dell'inferno. Una volta di fronte a casa sua, si assicurò che non ci fossero macchine parcheggiate davanti alla porta. Nessuno. Non era ancora rientrata, ma era questione di minuti, aveva rischiato di mandare tutto all'aria. Si era studiato i paraggi nei minimi particolari e si appostò dietro il grosso tronco della vecchia quercia, a nove metri dalla casa, con le orecchie tese alle auto di passaggio in attesa del suo arrivo. Era sempre puntuale. Esercitava a Combourg ma preferiva abitare a Louviec, dove rientrava ogni sera tra le nove e venticinque e le nove e trenta. Erano le nove e ventitre, c'era ancora luce. Il fragore del tuono si amplificò e caddero le prime gocce di pioggia, che andarono via via infittendosi. La stronza avrebbe raggiunto di corsa la porta di casa, doveva assolutamente impedire che succedesse. Si allontanò dall'albero e andò ad accovacciarsi sul marciapiede, a pochi metri dall'ingresso: pessimo nascondiglio, ma gli scrosci torrenziali offuscavano la visibilità. Come avvertí il rumore di un motore, si tirò su lentamente, chino in avanti, per essere certo di bloccarla non appena avesse richiuso la portiera. E in quel momento avrebbe colpito. Diluviava e, come previsto, la donna fermò l'auto e si slanciò fuori. E là, proprio davanti al cofano, lui la afferrò e affondò con forza la lama. Poi un secondo colpo, piú vicino allo sterno, per essere sicuro di raggiungere il cuore. Mentre la colpiva rivedeva quelle volte che si erano parlati, il suo testone di pecora riccia, i peli ribelli sul mento, risentiva la sua insopportabile voce melliflua, sarebbe stato capace di ucciderla all'istante. Ma no, era troppo furbo, e anche in questo si dimostrava superiore alla polizia, e di gran lunga. Accecato dal furore, rievocando gli assurdi discorsi confortanti di colei che credeva di essere una guaritrice di anime, cominciò a pugnalarla alle viscere, facendo schizzare fiotti di sangue che la pioggia scrosciante lavava via. Non fare l'idiota, fermati, vattene. Tirò fuori di tasca l'uovo, glielo mise nella mano tozza e grassottella e gliela richiuse con ribrezzo. Piegato in due, passò di fianco alla macchina e si infilò nella viuzza stretta e buia che costeggiava la casa. All'incrocio fra due stradine si fermò a esaminare il davanti della cerata. Per fortuna la pioggia sferzante aveva già lavato la superficie come gli lavava la faccia. Il sangue era schizzato dappertutto: in futuro evitare di colpire allo stomaco. Trattenere l'esaltazione, ritrovare l'autocontrollo degli omicidi precedenti.

Matthieu pedinava il maestro, Kerouac, che aveva seguito un tragitto tortuoso per arrivare in cima alla strada principale e svoltare in rue de l'If. Tante precauzioni facevano ben sperare il commissario. Ma dal modo furtivo con cui gli aprirono la porta dopo che Kerouac ebbe battuto tre colpi, seguiti da altri due, capí che si era intrufolato in una casa di appuntamenti. Strana meta per un uomo che girava voce fosse impotente. A meno che quell'ambiente non lo aiutasse a stimolare i sensi. Merda, quanto avrebbe dovuto aspettare sotto la pioggia battente che gli gelava le ossa? Sul marciapiede di fronte scorse il famoso grande tasso di Louviec – l'*if* che dava il nome alla via e che si diceva avesse settecento anni – e andò a ripararsi sotto il suo fogliame quasi impenetrabile. Si tolse la giacca e la strizzò per bene prima di infilarsela di nuovo e addossarsi al tronco del venerando albero.

La cortina di pioggia si stava diradando, e da quella postazione Matthieu vide, a una ventina di metri, una massa indistinta che giaceva a terra davanti al muso di una macchina. Un sacco di calcinacci o un corpo? Si avvicinò a passi rapidi continuando a sbirciare da sopra la spalla per assicurarsi che Kerouac non uscisse. Occhi spalancati e sguardo fisso: una donna morta. Matthieu le scostò il cappotto e infilò una mano sotto i vestiti per stabilire la temperatura corporea, a parte viso e mani raffreddate dalla pioggia. Lo stomaco era caldo, era stata uccisa da poco, magari proprio quando lui, Matthieu, aveva svoltato in rue de l'If. Erano le nove e trentacinque, doveva aver mancato di pochi minuti l'assassino, mentre Kerouac gli faceva perdere tempo andando al bordello. Corse al riparo del tasso per avvertire Adamsberg, chiamare il medico di Louviec, la squadra della Scientifica e il medico legale.

Matthieu e i suoi colleghi guardarono afflitti il corpo sventrato. Stavolta il coltello non era rimasto conficcato nel torace: era affondato nelle viscere fino al manico. Il dottor Jaffré, in cerata e stivali di gomma, si era inginocchiato accanto al corpo.

– Porco Giuda, Katell! – esclamò prendendole meccanicamente il polso.

– Chi è, dottore? – chiese Adamsberg.

– Katell Menez. Siamo praticamente colleghi, io le mando dei pazienti e lei fa altrettanto con me.

Berrond esaminò la targa dorata affissa sulla porta della vittima. Katell Menez, psichiatra e psicoterapeuta.

– Lavora qui?

– Esercita a Combourg quattro giorni su cinque, ma preferisce vivere a Louviec. Dopo le visite si trattiene a registrare gli appunti del giorno e rivedere i fascicoli dei pazienti del giorno dopo. È sempre di ritorno per le nove e mezza. Se non fosse stato per questa maledetta pioggia, forse un vicino avrebbe potuto accorgersi...

– Non sarebbe cambiato niente, – tagliò corto Adamsberg. – Prende le sue vittime di sorpresa e le sue aggressioni sono silenziose. Il commissario Matthieu era a pochi metri da qui e non ha sentito nulla.

Si scostarono per lasciar passare la squadra della Scientifica e il medico legale.

– È stato cruento, – disse il medico, – ma la pioggia ha lavato via tutto il sangue. Come avrete già avuto modo di constatare, l'omicidio è avvenuto da poco e stavolta l'assassino ha finito il lavoro con sette coltellate alle viscere. E c'è un uovo frantumato nel pugno della vittima. La porto all'obitorio e vi chiamo non appena ho le prime immagini delle ferite.

La squadra di poliziotti al completo si riuní alla locanda per scaldarsi e dalle loro facce cupe Johan capí che ce n'era stato un altro.

– Chi? – chiese mentre appendeva i loro cappotti fradici.

– Katell Menez, – rispose Matthieu.

– Dio santo! Era una bravissima donna. E competente, a quel che dicono.

– Ma ti diamo fastidio, ci sono dei clienti.

– Io accolgo chi mi pare. Mettetevi al tavolo vicino al caminetto, cosí vi scaldate. Niente paura, sono olandesi, non capiscono una parola di francese. Vi preparo qualcosa per rifocillarvi, avete a malapena mangiato prima di uscire.

Johan sparí, tornò con un mucchio di coperte che distribuí in giro e aggiunse due grossi ciocchi al fuoco. Tutti andarono a mettercisi davanti, tendendo le braccia e offrendo la schiena al tepore delle fiamme.

– Il che significa, – disse Noël, – che abbiamo preso un granchio. Seguiamo le persone sbagliate.

– È ancora troppo presto per dirlo, – ribatté Adamsberg. – Ci restano i cinque pulciosi con gli alibi perfetti, e sapete come la penso in merito. Per quattro di loro, che vivono soli o erano soli la sera dell'omicidio di Anaëlle, è la partita di calcio. Il quinto, anche lui da solo, lavorava nella sua officina. E nessuno può confermare quanto affermano.

Adamsberg si interruppe, ripetendo dentro di sé «quanto affermano... quanto affermano...», per cercare di capire se fosse o meno una frase sgrammaticata. Dubitando delle sue capacità di esprimersi correttamente, a volte gli succedeva che una locuzione, un'espressione lo lasciasse perplesso. Allora si sforzava di verificarne l'effettiva conformità, spesso senza esito. Liquidò la faccenda con un gesto della mano, c'era sempre tempo per tornarci su.

– Quindi a partire da domani cominciamo a tenere d'occhio i cinque «alibi perfetti». Matthieu, Berrond e Verdun si distribuiranno i ruoli.

Il suo sguardo si fermò su Matthieu, che non dava segni di reazione, l'espressione afflitta e pensosa, la testa china, senza toccare cibo. Berrond, sensibile alla prostrazione del suo capo, prese una delle bottiglie che aveva portato Johan e si sentí in dovere di riempire i bicchieri di tutti. Matthieu allungò il bicchiere con un gesto lento.

– Tu non c'entri niente, Matthieu, – si affrettò a dire Adamsberg, – se è questo che ti preoccupa.

– È esattamente questo.

– Tu dovevi seguire Kerouac e non è lui l'assassino. Quale sarebbe la tua colpa?

– Ma ero cosí vicino, è questo che mi fa diventare matto.

– No, non eri cosí vicino come immagini. Smettila di tormentarti, beviti due bei bicchieri e torna alla realtà dei fatti. Ti trovavi a piú di venti metri di distanza e pioveva a dirotto. Quand'anche tu fossi riuscito a scorgere una sagoma, non avresti avuto il tempo di intervenire. Vuoi una prova? Lo stesso assassino non si è accorto di te, sennò se la sarebbe svignata subito. Nebbia completa. E tu non stavi tenendo d'occhio la strada ma la porta dove si era infilato Kerouac.

– Giustissimo, – disse Berrond, ringalluzzito e sostenuto dalla vigorosa approvazione di Verdun.

– E sia, – concesse alla fine Matthieu alzando la testa. – Almeno abbiamo eliminato tre sospettati e la morsa si stringe.

– L'ultima vittima, Katell Menez, – proseguí Adamsberg, – non avrà morsi di pulci. Con questa pioggia le pulci saranno rimaste al riparo sull'assassino. Temono moltissimo l'acqua.

– Mangiate, accidenti! – intervenne Johan. – Si raffredda tutto!

Erano al dolce quando chiamò il medico legale.

– Stesso uomo, stesso tipo di ferita – parlo delle coltellate al torace –, con una lieve deviazione. Quelle allo stomaco ovviamente no, non c'era nessun ostacolo. Eppure, nonostante la parte molle, facile da trapassare, nel caso di una delle ferite ha sferrato il colpo in due volte. E la anticipo, Adamsberg: niente morsi di pulci.

– C'era da aspettarselo, dottore, con questo tempo.

– Ah, dimenticavo. L'uovo non è fecondato.

– Impossibile.

– Glielo garantisco.

– L'uovo non è fecondato, – ripeté Adamsberg chiudendo la telefonata.

– Allora la pista del movente embrione-aborto non regge piú? – domandò Berrond.

– Regge eccome. La psichiatra rientra nel quadro: probabilmente ha incoraggiato una donna che voleva abortire o era costretta a farlo. Ma l'assassino ha commesso un errore: ha sbagliato uovo. Ribadisco la nostra linea d'azione: non solo ha le pulci, ma è un falso mancino. Pugnalando la vittima allo stomaco ha scazzato e ha dovuto riaffondare la lama. Bisogna essere un bel po' maldestri per non riuscirci al primo colpo. Il fatto che abbia preso l'uovo sbagliato e che abbia colpito malamente lo stomaco dimostra che si è innervosito, si è fatto prendere dall'agitazione. Se sapesse che stavolta l'uovo era sterile, andrebbe fuori di testa.

– Alla fin fine siamo al punto di partenza, – disse Retancourt. – Abbiamo le pulci, sappiamo che è un destrorso che si finge mancino, sappiamo qual è il suo movente, ma non siamo capaci di acciuffare quel bastardo.

– Che non ha ancora finito la serie, Retancourt. Gli resta un coltello. E dunque un omicidio. Se non lo becchiamo sull'ultimo, lo abbiamo perso per sempre.

– E non sappiamo quando ci riproverà, – grugní Noël.

– Proprio per questo dobbiamo costringerlo ad agire, a fargli correre dei rischi, a cambiare metodo. È furbo, prudente, ma è il genere di uomo che non riuscirà a trattenersi per molto. Gli sta salendo la rabbia, sta perdendo il sangue freddo, è un'escalation. Dobbiamo spingerlo a commettere un errore grossolano.

– Hai un'idea? – chiese Matthieu.

– Siamo stati troppo discreti – e me ne assumo la colpa – a tenere d'occhio solo tre soggetti. Adesso si cambia passo, metteremo in campo tutte le forze a disposizione. Riempiamo il paese di poliziotti, a partire dalla sera e fino a notte avanzata. Dobbiamo assediarlo, metterlo alle strette. Se circondiamo il suo territorio, perderà la testa. È uno ossessivo, questo potrebbe mandarlo letteralmente ai matti, istigarlo ad accelerare il ritmo, costi quel che costi.

Matthieu scosse la testa.

– Louviec è un paesino, Adamsberg, ma per controllare ogni strada e viuzza, e non sono poche, avremmo bisogno di almeno una cinquantina di uomini.

– Tieni presente che, secondo me, la missione sarà breve.

– Anche solo per pochi giorni, quello che posso fornirti, nei limiti del possibile, sono circa ventidue uomini da Rennes e venti dalle gendarmerie locali.

– Piú noi otto, – disse Verdun. – Per un totale di cinquanta uomini. Vale a dire un agente per ogni ventiquattro persone. È sufficiente per tenere sotto controllo Louviec.

– Ma non per garantire la copertura totale del perimetro del paese, – disse Adamsberg.

– E perché vuoi accerchiare il paese?

– Nell'eventualità che la futura vittima abiti fuori Louviec.

– Capito, – disse Matthieu. – Se miriamo a tendere una trappola efficace non possiamo tralasciare questa ipotesi. Ma non siamo abbastanza.

– Il ministero si è impegnato a mandarmi i rinforzi necessari e spero di riuscire a ottenerli. Ma con altre due vittime dopo il mio arrivo, domani mi prenderò di sicuro una bella strigliata e quei rinforzi rischiano di non arrivare.

– Dimentichi il visconte, – disse Veyrenc. – Fai presente che rischia di essere arrestato, e pazienza se non è vero. È l'argomento chiave, non possono permettersi di perdere Chateaubriand. Sicuro che ti faranno un bel cazziatone, ma almeno otterrai i rinforzi. Riuscirai a convincerli.

– E perché?

– Io dico che uno che riesce a addormentare un bambino in piedi posandogli semplicemente la mano sulla testa può senz'altro ammansire un ministro.

– Ti diverti a sfidarmi, Louis, – sorrise Adamsberg. – E un ministro non è un bambino.

– Poco ma sicuro. E con il toro, come fai?

– Quale toro?

– Non ti ricordi? Il toro di padre Isidore. Quando eravamo ragazzini.

– Ah, sí. Un bestione scuro con una chiazza bianca sulla fronte, giusto?

– Esatto. Un bestione possente. E noi, dall'alto dei nostri dodici, tredici anni, avevamo scommesso, da bravi piccoli spacconi, che saremmo riusciti ad attraversare il campo dove si trovava per prendere una scorciatoia. Era un gioco da ragazzi, lui se ne stava a pascolare in fondo, in lontananza. Abbiamo scavalcato lo steccato e corso in diagonale per una ventina di metri. Per quanto lontano, però, il toro ha alzato la testa e ci è venuto incontro, lento ma determinato. Noi eravamo morti di paura. Io ti ho gridato che un toro fa fatica a scartare e che dovevamo tornare indietro a zig-zag. Ma tu, niente, sei rimasto piantato là e hai teso il braccio verso di lui.

– Adesso ricordo, – disse Adamsberg strizzando gli occhi, sempre con il sorriso sulle labbra. – Ma non nei particolari.

– È molto semplice. Io mi sono appiattito contro la tua schiena, al riparo, e il toro si è fermato davanti a te, a testa bassa, ondeggiando il collo da una parte all'altra e sbuffando dalle narici.

– Brutto segno, – disse Adamsberg.

– Eppure tu restavi là, con il braccio teso verso di lui, la mano aperta. Per due volte ha sollevato il muso, per due volte ha soffiato sull'erba. Poi ti ha guardato coi suoi occhi sporgenti, la bava alla bocca, continuando a sbuffare. A me sono cedute le ginocchia dalla paura. Quando sono riuscito a tirarmi su, il toro...

– Corneille! – esclamò Adamsberg. – Si chiamava Corneille!

– Esatto, Jean-Baptiste.

– Quando sono riuscito a tirarmi su, il toro si era messo a leccarti coscienziosamente un dito dopo l'altro con la sua enorme lingua violacea, e alla fine l'intera mano grondava di saliva. Allora, piano piano, siamo indietreggiati verso lo steccato...

– ... e lui ci ha accompagnato, buono buono...

– ... e siamo tornati di gran carriera sul sentiero.

– Con lui che ci scortava. Che cosa stai cercando di dire, Louis, con la storia del toro?

– Che ci manderanno degli uomini.

– Supponiamo che, bambino o toro che sia, il ministro lo faccia. Noi piú i nostri quarantadue uomini dovremo invadere tutta Louviec e servirà un buon numero di altri per formare un cordone di vigilanza intorno al paese – anche se l'idea non è che mi piaccia – e controllare i documenti di qualsiasi persona che entra o esce.

– Sistema radicale ma efficace, – disse Retancourt. – Non solo il paese brulicherà di poliziotti, ma ogni spostamento verrà monitorato. C'è il rischio di una rivolta, di una sommossa popolare.

– Danglard mi ha mandato una citazione a questo proposito, – disse Adamsberg. – Ah, eccola: «La Bretagna, paese di eterne rivolte e impossibili repressioni».

– Carina, – approvò Veyrenc. – Ti ha detto di chi è?

– Come se non conoscessi Danglard. Alexandre Dumas, in... aspetta... *La reggenza e Luigi Decimoquinto*, 1849. Lo hai letto tu, questo libro?

– Ammetto di no.

– Vi sbagliate, – intervenne Johan. – Qui dentro io sento tutto. La gente ha paura, sempre piú paura. Saranno contenti di sapersi protetti.

Matthieu, che si era immerso nella calcolatrice, la rimise sul tavolo.

– Per accerchiare Louviec in maniera efficace, – disse, – ossia un uomo ogni cento metri, avremmo bisogno di sessanta agenti supplementari. Un numero considerevole, Adamsberg.

– Senza offesa, – intervenne Berrond, – ma davvero vi aspettate dei risultati da questo enorme apparato?

– Sarà braccato sul suo stesso terreno, – disse Adamsberg, – e gli resta ancora una persona da uccidere per completare l'opera. Può contare sulla propria pazienza? No, perché non saprà quanto tempo durerà questo assedio, quanto tempo dovrà aspettare prima di passare all'ultimissimo atto di riscatto. Qualsiasi incertezza che intervenga a ostacolare all'improvviso un piano di questa portata è difficilmente sostenibile. No, la sua pazienza non reggerà. Deve uccidere, vuole uccidere. E per soddisfare questa pulsione improvviserà un piano antipolizia e commetterà un errore, l'errore compromettente. Se la prossima vittima abita in paese, il nostro assassino è con le spalle al muro, ma azzarda ugualmente il colpo. Ed è fregato. Se invece la vittima abita fuori Louviec, si ritrova davanti il cordone di vigilanza. Dovrà fornire le sue generalità per uscire ed entrare, e in questo modo si tradirà.

– E se si arrischia a uccidere a Louviec o da un'altra parte in pieno giorno? All'ora di pranzo? O nel pomeriggio? E passa il cordone come se andasse al lavoro, come fa di solito? – chiese Berrond. – Ha già colpito prima del crepuscolo, o poco dopo, quando c'era ancora luce.

– No, – asserí Johan scuotendo la testa con convinzione. – Una cosa è assolutamente necessaria: che ci sia il vuoto. Non ci sono solo gli abitanti del posto. Siamo in piena stagione turistica, le strade cominciano a popolarsi dal primo mattino. Louviec è un paese antico e ben conservato, quasi una città-museo.

– Infatti si parla di inserirlo in zona tutelata, – confermò Matthieu.

– E lo merita, – disse Johan rivolgendo uno sguardo da intenditore alle volte della sua locanda. – Di solito a pranzo i turisti si comprano un panino e mangiano per strada. E se ne vanno verso le sei, sei e mezza. Dunque di passaggio ce n'è, e non poco. Troppo rischioso per l'assassino. E poi qualcuno potrebbe vederlo dalla finestra. Sapeste quanti passano il tempo alla finestra, qui, con le braccia incrociate sul davanzale, o seduti fuori dalla porta di casa, in cerca di quattro chiacchiere. No, no, – continuò scuotendo la testa, – credetemi, l'ora ideale per uccidere, se si può dir cosí, è quando la gente cena, i negozi sono chiusi e i turisti sono tornati in albergo. Qui si cena tra le sette e mezza e le nove. Dopo quell'ora le strade sono praticamente deserte. E il momento migliore è ancora piú tardi, quando l'assassino può agire col favore delle tenebre.

– Giusto, – disse Matthieu. – Bisognerà informare al piú presto gli abitanti dell'omicidio di Katell Menez, e anche dell'approntamento di un dispositivo di protezione da parte della polizia. Cosí saranno persino piú vigili alle loro finestre. Però è troppo tardi per l'edizione del giornale di domani.

– E perché avete bisogno del giornale? – domandò Johan. – Fate circolare la notizia domattina e nel giro di un'ora tutta Louviec sarà al corrente.

Adamsberg, l'aria piuttosto assorta, giocherellava con un tappo facendolo ruotare sul tavolo.

– A cosa pensi? – gli chiese Veyrenc.

– Mi chiedo se l'espressione «a quanto affermano» è corretta.

– Correttissima. Ma stai pensando a un'altra cosa.

– Sí. Alla telefonata che devo fare domani al sottosegretario del ministro. Al ministro non posso certo posare la mano sulla testa, Louis, checché tu ne dica. E non posso nemmeno fissarlo negli occhi sporgenti mentre gliela tendo.

– A pensarci bene, – osservò Johan meditabondo, – gli occhi un po' sporgenti ce li ha.

– È vero, – disse Adamsberg, – ma non cosí espressivi come quelli di Corneille.

– E da quando i bovini hanno uno sguardo espressivo? – chiese Verdun.

– Dalla notte dei tempi. Lieve e molto sottile, bisogna saperlo cogliere. Anche i loro movimenti sono espressivi. Fatto sta che stavolta mi prenderò una bella lavata di capo, altro che leccate. Giorni di indagini, tre morti supplementari e nessun arresto.

– E se il ministro non ha la finezza di Corneille? – chiese Veyrenc. – Come pensi di cavartela?

– Aspetterò che finisca la sua sfuriata, poi attaccherò a parlare senza lasciargli il tempo di fiatare, saltando da un argomento all'altro senza permettergli di interrompermi. Il tuo metodo di procedere a zig-zag, se preferisci. Per stordirlo. E ottenere sessanta uomini. Impresa notevole, come hai detto, e forse impossibile. Con una potente forza persuasiva e parecchia fortuna potremmo avere i nostri effettivi domani nel tardo pomeriggio. E cominciare a dispiegare le forze domani sera.

– Non ci riuscirà mai, – disse Verdun. – È una cosa troppo grossa, troppo pesante. Quelli nelle alte sfere sono essenzialmente degli ottusi infingardi.

– Il commissario ha già fatto calare le brache ad altri infingardi che piú ottusi non si poteva, – disse Retancourt, avvalorando l'opinione di Veyrenc in termini meno raffinati.

20.

Mercoledí mattina Adamsberg si sciacquò la faccia con un po' di acqua fresca, mandò giú due tazze di caffè, lo sguardo fisso al telefono, si schiarí la voce su tutte le note e chiamò. Il sottosegretario gli aveva lasciato il suo numero diretto e, data la gravità del caso, passò subito la patata bollente al suo superiore. Retancourt gli aveva suggerito di fare una videochiamata in modo da esercitare la persuasione tramite la voce e l'espressione del viso. Retancourt ci credeva, lui no. Ma alla fine aveva seguito il suo consiglio.

Il commissario lasciò che la bufera si sfogasse, cinque giorni sul posto e due omicidi aggiuntivi, ma che cazzo sta facendo a Louviec? Aspetta che nevichi?

Lui aspettò una pausa per infilare la prima frase. Dopodiché non lasciò al ministro il tempo di fiatare e lo intrattenne senza interruzione per tredici minuti.

– Approvo la strategia di fumigazione per stanare la talpa, – disse alla fine il ministro, in un tono di voce piú disteso. – Ma capisce bene che devo ottenere l'avallo della Direzione generale della polizia.

– E lo otterrà, – disse Adamsberg con una tranquillità fiduciosa, carezzevole, come se quell'ostacolo rappresentasse una quisquilia per uno come il ministro.

– Dieci elicotteri con sessanta uomini, Adamsberg. Sarà avvisato di luogo e ora dell'atterraggio, mandi le auto verso le diciassette. Provvederemo anche ai furgoni per la ristorazione e a tutta l'attrezzatura necessaria. Gli uomini saranno operativi a partire da stasera. La avviso, commissario: è la sua ultima possibilità.

Adamsberg mandò un messaggio ai suoi sette colleghi: «Sessanta uomini verso le diciassette e trenta. Appuntamento alle nove davanti alla locanda di Johan».

Johan serví d'ufficio una seconda colazione a tutti: pane tostato, uova e croissant, tutto gongolante di sapere che Adamsberg era riuscito a piegare uno di «quelli nelle alte sfere». Lui si serví generosamente: li aspettava una lunga giornata e una notte ancora piú lunga.

– Matthieu, dove pensi che atterreranno gli elicotteri?

– Al Grand Pré Caradec. Verso Saint-Gildas, a sette minuti da qui.

– Bisogna preparare un rapporto circostanziato per i ventidue uomini di Matthieu in arrivo da Rennes e i venti gendarmi di rinforzo.

– Fatto, – disse Matthieu. – Ho scritto il testo ieri sera e l'ho inviato non appena ho ricevuto il tuo messaggio. Avremo quei quarantadue uomini. Sono già in viaggio, tra una o due ore saranno tutti qui.

– Per appoggiare la mia richiesta il ministro vuole un rapporto circostanziato della situazione. Per favore, girami il tuo, cosí glielo faccio avere. Scrivere non è il mio forte.

– Ecco, – disse Matthieu. – Girato. Pensaci tu a farlo arrivare al ministro.

Adamsberg lesse il resoconto degli eventi e le motivazioni per cui si rendeva necessario un sovrappiú di rinforzi cosí ingente. Non avrebbe saputo esporre le circostanze in maniera piú precisa e concisa, e inviò il rapporto seduta stante in alto loco.

– E il perimetro di sicurezza? – disse Berrond con la bocca piena. – Bisogna far venire da Rennes i blocchi di cemento, le sbarre e i nastri.

– Sono in arrivo, – disse Matthieu. – Rennes ci manda tutto il necessario.

– E la sistemazione per i quarantadue uomini? – chiese Adamsberg.

– La palestra di Combourg. Il comune fornisce le brandine.

– E i pasti?

– Tre furgoni per la ristorazione sono in partenza. Però non possono fornire la cena. Punto molto importante di cui parlare con Johan. Forse lui ha una soluzione.

Adamsberg annuí ripetutamente, apprezzando tanta rapidità operativa.

– Mi piace giocare d'anticipo, – sorrise Matthieu.

– Grazie. In effetti bisogna far presto. Riposeremo un po' tra il pranzo e l'arrivo dei rinforzi da Parigi. Anche noi faremo il turno di notte, come gli altri. Questo vale per me e Matthieu, che andremo a ricevere gli elicotteri. Cena alle sei. Per sicurezza, propongo di montare di guardia prima del crepuscolo, alle sette, e staccare quando siamo certi che tutti sono a nanna. Diciamo all'una, per tenerci larghi. L'assassino non si arrischierà a colpire la sua vittima a letto. Non è il suo modus operandi e un'intrusione del genere lascia troppe tracce. Stessi orari per le guardie del cordone di vigilanza: se l'assassino lascia Louviec, non va dato per scontato che la vittima abiti nei pressi.

– Non è facile rimettersi a dormire dopo pranzo, – obietto Noël.

– Oh, sí, invece, – disse Mercadet.

– Per lei sí, tenente, ma non per gli altri, – osservò Veyrenc.

– È vero, – ammise malinconicamente Mercadet, la cui ipersonnia era una condizione difficile da reggere. – Scusatemi, – aggiunse.

– Non deve scusarsi, – disse Veyrenc dandogli una rapida stretta al braccio. – È il suo marchio di fabbrica e ci siamo affezionati.

– Grazie, – rispose Mercadet con voce tremula. – Ma questo non ci dice come riuscirete a dormire voialtri.

– Se può aiutare, – intervenne Johan, – ho un composto di mia invenzione, erbe e alcol a bassa gradazione: otto gradi e mezzo. Non frastorna ma vi fa scivolare nel mondo dei sogni in cinque minuti.

– Io lo prendo, – disse Adamsberg. – Ho piena fiducia nelle tue creazioni, culinarie e non.

Tutti alzarono la mano per manifestare la propria approvazione e Johan lasciò il bancone.

– Ve lo preparo subito. Va messo in infusione e poi lasciato raffreddare.

Erano le dieci passate quando Adamsberg si alzò, dando il via.

– Cominciamo a far circolare l'informazione «qui e là», seguendo il metodo di Johan, circa l'omicidio di Katell Menez e l'arrivo imminente di oltre cento poliziotti che si distribuiranno per l'intero paese e lungo il perimetro.

– Andate senza di me, – disse Matthieu. – Io aspetto qui i miei rinforzi e predispongo i piani. Appuntamento a mezzogiorno.

– Johan, – lo interpellò Adamsberg, – hai idea di come poter dar da mangiare a cinquanta uomini ogni sera alle sei? Anche prima, dato che a partire dalle sette ci sparpaglieremo per Louviec. Mi ci sto rompendo la testa.

– Non ti sembra di essertela già rotta abbastanza per riuscire nella prodezza di far venire qui sessanta agenti da

Parigi? Come hai fatto, a proposito? Hai impiegato il metodo del bambino o quello del toro?

– Quello del toro, credo, – rispose Adamsberg sorridendo. – Ho unito il mio metodo a quello di Veyrenc. Dato che eravamo in videochiamata, l'ho fissato negli occhi, tranquillamente, senza mollarlo un istante, e ho allungato la mano aperta, con il palmo all'insú. Nel contempo gli riversavo addosso parole da tutte le parti, a zig-zag, senza lasciargli modo di aprire bocca. Era piú cocciuto di Corneille, ma a un certo punto la sua aggressività ha mollato la presa.

– Gran bel lavoro, – approvò Johan. – Quindi smettila di spremerti ancora le meningi, ci penso io a risolvere il problema nella mia locanda.

– Qui? Impensabile, Johan, e non esiste che tu ti accolli un simile fardello. E poi come faresti senza danneggiare la tua clientela? Apri alle sei e mezza! E poi, per quanto la sala sia grande, non ci staranno mai tutti! No, pensavo piuttosto all'eventualità di preparare dei pranzi al sacco: un panino, un frutto…

– Panini? – lo interruppe Johan drizzandosi in tutta la sua altezza e alzando la voce. – Panini? Non mi offendere, commissario! Tu dispieghi i mezzi e le energie a tua disposizione per liberare Louviec da un verme schifoso, e se sbatti il grugno sai che cosa rischi col tuo ministro?

– Sí.

– E io dovrei restare a guardare voi che vi smazzate senza far niente, con le braccia ciondoloni? Senza alzare un dito? Non ci pensare neanche! Lasciami fare due conti.

– Qui non si tratta di una manciata di uomini, Johan, ma di un reggimento! Sii realista, accidenti!

– Cinquanta… – rifletteva Johan a voce alta, non prestando la minima attenzione alle interruzioni di Adamsberg.

– Vediamo... se allestisco il loggiato e faccio portare sedie e tavoli sui cavalletti, dovrebbe andare. Un po' strettini, ma ci starete tutti.

– Di quale loggiato parli?

– Lassú, al primo piano, il loggiato dell'antico chiostro. Un posto splendido, con un caminetto degno di un principe dove si potrebbe arrostire un bue intero. Cenerete là.

– Non complicarti l'esistenza, Johan, ti rendi conto della sfacchinata che ti sobbarchi?

– Tu non ti preoccupare. Ho i miei metodi anch'io. E poi cosí farò il pienone in sala.

– Tu mi lasci di stucco, Johan, sinceramente di stucco.

– Be', non ti ci vuole molto. Credi che io avrei saputo ammansire un toro?

Adamsberg non seppe cosa rispondere.

– Vedi? – riprese Johan. – A ciascuno il suo mestiere.

– E per il pranzo di oggi? Stessa storia, saremo in cinquanta. Dopodiché i quarantadue rinforzi saranno autonomi per il pranzo, verrà solo la squadra di base, cioè noi otto.

– Meno male. Credevo che volessi privarmi di Violette. Dimentica queste quisquilie e conta su di me. Ho scorte piú che sufficienti nei miei congelatori.

– Quisquilie? Ma la roba da mangiare? Come farai a procurartela? Chiedi pure tutte le cibarie e il personale extra che vuoi, tanto li metto in conto spese al ministero, ho le mani libere.

– Allora è perfetto, faccio subito gli ordinativi e prenderò un paio di inservienti extra. I menu, però, saranno semplici. Per il pranzo di oggi: salsicce al formaggio grigliate e purè fatto in casa, non ci resta molto tempo, e per stasera...

Johan meditò un momento, concentrato sulla nuova sfida di sfamare cinquanta persone, senza che la qualità ne risentisse: non l'avrebbe mai tollerato.

– Dunque, per stasera: costata di manzo, broccoli gratinati in salsa di roquefort, – sciorinò abbassando il tono di voce. – E naturalmente formaggio e frutta.

I poliziotti si sparpagliarono per il centro del paese, suonarono alle porte, entrarono in ogni negozio: omicidio di Katell Menez, arrivo di rinforzi in massa, protezione degli abitanti strada per strada, perimetro di sicurezza (misura, quest'ultima, accolta molto meno bene delle altre: c'era chi si immaginava già prigioniero in una gabbia).

– Si tratta solo di una trentina di sbarramenti in punti strategici. Per il resto, ci sarà un semplice nastro di plastica bianco e rosso, ha presente, no? Per passare bisognerà mostrare i documenti di identità.

– Ah, se è solo questo... Quindi sarà possibile andare e venire?

– Come l'aria. Con i documenti.

– E quanto durerà questo circo?

Adamsberg sorrise. La Bretagna, paese di eterne rivolte e impossibili repressioni.

A mezzogiorno, cinquanta uomini occupavano già il loggiato al piano superiore della locanda, uno spazio lungo e largo, effettivamente splendido, circondato da archi e pesanti colonne, dove aleggiava il profumo delle salsicce che arrostivano sulla griglia al fuoco del grande camino medievale. Salsicce di varietà diverse, notò Adamsberg. Johan non poteva fare le cose con semplicità, nonostante tutto. Il commissario mandò qualche foto a Danglard, che gli rispose subito: «Pura arte romanica, bellissimo. Le sculture dei capitelli abbastanza primitive e tipicamente bretoni. Un antico chiostro, no?»

Johan aveva allestito il loggiato e sistemato i tavoli uno attaccato all'altro cosí da far accomodare i cinquanta uomini gomito a gomito. Matthieu, seduto al centro, aveva tenuto un posto per Adamsberg alla sua destra, affinché a ciascun gendarme fosse chiara l'importanza di quel commissario dall'aria poco imponente, cosa che non si manifestava a prima vista, e nemmeno a seconda. Gli altri sei membri della squadra si erano sparpagliati tutt'intorno, in modo da fare conoscenza con le altre unità. Vari membri delle gendarmerie fecero avanti e indietro per scambiarsi saluti, mentre Johan e quattro nuovi inservienti servivano a gran velocità le salsicce e il purè insaporito con *crème fraîche* e pepe e versavano un vino di notevole qualità. I gendarmi non erano abituati a simili riguardi e ci davano dentro alla grande.

Un'ora dopo gli uomini lasciarono la locanda per approfittare del tempo di riposo obbligatorio. Adamsberg scorse sul bancone una bottiglietta. Era la loro pozione, un po' come quella che distribuiva la Serpentin. Johan riempí con fare discreto otto bicchierini del suo liquido verde all'aroma di mandorla e ordinò loro di affrettarsi a raggiungere le rispettive auto prima che il sonno li vincesse. Attraversarono Louviec fino alla vecchia casa di cura. Il nastro segnaletico bianco e rosso cingeva già un'ampia metà del perimetro, sfregiando sfrontatamente il paese medievale. Quella notte, con i quarantadue uomini in uniforme che pattugliavano le strade, Louviec avrebbe avuto l'aspetto di un castello assediato che si prepara alla battaglia. A ciò si sarebbe aggiunto il piccolo drappello dei due commissari e i loro vice, piú la presenza intermittente di Mercadet.

La pozione di Johan fu rapida a fare effetto e gli otto poliziotti si addormentarono subito, distesi sulle brandine. Adamsberg temeva di svegliarsi frastornato, ma l'oste aveva detto il vero: si sentí in perfetta forma quando andò a scrollare Matthieu.

– Le quattro e venti, Matthieu. Stanno arrivando. Avvisa Rennes.

– Già fatto.

Scelsero proprio il Grand Pré Caradec come pista di atterraggio e Adamsberg e Matthieu guardarono i dieci elicotteri volteggiare prima che iniziassero la discesa, alle cinque e un quarto. I due salutarono i poliziotti via via che scendevano dai velivoli e si infilavano nelle auto venute da Rennes. Appuntamento venti minuti dopo alla locanda di Johan, già intento nei febbrili preparativi dei tavoli, coadiuvato dagli inservienti, nonché ad attizzare le braci per la cottura delle costate di manzo. I commissari ebbero il tempo di ricapitolare la situazione, il motivo di quell'operazione e le consegne per la serata prima dell'arrivo chiassoso dei quarantadue uomini di Matthieu.

– Ecco i vostri colleghi, – disse lui. – La nostra squadra di sorveglianza conta centodieci uomini. I cinquanta agenti locali pattuglieranno il paese, voi presidierete il perimetro di sicurezza. L'azione di pattuglia avrà inizio alle diciannove e terminerà all'una del mattino. State all'erta, il nostro uomo è furtivo ed estremamente pericoloso.

Adamsberg distribuí a tutti una pianta dettagliata di Louviec e delle strade che ciascuno era incaricato di sorvegliare. Matthieu aveva trovato il tempo, prima di pranzo, di cerchiare in rosso cinquanta settori e inserirvi i nomi degli uomini assegnati. L'ubicazione della locanda era indicata con un grosso punto verde. Ogni poliziotto individuò il proprio settore e il tragitto di pattuglia. I sessanta agenti venuti da Parigi, richiamati da un gesto autoritario del loro superiore e dopo un saluto molto militare, uscirono dalla locanda per raggiungere i furgoni di ristoro, mentre i cinquanta gendarmi locali si sistemavano ai tavoli del loggiato. Johan fece servire i piatti riempiti con mezza costata di manzo e contorno di broccoli gratinati alle erbe aromatiche e roquefort. Gli uomini ci si buttarono sopra e nacque un'animata discussione sul concedersi un bicchiere di vino, considerato che il turno di guardia sarebbe cominciato di lí a poco. Molti argomentarono che un bicchiere era permesso, visto che anche il codice della strada ne ammetteva due. Adamsberg annuí e accordò un bicchiere e Johan fece servire un giro. Ognuno ebbe in dotazione un panino prelibato e una fetta di torta della casa per lo spuntino di mezzanotte. Adamsberg, che mangiava la stessa cosa quasi tutte le sere ed era completamente ignorante in materia di cucina, si chiedeva per quale prodigio Johan riuscisse a sfamare ogni sera cinquanta persone con piatti tanto squisiti quanto di rapida esecuzione. Senza contare lo spuntino notturno che aveva aggiunto di sua iniziativa.

Alle sette meno un quarto, Adamsberg andò a stringere calorosamente la mano del padrone di casa e diede il via all'operazione. Tutti gli abitanti di Louviec erano sulla soglia o affacciati alla finestra per assistere alla scena. Per quanto fossero stati avvisati, lo sciamare di quel contingente di uomini armati in divisa blu, con la scritta sulla schiena del giubbotto e lo stemma sul braccio, lasciava tutti sgomenti, ognuno a modo suo: alcuni maledicevano il riversarsi di tanta sbirraglia per le strade del paese, altri benedicevano il senso di sicurezza che trasmetteva, altri ancora assistevano divertiti allo spettacolo dell'invasione. Molti, infine, rassicurati da quella presenza, uscirono per una passeggiata digestiva o per portare fuori il cane, commentando la situazione.

– Se l'assassino ha intenzione di uscire dalla sua tana, avrà il suo bel daffare per riuscire a colpire la sua vittima.

– Gli sarà impossibile, vuoi dire. Non è mica un cecchino acquattato su un tetto. È uno che aggredisce per strada. È asserragliato.

– Ma la polizia non resterà mica dei mesi. Una settimana al massimo.

– A che scopo poi tutto questo trambusto? Il tipo se ne starà rintanato finché non tolgono le tende.

– La polizia avrà un piano.

– Uno pensa sempre che la polizia agisca secondo un piano, invece non ce l'ha mica.

Asserragliato, era asserragliato. E di brutto. Non si aspettava certo quella marea di poliziotti. Un simile dispiegamento di forze in suo onore esaltava la sensazione della sua importanza, della forza del suo potere. Gran bella cosa il potere, ma a che serve se non lo puoi esercitare? E intanto il tempo passava, non aveva molti giorni a disposizione. Tre, per l'esattezza. Un'idea, doveva assolutamente farsi venire un'idea. Si versò un altro bicchiere e appoggiò la fronte sui pugni. Tira fuori un'idea, porco Giuda! Gli venne soltanto un'ora e mezza dopo.

21.

Erano passate due notti e non era successo niente. Gli agenti avevano controllato quelli che lavoravano fuori Louviec e rientravano in auto e i pochi passanti notturni: chi usciva a bere qualcosa e a fare una partita a dadi al *Café des Arcade*, chi andava a cena da amici e poi c'erano quelli che immancabilmente portavano a passeggio il cane. Tutti avevano presentato i documenti, fornito il nome del datore di lavoro o degli amici, tutti gli alibi erano stati verificati. Se la passeggiata si prolungava, cani e padroni venivano pedinati a turno. Ma quale assassino si sarebbe portato dietro il cane? Ciò non toglie che gli agenti facevano diligentemente il proprio lavoro e prendevano i nomi di chiunque. Notti solitarie e tediose, rallegrate soltanto dal panino e dalla fetta di torta di Johan verso mezzanotte, che valevano davvero la pena. E poi rapporti indirizzati ai due commissari che da due notti li passavano rapidamente in rassegna, per un equivalente di centootto «NdS» ogni sera.

– Scoraggiante, no? – disse Matthieu a Adamsberg.

– No. Come vuoi che si metta a uccidere, con le strade che pullulano di poliziotti?

– Quindi aspetteremo cosí per tutta la vita?

– Neanche questo. Ti ho detto che la sua rabbia stava montando. Lasciamogli il tempo di riprendersi dalla sorpresa e di escogitare una tattica nuova. Stai pur certo che si inventerà qualcosa. Non so, non so niente, ma ne sono convinto.

22.

Quel venerdí mattina, seduto alla sua scrivania, l'uomo rilesse la lettera ricevuta al mattino, in una busta sigillata con la ceralacca e un timbro cosí ridicolo che era impossibile dimenticarselo. Quel tipo aveva la mania stravagante di sigillare le lettere come si faceva un tempo. Tipo con il quale non era mai andato veramente d'accordo. Erano altri quelli con cui ne aveva fatte di tutti i colori in gioventú, senza farsi mai acciuffare, senza lasciare la minima traccia. All'inizio si erano fatti la mano con piccole incursioni furtive, per poi passare, piú agguerriti, ad azioni piú impegnative che avevano fruttato un bel gruzzolo nel corso degli anni. Infine la squadra, ormai perfettamente affiatata, si era lanciata in operazioni ancora piú ardite e alquanto redditizie che si erano lasciate dietro una scia di sette vittime. Con una parte di quei soldi era riuscito a mettere su l'impresa che dirigeva ormai da quattordici anni, fabbricandosi in tal modo un inappuntabile certificato di buona condotta. Il che non gli aveva impedito di portare avanti in parallelo sordide attività lucrative, seppure talvolta omicide. Ce l'aveva nel sangue e non era mai stato intenzionato a smetterla con le operazioni fraudolente, sempre con le dovute precauzioni in modo da mantenere una divisione stagna tra attività ufficiale e traffici illeciti.

L'improvvisa richiesta che rilesse per l'ennesima volta lo metteva in grandissimo imbarazzo. Quella lettera conteneva, disseminati qui e là, certi riferimenti al suo passato, magari del tutto innocenti, a meno che non si trattasse di semi nascosti, impliciti, di un ricatto o di una denuncia incombenti. E in tal caso non era da prendere alla leggera. Aveva scavato a lungo nei suoi piú lontani ricordi senza riuscire a capire di quale informazione attendibile fosse entrato in possesso il tipo. Comunque non bisognava sottovalutarlo, era uno scaltro: gli bastava afferrare qualche parola, cogliere un gesto o uno sguardo al volo ed era capace di dedurre gli elementi mancanti, e attraverso un ragionamento arrivare alla verità. Ma, a pensarci bene, quell'eventualità non lo preoccupava piú di tanto. Da una parte perché le insinuazioni erano troppo vaghe e la sua posizione sociale troppo consolidata, e dall'altra perché non si vedevano da quasi quattordici anni. Dunque poteva benissimo rifiutare di netto e lasciare la richiesta senza risposta. Che poi era stato il suo primo riflesso, nonostante una sorda apprensione che continuava a fargli rigirare la lettera tra le mani.

Lettera che ridestava il ricordo di un evento angoscioso e non da poco: benché non avesse una particolare propensione alla gratitudine, non dimenticava certo che quel tipo gli aveva salvato la vita. Era successo allo stagno delle Verrières, dove, poco tempo dopo essere tornato a Louviec, aveva voluto andare a pesca come faceva da giovane. Non aveva trovato nessuno disposto ad accompagnarlo, gli argini erano diventati troppo limacciosi e scivolosi. Solo quel tizio aveva accettato di unirsi a lui. Si erano seduti vicino alla riva, avevano lanciato le lenze e il tempo era trascorso in silenzio: per non spaventare i pesci, ma anche perché i due uomini non avevano niente da dirsi. A un tratto aveva sentito la lenza strappare e si era chinato troppo bruscamente, scivolando sull'argine. E piú cercava di risalire la sponda scivolosa, piú si impantanava senza trovare un punto d'appoggio nel fondale melmoso. Si ricordava con terrore di quegli attimi. Il suo compagno si era subito dato da fare, recuperando una lunga pertica di legno e allungandogliela sdraiato bocconi sulla riva. Lui si aggrappava a quel bastone con tutte le forze, vedendo però che l'altro, pur cercando di tirarlo fuori, perdeva via via terreno, si avvicinava allo stagno. Ciononostante il tipo si arrischiò, con una mossa insensata, a mollare i ciuffi d'erba a cui si teneva abbarbicato per tirare la pertica con entrambe le mani. Cosí facendo, pian piano riuscí a liberarlo dal fango e a trascinarlo all'asciutto. I due uomini erano rimasti stesi a terra, boccheggianti e stremati, consapevoli di essere sfuggiti per un soffio alla morte.

Sentendosi trascinare verso lo stagno, l'altro avrebbe potuto mollare la presa. Lui l'avrebbe fatto. Invece il tipo no. Al contrario, si era ostinato, azzardandosi addirittura a staccarsi dai ciuffi d'erba. Si ricordava di aver detto al compagno, mentre riprendevano fiato: «Se un giorno avrai bisogno di me, per qualsiasi cosa, fammelo sapere». E benché fosse tutto meno che un uomo di parola, non si era mai dimenticato di quella promessa e, anzi, anche a distanza di tanti anni, restava in cima a ogni altra, intatta. Forse si doveva all'assoluta sincerità di quel momento. Ripensandoci, era l'unica promessa davvero sincera che avesse mai fatto. E oggi, dopo quattordici anni, quel compagno di sventura aveva bisogno di lui.

Ma soprattutto, per un curioso concorso di circostanze e per una ragione che era l'unico a conoscere, la richiesta che gli faceva cadeva a fagiolo. La lettera menzionava un uomo che da un bel pezzo lui avvertiva come un pericolo strisciante e che piú di una volta aveva pensato di togliere di mezzo. Restava solo da mettere rapidamente a punto la strategia e individuare l'esecutore, la faccenda andava chiusa entro la sera stessa. Passò in rassegna le sue truppe occulte: ci voleva qualcuno totalmente privo di scrupoli – caratteristica principale di tutti i suoi uomini – ma allo stesso tempo preciso, dotato di ottima memoria e alquanto avido. Il lavoretto era abbastanza semplice, ma l'esecuzione richiedeva accortezza, metodo e intelligenza. La sua scelta cadde su un soggetto che gli sembrava rispondere ai requisiti necessari: Gilles Lambert – nome falso, beninteso. Oltretutto Gilles non aveva mai messo piede a Louviec o dintorni, il che rappresentava un grosso vantaggio. C'era solo da sperare che fosse disponibile seduta stante. Erano già le dieci del mattino e non c'era tempo da perdere.

Spense il sigaro e aprí la cassaforte. In fondo, in un nascondiglio laterale di piccole dimensioni, erano racchiusi undici cellulari modificati, irrintracciabili, e tirò fuori quello che gli serviva per contattare Gilles. Si allontanò sulla terrazza adiacente al suo ufficio. Lí, al riparo delle siepi, era invisibile e nessuno poteva sentirlo.

– Gilles? Sei disponibile oggi?

– Sí.

– Appuntamento tra venticinque minuti allo stagno di Vallon-du-Mont.

– Okay.

Il grande capo si tolse giacca e cravatta e si infilò un comune giubbotto e un paio di scarpe ordinarie che non tradissero a cento metri di distanza l'aspetto da uomo d'affari. Scese le scale e raggiunse il cortile interno, dov'erano posteggiate le auto di servizio. Il parcheggio era deserto, i dipendenti erano già tutti arrivati e il custode sorvegliava lo spiazzo dove sostavano i furgoni carichi. Entrò nel gabbiotto vuoto del guardiano notturno, che si faceva sempre due uova al prosciutto nel bel mezzo del turno di notte. Aprí la confezione, sperò rapidamente le uova sotto la potente lampada da scrivania. Ne prelevò uno, lo avvolse in un po' di cotone e carta stagnola e uscí. Continuava a non esserci anima viva. Scelse una macchina qualsiasi e puntò in direzione del Vallon-du-Mont. Nessuno lo conosceva laggiú, e lo stesso valeva per Gilles. Il luogo che aveva scelto – ogni volta ne sceglieva uno diverso – non aveva niente di turistico.

Al Vallon-du-Mont i due uomini si salutarono con un cenno del capo e si misero a passeggiare intorno allo stagno deserto.

– Omicidio pagato profumatamente. Ci stai?

– Spara.

Non c'era emozione nella voce di Gilles. Era uno di poche parole e non faceva mai domande.

– Dev'essere fatto stasera, tra le ventuno e le ventuno e trenta, quando il tipo esce a portare fuori il cane, una breve passeggiata nella stradina davanti al giardino di casa sua. Puntuale.

– Aspetto del tipo?

– Statura alta, folti capelli bianchi, non puoi sbagliarti. Ci sono alcune istruzioni da rispettare e memorizzare. Hai di che scrivere?

– Sí, – disse Gilles tirando fuori un taccuino.

– Luogo: a nord di Louviec. 2, rue de la Vieille-Chaussée.

– È fuori dal perimetro? Ho sentito che la sbirraglia brulica a Louviec.

– Esatto. Il tipo abita fuori Louviec, in una casa isolata.

– Moglie? Figli?

– Figli a letto, la moglie probabilmente occupata a rigovernare.

– Il cane?

– Un bastardone dal pelo rossiccio. Vecchio, non sembra aggressivo.

– Non si sa mai.

Il capo si infilò un guanto ed estrasse di tasca un foglio.

– Tieni, – disse, – prendi questo. La croce rossa indica la casa. Non lontano da casa tua. Attraversati i vecchi binari e raggiunta la strada ci sono due sentieri verso sinistra, vedi?

– Sí.

– Non prendere il primo, è fangoso e restano tracce sugli pneumatici. Prendi il secondo, il fondo è lastricato. Visto?

– Visto.

– E adesso la macchina. Hai un garage?

– Sí.

– Che macchina è? Sempre la tua berlina classica? Grigia?

– Sí.

– Nessun segno particolare? Ammaccature, fari rotti?

– Sai bene che non ne ha.

– Prendi il sentiero in retromarcia, abbastanza distante perché non ti si veda dalla strada. Merda, – esclamò l'uomo fermandosi di botto. – Hanno consegnato una partita di sughero di recente. Rischi di raccattare dei frammenti nei solchi nel battistrada. Brutta faccenda. Anche se francamente non vedo come potrebbero risalire a te.

– È una sciocchezza. Rientrando controllo il battistrada e, in caso, elimino ogni traccia di sughero.

– Perfetto. Passiamo alle targhe. Te ne restano?

– Sí.

– Sostituiscile. Ma, mi raccomando, fai come al solito: non usare viti nuove, utilizza quelle vecchie.

– Va da sé, – borbottò l'altro.

– Porta due paia di guanti, un paio di pantaloni e una cerata.

– Ho dei K-way.

– Benissimo, occupano meno spazio. Prendi due sacchetti di plastica per proteggerti le scarpe e fai un nodo bello stretto. E un sacco della spazzatura. Ah, dimenticavo: un uovo. Fecondato. Te ne ho portato uno perché non so se hai delle uova e sei capace di sperarle. È imballato per bene, ma fai attenzione.

– Un uovo?

– Un uovo. Dovrai schiacciarglielo nella mano.

– Ma per quale motivo?

– Per addossare la colpa all'assassino di Louviec. Deve assomigliare in tutto e per tutto al suo modus operandi. Uno: colpire col braccio sinistro, un affondo nel torace, sulla sinistra, e un altro colpo di lato, per raggiungere il cuore. Due, schiacciargli un uovo nella mano. Mi raccomando, non dimenticare l'uovo.

– No.

– E lascia il coltello piantato fino al manico nella ferita. E qui arriva l'inghippo. Non possiamo usare un coltello qualsiasi, ci vuole un Ferrand. E in questo momento la polizia è sulle tracce di chiunque acquisti un coltello Ferrand. Tu conosci qualcuno di fidato che ne ha uno?

– Io.

– Hai un Ferrand?

– Modello deluxe.

– Sei un portento.

Gilles alzò le spalle.

– Se si è del mestiere, bisogna avere l'attrezzatura adeguata. Per un lavoretto ravvicinato non prendi una lama che rischia di spezzarsi sullo sterno.

– Allora pulisci per bene il tuo coltello e prendilo.

– Macché, non lo pulisco e me lo porto dietro con tutte le mie impronte, – disse Gilles, con quel suo sorriso cosí raro che poteva dare i brividi persino al suo capo.

– Una volta fatto il lavoro, ti togli pantaloni, K-way, guanti e sacchetti sulle scarpe e ficchi tutto nel sacco della spazzatura. Infili il paio di guanti puliti e riparti. Non verso Combourg. Vai fino a Saint-Malo e sbarazzati di quel sacco in un cassonetto pubblico. Nessun poliziotto si sognerà di cercare i vestiti dell'assassino di Louviec in un cassonetto di Saint-Malo. Anche perché vengono svuotati all'alba.

– No, Saint-Malo no, conosco troppa gente da quelle parti e in questo momento è murata di turisti. Andrò a Fougères.

– Fougères, molto bene. E al rientro...

– ... sostituisco le targhe, ripulisco il battistrada e ogni cosa sarà lustra come uno specchio. A proposito, quant'è?

– Il doppio della solita tariffa, voglio che ogni minimo dettaglio sia impeccabile. Dunque quarantamila.

– Cinquantamila. Dopo un omicidio del genere gli sbirri si metteranno a battere qualunque pista.

– E cosa vuoi che trovino?

– Le tracce dei miei pneumatici.

– Ce ne sono a migliaia come i tuoi. E poi su una strada lastricata non restano tracce.

– Cinquantamila.

– Ti farò sapere luogo e ora del versamento. Sarà a stretto giro. Fai attenzione, con l'uovo. In caso si rompesse, ne hai un altro in casa?

– No, mangio sempre fuori.

23.

Alle venti e trenta, mentre cinquanta poliziotti pattugliavano le strade di Louviec e altri sessanta formavano il cordone del perimetro di sicurezza, Gilles Lambert aveva già finito di preparare con estrema cura l'intera operazione. «Statura alta», aveva detto il capo a proposito della vittima predestinata. Con il suo metro e ottantasette centimetri di altezza e la corporatura massiccia Lambert non aveva niente da temere, tanto piú che il tipo sarebbe stato colto di sorpresa. E se il cane si metteva ad abbaiare? Alle brutte, una coltellata alla gola. Oppure tagliava il guinzaglio, cosí il cane sarebbe filato via, approfittando dell'improvvisa libertà. Gilles aveva tappezzato di plastica il bagagliaio casomai fuoriuscisse qualche traccia di sangue dal sacchetto della spazzatura. Aveva anche avuto l'accortezza di ricoprire il sedile davanti con un telo di plastica e di portarsi dietro ben tre paia di guanti. Il tutto era ripiegato per bene nel sacco della spazzatura e prendeva pochissimo spazio. Il coltello era nel vano portaoggetti, insieme all'uovo. Aveva cambiato le targhe tenendo le stesse viti. Controllò gli pneumatici: quello anteriore sinistro aveva una tacca, il che era una seccatura. Lo sostituí con la ruota di scorta, che non era nuova. Aveva verificato per sei volte di aver memorizzato la mappa prima di bruciarla, e sarebbe stato capace di disegnarla a memoria. Partenza alle venti e trentacinque. Cinquantamila euro, il capo non lesinava per quel colpo. Non poteva permettersi la minima sbavatura. Al piú tardi, tenendo conto della puntata a Fougères, sarebbe stato di ritorno alle ventidue e quarantacinque. La luce sarebbe filtrata da sotto la porta del garage, ma i vicini erano abituati a vederlo trafficare giorno e notte sulla sua auto.

All'ora prevista partí in direzione di Louviec, perfettamente calmo, tutti erano a tavola. Alle venti e quarantacinque attraversò i binari, oltrepassò la strada fangosa e imboccò a marcia indietro la strada lastricata. Tornò a piedi fino all'incrocio: la sua macchina era invisibile dietro il fogliame. Le luci della casa, vicinissima, erano già accese, il tipo c'era. A cinque metri dal cancello, addossato alla siepe c'era un vecchio nocciolo dai rami bassi e frondosi. Un nascondiglio perfetto. Tornò alla macchina, si mise i guanti, indossò i pantaloni e il K-way, infilò le scarpe in due sacchetti di plastica e strinse per bene il nodo, fece scivolare il coltello nella cintura, a sinistra, depositò delicatamente l'uovo nella tasca destra e, tocco supplementare, un pezzetto di carne per il cane.

Era la prima volta che ammazzava qualcuno lasciando un uovo in omaggio. Il capo doveva essere suonato. Gilles si sedette comodamente al riparo del nocciolo e calcolò che, dalla porta di casa al cancello, c'era una trentina di metri. Aveva dunque tutto il tempo per prepararsi all'aggressione non appena l'uomo fosse apparso.

Dopo un'attesa di venticinque minuti vide aprirsi la porta di casa. L'uomo uscí tenendo al guinzaglio un cane di taglia impressionante e Gilles, che nel frattempo si era accovacciato col coltello nella mano sinistra, fu ben contento di aver pensato alla carne. Non appena cane e padrone varcarono il cancello, l'animale sollevò il muso bruno e ringhiò. Aveva fiutato una presenza estranea. Gilles lanciò il pezzo di carne tra l'erba, vicinissimo alla strada, e il cagnone si mise a fiutare rasoterra e si fiondò sulla carne. L'uomo dai capelli canuti aveva abbassato gli occhi, fermo accanto al cane.

– Che cosa stai mangiando, Jeff? Non avrai mica trovato un animaletto morto? Vieni via, lascia stare quella schifezza.

L'uomo strattonava l'animale per il guinzaglio, ma quello opponeva resistenza, tutto preso dalla carne. Era il momento buono. Gilles scattò in avanti e assestò la prima coltellata. L'uomo si accasciò a terra e il cane ebbe un attimo di esitazione tra il pezzo di carne e lo sconosciuto. Gilles estrasse il coltello, tranciò di netto il guinzaglio e il cane balzò via lungo la strada. Assestò la seconda coltellata a sinistra, vicino allo sterno, poi conficcò la lama tra due costole fino all'impugnatura. Vide gli occhi della sua vittima rovesciarsi e il sangue uscirgli dalle labbra schiuse. Gilles si raddrizzò, la faccenda era sistemata. Si affrettò a riprendere la strada del ritorno, ma poi si bloccò di colpo. L'uovo, maledizione! Aveva dimenticato quel cazzo di uovo! Tornò verso l'uomo agonizzante, gli aprí la mano sinistra, tirò fuori l'uovo dall'involucro di cotone e stagnola e lo richiuse nel pugno del moribondo. Di ritorno alla macchina portò a termine le fasi successive. Aveva lasciato il cofano socchiuso di una decina di centimetri, quanto bastava per sollevarlo con il gomito ma non abbastanza per far scattare la lucina automatica. Nel sacco della spazzatura ficcò, nell'ordine, i sacchetti con cui si era protetto le scarpe, il K-way, i pantaloni, l'imballaggio dell'uovo e infine i guanti. Con le mani pulite richiuse il sacco, poco voluminoso, che sarebbe entrato facilmente in un bidone dei rifiuti. Per sicurezza, infilò un paio di guanti nuovi e si avviò in direzione di Fougères, dove avrebbe depositato quel prezioso fagotto insanguinato. Procedette a fari spenti fino alla strada principale, poi accese gli anabbaglianti e svoltò a sinistra. Il tutto era durato appena sei minuti, quattro se non ci fosse stato di mezzo quel maledetto uovo. Con la piena consapevolezza di trasportare nel bagagliaio un carico pericoloso quanto una carica di esplosivo, guidava stando attento a non oltrepassare i limiti di velocità.

A Fougères ebbe la fortuna di fermarsi a un semaforo rosso proprio accanto a un bidone della spazzatura: ne approfittò per gettarci il sacco e risalire con tutta calma in macchina. Missione compiuta alla perfezione. Una volta tornato in garage, non gli restava che ispezionare le scolpiture degli pneumatici, rimettere le vecchie targhe e togliere il telo di plastica dal bagagliaio e dal sedile. Avrebbe avuto tutto il tempo di seguire lo sceneggiato delle ventitre e trenta, storie di poliziotti ma soprattutto di assassini che, per i suoi gusti, erano parecchio maldestri. Gilles non si sarebbe mai detto: «Porco boia, ho ucciso un uomo». Quel pensiero non lo sfiorava nemmeno.

Finito di mangiare la carne, il cane approfittò per un po' di quella libertà prima di tornare all'ovile. Trovò il padrone steso a terra davanti al cancello, gli posò le zampe sullo stomaco, gli diede un paio di zampate, gli leccò il viso, poi si sedette accanto al corpo inerte e cominciò a ululare disperatamente. La moglie, addormentata, non sentí nulla, ma il cane dei vicini sí e rispose agli ululati. Ben presto, un cane dopo l'altro, in tutto il circondario riecheggiarono lugubri ululati. Alle ventuno e quaranta il vicino decise di uscire a battere i paraggi con il figlio. Il cagnone del dottore era quello che strepitava piú forte, perciò si avviò a passo svelto verso il suo domicilio. A dieci metri dal cancello vide il dottore riverso a terra, lo raggiunse di corsa e gli tastò il polso.

– Non ti avvicinare, – disse al figlio alzando una mano tremante. – È il dottore. È morto.

– Chiami la polizia?

– Chiamo Johan. Louviec è piena di poliziotti, facciamo prima.

Johan stava finendo di rigovernare il loggiato dopo che le legioni di uomini se n'erano andate. Chateaubriand aveva aspettato di avere campo libero per andare a farsi un goccio alla locanda, percorrendo le strade costellate di poliziotti.

– Comunque sia, – diceva Josselin, – da quando hanno scoperto che c'è un tipo che comprava i coltelli, per il momento mi lasciano in pace. Ancora non l'hanno preso, però.

– Non capisco che cosa provi, – disse Johan. – Lei avrebbe potuto benissimo mandare qualcuno a comprarli a Rennes.

– È vero, – disse Josselin voltandosi verso l'oste, fissandolo stupito con occhi malinconici. – E tu ci credi?

– Neanche per un istante.

– E perché no?

Johan alzò le spalle sorridendo. Aveva tempo, gli inservienti supplementari stavano finendo di servire gli ultimi clienti nella sala al piano terra.

– Lei? – disse. – Colpire all'impazzata? Impossibile. E poi uno Chateaubriand non può permettersi di essere un assassino. Sarebbe un oltraggio al nome.

Josselin rispose al sorriso e allungò il bicchiere.

– E poi dimentica un'altra cosa, – continuò Johan riempiendo due bicchieri e sedendosi di fronte a Chateaubriand. – Non tradisco nessun segreto, ne hanno parlato anche i giornali.

– Che cosa?

– I rivetti.

– E allora?

– Quelli del suo coltello erano dorati. I coltelli che ha comprato il tipo ce li hanno argentati.

– Questo non va tanto bene, – disse Josselin arricciando il naso. – Uno Chateaubriand non può abbassarsi a dei rivetti d'argento. Sarebbe un oltraggio al nome.

– Può dirlo forte.

Le loro risate coprirono per un istante la suoneria del telefono.

– Il tuo cellulare, – disse Josselin. – Sta squillando.

– Merda, sono sfinito. Cinquanta uomini da sfamare, piú la clientela, mi creda, non è uno scherzo.

Johan andò al bancone con il bicchiere in mano e rispose al telefono.

– La polizia? Ma sono tutti fuori a pattugliare le strade.

– Sbrigati, presto. Si tratta del dottor Jaffré, rue de la Vieille-Chaussée 2. L'hanno ucciso. Avverti il commissario.

Johan obbedí prontamente, con le dita che gli tremavano.

– Adamsberg? Sono Johan, – disse l'oste trafelato, in tono affranto. – Yann ha appena chiamato dalla casa del dottore. Lo hanno assassinato davanti al cancello. Come gli altri. Il dottore... ti rendi conto? Persino il dottore...

– Cristo santo, Johan! Ti giurò che lo prenderò. Chi è questo Yann?

– Yann Radec. Abita poco lontano dalla casa del dottore. Tutti i cani del vicinato si sono messi a ululare come lupi e Yann è andato a vedere che cosa stava succedendo.

– Che lavoro fa?

– Fotografo. Ritratti, matrimoni, cose del genere.

Adamsberg avvisò la sua squadra e quella di Matthieu, il medico legale, i tecnici della Scientifica e fece venire dieci uomini a perlustrare il terreno. Quando arrivò non c'era ancora nessuno sul posto.

– È lei Yann Radec? – chiese all'uomo che aspettava accanto al corpo, a testa china, le braccia serrate sullo stomaco.

– Sí.

– Commissario Adamsberg. Ha visto qualcosa?

– No, il suo cane si è messo a ululare all'impazzata e tutti i cani del circondario si sono uniti in concerto, cosí alla fine mi sono deciso a venire a vedere cos'era successo.

– A che ora?

– Verso le dieci meno venti, mi pare. Ma era già da un po' che abbaiava. È stato il nostro cane a sentirlo, non noi. Cristo santo, c'era tutta Louviec pattugliata e il perimetro di sicurezza presidiato. Come ha fatto, commissario? Come?

Gli uomini di Adamsberg e Matthieu li raggiunsero pochi minuti dopo, nel frattempo i dieci poliziotti perlustravano i dintorni. Mercadet dormiva.

– Meglio se torna a casa, signor Radec, – disse Adamsberg. – Dobbiamo delimitare la zona. Qualcuno può badare al cane?

– Vado ad avvertire la moglie. Non fatela avvicinare, sarà un duro colpo.

Cominciava a fare buio e i poliziotti puntarono le torce sul cadavere. Due ferite al torace, un coltello Ferrand piantato fino al manico, un pugno chiuso da cui colava un liquido giallo.

– Nessun dubbio, – disse Retancourt.

– Chi è che diceva che perdevamo solo del tempo, – fece Adamsberg, – che l'assassino avrebbe aspettato che togliessimo le tende per ricominciare a colpire? Ve l'avevo detto che si sentiva crescere dentro la rabbia in maniera esponenziale, che non poteva aspettare, che l'accerchiamento di Louviec lo avrebbe fatto imbufalire e avrebbe cercato di bypassarlo.

– Ma noi speravamo di incastrarlo a Louviec, – disse Veyrenc. – E invece ci ritroviamo con un altro cadavere.

– Sai quante ce ne diranno, – commentò lugubre Noël. – Dal commissario capo alle alte sfere, chi li sente adesso quelli? Mobilitare cento uomini per ottenere questo risultato... Diventeremo lo zimbello di tutti, e a ragione...

– Aspettiamo di sapere, – disse con calma Adamsberg.

– Sapere cosa?

– Come ha fatto il tipo a bypassare la sorveglianza. In un modo o nell'altro qualche traccia deve averla lasciata. E lí sta l'errore. L'errore che aspettavamo.

Il furgone della Scientifica veniva da Combourg. La luce brutale di quattro riflettori illuminò il corpo. Il fotografo mitragliò la scena da ogni angolazione, poi diede il segnale di via libera. Il medico si accovacciò accanto al cadavere.

– La morte dev'essere avvenuta intorno alle ventuno e quindici, ventuno e trenta. Stesso metodo, niente è cambiato. Due coltellate al torace, probabilmente inferte con la sinistra, una delle quali ha raggiunto il cuore, e un uovo schiacciato nel pugno.

– E stesse orme lisce nel sangue, – aggiunse uno dei tecnici.

– Stavolta, però, – disse Adamsberg, – possiamo seguirlo. Non ha tolto subito i sacchetti dalle scarpe come ha fatto finora. Il furgone può venirci dietro con un riflettore?

Accompagnati da un fotografo, Adamsberg e Matthieu individuarono le tracce di sangue, sempre piú tenui, per una decina di metri, fin quasi all'altezza della strada privata.

– Deve aver imboscato la macchina in questa stradina, – disse Adamsberg. – Non poteva lasciarla in vista. Si è studiato per bene l'area.

I due commissari risalirono la via privata e notarono tracce di pneumatici.

– Andava a marcia indietro, com'è logico, quindi non molto dritto. Ha sbandato su due grosse lastre di selciato, – disse Matthieu.

Mentre il fotografo scattava le foto, Adamsberg raccolse una decina di schegge di sughero.

– E questa roba da dove viene?

– Da un pannello di sughero, – disse Matthieu.

– E da dove viene il pannello di sughero? Di quelli che si usano per isolare?

– Per esempio. Può succedere che ogni tanto si scheggino e che si stacchi qualche frammento. Evidentemente il dottore deve averne ordinati e durante lo scarico sarà caduto qualche pezzettino dal camion.

Adamsberg spazzò intorno col fascio della torcia.

– Sí, – disse, – là c'è una porticina che dà sul giardino del dottore. Il camion deve aver parcheggiato dall'altra parte delle strada per scaricare senza ostruire il passaggio.

– Sicché l'auto potrebbe aver tirato su dei frammenti di sughero con gli pneumatici.

Adamsberg bloccò di colpo Matthieu.

– Ecco, – disse, – è qui che l'assassino ha fermato la macchina e si è cambiato, all'andata e al ritorno. Guarda queste piccole tracce di sangue, – continuò accovacciandosi. – Sono parallele. Sicuramente provengono dai sacchetti di plastica che si è annodato ai piedi. E questo che cosa ci dice? Niente.

– Tecnica simile in tutto e per tutto, coltello Ferrand, due ferite al torace, uovo schiacciato, è senza dubbio il nostro uomo. Ma è impossibile, dato che non avrebbe potuto oltrepassare il cordone di vigilanza senza farsi intercettare dai nostri. E da tutti i rapporti non risultava niente da segnalare.

– E sai perché è impossibile?

– Vai avanti.

– Molto semplicemente perché non si tratta affatto del nostro uomo, – disse Adamsberg rialzandosi. – È qualcuno che ha imitato il suo modus operandi. Di sua iniziativa? Neanche per idea. Certe informazioni confidenziali – il braccio sinistro, l'uovo schiacciato – le poteva avere solo dall'assassino. L'«incarico» gli è stato assegnato per forza dall'assassino di Louviec, ridotto a questo escamotage dopo essersi ritrovato con le spalle al muro per via del cordone di vigilanza. Come? Di certo non per telefono, troppo rischioso. Avrà temuto che tutti i telefoni di Louviec fossero stati messi sotto sorveglianza. Il rischio che rintracciassimo la sua chiamata sul cellulare dell'assassino del dottore e risalissimo fino a lui era altissimo e ha avuto l'accortezza di non fare un passo falso. E cosa resta ai giorni nostri in cui l'informatica imperversa, piú che mai in ambito investigativo, come mezzo di comunicazione sicuro, a prova di intercettazione? Un mezzo in cui nessun poliziotto va a ficcare il naso, poiché va scomparendo e non serve piú a granché, tranne a pagare qualche bolletta, spedire un assegno e altre prassi innocue, quando non si ricorre a una scansione o a un bonifico telematico.

– La posta! – esclamò Matthieu.

– Esatto, la posta. E noi abbiamo lasciato questa falla enorme nel nostro cordone, dimenticando di controllare la posta in partenza da Louviec. Ma il ministro è stato categorico: nessuna ispezione della corrispondenza, attentato alla libertà privata. E, ci giurerei, è tramite questo espediente che il nostro assassino ha aggirato l'ostacolo. Con una semplice lettera in cui scongiurava il destinatario di commettere il delitto al suo posto e secondo il suo modus operandi fuori Louviec. Destinatario fidatissimo ed estremamente devoto. Mai visto che qualcuno accetti di uccidere uno sconosciuto per fare un favore. A meno che il nostro assassino non lo tenga in pugno. Minacciando di ricattarlo o di denunciarlo se non ottempera alla sua richiesta.

– Quindi sarebbe in rapporti stretti con un malvivente di cui conosce gli intrallazzi. Un uomo che non si tirerebbe indietro davanti a un omicidio. E che svolga attività abbastanza losche perché obbedisca senza fiatare.

– Attività che potrebbero risalire a oggi come a ieri, – disse Adamsberg. – Ma anche se ti sei rifatto una verginità, la spada di Damocle è sempre lí.

Uno dopo l'altro, i dieci agenti di pattuglia ritornarono dal giro di ispezione a mani vuote.

– Per farla breve, – disse il loro superiore, – i dintorni sono deserti. Abbiamo incontrato un giovane padre in moto col figlio di nove anni al seguito e due donne, ciascuna sulla sua auto. Per ogni evenienza abbiamo preso ugualmente le loro generalità.

– Inutile, – disse Matthieu scuotendo la testa. – Il nostro uomo è già lontano.

I due commissari risalirono in macchina, in silenzio, frustrati dall'esito del sopralluogo e rimuginando sullo smacco subito. In quel momento chiamò il medico legale.

– La cosa vi stupirà, – disse, – ma non è il nostro uomo ad aver colpito. Le ferite sono state inferte, sí, da un mancino, ma da un *vero* mancino. Non c'è stata la minima esitazione o deviazione nelle coltellate. Quanto all'uovo, è fecondato. E neanche un morso di pulce.

– Abbiamo la conferma, – disse Adamsberg. – Stavolta a colpire è stato un vero mancino. E l'esecutore non aveva pulci. Mi chiedo come mai il nostro assassino di Louviec abbia agito cosí in fretta. Va bene essere impaziente, ma fino a questo punto?

– Perché domani il dottore sarebbe partito per il fine settimana, – disse Matthieu. – Sarebbe andato a trovare suo padre a Saint-Malo.

– E tu come lo sai?

– Me l'ha detto uno degli abitanti di Louviec quando abbiamo fatto il giro del paese per informare tutti dell'operazione. Era contrariato, perché di solito Jaffré riceve la mattina, anche nel weekend.

– Dunque è per questo che il nostro uomo aveva tanta fretta. Una lettera imbucata a Louviec arriva a Combourg il giorno dopo?

– Sicuramente.

– Nella serata di mercoledí si è reso conto che il paese era blindato all'interno e all'esterno. Ha fatto in tempo a scrivere la lettera e a imbucarla giovedí mattina, cosicché il destinatario l'avrà ricevuta oggi. Domani, mentre tu pensi a organizzare la partenza dei rinforzi, io andrò a parlare col postino di Combourg. A che ora finisce la levata della posta a Louviec?

– Le dieci e trenta.

24.

Mercadet riuscí a trovare il cognome e il numero di telefono personale del direttore dell'ufficio postale di Combourg. Data l'urgenza quest'ultimo, quanto mai «cordiale» come ripetevano spesso in paese, gli forní i recapiti del postino incaricato del settore di Louviec. Adamsberg aveva un autentico problema con quel «cordiale»: adesso gli aveva suscitato una seconda idea vaga, sfuggente quanto la prima. Il postino dalla voce giovanile si mostrò disponibilissimo a fare del suo meglio per aiutarlo.

– La posta di giovedí? – disse. – È già lontano per me, ne faccio di paesi... Ma quel giorno non c'era granché nella cassetta di Louviec, dovrei ricordarmi. A ogni modo non ci sono piú molte lettere, la gente si scrive e-mail o sms, si manda documenti o foto col telefono, la corrispondenza sta scomparendo, commissario, mi creda. Vediamo un po'... Giovedí, eh? Ah, sí, c'era vento quel giorno e quelle poche lettere mi sono sfuggite di mano e sono volate per terra.

Il postino si interruppe per concentrarsi.

– Sí, ci sono, – riprese. – Mi rivedo mentre le raccolgo. Due pagamenti di fatture, sa, quelle buste preaffrancate con la *t* stampigliata sopra, e... ah, sí, una busta formato C4 in carta kraft per un notaio di Parigi, Notaio Vattelapesca, una indirizzata alla Tesoreria di Rennes – di sicuro una bolletta da pagare – e una per la vecchia Adène Briand, la madre dello spazzacamino, che abita a Dol, e francamente...

– È tutto? Non ricorda qualcosa di insolito? Un semplice dettaglio?

– Ah, ma certo! – esclamò il giovane, anche lui cordialissimo. – Due lettere si erano incollate insieme, e non succede spesso. Era stata una notte umida, per questo. Una busta bianca si era incollata alla busta in carta kraft. Perché l'inchiostro sulla busta bianca – devo dirle di questa busta – era denso e piuttosto appiccicoso, come i vecchi inchiostri quando si seccano.

– E che cos'aveva di particolare questa busta?

– Be', si sentiva che dentro ne conteneva un'altra. Alcuni fanno cosí, per proteggere la posta. E poi c'era un'altra cosa.

– Ha davvero una buona memoria, – disse Adamsberg per incoraggiarlo.

– No, è che quando faccio la levata devo apporre sopra ogni busta il famoso timbro postale «facente fede», perciò è inevitabile che passi al vaglio tutta la posta.

– Capisco. E dunque, che altro aveva di particolare questa busta?

– Si sentiva al tatto che la busta all'interno aveva qualcosa in rilievo. Una specie di cerchio, ovale o tondo, un po' come i sigilli di ceralacca di una volta. Sa, le buste autoadesive si aprono facilmente con un dito, allora molti aggiungono un pezzo di scotch. Ma in quel caso mi sono detto che il mittente aveva proprio voluto sigillare la busta.

– E si ricorda l'indirizzo sulla busta che si era incollata?

– Oh, sí, perché la scritta a inchiostro era molto grande. Era per Combourg, indirizzata alla ditta La vostra casa dalla A alla Z nella zona industriale. È una grossa azienda, producono di tutto: mobili, pavimenti, isolanti, elettrodomestici, illuminazione… Io non ci vado mai, è un posto troppo grande, non trovo mai niente e mi viene il nervoso.

Adamsberg chiamò Matthieu, che stava organizzando il rientro dei rinforzi.

– Avverti gli uomini del cordone di prepararsi a partire nel tardo pomeriggio. E rimanda i tuoi alle rispettive caserme. Anche se l'ultimo non l'ha eseguito materialmente lui, il nostro assassino ha esaurito i cinque omicidi previsti e credo che la lista sia completa.

– Faresti bene a chiamare subito il ministro, – disse Matthieu in tono nervoso. – È sabato e rischiamo di non avere i dieci elicotteri per il ritorno.

– Li avremo, sempre che nella foga non ci sollevino dall'incarico. Non ci siamo sbagliati, Matthieu: il nostro uomo ha contattato tramite posta una ditta nella zona industriale di Combourg, La vostra casa dalla A alla Z.

– Ho ben presente. È un posto gigantesco. Non ci vado mai, ci si snerva là dentro. Con chi si è messo in contatto?

– Non lo sappiamo, all'interno c'era un'altra busta che doveva avere l'indirizzo del destinatario. E, pensa un po', era sigillata con la ceralacca. Già, proprio come una volta.

– E tu come l'hai saputo?

– Dal postino, ti spiegherò. Ora contatto la segretaria del padrone della baracca. Non credo che mi manderanno al diavolo, a Louviec tutti capiscono la gravità della situazione.

Adamsberg chiese a Mercadet di trovargli il numero della segreteria del titolare della ditta La vostra casa dalla A alla Z a Combourg. Poi si allontanò per chiamare «le alte sfere». Il sottosegretario gli fece capire chiaramente in un tono gelido che c'era tutta l'intenzione di destituirlo. Che si tenesse pronto.

– Non è il momento, – rispose pacato Adamsberg. – Il nostro assassino è riuscito a eludere lo sbarramento, d'accordo, ma per farlo ha commesso l'errore in cui speravo.

– E sarebbe?

– Ha scritto. E sappiamo dove. Ha un complice a Combourg. Ha preso questa via traversa per bypassarci e noi la seguiremo. A che ora avremo gli elicotteri per far rientrare gli uomini?

– Perché? Ritiene che non siano piú utili?

– No. L'assassino aveva programmato la morte di cinque persone e il conto torna.

– Purtroppo per lei, Adamsberg! – tuonò il sottosegretario ministeriale. – Questo è davvero il termine ultimo, capito? Ultimo! Sono stato chiaro?

– Chiarissimo.

– E gli elicotteri, verso le diciotto, – aggiunse il sottosegretario prima di riattaccare bruscamente.

– Commissario, – intervenne Mercadet in tono di scuse, – so che forse non è il momento, ma Froissy mi ha mandato un'immagine sfocata abbastanza indicativa del giovane rapinatore dell'oreficeria, si ricorda? Il tizio col passamontagna a maglie larghe. Gliela giro cosí valuta se possiamo diffonderla.

Mercadet gli inoltrò la foto del viso del giovane ricostruito attraverso le maglie. Il risultato non era eccezionale, ma comunque l'immagine era molto meno vaga di quel che Adamsberg si sarebbe aspettato e Froissy l'aveva colorata per far risaltare i capelli rossi.

– Va bene, – disse a Mercadet. – Fate circolare l'identikit.

– Le ho appena inviato nome e numero di telefono della segretaria del titolare della ditta. Si chiama Estelle Braz.

– A proposito, tenente, ho bisogno di sapere come si chiama il titolare e tutte le informazioni che riesce a trovare su di lui.

– Sarà fatto.

Adamsberg andò da Matthieu e lo informò dell'irritazione del sottosegretario del ministro.

– Gli elicotteri alle diciotto. Quanto a noi due, siamo appesi a un filo, amico mio.

– È già un miracolo che il filo non si sia ancora spezzato. Raduno i mezzi e avviso gli uomini di tenersi pronti a partire. Sono già le undici e venti.

– Ti lascio fare, raggiungimi da Johan con i nostri.

Incurante della pioggerellina che cominciava a infittirsi, Adamsberg si avviò a passo lento verso la locanda, ripensando al dottor Jaffré. Perché lui, per la miseria?

Mercadet era seduto a un angolo del tavolo, le palpebre a mezz'asta.

– Le faccio un caffè doppio bello forte, – decise Johan.

– È il commissario, – disse il tenente drizzandosi. – Riconosco il suo passo.

L'oste aprí la porta senza lasciare a Adamsberg il tempo di parlare.

– Porco Giuda! – esclamò con la sua voce stentorea. – Chi l'avrebbe mai creduto? E come diavolo ha fatto l'assassino a passare il cordone di vigilanza?

– Con il mezzo piú semplice del mondo: la posta. Che dal ministero mi avevano impedito di controllare. Ha spedito una lettera a Combourg e qualcun altro si è incaricato di uccidere il dottore in sua vece e con lo stesso modus operandi. Ci tiene a firmare tutti gli omicidi. Questo resti sempre tra noi, Johan.

– Sul serio? Ma nessuno uccide per fare un favore a qualcun altro, – osservò Johan posando sul tavolo dei bicchieri e una bottiglia di chouchen. – Ne beva un po' per scaldarsi, ha i capelli tutti umidi. Sa a chi ha scritto?

– Per un gran colpo di fortuna la sua lettera si era incollata a un'altra, – disse Adamsberg. – Sicché il postino se ne ricordava bene.

– Com'è possibile?

– Può succedere, se usi un inchiostro vecchio e vischioso, e le lettere si sono inumidite nella cassetta. Inchiostro di cui si sarà già sbarazzato.

– E a chi era indirizzata la lettera?

– La vostra casa dalla A alla Z. Nessun nome. La busta ne conteneva un'altra.

Mercadet aveva ingollato la tazza di caffè e aperto il computer. Johan posò il bicchiere sul tavolo con un colpo secco.

– La vostra casa dalla A alla Z, – ripeté. – Intende quella rivendita enorme nella zona industriale di Combourg?

– Esatto, – confermò Mercadet con il viso incollato allo schermo.

– Be', ma questo cambia tutto, – disse Johan con aria concentrata, quasi in uno stato di esaltazione. – Girano certe voci sul conto del titolare.

– Non sappiamo chi è, per adesso.

– Pierre Robic, – precisò Mercadet senza smettere di digitare sulla tastiera.

– È piú lesto di me, eh? – commentò Johan. – Pierre Robic, proprio lui. E le voci sul suo conto, non dico che siano vere, dico solo che è quello che racconta la gente. O di cui è convinta.

– Frena l'entusiasmo, è ancora da provare che la lettera fosse indirizzata a lui, ma lo ritengo molto probabile. Sentiamo quali voci girano su questo Pierre Robic, – disse Adamsberg tirando fuori il taccuino. – Non ti sfugge niente di quel che succede qui. Mercadet, visto che è di nuovo pienamente operativo, raccolga tutto quello che trova di interessante su di lui.

– È nato a Louviec, – cominciò Johan. – Dopo la maturità ha lasciato questo «buco di sfigati», sue testuali parole, e *puff*, è sparito. Deve sapere che, a tredici anni, a scuola era già un poco di buono e, porca miseria, non era il solo. Lui però era il «capo». Il «capo»! A tredici anni! Ma chi si credeva di essere, dico io? Un fessacchiotto, ecco cos'era!

– Capo di che cosa? Lo sai?

– Di una specie di banda di teppistelli, ma non chiedermi di piú. So solo che aveva un «vice» – davvero, ma per chi si prende? – fedelissimo, il suo amico Pierre Le Guillou. I due Pierre, li chiamavano. Anche Le Guillou se n'è andato da Louviec. I suoi si erano trasferiti in Costa azzurra e nemmeno di lui si è piú sentito parlare. Robic, almeno, scriveva ogni tanto alla madre, raccontandole che lavorava come rappresentante di commercio al Sud, poi come autista e lavavetri. Finché un bel giorno, quattordici anni fa, se ne è tornato qui, dritto dritto dall'America e ricco sfondato. Dicevano che era milionario. Strano per un semplice rappresentante, no? La vecchia madre spiegava, a chi stava ad ascoltarla, che un lontano cugino d'America gli aveva lasciato in eredità tutti i suoi averi. Un certo Donald qualcosa, diceva. Lei manco lo conosceva quel cugino, povera donna. In paese nessuno ci ha mai creduto sul serio. La storia del cugino d'America è un po' trita, no? E se il nostro povero dottore fosse qui avrebbe qualcosa da dire in proposito, perché sapeva una cosa, lui.

– Jaffré? Che cosa sapeva, Johan? – si affrettò a chiedere Adamsberg, sempre con la matita in pugno.

– Che il testamento dell'americano era tutta una montatura.

– E come faceva a saperlo? Te l'ha detto lui? Come?

– Be', perché era diventato amico dell'americano.

– Come, «amico»?

– Erano pappa e ciccia quei due. Deve sapere che, parecchio tempo fa, l'americano era venuto in Francia con un amico. Sa, gli americani adorano i vecchi monumenti, le vecchie pietre... Loro non ce li hanno... Solo grattacieli che a me, per abitarci, dovrebbero pagarmi. Quindi figurarsi se i nostri americani si perdevano il castello di Combourg. Ma come ha detto il dottore, il suo amico, che non era ancora suo amico... mi segui?

– Perfettamente, vai pure avanti, – lo incalzò Adamsberg continuando a prendere nota. – Mi interessa.

– L'amico ha avuto un malore a tavola e l'altro lo ha portato in fretta e furia all'ambulatorio piú vicino. Da Jaffré. «Sincope vasovagale», ha detto il dottore, assolutamente niente di grave – per me ci aveva dato troppo dentro col chouchen –, ma in ogni caso Donald, tutto ringalluzzito, pieno di riconoscenza, si è subito affezionato al nostro Jaffré. Lo considerava il suo salvatore, insomma. E sai come sono fatti gli americani: magari non hanno le nostre belle maniere, ma ci mettono poco a fare amicizia, sono molto espansivi, e la sera stessa ha invitato a cena Jaffré e sua moglie. E sai dove l'ha portato Jaffré?

– Qui, – disse Adamsberg sorridendo.

– Esatto, – disse Johan, tutto impettito al ricordo. – E siccome il dottore aveva chiamato per prenotare il tavolo migliore, credimi se ti dico che ho preparato una cena coi fiocchi. Volevo far colpo su quel Donald e il suo amico, servire il non plus ultra della cucina francese, mica hot dog, stanne pur certo.

– Me lo immagino.

– Una cena coi fiocchi, te lo dico io. Scampi ai tartufi e compagnia bella. E quelli chiacchieravano, chiacchieravano come se fossero amiconi da sempre. L'americano chiamava Jaffré per nome e Jaffré diceva «Donald» a ogni piè sospinto. Non so che cosa si siano detti, parlavano in inglese, ma poi il dottore li ha scarrozzati in giro per tre giorni a visitare le bellezze dei dintorni. Era durante un ponte, me lo ricordo bene, doveva essere maggio. E alla fine il nostro Jaffré era tutto triste che gli altri partissero per proseguire il giro della Francia. Una volta è persino andato a trovarlo in America con sua moglie. Sono rimasti almeno tre settimane da questo Donald.

– Però non mi hai detto come mai questo Donald sarebbe guarda caso lo stesso Donald del testamento.

– Ah, sí. Nessun caso. Quel Donald aveva raccontato a Jaffré com'era finito nel paesino sperduto di Louviec, che poi tra l'altro lo aveva incantato, credimi. Prima di partire per la Francia, aveva chiesto informazioni sui luoghi da visitare a vari conoscenti, tra cui il suo rivenditore di Jaguar di fiducia, che era un francese. Quest'ultimo gli aveva detto di non perdersi Combourg e Louviec, il suo paese natale. Che gli sarebbero piaciute moltissimo. E chi era questo rivenditore di Jaguar?

– Robic.

– Ci hai preso in pieno.

– Vai avanti, Johan.

– Be', ovviamente Jaffré gli aveva raccontato la storia del fantasma di Combourg. E con sua grande sorpresa, il Donald si era spaventato, tanto era superstizioso. Quello credeva ciecamente alle varie fregnacce, ai cattivi presagi e tutto il resto. Tipo un gatto nero che ti taglia la strada da sinistra, viaggiare di venerdí 13, fare testamento... un sacco di gente è convinta che basti questo per crepare subito dopo. E l'americano, nonostante fosse milionario, non l'avrebbe mai fatto, mai e poi mai, cosí aveva detto a Jaffré.

– Cosa non avrebbe mai fatto? Viaggiare di venerdí 13?

– No, fare testamento. Jaffré lo sapeva, per questo, secondo lui, quel testamento era una bufala bell'e buona.

– E il dottore era al corrente della morte di Donald?

– Be', per forza, visto che si scrivevano e si telefonavano. E l'amico americano, quello che era venuto in Francia, ha detto a Jaffré che Donald era stato ucciso da una banda di gangster. È stato davvero un brutto colpo per lui e ha seguito le indagini della polizia americana. Quando ha saputo che Donald aveva lasciato sei milioni in eredità a un certo Pierre Robic, è esploso. «Non ho potuto trattenermi, Johan», mi ha detto.

– Dal fare cosa?

– Dal rimetterlo al suo posto, il Robic. Poco dopo il suo ritorno, l'ha incontrato a Combourg e gli ha detto che aveva conosciuto molto bene Donald, congratulandosi affabilmente per la fortuna che gli era capitata. Poi però ha detto qualcosa tipo che non se lo sarebbe mai aspettato da parte del suo amico, che aveva giurato che mai e poi mai avrebbe fatto testamento. «E come vede, Robic, – ha aggiunto, – in effetti non gli ha portato bene». E l'ha piantato là. «Avresti dovuto vedere, Johan, è diventato verde». Ha presente i dottori come sanno farti capire certe cose con frasette insidiose. Comunque sia, questo episodio e la diffidenza della gente di Louviec ha spinto Robic a prendere il toro per le corna: è andato a mostrare il documento ufficiale americano al notaio di Combourg, il quale l'ha giudicato ammissibile, e Robic ci ha tenuto a farlo sapere ai quattro venti, compreso il giornale locale di Combourg. E crede che questo abbia convinto Jaffré? Neanche per un istante. Poi, magari, è possibile che, dài e dài, Robic fosse riuscito a far cambiare idea all'amico, che aveva finito per scriverlo, quel maledetto testamento. E, per colmo di sfortuna, è morto la notte stessa.

– Jameson, – lo interruppe Mercadet. – Donald Jack Jameson.

– È lui! – esclamò Johan.

– Assassinato subito dopo che il testamento era stato inviato al notaio, – continuò Mercadet. – Delitto a scopo di rapina: tutti i gioielli e il denaro sono stati rubati durante la notte.

– Qual è stata la conclusione delle indagini americane? – chiese Adamsberg voltandosi verso il suo tenente, con la fiducia di chi consulta un oracolo.

– Un vicolo cieco. Gli aggressori non sono mai stati trovati. È vero che c'è di che restare perplessi. Lascia in eredità i suoi beni a Robic e la notte stessa viene ammazzato. Imbarazzante, molto imbarazzante.

– E tu, Johan, cosa ne pensi? Secondo te il buon Donald aveva cambiato idea? – chiese Adamsberg, che continuava a riempire il taccuino di appunti.

– Figuriamoci! Io credo a Jaffré. Gli altri non sanno niente della superstizione di Robic e dell'assassinio del lontano cugino, ma in fin dei conti, in un paese, quando il dubbio si radica, neanche l'intervento del presidente della Repubblica riuscirebbe a estirparlo. Insomma, Robic ha messo su la sua attività a Combourg con quel denaro sospetto. E, fin da subito, mica una piccola rivendita di reti e materassi, no. Un grosso business. Con elettrodomestici made in Usa. E alla gente questo piaceva. Apparecchi americani. Anno dopo anno il giro d'affari si è ingrandito sempre piú fino a diventare la grossa azienda che sa.

Johan fece una pausa e vuotò il bicchiere scuotendo la testa con una smorfia.

– No, – ribadí. – Non ho mai creduto a questa favoletta. Soprattutto se a raccontarla è uno come Robic. Oh, vedrà, l'aspetto è quello dell'uomo d'affari integerrimo. Abiti di lusso all'americana, che a quanto pare si fa arrivare direttamente da laggiú, cravatte variopinte, braccialetto d'oro e sigari, tutto per far colpo. A Louviec storcono il naso e anche a Combourg. Dimenticavo: i denti. Da giovane li aveva storti, gialli e irregolari. Ma in America è cosí: parti brutto e torni bello. Oddio, bello è una parola grossa per Robic, ma una bella dentatura aiuta.

– Che tipo è?

– Io l'ho visto solo tre volte, a Rennes, in ristoranti eleganti dove mi avevano invitato come assaggiatore. Lo sentivo parlare al tavolo accanto. Uno che si crede chissà chi, poco ma sicuro. Insopportabile. Criticava i piatti, dava ordini, brusco, sgarbato. Uno cosí, non c'è pericolo che metta piede nella mia locanda.

– Viene a trovare la madre a Louviec? – chiese Matthieu.

– Figurarsi! No, è la madre che ogni mese prende la corriera per andare a pranzo con lui. Credo che le versi una pensione, dato che i suoi introiti sono cresciuti.

– E ti viene in mente qualcuno a Louviec che potrebbe conoscerlo bene? Intimamente?

– Macché, nessuno. Te l'ho detto, ha lasciato il paese subito dopo la maturità e non ci ha piú rimesso piede.

– Insomma, riguardo a questo Robic non metteresti la mano sul fuoco? – concluse Adamsberg.

– Neanche un'unghia, ti dico. Comunque, per adesso è tutto. Devo farvi pranzare e stasera ho ancora una caterva di uomini da sfamare. Vi lascio meditare tra di voi su quel fetente.

– La caterva di uomini riparte entro sera, Johan! – gridò Adamsberg, sentendo che l'oste si era messo a cantare in cucina.

– È un'aria di Lully, – disse Veyrenc entrando in quel momento, in compagnia degli altri tenenti affamati.

Presero posto al tavolo mentre Adamsberg finiva di annotare le informazioni raccolte da Mercadet, non molte ma significative. Niente di sospetto nei movimenti bancari e nella contabilità dell'azienda di Robic. In compenso, il suo passato era meno limpido. Dopo aver lasciato Louviec, aveva diretto una modesta sala da gioco a Sète, nei pressi di Montpellier. Nel corso degli anni, però, il suo tenore di vita aveva allertato le autorità. Le indagini non avevano portato a niente di probante, tranne l'arresto di due suoi dipendenti per traffico di droga. Robic aveva assicurato di esserne completamente all'oscuro, ma sulla sua scheda era stata apposta l'annotazione «sospetto» senza ulteriori precisazioni. Stessa cosa a Los Angeles, dov'era approdato poco tempo dopo aver lasciato Sète e risultava a capo di una concessionaria di automobili di lusso. Per un certo tempo era stato sospettato di traffico di auto rubate, ma l'inchiesta era stata archiviata per mancanza di prove.

– Se Robic ha intrallazzato a destra e a manca, sa come coprire le tracce, – commentò Matthieu. – Tutto questo però non ci dice chi, a Louviec, avrebbe un tale ascendente su un uomo di una simile tempra per indurlo ad accettare di commettere un omicidio. E perché il dottore?

– Perché? Ma per il tornaconto che ricavava dalla sua scomparsa, – spiegò Adamsberg. – Quell'ombra sempre incombente, quella larvata minaccia... gli si presentava l'occasione di eliminarla addossando la colpa a un altro.

– Quale minaccia? – domandò Berrond.

Taccuino alla mano, Adamsberg riassunse per tutti gli agenti quanto aveva saputo da Johan sul conto di Robic: tornato ricchissimo dagli Stati Uniti grazie al lascito di un americano, un certo Donald Jack Jameson (confermato da Mercadet); il tempestivo omicidio di quest'ultimo (confermato da Mercadet); l'amicizia che si era venuta a creare tra il dottore e il neomilionario; il soggiorno di Jaffré a Los Angeles (confermato da Johan); la convinzione di Jameson che redigere le ultime volontà portasse male e che mai e poi mai lui avrebbe fatto testamento, come aveva confidato all'amico Jaffré. Infine, il modo piuttosto esplicito in cui il dottore aveva detto a Robic che conosceva molto bene Jameson e che lo aveva sorpreso parecchio venire a sapere che aveva fatto testamento.

– Il Robic è diventato tutto verde, – disse Johan, che dalla cucina stava andando al bancone. – Verde, cosí mi ha detto il dottore.

– Effettivamente, – disse Veyrenc aggrottando la fronte, – adesso si capisce meglio come Robic abbia potuto accogliere di buon grado la richiesta di uccidere il dottore.

– Ma quel testamento, – intervenne Matthieu, dubbioso, – è stato controllato?

– Ovviamente. Da una parte, Robic era considerato un individuo sospetto dalla polizia di Los Angeles e, dall'altra, Jameson è stato vittima di un'aggressione mortale la notte stessa, subito dopo l'invio del testamento in favore di Robic al notaio. Il famoso timbro postale che fa fede. La polizia americana non è mica scema, ha fatto due piú due. Il testamento, però, è risultato valido.

– Ma, – insisté Matthieu, – se il dottore e questo Jameson erano diventati cosí intimi, possiamo ipotizzare che Jaffré abbia cercato di far ragionare l'amico.

– È quello che ha fatto, – confermò Johan. – Il dottore non credeva alle superstizioni.

– Cosicché, a lungo andare, – continuò Matthieu, – il milionario potrebbe aver cambiato idea di sua spontanea volontà. In tal caso il movente di Robic non regge e tutta questa faccenda dell'americano non è di nessun interesse.

– Eccome se lo è! – ribatté Johan quasi gridando dalla soglia della cucina. – Se fosse riuscito a convincere il suo amico, il dottore non avrebbe detto che la storia del testamento era una bufala! E comunque perché Donald avrebbe dovuto lasciare i suoi soldi a un lontano cugino e non in beneficenza, per esempio?

– Prima che ci scaldiamo su Robic, – disse Adamsberg, – vado a trovare la sua segretaria. Ancora non sappiamo se la lettera era destinata a lui.

– Esatto, – concluse con fermezza Matthieu.

25.

Adamsberg telefonò a Estelle Braz e si presentò. La voce all'altro capo del filo era giovane e molto «cordiale». Adamsberg continuava a ripetersi quella parola nella speranza che affiorasse l'idea a cui l'aveva associata – che poi magari non valeva un fico secco –, ma niente da fare: l'idea se ne restava sulle sue, pervicacemente ancorata in fondo al lago.

– Mi dica, commissario, se posso rendermi utile per Louviec. Di che si tratta?

– È lei che si occupa della posta indirizzata a La vostra casa dalla A alla Z?

– Sí, certo, – rispose, un po' sorpresa. – Però non sono l'unica. Siamo in quattro a rispondere alle mail, ma sono solo io a occuparmi delle lettere cartacee, che non sono molte.

– Si ricorda di aver ricevuto, venerdí scorso, una busta particolare? Bianca, con grandi lettere a inchiostro denso e che conteneva...

– ... un'altra busta all'interno? Mi scusi, commissario, l'ho interrotta. Sí, me la ricordo molto bene.

– Può dirmi com'era la seconda busta?

– Bianca anche quella, con sopra la stessa scrittura e molto speciale: era sigillata con la ceralacca!

– C'era un qualche segno sul sigillo?

– Un disegno molto semplice: sei trattini incrociati, tutto qui. Come una specie di stella.

– Ed erano fatti a mano quei trattini?

– Sí, forse con un righello, o magari con un fiammifero. Molto rudimentali.

– Si ricorda il nome del destinatario?

– Facilissimo. Era indirizzata al principale, il signor Pierre Robic.

– È lei ad aprire la corrispondenza del suo principale?

– Certo, non può occuparsi di tutte le scartoffie. Ma su quella seconda busta, in alto a sinistra, c'era scritto e sottolineato «Personale» e «Riservato».

– Succede spesso?

– Piuttosto di rado. Quelli che gli scrivono lettere personali gliele mandano al suo indirizzo di casa. Ma sono in pochi a conoscerlo e allora scrivono alla sua mail personale, che nessuno conosce.

– E quindi?

– E quindi non l'ho aperta e gliel'ho fatta portare subito.

– Capisco. E la prima busta bianca, l'ha buttata via?

– Sí, era priva di interesse.

– E ha idea di dove potrebbe essere?

– Molto semplice, nel cestino per la carta. Ieri la donna delle pulizie aveva la tonsillite, con questo tempo cosí variabile. E oggi è in malattia. Quindi dovrebbe essere ancora lí.

– È possibile recuperarla?

– Sí, ma è solo la busta esterna. Vabbe', avrà sicuramente le sue buone ragioni. Se vuole vado a frugare nel cestino della carta.

– Grazie, signora Braz. Quando posso passare a prenderla?

– Diciamo alle tre? Il mio ufficio è all'ottavo piano, corridoio di sinistra, stanza numero 837.

– Fino al mio arrivo, posso chiederle di non farne parola con nessuno?

– Ma certo, – rispose la segretaria sorpresa. – Avrà sicuramente le sue buone ragioni, – ripeté.

Adamsberg tornò alla locanda. Il resto della squadra stava finendo di mangiare.

– Il tizio ha scritto a Pierre Robic in persona, – annunciò.

– E come mai non al suo indirizzo privato?

– Forse per non correre rischi. Un familiare avrebbe potuto aprirla. O magari perché non ha il suo indirizzo di casa. Stando alla segretaria, sono in pochi a conoscerlo. Passo da lei, ci aggiorniamo al mio ritorno.

La locanda si riempiva e Johan aveva interrotto i suoi gorgheggi e cominciato ad apparecchiare i tavoli.

– Sa davvero il fatto suo, – commentò Veyrenc scuotendo la testa.

– Riguardo alla cucina? – chiese Berrond.

– Riguardo alla musica. A parte un paio di stonature alla fine della frase, il suo Lully non era niente male. Eccellente esecuzione, Johan, – si complimentò il tenente bloccandolo mentre gli passava accanto.

– Grazie, – rispose Johan raggiante.

– Dica, è sposato questo Robic?

– Sí. E gira voce che non sia un matrimonio felice.

– Sa perché?

– No, questo non lo so. Ma di sicuro non vorrei essere sua moglie. Devo lasciarla, tenente, tra poco comincia la rumba.

La giovane Estelle Braz aspettava sorridente il commissario, sventolando una busta in mano.

– È questa, – disse. – L'ho messa in una custodia di plastica, so che la polizia fa cosí.

– Grazie, Estelle. Posso chiamarla Estelle? Benissimo. Saprà di sicuro se il suo principale ha un autista?

– Certo, è spesso in trasferta senza mai dire dove va. Piú che autista, però, lo definirei guardia del corpo…

– Perché?

– Perché è armato. Ma sto parlando troppo, non vorrei causare guai a nessuno, commissario. È solo che non ho mai visto il titolare di una fabbrica di arredamento avere bisogno di una scorta armata.

– Nemmeno io, devo dire. E questo autista è raggiungibile? È un tipo loquace?

– Quello di prima era un gran chiacchierone, un po' troppo per i gusti del principale, tant'è che è stato licenziato. Ne ha assunto un altro, ma da quello non tirerà fuori niente, commissario. È muto.

– Ci si può sempre provare.

– Non ci siamo capiti. Con «muto» intendo proprio dire che non può parlare, muto per davvero. Capirei se lo avesse assunto per gentilezza, ma non è questa la sua qualità principale. È per tutto questo che voglio trovarmi un altro lavoro.

– Non va d'accordo con il titolare?

– Non svelo certo un segreto se le dico che qui dentro nessuno ci va d'accordo. È troppo duro, troppo brusco. E quel che è peggio, secondo me, è che sta trascurando la ditta. Non controlla con sufficiente attenzione gli ordini né le consegne e spesso ci ritroviamo con del materiale di bassa qualità. Ricevo parecchie lamentele. Si direbbe quasi che adesso che si è fatto un nome se ne freghi. E chi ci va di mezzo sono i dipendenti.

Adamsberg ritrovò i suoi sette colleghi che si attardavano al tavolo della locanda in un'atmosfera conviviale. Tutte le conversazioni cessarono e i visi si rivolsero verso il commissario.

– Pesca fortunata, – annunciò lui. – Ho recuperato la busta esterna, abbiamo la sua grafia. Mercadet, disponiamo di un grafologo da queste parti?

– Solo a Rennes, – rispose il tenente un attimo dopo. – Ma, se le sta bene, io ho fatto un anno di grafologia prima di entrare in polizia, la materia mi ha sempre appassionato. Magari posso essere d'aiuto?

Adamsberg gli mise subito la busta sotto il naso. Nel silenzio attento dei colleghi, Mercadet studiò a lungo l'indirizzo prendendo appunti.

– Direi, – concluse, – che si tratta di un uomo d'azione, ancora parecchio rivolto verso il passato e poco verso il futuro. Si rilevano segni evidenti della sua istruzione scolastica: traccia certe lettere come gli è stato insegnato a scuola, senza nessuna personalizzazione da adulto. Tuttavia non abbiamo a che fare con un bravo bambino: le punte aguzze delle lettere, specie le *m* e le *z*, il trattino della *t* a mazza, come si dice in gergo, è indice di grande aggressività. Non è un tizio a cui romperei le scatole. Infine, l'altezza della scrittura e delle maiuscole dimostra una volontà di affermazione e forse anche una certa audacia. Le grandi dimensioni della *i*, riferita al suo io, è senz'altro un segno che tiene molto alla propria persona. Al tempo stesso, però, attenzione: tutti i caratteri sono netti, esagerati... direi che si tratta di una grafia alterata, e molto bene.

– Quindi non ci serve a niente.

– Be', a qualcosa sí. Persino una scrittura contraffatta conserva tracce della personalità dell'autore. Ha ingrandito la grafia, l'ha inclinata a sinistra, ma non ha potuto impedirsi di scrivere la *t* a mazza.

– La segretaria mi ha confidato che vorrebbe lasciare il lavoro: di sera il titolare si fa venire a prendere da un autista armato e muto e si preoccupa poco della qualità dei prodotti. A suo dire, si disinteressa della gestione della ditta. E il suo carattere burbero fa sí che non sia amato da nessuno dei dipendenti.

– Ci sarà da divertirsi quando andremo a trovarlo lunedí.

– Perché lunedí? Ci andiamo oggi stesso, Matthieu.

Quattro colpi sordi rimbombarono sulla porta massiccia.

– È Maël, – disse Johan. – È il suo modo di annunciarsi.

Maël salutò *cordialmente* i presenti e andò a sedersi al bancone.

– A casa non ho piú niente da mettere sotto i denti, – disse a Johan. – So che è tardi, ma avresti qualcosa da mangiare? Mi accontento di un panino.

– Non mi piace servire panini, ma non ho altro e per te chiudo sempre un occhio. La polizia ha razziato la locanda come un'orda di cavallette. Ti porto un panino.

– Di' un po', Maël, – disse Adamsberg, – tu lo conosci Pierre Robic?

Maël scosse la testa da destra a sinistra afferrando il panino prima ancora che Johan posasse il piatto.

– Preferisco non essere troppo in confidenza. Tempo fa, quando è tornato, ho fatto qualche lavoretto di muratura nella sua nuova casa, ma non è uno che fa caso agli operai, figuriamoci parlarci. A volte lo vedo a Combourg quando scende dalla macchina, non è tipo da fare tre metri a piedi come tutti. Con quei denti falsi che si ritrova, poi, sembra un pupazzo.

– E perché preferisci non essere troppo in confidenza?

– Da bambinio, a scuola, era uno degli elementi peggiori. Lui e Pierre Le Guillou. Erano già dei piccoli boss, mi aizzavano gli altri contro. Certo, dato che aveva bisogno di me per i compiti, dava un colpo al cerchio e uno alla botte. Perciò capisce, commissario, perché non ho tanta voglia di parlarci.

– Perché dici che era *già* un boss?

– Perché per me lo è rimasto. Troppi soldi per averli fatti onestamente, la penso cosí. E non sono l'unico, a Louviec e non solo. Sí, ha una grossa azienda che fattura parecchio, ma non tanto da permettergli quattro ville lussuose, uno yacht e di prendere l'aereo ogni cinque minuti.

– E tu come le sai queste cose?

– Da Estelle, la sua segretaria.

– Estelle Braz.

– Esatto. Lei la conosco, andiamo d'accordo. Una ragazza simpatica, non ipocrita come altre. E chiacchieriamo volentieri. È cosí che ho saputo delle ville, delle piscine, della barca, dei viaggi in aereo e compagnia bella.

– E come fai a sapere che la sua azienda non fattura abbastanza da permettergli quel tenore di vita?

Maël sorrise, malizioso.

– Perché ha affidato la gestione della contabilità al mio capo. Buffo, no? E non è un'impresa facile. Posso ben dirlo, dato che sono io a occuparmene, nel retrobottega. Impeccabile, niente da ridire. Grossi fatturati, questo è certo. Ma non abbastanza da permettergli le ville, lo yacht e il resto. Per questo dico che è rimasto un boss. Per me i soldi li fa da qualche altra parte, sottobanco, zitto zitto. Mi raccomando, commissario, non una parola di quello che le ho raccontato, eh? Se lo venisse a sapere, me la vedrei davvero brutta. Anche se, come le ho detto, non sono l'unico a pensarla cosí. Lo chieda a chiunque a Louviec.

Maël sospirò, finí il suo panino e uscí dalla locanda.

Adamsberg fece segno alla squadra di stringersi intorno al tavolo. Ora che avevano la certezza che Robic era il destinatario della lettera dell'assassino, la situazione cambiava.

– Se Maël e Johan hanno ragione, – disse Matthieu, – Robic ha un'attività parallela, sommersa e lucrosa. Dunque è a capo di una banda da cui ha potuto pescare un sicario per uccidere il dottore.

– A guardare i fatti, hai ragione, – disse Berrond. – Ed è un dato di fatto anche che l'assassino l'abbia contattato. Difficile, però, immaginare qualcuno di Louviec in grado di far pressione su uno come Robic.

– Joumot? – suggerí Noël. – A quell'impiccione potrebbe essere venuta voglia di controllare che cosa succedeva. Se, come dicono Maël e Johan, tutto il paese sospetta che Robic abbia qualche losco intrallazzo, mi stupirei se Joumot non fosse andato a ficcare il naso.

– E minacciare Robic di ricatto? – disse Adamsberg. – Ancora non conosciamo il nostro uomo, ma un ricatto mi pare una mossa con cui si rischia di farsi ammazzare, piú che obbedire.

– Forse bisognerebbe sapere dov'è finita la sua anima dannata, Pierre Le Guillou, – suggerí Veyrenc. – Potremmo cercare in quella direzione.

– Ci penso io, – disse Mercadet senza che nessuno gli avesse ancora chiesto alcunché.

– Molto bene, – disse Adamsberg alzandosi.

– Vai da Robic? – chiese Matthieu.

– Prima a consultare il registro all'anagrafe. Mi è venuta un'idea.

– Vaga?

– Abbastanza, ma non sta in fondo al lago. Johan, – chiamò l'oste che gli passava di fianco, – sapresti dirmi, per miracolo, in che giorno Robic è tornato a Louviec quattordici anni fa? Domando l'impossibile, eh?

– Il primo aprile. Non si stupisca, è piombato senza avvertire nel bel mezzo del compleanno di sua madre, che stavamo festeggiando qui. E la data del primo aprile è facile da ricordare.

L'assessore accompagnò Adamsberg nella sala dell'anagrafe e digitò il codice di accesso.

– Si ricorderà il nome dell'uomo che è stato ucciso e rapinato proprio qui, poco dopo che si era sentita risuonare la gamba di legno dello Zoppo.

– Ah, parliamo di parecchio tempo fa, direi.

– Quattordici anni.

– Esatto. Si chiamava Jean Armez.

– E aveva lasciato Louviec finita la scuola?

– A diciannove anni. Per tornare ventuno anni dopo.

– E sa che cos'avesse fatto per tutto quel tempo?

– Direi che non era molto loquace al riguardo. Diceva sempre che aveva «scorrazzato» per tutti i mari. Marina mercantile. Una vita trascorsa da una nave all'altra e una donna in ogni porto. Non si è mai saputo altro. Lo chiamavano «il Giramondo».

– Ed è diventato ricco?

– Abbastanza da comprarsi una casa, arredarla confortevolmente e permettersi una donna di servizio e una cuoca. Non male, no? In una vita passata per mare non aveva speso molto e si era fatto un bel «gruzzoletto», come lo chiamava lui. A quanto ammontasse, non saprei. Non si faceva mancare nulla, ma non direi che avesse un tenore di vita dispendioso. Diceva che alla sua età bisognava essere parsimoniosi. Poveraccio, non ha neanche fatto in tempo a godersi la casa nuova. Cinque mesi dopo il suo ritorno è stato ammazzato.

– Cinque mesi? È sicuro?

– Diciamo che è arrivato verso novembre, dato che ha festeggiato il Natale in famiglia.

– E il furto in casa?

– All'epoca la polizia ha parlato di furto perché il materasso era stato sollevato. Ma, sinceramente, nascondere il denaro sotto il materasso è da barzelletta. Tanto vale lasciarlo in bella vista sul tavolo. Ci crede, lei, ai soldi nascosti sotto il materasso?

– Per niente, – rispose Adamsberg cercando sullo schermo il nome di Jean Armez. – Deceduto l'11 aprile. Si sa com'è stato ucciso?

– Brutalmente. Un colpo di pistola alla tempia, con tanto di silenziatore. Roba da gangster, direi. La polizia ha passato i giorni seguenti a cercare l'arma e a controllare le scarpe di tutti gli uomini di Louviec, dato che erano state rilevate delle orme nella stanza. Fiasco totale.

Dunque, pensava Adamsberg mentre tornava verso la locanda sotto una pioggerellina fine, Jean Armez ricompare a Louviec in novembre, Robic arriva il primo aprile e il Giramondo viene ucciso dieci giorni dopo, con una modalità «alla gangster». Che Robic fosse stato a lungo in società con il Giramondo era credibile e il fatto che avesse regolato i conti poco dopo il suo ritorno per tappargli la bocca era piú che plausibile. Ma anche in questo caso, nessuna prova, un muro.

Mercadet lo aspettava insonnolito, con qualche risultato su Pierre Le Guillou. Il quale era socio della sala da gioco di Sète, nonché nella concessionaria di auto che Robic aveva aperto a Los Angeles.

– Se non le servo piú, andrei a riposare, – disse Mercadet.

– Vada, tenente. Invece io e Matthieu andiamo a mettere Robic sulla graticola. Non brucerà piú di una statua di pietra, ma è ora di andare a tormentarlo un po'. Lo sottoporremo a un fuoco incrociato, Matthieu. Tu, io, tu, io e via di seguito. Vecchia tecnica.

– Ma destabilizzante.

26.

Dato che Robic non era in ufficio perché dava un ricevimento a casa sua, i due commissari si ritrovarono verso le sei davanti al lussuoso portone di una villa di recente costruzione circondata da un parco immenso, a due chilometri da Combourg.

– Che bruttura, – commentò Matthieu.

– Davvero. L'ostentazione è sempre brutta.

– Di chi è?

– Cosa?

– La frase sull'ostentazione.

– Mia, Matthieu. Sarei incapace di citare autori a ogni piè sospinto come il mio vice Danglard.

Venne ad aprire un domestico e, di fronte ai tesserini dei poliziotti, fu costretto a farli entrare. Li scortò fino a una porta a vetri munita di inferriata e li fece attendere. Il baccano di una festa arrivava fino all'ingresso e Adamsberg fu contento di non dover attraversare il chiassoso tumulto della gente piú facoltosa della zona per raggiungere Robic. Quest'ultimo si palesò venti minuti dopo – l'anticamera è una delle armi con cui si esercita il potere –, con un'espressione contrariata e scostante.

– Vi presentate a casa mia, di sabato, e mi costringete ad abbandonare i miei ospiti senza nessun preavviso: questo è un abuso di potere che non tollero. Tornate martedí al mio ufficio e abbiate la cortesia di fissare un appuntamento con la mia segretaria.

– Non c'è cortesia che tenga quando cinque uomini sono stati assassinati, signor Robic, – replicò Matthieu.

– Se vuole una conferma, posso chiamare, anche di sabato, il sottosegretario del ministro dell'Interno, – aggiunse Adamsberg, – e senza il minimo problema. Perché dovrebbe essere diverso nel suo caso, signor Robic?

Robic non seppe cosa rispondere. Adamsberg provò un'avversione immediata per quell'uomo che si arrogava ogni sorta di privilegi e ostentava la boria della ricchezza. La sua faccia non gli piaceva. Johan aveva ragione. Era un tipo duro e arrogante, snello e alto, che li squadrava con spietatezza da sopra gli occhiali cerchiati d'oro. La dentatura gli conferiva, in effetti, un aspetto sgradevole da pupazzo mal riuscito.

– Seguitemi, posso concedervi solo qualche minuto.

– Noi, però, – intervenne Adamsberg bloccandogli il passo, – abbiamo bisogno di piú di qualche minuto per parlare con lei.

– Parlare di che cosa? – ribatté Robic alzando il tono di voce.

– Se ci fa l'onore di riceverci lo saprà. E guardi che è inutile chiamare un avvocato: non si tratta di un interrogatorio, ma di una conversazione informale.

Robic si lasciò sfuggire un brontolio stizzito. Se si permetteva un simile atteggiamento di fronte a due commissari di polizia, Adamsberg non fece fatica a immaginare quello che dovevano patire i suoi dipendenti. Li fece accomodare su due seggioline in un ufficio lussuoso, mentre lui si sedette su una grossa poltrona collocata piú in alto: un sistema puerile per affermare la sua supremazia.

– Andiamo al dunque, – disse in tono spiccio e secco.

– Sappiamo che lei ha lasciato Louviec da giovanissimo, – esordí Adamsberg, – e che ha esercitato svariati mestieri a Sète: rappresentate di commercio, autista, lavavetri, prima di aprire una piccola sala da gioco.

– Che si è ingrandita e le ha fruttato abbastanza da permetterle di pagarsi la trasferta negli Stati Uniti, – concluse Matthieu. – È esatto?

I due commissari si attenevano alla loro strategia, alternandosi nell'interrogatorio e a ritmo incalzante, una domanda a destra e una a sinistra, modalità che infastidiva visibilmente la controparte.

– Proprio cosí. Come potete vedere, a forza di lavorare sono partito molto dal basso per arrivare molto in alto.

– La polizia di Sète non era di questo avviso, – riprese Adamsberg. – L'ipotesi era che il suo tenore di vita eccedesse i ricavi della sua sala da gioco.

– E quindi ha aperto un'inchiesta.

– Che come lorsignori ben sanno, è finita in un nulla di fatto.

– A parte l'arresto di due suoi impiegati per traffico di droga.

– Senza il minimo collegamento con me. L'inchiesta è stata archiviata.

– Ma il dubbio resta, – disse Adamsberg.

– Dunque lei parte per gli Stati Uniti. Da solo o in compagnia? Con un amico, intendo.

– Solo. Non ho bisogno di accompagnatori.

– Lei mente, signor Robic, – disse Adamsberg. – Pierre Le Guillou, il suo compagno inseparabile, non solo era suo socio a Sète, ma è al suo fianco nella concessionaria di auto a Los Angeles. E anche questa attività si ingrandisce. Negli archivi della polizia della città lei è schedato come «sospetto».

– Se avesse vissuto a Los Angeles saprebbe che praticamente tutti sono schedati come «sospetti».

– Quattordici anni fa torna a Louviec, – continuò Adamsberg. – Ricchissimo. Sua madre sostiene che avrebbe ereditato da un misterioso cugino lontano...

– Niente di misterioso, – tagliò corto Robic. – Si chiamava Donald Jack Jameson, apparentato alla mia famiglia tramite la terza moglie di un prozio e senza discendenza. Acquistava da me le sue auto di lusso – ne aveva piú di una – e siamo diventati grandi amici. Per un malaugurato concorso di circostanze ha subito un'aggressione ed è stato rapinato e ucciso la sera stessa del giorno in cui aveva depositato il testamento.

– Apprezzo la sua formulazione: un «malaugurato concorso di circostanze», – disse Matthieu con un sorriso glaciale. – Un «fortunatissimo concorso di circostanze» sarebbe piú appropriato.

– Non mi piace la sua ironia, commissario. Non dimentichi che siete qui soltanto per buonagrazia da parte mia e che ho tutti i diritti di buttarvi fuori. Arrivate al punto, signori. È da piú di un quarto d'ora che mi fate domande che non hanno niente a che vedere con gli omicidi di Louviec su cui state indagando.

– Termino col consigliarle maggiore prudenza, signor Robic, – disse Matthieu. – Lei conduce un tenore di vita superiore ai suoi mezzi. Rischia di diventare oggetto di un'inchiesta, a Combourg e non solo.

– Dimentica l'eredità.

– L'abbiamo ben presente, – intervenne Adamsberg. – Il buon vecchio cugino d'America. Immagino che conservi il testamento?

– Naturale. È stato debitamente autenticato, se le interessa, e una copia è depositata presso il mio notaio a Combourg.

– Per l'appunto, non mi interessa, – replicò Adamsberg. – Per la semplice ragione che lei non la dà a bere a nessuno, signor Robic. Venerdí scorso ha ricevuto una lettera particolare.

– In che senso?

– Una busta sigillata infilata in un'altra busta per avere la certezza che arrivasse direttamente nelle sue mani. Bianca, con un sigillo di ceralacca. Non è qualcosa che si dimentica.

– Però! – disse Robic. – Sembra proprio che mi stiate addosso, eh? Come la gobbaccia di Maël, – aggiunse con un sorriso cattivo.

– Si mette a insultarlo? – disse Adamsberg con voce tesa. – Da piccolo lo ha maltrattato, a capo della sua banda di teppistelli da strapazzo, e continua a insultarlo?

– Lasci stare la mia infanzia. Riguardo alla lettera, era di un normale cliente.

L'uomo d'affari si pulí gli occhiali, come per sottrarsi un istante allo sguardo dei due poliziotti.

– Un normale cliente che ha l'accortezza di usare due buste e di sigillare la seconda?

– Proprio cosí. Che ci posso fare io se è un mezzo matto?

– Un mezzo matto che le scriveva a che proposito?

– Per insultarmi, niente che valga la pena leggere. E quell'imbecille si è dato tanto da fare per una lettera priva del benché minimo interesse. Povero fesso.

Robic si alzò e andò su e giú nell'ufficio spazioso, come a volersi concedere un attimo di tregua.

– Sia piú preciso, signor Robic.

– Mi accusava di avergli consegnato cinque sacchi di calce inutilizzabile, ha osato affermare che la mia ditta vendeva materiale scadente, che truffava la clientela. E pretendeva pure di essere rimborsato. Ovviamente era tutto falso, ma avvierò la pratica di rimborso e farò mandare un'altra partita.

– Ha conservato la lettera?

– No. Mi aveva parecchio innervosito e l'ho gettata nella stufa.

– Lo fa tutte le volte che riceve una lettera che la innervosisce?

– È un gesto automatico.

– In effetti, il fuoco è sempre l'ideale, – osservò Adamsberg. – Ieri, però, era una bella giornata. Aveva lo stesso la stufa accesa?

– Sono freddoloso, e allora?

– Oggi però pioviggina, fa freddo, e noto che la stufa è spenta, – disse il commissario alzandosi per congedarsi.

Robic tese meccanicamente la mano per salutarli, ma Adamsberg ignorò il gesto.

– Lei ha raggiunto l'apice della ricchezza, signor Robic, – disse. – E ha un'altissima opinione di sé, ma resta un vile, un gran vile. Ed è ben lungi dall'essere un uomo buono.

Dopodiché uscí dalla stanza senza fretta, con Matthieu al fianco, e prese una bella boccata d'aria.

– Ci sei andato giú pesante, – disse Matthieu.

– Vuoi dire che ho travalicato la mia funzione? Quel tipo è un essere odioso e sono convinto che nessuno abbia mai avuto il coraggio di dirglielo.

– Be', ci hai pensato tu.

Adamsberg si mise al volante e uscí dal grande parco pretenzioso, a imitazione di Versailles.

– Non è stata una visita inutile, – disse. – Ci siamo fatti un'idea del soggetto, un tipo duro come l'acciaio. E ha «bruciato la lettera del supposto cliente nella stufa». L'ha bruciata, certo, ma non nella stufa. In pieno mese di maggio, è una storia che non regge. E quel tizio non sarebbe in grado di giustificare come ha fatto i soldi a Sète e a Los Angeles né la sua enorme ricchezza tornato a Louviec. L'unica spiegazione che accampa è la patetica faccenda dell'eredità.

– Per quanto riguarda l'omicidio, supponendo che abbia tratto vantaggio dalla morte del dottore...

– Non è una supposizione, Matthieu, è una certezza.

– È la *tua* certezza. Io continuo a non vedere qualcuno a Louviec capace di ricattarlo.

– No, non ricatti un personaggio fatuo e potente come Robic. Oppure finisci morto. Come Jean Armez, il Giramondo. Assente per ventun anni, marinaio di marina mercantile. E, perché no?, un bel giorno la sua nave attracca a Sète, e qui fa la conoscenza di Pierre Robic. Magari molto semplicemente nella sala da gioco dov'è andato a passare una serata, dal momento che spesso in questi luoghi c'è un giro di ragazze accomodanti. I due uomini si rivedono, il Giramondo smette le sue scorrerie per mare e decide di spostarle sulla terraferma diventando socio di Robic. Robic torna un primo aprile di quattordici anni fa e Jean Armez, rientrato anche lui pochi mesi prima, reclama la sua parte nella truffa dell'eredità. Dopo il colpo grosso, di sicuro Robic avrà lasciato in fretta e furia gli Stati Uniti senza stare a preoccuparsi di ricompensare come si deve i complici. Tra cui il principale: l'assassino di Jameson, il Giramondo.

– Perché lui?

– Perché di solito, in questi ambienti, come ben sai l'esecutore materiale si intasca il doppio. Robic aveva affidato a lui il lavoro, ma non l'ha pagato il doppio. Motivo per cui Armez ha preteso il dovuto. Dunque è stato lui a uccidere Jameson.

– Ma tu come lo sai?

– Non lo so, invento.

– Ah, inventi, – disse Matthieu mentre parcheggiavano nei pressi della locanda.

– Proprio cosí. Figurati che Jean Armez è stato ucciso in concomitanza col ritorno di Robic, l'11 aprile, dieci giorni dopo. E «alla gangster», come dice l'assessore. Pistola con silenziatore. Non ti colpisce questa cosa?

– Sí, – ammise Matthieu.

– Io credo che, per quel che lo riguarda, sia stato direttamente Robic a regolare i conti con lui.

– Stavamo parlando dell'omicidio del dottore, Adamsberg.

– Sei d'accordo con me che non si ricatta un uomo come Robic. Checché tu ne pensi, l'unico motivo che poteva spingere Robic ad assecondare la richiesta dell'assassino, l'ho già detto alla locanda e te lo ripeto, è il recondito desiderio di togliere di mezzo il dottore. Che sa qualcosa a proposito del testamento, ma Robic, appunto, è ignaro del pericolo che quel qualcosa rappresenta. È un'incognita che gli pesa da anni. E dato che nella famigerata lettera gli viene chiesto di far credere che si tratti di un delitto ascrivibile all'assassino di Louviec, non si fa sfuggire un'occasione d'oro per disfarsi di Jaffré e ne affida l'esecuzione a uno dei suoi scagnozzi. Di una cosa possiamo star certi: non ha deciso lui di sua sponte di farlo fuori. Non conosceva i particolari per la messinscena di un delitto «à la Louviec». È venuto a saperli da quella lettera.

– L'uovo.

– L'uovo. E il fatto di colpire con la sinistra.

– Stavolta, però, stando al medico legale, il colpo è stato inferto con la sinistra, ma la lama è affondata dritta.

– Dettaglio che Robic ha trascurato: lo scagnozzo che

ha scelto era un vero mancino, cosicché ha colpito con maggiore forza del nostro uomo di Louviec. E l'assenza di morsi di pulci è una prova ulteriore: il nostro assassino non sospetta minimamente che esista un indizio cosí significativo sulle vittime, tant'è che non ne ha fatto menzione nella lettera. Hai radunato la squadra alla locanda?

– Ci stanno aspettando.

27.

I due uomini sotto la pioggia entrarono nella locanda e chiesero del caffè bollente a Johan, che asciugava i bicchieri dietro al bancone, alzandoli controluce per assicurarsi della loro pulizia.

– Già provveduto.

In effetti i sei tenenti stavano bevendo caffè per scaldarsi e due tazze aspettavano solo l'arrivo dei commissari.

Adamsberg fece spostare la squadra al tavolo piú appartato della sala.

– Vuoi stare in pace? – chiese Johan.

– Se possibile, sí.

– Per quanto tempo?

– Puoi concedermi un'ora?

– Consideralo fatto, – rispose l'oste.

Appese un cartello alla porta e chiuse a chiave.

– Ecco, – disse. – La locanda è tutta per te.

– Grazie, Johan, – disse Adamsberg prendendo posto.

– Continua con le tue invenzioni, ti ascoltiamo, – disse Matthieu versandosi una generosa tazza di caffè.

– Perché «invenzioni»? – domandò Retancourt, scattando sulla difensiva.

– Me l'ha detto lui stesso: «Io non so niente, invento».

– Riprendo dalla faccenda della falsa eredità, – cominciò Adamsberg, ignorando la lieve ironia del collega, per niente infastidito.

– Eredità che potrebbe anche essere legittima, – obiettò Matthieu.

– Secondo me, – riprese l'altro senza far caso all'interruzione, – ecco cos'è successo, a grandi linee: i vari traffici e le attività criminali di Robic gli fruttano bei soldi, ma non abbastanza per i suoi gusti. La polizia di Los Angeles comincia a interessarsi alla sua concessionaria di auto e Robic sente che in America ormai tira una brutta aria. Deve andarsene. Ma non si accontenta dell'agiatezza che ha raggiunto, vuole andarsene ancora piú ricco, molto piú ricco. E cosí organizza la fantastica montatura dell'eredità. È da un po' che medita quel colpo. Arrivato a Los Angeles mette su una rivendita di auto di lusso – Jaguar, Porsche, Mercedes – rivolgendosi a una clientela privilegiata. In dodici anni, grazie al carattere caloroso, genuino ed estroverso degli americani, facili a stringere amicizia in quattro e quattr'otto, come dimostra l'esempio del dottor Jaffré e di Donald Jameson, Robic, forte della sua ricchezza e delle sue capacità di dominatore e impostore, intreccia ottimi rapporti con i clienti, riuscendo cosí a infiltrarsi nel mondo dell'alta società, dove le signore, in occasione delle serate mondane, sfoggiano una gran quantità di gioielli, una potenziale miniera d'oro per la banda di Robic. Perché, se in Francia è considerato indice di volgarità, negli Stati Uniti non si nasconde la propria ricchezza, al contrario: la si proclama, la si sfoggia, la si ostenta.

– Se la tua ipotesi è corretta, – intervenne Veyrenc, – Robic disponeva di un'altra carta importante a suo favore: era francese. E gli americani vanno pazzi per la Francia, prima meta turistica al mondo. Amano la sua storia, i suoi monumenti, i suoi castelli, la sua gastronomia, i suoi vini e questa infatuazione si estende al popolo francese di cui apprezzano, dal loro punto di vista, la cortesia, le «buone maniere», il «buon gusto» in fatto di mobili antichi, dipinti e ovviamente nel vestire. Il famoso concetto di «eleganza francese», soprattutto per la moda femminile, continua a regnare sovrano tra gli americani. Aggiungi che trovano irresistibile l'accento francese. Tutti questi presupposti favorevoli hanno dovuto facilitare non poco il compito di Robic, ed è probabile che Le Guillou lo accompagnasse nelle serate mondane a cui era invitato.

– Perché Le Guillou?

– Perché era un bell'uomo, Jean-Baptiste. Perfetto per attirare le signore e farle chiacchierare.

– Giustissimo, Louis. Laggiú Robic avrà coltivato la sua «eleganza francese», facendosi mandare gli abiti da Parigi. Organizza dunque l'«operazione eredità» con l'aiuto di Le Guillou, abile quanto lui a racimolare le informazioni di cui hanno bisogno. Il bersaglio deve rispondere a precisi criteri: uno scapolo, figlio unico, con genitori morti, senza fratelli, sorelle o cugini, insomma senza parenti prossimi a cui lasciare la sua fortuna. Robic si è già fatto un'idea e studia il caso di Donald Jameson, al quale aveva consigliato di visitare Combourg e Louviec, come sappiamo da Johan. Di ritorno dalla Francia, Jameson, ancora sotto l'incanto del Mont-Saint-Michel, di Parigi, la Tour Eiffel, Notre-Dame, i castelli della Loira eccetera eccetera, ci tiene a ringraziare di cuore Robic per le dritte. Il castello di Combourg, l'antico borgo di Louviec e Saint-Malo lo hanno ammaliato. Il legame tra i due uomini si rafforza e il nuovo «amico francese» viene invitato spesso a cena a casa dell'americano. Robic ha quindi modo di constatare che Jameson vive da solo, con la servitú. Questi particolari me li sto inventando...

– E si sente, – commentò Matthieu.

– ... ma non sono lontani dalla verità. Robic si ostina su Jameson perché ha una sua lettera.

– Ma dài! – esclamò Matthieu.

– Già, ne sono convinto. Un campione della scrittura della vittima predestinata è indispensabile al piano di Robic. Una lettera scritta dalla Francia per ringraziarlo di avergli consigliato quel giro in Bretagna e raccontargli il seguito del suo appassionante viaggio. Da quanto ha visto Johan durante quella famosa cena alla locanda, Jameson è un tipo espansivo, un gran chiacchierone. Forse Le Guillou è in possesso di qualche lettera di ricche vedove che si sono invaghite di lui, alcune delle quali completamente sole, che potrebbero prestarsi. Ma la massa di informazioni supplementari su Jameson fa ricadere la scelta su di lui quale vittima ideale. Jameson, infatti, esce praticamente tutte le sere e torna a notte fonda. Questo però lo verremo a sapere solo in seguito.

– Le tue «invenzioni» sono la sceneggiatura di un thriller, – commentò Matthieu.

– Un thriller molto realista. E che ti invito a guardare fino alla fine. Una volta presa la decisione, Robic, o l'elemento della banda piú dotato per questo, si esercita e riesercita a imitare la scrittura di Jameson servendosi della lettera. Sa che Jameson è oltremodo superstizioso e si rifiuta nella maniera piú assoluta di fare testamento. Dato che il nostro americano l'ha raccontato persino al dottor Jaffré, possiamo ipotizzare che non lo nasconda agli amici.

– Certo, possiamo ipotizzarlo, – disse Matthieu, benché nessuno degli agenti comprendesse il motivo dei suoi continui commenti ironici.

– Quindi è essenziale, – proseguí Adamsberg con lo stesso tono pacato, – sormontare questo ostacolo. Cosa che farà Robic stilando un testamento credibile che consenta di comprendere la ragione di quel lascito inatteso e prematuro.

– Perché, tu conosci il contenuto del testamento?

– Quasi, adesso te lo dico.

– Benissimo, seguo perfettamente il copione, – disse Matthieu chiedendo ancora un po' di caffè a Johan. – Qualcuno dunque si mette a scrivere...

– Con i guanti...

– Con i guanti, sotto dettatura di Robic e imitando alla perfezione la scrittura di Jameson.

– Esatto. È indispensabile che il testamento venga spedito *prima* della sua morte e *prima* dell'ultima levata della posta. Che avviene a che ora, Mercadet?

Passarono alcuni minuti di silenzio durante i quali ciascuno rimuginò sullo scenario prospettato da Adamsberg.

– Alle diciotto e trenta, – rispose Mercadet. – La stessa ora di quindici anni fa.

Adamsberg rivolse un cenno di approvazione al suo tenente.

– Dunque il giorno dell'omicidio il testamento è pronto, datato e firmato, e cosí pure la busta con l'indirizzo del notaio che i due complici si sono procurati. Il testo comincia piú o meno con queste parole: «La mia chiromante, le cui predizioni si sono sempre rivelate infallibili, mi ha avvertito oggi stesso dell'imminente minaccia di un pericolo mortale, una possibile aggressione, e mi ha ingiunto di dotarmi al piú presto della protezione costante di quattro guardie del corpo. Quattro, era il numero che tornava di continuo. Prenderanno servizio a partire da domattina stessa. Tuttavia la sua preoccupazione per la mia incolumità era cosí palpabile che, nella sciagurata ipotesi in cui questa misura si rivelasse insufficiente a proteggermi dal pericolo da lei presagito, metto per iscritto qui le mie ultime volontà. Io sottoscritto lascio la totalità dei miei averi depositati in banca – conti correnti, assicurazione sulla vita e risparmi – al mio fedelissimo amico Pierre Eiffel, all'anagrafe Pierre Robic, forse il mio unico vero amico leale e disinteressato, nato il... residente a...»

– Viene da chiedersi dove li vai a pescare, tutti questi elementi, – osservò Matthieu.

– Mi rifaccio alla legge delle probabilità, considerati i fatti di cui disponiamo.

Adamsberg si bloccò un istante per valutare la correttezza dell'espressione che aveva appena usato, decise che era appropriata e riprese il filo del discorso.

– I beni mobili e immobili sono un impiccio per Robic, perciò gli fa lasciare le tre ville, le auto e lo yacht a opere di carità.

– È esatto, – puntualizzò Mercadet. – Dai documenti ufficiali che ho consultato risulta che l'uomo è figlio unico, scapolo e senza figli.

– Grazie, tenente. Manca però una cosa fondamentale: le impronte di Jameson sul testamento e sulla busta. Supponiamo...

– Sí, avanti, continuiamo a supporre, – saltò di nuovo su Matthieu.

– Dato che ci sono altre possibilità, supponiamo che Robic faccia venire il suo «amico» alla concessionaria verso le cinque del pomeriggio. Jameson, con la consueta disponibilità, va all'appuntamento, guidando lui stesso, come sempre, la sua auto.

– Spesso ai ricconi piace mettersi al volante delle loro Jaguar, – disse Veyrenc. – Potenza, potere, un classico. Vai avanti, Jean-Baptiste.

– Trova Robic e Le Guillou ad aspettarlo ed entra, in perfetta buona fede. I compari della banda gli saltano subito addosso, lo imbavagliano e lo trascinano al piano di sopra mentre Robic si affretta a chiudere a chiave. Uno dei complici porta la Jaguar nel parco macchine della concessionaria. Gli altri afferrano le mani di Jameson e gli fanno lasciare le impronte sul documento e sulla busta. Subito dopo, uno di loro, munito di guanti, fila a imbucare il prezioso documento nella buca delle lettere piú vicina al domicilio della vittima. *Prima* della sua morte. A Robic e la sua banda non resta che aspettare qualche ora perché il decesso sia imputato a un'aggressione notturna. Hai capito la furbata, Matthieu?

– Come no, ne ho visti un sacco di film.

– È chiaro, – proseguí Adamsberg in tono piú risoluto, – che la testimonianza del dottor Jaffré non ti convince dell'illegittimità dell'eredità in questione.

– Jameson gli aveva confidato che fare testamento portava male, d'accordo, ma a parte questo non hai nient'altro. E l'episodio risale a parecchio tempo fa. Chi ci dice che nel frattempo non avesse cambiato idea? Quanto a Jaffré, è probabile che il suo animo scientifico abbia attribuito un'importanza eccessiva a quella confidenza. E comunque il testamento è stato convalidato negli Stati Uniti.

– Non ti seguo, Matthieu. Jaffré era stimato tanto per le sue competenze mediche quanto per la sua capacità di cogliere con precisione l'indole dei suoi pazienti e di tenerne conto. Se aveva preso tanto sul serio le parole di Jameson, al punto da interessarsi all'inchiesta americana, stai pur certo che Jameson quelle parole non le aveva dette alla leggera. E anche che il dottore non era riuscito minimamente a togliere quella fissazione dalla testa del suo amico.

– Osservazione improntata al buon senso, – approvò Veyrenc.

– Continua pure col tuo film, – disse Matthieu senza commentare l'appunto di Adamsberg.

– È quello che intendo fare. Dunque, tolgono a Jameson l'anello col monogramma, il braccialetto d'oro, i gemelli, la spilla da cravatta tempestata di diamanti e sfilano il denaro dal portafogli, ma lasciano i documenti. È indispensabile che sia possibile identificarlo. Dimenticano l'orologio, un classico: si fracassa durante la cosiddetta aggressione. Banale, ma comprovato mille volte. Tuttavia, se molto spesso la banalità è piú efficace di un'eccessiva sofisticazione, il piú delle volte il meglio è nemico del bene, e questo dettaglio insospettirà la polizia. Ma ancora non ci siamo arrivati. La banda aspetta che si faccia l'una – ora presunta, Matthieu – per allestire la messinscena. Per prima cosa fanno un lauto pasto e costringono Jameson a ingozzarsi, in modo da permettere al medico legale di determinare l'ora della morte. Alle due lo massacrano di botte, in faccia e sul corpo, per lasciare tracce di ecchimosi in modo da simulare l'aggressione paventata dalla chiromante. Aggressione che finisce male, come ovviamente era nelle intenzioni, dato che alle due e mezza il Giramondo gli ficca una pallottola in testa. Dopodiché fracassano l'orologio.

– Proporrei le due e trentadue, – disse Matthieu con un sorriso.

– Sfotti pure, Matthieu, sfotti. Ma ti garantisco che sono a un pelo dalla verità. È buio pesto, le strade sono deserte, caricano Jameson nella sua Jaguar. Il conducente e altri tre complici si infilano i guanti. Mi segui?

– Guardo il film.

Adamsberg non rivolse la domanda agli altri membri della squadra: dal loro mutismo e dai loro sguardi fissi su di lui era chiaro che non solo lo seguivano, ma aderivano al racconto col fiato sospeso.

– Abbandonano il corpo sul ciglio di una stradina, sul percorso verso casa della vittima, non lontano da un casinò che frequenta spesso. A questo punto non resta che andare a dormire il sonno del giusto. Il mattino dopo viene rinvenuto il cadavere del milionario e la polizia di Los Angeles identifica Donald Jack Jameson. La sua morte è attribuita a un'aggressione a scopo di rapina. E l'indomani il notaio riceve le ultime volontà della vittima, con la data antecedente la morte, a circa otto ore di distanza.

– Bella storia, – commentò Matthieu, – ma sono tutte congetture, e lo sai benissimo.

– Lo so, e ne rivendico l'attendibilità.

– Io trovo che fili benissimo, – disse Johan che a un certo punto si era seduto con loro.

– Aspetta, dobbiamo ancora vedere la fine del film.

In quell'istante bussò Chateaubriand, in cerca di un po' di pane per la cena. Catherine aveva dimenticato di comprarlo.

– È Josselin, – disse Johan. – Gli apro?

Adamsberg acconsentí.

– Disturbo? – chiese Josselin con la sua voce ben impostata.

– Questo lo deve chiedere agli agenti, – rispose Johan. – Il commissario ci sta raccontando una storia.

– Su?

– Quel fetente di Robic.

– Storia che non ha niente di segreto, dato che in parte sto inventando, – disse Adamsberg. – Si accomodi, Josselin.

Johan serví un giro di chouchen e Berrond gli chiese se c'era un pezzo di salame da mettere sotto i denti, erano già le sette e venti e moriva di fame. Dieci minuti dopo Johan posò sul tavolo un bel piattone di minicrêpe, una delle sue specialità, per la gioia di Berrond.

– Vado a prepararvi la cena, – disse. – Prima, però vorrei vedere la fine del film.

– A che punto siete arrivati con quel Robic? – chiese Josselin.

– Ascoltavamo Adamsberg che ci raccontava il film della sua vita, – disse Matthieu. – Finora conosciamo tutte le sue vicende negli Stati Uniti e come si è svolto il colpo dell'eredità, proprio come se avessimo assistito minuto per minuto, e adesso aspettiamo il seguito.

Adamsberg inghiottí una crêpe con un sorriso vago.

– Non farmi passare per un imbonitore, – disse, insensibile alle frecciatine del collega.

Gli gettò un'occhiata di sfuggita e alzò le spalle. Sospettava che sotto sotto, a livello inconscio, Matthieu non avesse digerito il fatto che fosse stato lui a venir incaricato dell'indagine al posto suo. Muovergli ogni tanto qualche critica gli permetteva di rifarsi, di sminuire le sue capacità.

– Invento, è vero. Ma mi oriento, scelgo, passo al vaglio. Ricostruisco.

– E non prendete alla leggera i «film» di Adamsberg, – intervenne Veyrenc senza neanche l'ombra di un sorriso. – Ne abbiamo visti parecchi noialtri e si sono rivelati assolutamente veritieri.

– Ha ammazzato lui il milionario, è cosí? – disse pacato Josselin. – Dopo aver scritto un falso testamento? E averlo imbucato prima dell'omicidio?

– Esatto, Josselin, – disse Adamsberg. – Ero arrivato proprio a questo punto. Dunque: alcuni giorni dopo, Robic viene convocato dal notaio. Il quale è piuttosto stupito di vedersi recapitare il testamento di Jameson redatto cosí poco tempo prima della sua morte. Bella coincidenza, eh? «Era molto, molto superstizioso, – gli spiega Robic. – Mi ha chiamato subito dopo aver visto la sua chiromante, agitatissimo». Benché corrotto, il notaio gli chiede conto della natura dei rapporti che lo legavano a Jameson. Robic esagera la portata della loro amicizia: non sta a un vecchio notaio rincoglionito mettersi a indagare, che si limiti a fare il suo lavoro. Ed è quello che finisce per fare. A poco a poco, a tempo debito e dopo una serie di formalità, la totalità dei depositi bancari di Jameson viene versata sul conto di Robic in Francia. Per prima cosa, remunera in anticipo e lautamente il notaio compiacente per garantirsi il suo silenzio. Ricompensa anche i suoi soci, ma meno di quanto si aspettavano. Robic si tiene il cinquanta per cento del bottino, classica percentuale da capobanda, in quanto ideatore e organizzatore del colpo. «Tutto qui? – obietta uno. – Ma non era pieno di grana quel tizio?» Robic gli fa notare che c'erano le ville, le auto di lusso, lo yacht, tutta roba che loro non hanno toccato. «Eravate in sei a partecipare al colpo, quindi intascate – supponiamo – un milione e mezzo per ciascuno. Da che lavoriamo insieme, quando mai ti è toccata una somma del genere?» Ad alcuni sta bene, ad altri proprio per niente, soprattutto l'omicida protesta. Ha ucciso, pretende il doppio, è la regola. «Nemmeno per idea, – dice Robic. – Siamo alla pari, le tue impronte non ci sono, rischi tanto quanto gli altri». «Alla pari? Ma figuriamoci, sei tu che ti becchi la fetta piú grossa». «È normale, – dice Robic portandosi il dito alla fronte. – Nessuno di voi avrebbe mai architettato un colpo simile. Senza le mie idee voi non sareste altro che piccoli rapinatori da strapazzo». «E senza di noi tu non potresti fare un bel niente». «Oh, sí, invece. Di gente come voi ne trovo quanta ne voglio». Immagino una scena del genere. Beninteso, non appena tutto il denaro sarà depositato sul suo conto, Robic ha intenzione di filarsela in Francia portandosi dietro un certo numero di soci fedeli e piantando in asso i contestatari. L'unico ad aver fiutato la mossa è il Giramondo che, intascata la sua parte, ha mollato la banda. Finalmente, a distanza di tre mesi dalla visita dal notaio, per Robic è tutto «sistemato»: ha pagato i complici e venduto la sua attività. Il vecchio notaio, però, viene a sapere dalla stampa che un particolare lascia perplessa la polizia di Los Angeles: il fatto che gli aggressori, che hanno depredato la vittima da capo a piedi, abbiano «dimenticato» di portargli via l'orologio d'oro con la ghiera di diamanti, che si è opportunamente guastato, quasi a voler fissare apposta l'ora del delitto. Una precauzione di troppo, un vero e proprio sfondone, giacché – non è vero, Josselin? – «tutto quel che è eccessivo è insignificante». Nondimeno, il rapporto del medico legale immagino concordi suppergiú con l'ora dell'orologio – che noi non conosciamo – e alla fine l'indagine viene archiviata. Munito di questo piccolo elemento insignificante, se il nostro notaio tenta il ricatto, il suo destino è segnato. Troverà quindi la morte a bordo del suo jet privato, sabotato in anticipo, va da sé, o del suo yacht, o in un'altra maniera accidentale. Io propenderei per il jet, Mercadet verificherà: se il notaio è morto e, se sí, quando e come. E in quattro e quattr'otto Robic vola in Francia, insieme a una parte della banda e con il prezioso atto notarile sottobraccio. Direzione: Louviec. Qui si scontra con l'assassino Jean Armez, detto il Giramondo, tornato al paese alcuni mesi prima ad aspettarlo e che insiste per avere una fetta piú consistente del bottino. Le cose si mettono male e si risolvono alla svelta nel modo che sapete.

– Sarebbe stata quella canaglia a toglierlo di mezzo? – disse Johan.

– Non dimenticare che anche Armez era un poco di buono. È stato lui a uccidere Jameson.

– Nel tuo film, – insisté Matthieu. – Qualche ora fa ti ho chiesto che interesse avrebbe avuto Robic ad accettare di far ammazzare il dottore imitando la tecnica dell'assassino di Louviec.

– Ed è la terza volta che ti do la sola e unica risposta che lo spiega e che tu ti ostini a non voler sentire: perché, che ti piaccia o meno, Robic temeva che il dottore non credesse alla storia del testamento e vedeva in lui una minaccia. Quello che ci ha detto Johan è chiarissimo. La morte del dottore gli faceva molto comodo, e perdipiú sarebbe stata addossata a qualcun altro. Non lo ripeterò piú, credo che ormai tutti abbiano capito.

– Chiedo scusa, – intervenne Mercadet, – in effetti risulta un visto di ingresso in Francia a nome Donald Jack Jameson ventuno anni fa.

– Vedete che Johan dice il vero a proposito di questo Donald, – commentò Adamsberg. – Ancora un po' e Mercadet sarebbe capace di darci l'ora in cui si è sentito male.

– E anche tu, – disse Matthieu.

– Ammetterà, – intervenne Veyrenc fissando negli occhi Matthieu, – che i «film» del commissario sono degni di essere ascoltati.

– Io mi limito a sostenere, – osservò pacato Adamsberg, che avvertiva crescere la tensione tra Veyrenc e Matthieu, – che le mie invenzioni non sono pure e semplici elucubrazioni. Secondo Johan, alcuni anni dopo, il dottore fa un viaggio a Los Angeles per una commovente rimpatriata. Ospite di Jameson.

– Il dottore è partito due anni e quattro mesi dopo il soggiorno di Jameson in Francia, per tre settimane e tre giorni, – disse Mercadet.

Veyrenc lanciò un'altra occhiata a Matthieu, che girò la testa per evitare il suo sguardo.

– E dopo quasi un mese passato sotto lo stesso tetto i

due uomini diventano grandi amici. E torno a quella carogna di Robic.

– A me piace questo film, – disse Johan. – È dinamico, pieno di sviluppi.

– Non è la verità, – puntualizzò di nuovo Matthieu. – Siamo poliziotti, non ce ne facciamo niente di una storia, abbiamo bisogno di fatti e di prove.

– O di gravi indizi di colpevolezza, – lo corresse Adamsberg. – Un milionario che si rifiuta di fare testamento ma lascia tutti i suoi averi a una canaglia e che muore poche ore dopo, un rimpatrio in fretta e furia dopo il colpo, un notaio probabilmente conciliante che convalida l'atto...

– Chiedo scusa, – interruppe di nuovo Mercadet alzando il naso dallo schermo del computer. – Il notaio di L. A. che si è occupato della successione di Jameson, tale Richard Martin Cartney, è morto in un incidente aereo, pochissimo tempo prima della partenza di Robic. L'apparecchio, un piccolo jet personale di cui si serviva spesso, è esploso in volo e si è schiantato avvolto dalle fiamme: la scatola nera è risultata inutilizzabile.

– Grazie, Mercadet, – disse Adamsberg, mentre Veyrenc lanciava un'altra occhiata imperiosa a Matthieu. – A questi elementi aggiungo un esponente della banda, detto il Giramondo, che viene assassinato a Louviec dieci giorni dopo il ritorno di Robic. Non sono gravi indizi di colpevolezza? Parecchio gravi?

– Schiaccianti, – disse Johan. – E vogliamo sapere come va a finire il film, – insisté.

– Tornato in Bretagna, – continuò imperturbabile Adamsberg, – Robic ha bisogno di tempo per riallacciare la sua rete di vecchi e nuovi soci e prepararsi. Ha intenzione di mettere su una impresa a mo' di copertura, come al solito, e di continuare con le sue attività parallele al riparo di questo paravento. A Louviec, però, lo aspettano tre scogli: il sospetto generale riguardo alla miracolosa eredità...

– Ma legalmente riconosciuta, – ribadí Matthieu, cocciuto.

– Insomma, vuole smetterla una buona volta? – si innervosí Veyrenc, il cui viso da busto romano aveva perso l'abituale impassibilità. – Ovvio che aveva un'aria di «legalità», dato che hanno contraffatto la scrittura di Jameson!

– Legalmente riconosciuta da un notaio compiacente, – insisté Adamsberg. – *Sempre nel film, Matthieu.* Notaio che finirà comunque per farsi ammazzare.

– È stato un incidente, come ci ha appena detto Mercadet.

– Be', io non ci credo affatto, mi senti? È un «incidente» di troppo. Proprio come l'orologio rotto era un indizio di troppo. Vado avanti. Secondo scoglio a Combourg, quando Robic incontra Jaffré che gli manifesta senza se e senza ma il suo scetticismo.

– In tal caso, – obiettò Matthieu, – perché non togliere di mezzo Jaffré?

– Perché Robic non è uno che si sporca le mani con un omicidio, se non è necessario. È un tipo avveduto, prudente, freddo, oculato. Ha paura che il dottore sia in possesso di qualche informazione avuta da Jameson, ma lui cosa può farci? Niente. Come non perdi occasione di rilevare, Matthieu, esiste un testamento bell'e buono, apparentemente in piena regola. Jaffré si è limitato a stuzzicare Robic con quella velata minaccia. Infine, a Louviec, terzo scoglio: Jean Armez, che abbiamo detto è stato fatto fuori, da Robic in persona. Nessun tirapiedi della banda accetterebbe di eliminare uno dei loro.

– Tutto torna, i pezzi si incastrano alla perfezione, – approvò Retancourt con energici cenni del capo.

– E arriviamo alla fine, – concluse Adamsberg. – Non appena riceve la lettera del nostro assassino, Robic predispone subito il piano per ammazzare il dottore. Gli basta attingere tra i suoi uomini per scegliere l'esecutore più adatto.

– E gli uomini non gli mancano, – disse Chateaubriand. – Ne ha almeno dieci da queste parti.

Adamsberg gli rivolse uno sguardo meravigliato.

– E lei come fa a saperlo?

– Dimentica, commissario, – replicò Josselin sorridendo, – che sono in ottimi rapporti con il fantasma di Combourg, il quale può infilarsi dappertutto, anche attraverso i muri. Scherzi a parte, è da quando sono tornato a Louviec che tengo d'occhio quel tipo.

– Ma perché?

– Che ne dite di cenare, adesso? – chiese Johan. – Sono quasi le otto e mezza.

Tutti approvarono e Johan si mise all'opera.

28.

– Perché? – riprese Josselin. – Robic e il suo amico Pierre erano un incubo per i loro compagni di classe: bullismo, intimidazioni, racket e via discorrendo. Io ebbi la sfortuna di ritrovarmi ogni anno nella stessa classe con quei due, prima alle medie, poi al liceo di Rennes. Un giorno si venne a sapere che avevano tentato di estorcere i magri risparmi alla povera bidella, sconvolta e in lacrime. Una settimana di sospensione e ricominciarono con le minacce. Stavolta con una tattica diversa: se la bidella non sganciava i soldi, poteva dire addio al suo cane. Un vecchio cane affettuoso e bavoso che avevamo deciso di difendere, mettendoci insieme in diciotto. Una mattina, Robic e Le Guillou fecero in modo di farsi sbattere fuori dalla classe, insieme ad altri compari della banda. E noi, stupidi, non sospettammo nulla. All'uscita da scuola, però, ci dovemmo ricredere: il vecchio cane bavoso era riverso in cortile, mutilato, con gli arti smembrati, la testa tagliata, la pancia squarciata, con tutte le viscere fuori. L'orrore.

A Josselin tremò leggermente la voce e Johan, che aveva sentito il racconto dalla cucina, accorse a versargli un bicchiere.

– E per colmo di crudeltà, – proseguí Chateaubriand, – avevano costretto la vecchia bidella ad assistere allo spettacolo. Era debole di cuore, non è sopravvissuta tre mesi. E noi eravamo stati incapaci di impedire quello scempio.

Eravamo sotto choc, sgomenti – molti piangevano, altri vomitavano –, ma soprattutto ci vergognavamo per non essere riusciti alla nostra età, in diciotto, a fermare quel massacro indicibile, compiuto sotto gli occhi di un'anziana. Fu un trauma, un'umiliazione tremenda, alimentata dalla sensazione, purtroppo reale, di essere degli incapaci, dei buoni a nulla, inermi se non addirittura colpevoli. Quel giorno ho capito che Robic non era il banale caporione di una banda di rompicoglioni – scusate il termine – come ce ne sono in molte scuole. No, commissario, ho capito che Robic era e sarebbe diventato un criminale efferato e ho giurato a me stesso che un giorno gliel'avrei fatta pagare.

Ci fu una pausa di silenzio mentre Johan, che nel frattempo aveva apparecchiato, arrivava con la prima portata, una soffice omelette alle erbe e funghi – raccolti da Josselin – che da sola sarebbe bastata a costituire il piatto principale.

– E non sono rimasto con le mani in mano, commissario, – aggiunse Josselin dopo aver ripreso fiato. – Resti tra noi, – disse gettando un'occhiata circolare alla sala ancora vuota, – sono in molti qui a stupirsi che io scorrazzi spesso in macchina, apparentemente senza meta. In realtà tengo d'occhio tutti quanti e non appena Robic esce di casa o dall'ufficio, io lo seguo. Non è un'ossessione, mi sono prefissato un obiettivo ferreo. In quattordici anni ho avuto cosí il tempo di venire a sapere un po' di cose: il numero dei componenti della banda, i loro nomi – o meglio, i soprannomi che utilizzano – e i loro nascondigli. Di sicuro non tutti. Quanto ai luoghi in cui si dànno appuntamento, Robic li cambia di continuo. Perché sono in gamba, molto accorti: Robic, che a scuola era uno zero assoluto, si dimostrava una mente in fatto di crimini e ruberie varie. Ma a me non interessa che lo arrestino per furto di gioielli o traffico di droga. Io voglio che venga incriminato per omicidio premeditato e non per un'uccisione a seguito di una rapina.

– Ma quando Robic incontrava qualcuno dei suoi uomini in questo o quel caffè della zona, – intervenne Berrond, che aveva già spazzolato la sua generosa porzione di omelette, – perché poi non seguiva il tipo? Per vedere dove abitava, dico.

Josselin fece un sorriso fatalista.

– Perché sono un pochino penalizzato. Di solito Robic li convoca di giorno, e come vuole che mi metta a seguire un uomo con la faccia che mi ritrovo? Mi farei beccare subito.

– Robic, però, non l'ha riconosciuta.

– Perché quando guida porta gli occhiali per vedere da lontano. Li portava già quando era giovane e prendeva la Citroën di sua madre. Perciò non riesce a vedermi bene in faccia se sono al volante.

– Ma dopo tutto questo tempo, ammettendo che gli occhiali gli impediscano di riconoscerla, come fa a seguire Robic senza rischiare che identifichi almeno la sua macchina? – chiese Verdun.

– La prendo a noleggio, e cambio sempre macchina. È il sistema piú sicuro.

– E anche il piú caro.

– Il sindaco di Combourg è al corrente della mia impresa e approva, provvedendo a rimborsarmi le spese. Non sono mai tragitti molto lunghi, i membri della banda sono concentrati all'incirca tra Combourg e Dol-de-Bretagne.

Adamsberg annuí in segno di approvazione.

– Come ha scoperto i soprannomi?

– È stato due anni fa. Ho avuto un bel colpo di fortuna: non capita spesso che il capo convochi la banda al completo. Stavo seguendo Robic, l'unico che so dove abita. Era uscito di casa col buio, e mi ha portato dritto a un vecchio capannone sulla strada per Fougères, dove si teneva una riunione collettiva. Le lastre di lamiera erano sconnesse, per cui sentivo bene quello che si dicevano. Stavano progettando la rapina a una gioielleria, impossibile sapere quale. Di sicuro un grosso colpo, altrimenti Robic non avrebbe radunato tutti i suoi uomini. Assegnava i ruoli e spiegava a ciascuno il preciso compito che avrebbe dovuto svolgere, chiamando uno per uno col soprannome.

– E perché non ce ne ha mai parlato? – chiese Adamsberg.

– Perché non aveva niente a che vedere con la vostra inchiesta sull'assassino di Louviec. Non vi sarebbe servito a un accidente. Adesso, però, cambia tutto. Se vuole le faccio l'elenco dei soprannomi dei compari e degli indirizzi dei nascondigli che sono riuscito a individuare.

– Grazie, Josselin, può tornare utile.

Johan si dava da fare a sparecchiare e tornò con un vassoio di formaggi mentre Matthieu guardava allungarsi l'elenco dei nomi: il Casanova, il Lanciatore, Jeff, il Prestigiatore, il Giocatore, il Poeta, il Trippone, Domino, Gilles e il Muto, l'autista personale di Robic.

– Dieci, senza contare Robic, – riassunse Josselin. – Undici in tutto. Metto una croce accanto a quelli che mi sembra di aver conosciuto a scuola, ma non ne sono certissimo. Dopo tanti anni è difficile essere categorici.

– Peccato non sapere chi è mancino e chi no, – disse Matthieu.

– Cercate un mancino? – domandò Josselin.

– Sí.

– Allora è lui, – disse Josselin indicando un nome sull'elenco con la matita. – L'ho visto e rivisto aprire la portiera con la sinistra.

– Gilles, – mormorò Adamsberg. – Il mancino. L'assassino del dottore... Impossibile arrestarlo: non conosciamo il suo vero nome né il suo indirizzo.

Josselin rifletteva a testa china, con le dita sulle labbra.

– Pensa anche lei che Robic abbia conservato o ritrovato qualche vecchio compagno di scuola? – domandò parlando lentamente.

– È possibilissimo, – rispose Adamsberg. – Cosí com'è possibile che si sia portato a Sète alcuni dei compagni piú succubi, i suoi seguaci della prima ora, per cosí dire, in modo da poter contare su una rete fidata fin da subito.

– Molto probabile, – osservò Josselin, – visto che senza di lui quei piccoli bastardi non erano nemmeno capaci di respirare. Suppergiú otto mesi fa, davanti a un bistrot dove Robic lo aveva incontrato, mi è capitato di vedere e sentir parlare di questo «Gilles». Era una tiepida giornata di settembre, avevo abbassato il finestrino e il caffè aveva le finestre aperte. Ero parcheggiato a cinque metri di distanza, ma ha una voce piuttosto possente. Non ho bisogno di occhiali per vedere da lontano e li distinguevo benissimo.

Josselin fece un'altra pausa per mettere a fuoco il ricordo.

– È un tipo piuttosto alto, molto brutto, con un naso da pugile. E ha una voce roca, come se avesse della ghiaia in gola. Non vorrei spingervi su una falsa pista, ma...

– Non abbiamo nessuna pista, – disse Adamsberg, – tanto vale tentarne una falsa. Mercadet, può trovare una fotografia di classe dell'ultimo anno al liceo di Rennes?

– Che anno?

– 1986.

– Be', c'era un ragazzo cosí nella nostra classe dell'ultimo anno. Che aveva già quella voce e quel naso rincagnato. Un tipo alto.

Mercadet riuscí a estrarre dalle viscere della rete la foto di classe e la mostrò a Josselin, che si concentrò sui visi.

– Lui, – disse. – Ultima fila in alto, data l'altezza.

– Hervé Pouliquen, – disse Mercadet, che stava scorrendo l'elenco dei nomi corrispondenti agli studenti della foto, anche quello estratto dagli archivi della scuola.

– Proprio lui. Pouliquen, – confermò Josselin. – Una delle anime dannate di Robic.

In men che non si dica Mercadet trovò il domicilio di Hervé Pouliquen: rue de la Verrerie 33, a La Barrière.

29.

Pierre Robic detestava le feste, insulse pagliacciate in cui sembrava che la gente facesse a gara a chi gridava piú forte. Eppure, non contenta di quella del giorno prima, sua moglie ne aveva organizzata un'altra subito dopo. Tutte le domeniche la stessa storia, le piaceva sfoggiare collane e ciondoli, braccialetti e anelli vistosi che attiravano lo sguardo, facendo passare in secondo piano la sua figura appesantita e il viso senza grazia. Robic l'aveva sposata a Sète, al tempo in cui era alla ricerca impellente di una donna ricca, avendo bisogno di un capitale per aprire la sua sala da gioco. Matrimonio in regime di comunione dei beni per poter approfittare della fortuna della moglie. Che infatti all'epoca era molto ricca, oltre che molto piena di sé, completamente priva di tatto e a dire il vero piuttosto stupida, sprezzante con la servitú – che Robic, al contrario, trattava ammodo e pagava bene –, alienandosene cosí la fedeltà.

Era da un pezzo che Robic voleva sbarazzarsi della moglie, che diventava sempre piú aggressiva e pericolosa: ci dava dentro col bere e questo le scioglieva la lingua. Dopo tutti quegli anni ne sapeva fin troppo, grazie a svariate indiscrezioni e ai numerosi investigatori che aveva assoldato. Facendo leva su questo, lei si opponeva al divorzio per conservare la fortuna comune. Sarebbe finita male, Robic lo sapeva. Quando avevano ospiti a cena, la moglie si sbronzava al punto che lui spesso finiva per abbandonare la tavola. Su una cosa, però, poteva contare: la sua passione per i cavalli. Eccellente cavallerizza, montava senza casco. Robic dunque rimuginava sul modo migliore per provocare una caduta fatale. La loro proprietà sboccava in una piccola gola rocciosa, il posto ideale per far cadere il cavallo con la sua amazzone. Il suo comportamento cominciava a metterlo in pericolo e il piano andava realizzato quanto prima.

Nel frattempo gongolava per essersi sbarazzato in modo tanto perfetto di Jaffré, senza neppure aver dovuto prendere lui l'iniziativa. Era palese che il medico sospettava che lui avesse abilmente contraffatto il testamento per poi affrettarsi a eliminare Jameson. Gilles aveva fatto un lavoro ineccepibile e la polizia non si raccapezzava in merito al nuovo omicidio. Quand'anche per qualche inimmaginabile evenienza fossero arrivati a Gilles, quest'ultimo, in teoria, avrebbe potuto benissimo fare il nome di Robic. Ma la cosa non lo preoccupava, non sarebbe certo stata la prima volta. Gli sarebbe bastato negare ogni accusa e contro di lui avrebbero avuto solo la parola di Gilles – la parola di un assassino. Nonostante tutto, i suoi uomini lo conoscevano poco, non aveva mai fatto venire nessuno a casa sua. Quando doveva incontrare uno di loro, gli dava appuntamento in un bistrot sconosciuto dove nessuno dei due aveva mai messo piede, oppure in un affollatissimo casinò, allo zoo, in una fila d'attesa dov'era facile passarsi del denaro o delle consegne senza scambiare una parola. Quando si incontravano in un caffè o in uno dei vari nascondigli, Robic aspettava sempre che il compare se ne fosse andato prima di risalire in macchina, per essere sicuro che nessuno lo seguisse.

L'indomani pomeriggio aveva dato appuntamento a Gilles al grande acquario di Saint-Malo. In piena stagione turistica, ci sarebbe stata un sacco di gente. Gli avrebbe consegnato la busta con il compenso pattuito, a Gilles non piaceva aspettare di essere liquidato.

Eppure Robic avvertiva un granello di sabbia che faceva stridere il suo impeccabile meccanismo. Adamsberg. Quel poliziotto che tutto pareva fuorché un poliziotto, quel brunetto dallo sguardo cosí vacuo che non sembrava nemmeno vederti, con quell'indifferenza che ti faceva pensare che fosse il primo a disinteressarsi delle sue domande, quel poliziotto gli incuteva, d'istinto, un certo timore. Lui e il commissario di Combourg, piú diretto, non avevano risparmiato insinuazioni in merito alla discrepanza tra il rendimento delle sue attività e il suo patrimonio. Riguardo alla faccenda della lettera, riteneva di essersela cavata bene, tranne per il fatto di aver dichiarato di averla bruciata nella stufa, particolare che non era sfuggito a Adamsberg. Per il resto, però, non si sentiva tranquillo. Quel commissario si interessava troppo a lui, anche se i due poliziotti avevano affermato che le sue questioni economiche non li riguardavano. Forse sarebbe stato il caso di sospendere per un po' le sue attività. Ma c'era l'operazione prevista con il furgone per la trasferta dei fondi, ed era già tutto organizzato nei minimi particolari. E doveva uccidere sua moglie.

Ovviamente c'era un'altra possibilità: una mossa dissuasiva. Ammazzare un poliziotto non era una bazzecola, ma Robic era convinto che privando la squadra del capo avrebbe tagliato di netto la testa agli avversari. Certo, di poliziotti ne restavano tantissimi, ma ce n'erano sempre stati tantissimi, e non erano mai riusciti a torcergli un capello. Per il momento Adamsberg non sembrava avere piú successo degli altri, ma Robic aveva paura che sarebbe stata solo una questione di tempo. Per qualche oscura ragione, lo temeva ed era terribilmente tentato di disfarsi di lui. A meno che, si diceva, non si fosse fatto influenzare da tutto quello che aveva letto e sentito dire sul suo conto. Ci avrebbe riflettuto mentre andava a Saint-Malo. Il giorno migliore per sferrare l'attacco al commissario, gettando scompiglio e scuotendo l'apparato poliziesco, sarebbe stato un lunedí, ossia l'indomani. Di lunedí la gente non esce e c'era una partita in tivú, per cui non ci sarebbe stato in giro nessuno. L'uomo piú adatto allo scopo era il Prestigiatore, chiamato cosí perché maneggiava le pistole in maniera prodigiosa, come fossero un prolungamento della sua mano. Per quel colpo il coltello era da escludere. A rigor di logica, l'aggressione sarebbe stata attribuita all'assassino di Louviec, deciso a stroncare l'ostinazione di Adamsberg e annientare cosí l'efficienza della squadra. Il ritrovamento di un uovo fecondato schiacciato sul luogo dell'aggressione avrebbe confermato il legame.

Robic si rese conto di aver già scelto il giorno, l'esecutore e il capro espiatorio prima ancora di prendere una decisione. Il dado era tratto, la necessità non conosce legge. Tirò fuori dal bagagliaio il telefono riservato al Prestigiatore e gli forní tutte le istruzioni necessarie nei minimi dettagli.

– Si attardano sempre alla locanda. Non schiodarti prima del crepuscolo. Ti avviso se c'è un cambiamento di programma.

Tempo due giorni, pensò Robic con soddisfazione, e la squadra di Adamsberg si sarebbe ridotta a un mucchio di ceneri fumanti, e quella del commissario Matthieu a un rottame impotente e allo sbando.

30.

Come ogni domenica, la serata andò per le lunghe nella locanda strapiena di Johan. Josselin si eclissò abbastanza presto, tra mille ringraziamenti da parte di Adamsberg. Adesso gli otto poliziotti sapevano che con molta probabilità esisteva un legame tra l'assassino di Louviec e la banda di Robic. L'indomani stesso avrebbero acciuffato quell'Hervé Pouliquen al 33 di rue de la Verrerie, se di lui si trattava. Non appena Adamsberg aveva dato l'ordine di catturare l'uomo vivo – cosí da poterlo interrogare –, Matthieu aveva predisposto di munirsi di caschi e giubbotti antiproiettile. Erano autorizzati a sparare alle gambe solo in caso di legittima difesa, e tutti gli agenti sapevano come evitare di colpire un'arteria. Studiarono di nuovo la mappa catastale, poi la fotografia, procurata da Mercadet, dell'edificio da circondare. Un vecchio casolare ben ristrutturato, in mezzo a un'ampia distesa di campi. Uscite davanti e sul retro, e una laterale attraverso l'ex fienile trasformato in garage. Stando alle informazioni fornite da Josselin, l'uomo risultava ufficialmente senza professione e, in apparenza, viveva delle rendite dei suoi terreni e di un'attività come autista free lance.

– Domattina, – disse Adamsberg, – andrò a fare un sopralluogo da solo con un'autocivetta per verificare che questo Gilles sia in casa, dopodiché studierò il modo migliore per intervenire. E d'ora in poi, se mi cercate, sarò sdraiato sulla grande pietra del dolmen.

– A riflettere, – disse Noël con voce strascicata e un po' scherzosa.

– Perché no? Siamo fortunati: stasera alle otto c'è una partita in tivú, ma anche un'altra prima, alle due. Niente di meglio per trattenere un uomo sul divano, fosse pure un assassino. Attenzione, mi raccomando: tenete bene a mente che spara con la sinistra. È una cosa che ti frega se non te l'aspetti. Ci ritroviamo qui a mezzogiorno, che nessuno tocchi un goccio di alcol, e schiodiamo alle tredici e trenta.

– Ma perché non andate subito ad arrestarlo? – chiese Johan.

– Perché ci vorrebbe un mandato d'arresto, – spiegò Adamsberg. – E il semplice fatto che sia mancino, che somigli al ragazzo di una vecchissima foto di classe e che lo abbiano visto parlare con Robic non sono elementi incriminanti. Non andiamo ad arrestarlo, Johan, andiamo a prelevarlo gentilmente di forza per interrogarlo a motivo di sospetto nell'ambito di un'indagine criminale. Tutto qui.

– Oh, troppo lambiccato. Fosse per me, andrei di filato a spaccargli la testa e lo sbatterei in cella senza tanti complimenti. Che cosa me lo impedisce?

– La legge, Johan.

– La legge, la legge, – brontolò l'oste. – Che cosa fa la tua legge, a parte lasciare una banda di assassini libera come l'aria?

– Ci vogliono prove, Johan. O gravi motivi di sospetto.

– Be', quelli ci sono.

– No. Per questo devo riflettere. Ho già avvisato il commissario capo, sta a lui decidere se rivolgersi al giudice.

– Se lo dici tu, – mugugnò Johan, che sotto sotto concordava con le argomentazioni di Adamsberg.

Matthieu si serví una seconda fetta del dolce che era rimasto sul tavolo e alzò la mano per porre fine alla discussione.

– Sorprendente quello Chateaubriand, no? – disse.

– Le sue raccolte fruttuose non si limitano ai funghi, – commentò Adamsberg alzandosi.

– E stravagante, – rincarò Matthieu.

– Del resto chi non si era accorto che sotto i suoi modi civili, rifiniti, pacati, Josselin era uno stravagante? – osservò Veyrenc.

– Infatti stravaga, – disse Adamsberg.

– Verbo piuttosto inusitato, Jean-Baptiste. Anzi, inesistente.

– Be', lo adotto e riformulo la frase: domattina, dopo aver fatto un sopralluogo da Pouliquen, andrò a stravagare sul mio dolmen.

– Che c'è, Johan? – domandò all'improvviso Retancourt.

Nessuno si era accorto che, durante la conversazione, l'oste, in piedi vicino al tavolo, si era immobilizzato, impietrito come una grande statua di marmo da tanto era sbiancato, con un piatto stretto in ciascuna mano, lo sguardo fisso. Matthieu si alzò di scatto.

– Non si preoccupi, ci penso io. Berrond, apri la porta.

E, senza piú badare al gigante immobile, Matthieu si mise a girare lentamente intorno al tavolo, stringendo ogni tanto le mani a vuoto, finché fu chiaro a tutti che cercava di acchiappare una grossa falena rosso-bruna dal corpo peloso che svolazzava in modo maldestro, sbattendo contro una lampada. Johan la seguiva intensamente con lo sguardo mordendosi il labbro.

– Presa, – disse Matthieu richiudendo le mani a conchiglia intorno all'insetto per non rovinargli le ali.

Il commissario la liberò fuori e richiuse la porta.

– Un semplice bombice, – commentò. – Una falena inoffensiva come tutte le sue consimili. Ma Johan, – spiegò sottovoce, – dall'alto del suo metro e novanta, ha un tale terrore delle falene che quei poveri insetti hanno il potere di impietrirlo. Il suo incubo è la grossa Sfinge testa di morto, innocua come la sua collega, ma sempre piú rara. Johan l'ha vista in una sola occasione ed è stato Josselin a toglierla di mezzo. Tutto a posto, Johan, – lo scosse delicatamente per la spalla. – Non c'è piú.

– Scusatemi, – disse l'altro lasciandosi cadere di peso su una sedia. – E grazie, Matthieu. Su andate, adesso, so che dovete dormire.

– Stravagante, – osservò Retancourt una volta che la squadra fu uscita. Non si capacitava di come si potesse nutrire una simile avversione per un bombice. – Fa cosí con tutte le falene?

– Tranne con le nottue, che sono piú piccole, – spiegò Matthieu.

– Un giorno, Retancourt, cercherò di illustrarle ogni meandro delle stravaganze, – disse Adamsberg con un sorriso. – Ma sarà un'impresa immane.

31.

– Il nostro uomo è a casa, ed ecco uno schizzo del luogo, – disse Adamsberg scarabocchiando su un foglio mentre Johan serviva da mangiare, sapendo che avevano fretta. Caschi e giubbotti antiproiettile erano rimasti nelle autocivette per non turbare la clientela.

– Ti è piaciuto il tuo dolmen? – chiese l'oste senza la minima ironia.

– Molto. Stamattina era perfetto.

– Perché, il dolmen cambia? – chiese Noël.

– Ma certo, tenente. Ha giorni sí e giorni no, come tutti noi. Ma stamattina stava che era una favola.

– Be', questo ci fa molto piacere, – disse Noël.

– Rida, rida pure, tenente, – disse Adamsberg sorridendo. – Ma ha tremila anni di storia e ne ha viste di cose. Si sente trasudare dalle pietre.

– Come no, – ribatté Noël in tono beffardo prima che un'occhiataccia di Retancourt stroncasse in lui ogni velleità di replica.

– Del resto, ero sul mio dolmen quando il commissario capo mi ha cortesemente inviato l'autorizzazione del giudice: «Mandato di perquisizione e arresto per sospetto di reato».

– Magnifico, – disse Matthieu. – Questo ci…

– Perché, adesso è il «suo» dolmen? – saltò su Noël.

– Assolutamente, – rispose Adamsberg con una tale fermezza da far abbassare gli occhi al tenente. – Ma posso sempre prestarlo, se ci sono volontari. Quanto a lei, Noël, lasci perdere gli scatti polemici che la prendono quand'è sotto tensione. Siamo tutti un po' tesi, dopo che segniamo il passo da giorni senza altro risultato che cinque delitti. Ma, appunto, ora piú che mai è il momento di mantenersi calmi, molto calmi.

Noël, la cui giovinezza burrascosa e violenta aveva lasciato qualche traccia, annuí in segno di assenso.

– Dicevi, Matthieu? – riprese Adamsberg.

– Che il mandato del giudice ci facilita di molto le cose. Un mandato di cattura, nientemeno.

– Ma riuscire a catturare quell'individuo pronto a spararci addosso è un altro paio di maniche. Ecco come propongo di procedere, – disse Adamsberg tirando fuori di tasca il foglio spiegazzato con disegnata sopra una pianta dettagliata del domicilio di Gilles, alias Pouliquen. – Di fronte alla porta di casa c'è un vecchissimo melo con il tronco abbastanza largo da permettermi tranquillamente di nascondermi. Il meteo dà brutto tempo, il cielo sarà velato. Piú a sinistra, e in una leggera rientranza, qui, – cerchiò con la matita, – c'è un ex gabinetto esterno riconvertito in capanno degli attrezzi. Matthieu si apposterà qui. Sulla destra, il garage. Due uomini sulla facciata a nord, Verdun e Veyrenc. Sul retro della casa c'è una tettoia. Questa è per Noël. Sul prato, poco lontano, un cumulo di sfalci e ramaglie. E poco piú in là, un mucchio di letame. Il primo è per Mercadet, il secondo per Berrond.

– Ma puzza, – obiettò Berrond.

– Non piú di tanto.

– Fanno sette postazioni, – riassunse Veyrenc.

– È qui che arriva la parte difficile, – disse Adamsberg, – ma non abbiamo altra scelta. Non possiamo piombargli in casa in otto con i nostri giubbotti da poliziotti, e nemmeno in borghese, ci sparerebbe all'istante. Non ne sono certo, ma credo che quel Gilles, se è proprio lui, si tenga l'arma a portata di mano, magari non sistematicamente. Dobbiamo conquistarci la sua fiducia. E allo scopo non c'è niente di meglio di una donna. Gli uomini non temono le donne, e qui si sbagliano di grosso. Parcheggeremo a una trentina di metri di distanza e manderemo avanti Retancourt con una cartellina e dei moduli del comune per il censimento, sono passato a prenderli stamattina. Sarà lei a suonare alla porta, alle due meno un quarto, prima della partita. Entrerà da sola, Retancourt, capito?

– Ricevuto, commissario.

– Da sola e senza giubbotto antiproiettile. Anche sotto un ampio giaccone la tradirebbe subito. Il tipo viene ad aprire e la corporatura di Retancourt gli bloccherà la vista, perciò non ci vedrà acquattarci nel prato e raggiungere le postazioni. È lei a correre il pericolo maggiore, la mando in prima linea allo sbaraglio. Il tipo fa per liquidarla, ma Retancourt, che avrà convertito le sue abilità fuori del comune in timidezza e gentilezza, si scusa tanto e spiega che è lí per il censimento, che gli ruberà non piú di un paio di minuti, promesso. Il nostro uomo mugugna, ma accetta, rassicurato. Retancourt chiede di poter entrare per sedersi e compilare il modulo. Varca la soglia e attacca con le domande. Le sembra fattibile, Violette?

– Sí. E se gli saltasse di buttarmi fuori a calci, gli sferro un destro al mento.

– Se indispensabile, tenente, ma le istruzioni sono: nessuna violenza. Non appena Retancourt entra, io e Matthieu ci fiondiamo dentro e neutralizziamo il tipo. Io lo tengo sotto tiro e Matthieu lo ammanetta. Lui dà in escandescenze e io gli mostro il mandato del giudice. Tornando alla nostra operazione: Noël, le conviene ascoltare con molta attenzione. Potrebbero verificarsi degli imprevisti. Una reazione inaspettata da parte del soggetto. Quelli che tengono d'occhio le uscite a nord e sul retro restino ai loro posti. Una volta neutralizzato Gilles bisognerà procedere alla perquisizione. Matthieu, portati dietro cinque dei tuoi uomini e un fotografo, che aspetteranno fuori, al riparo della siepe. Fischieremo due volte se ci sarà bisogno del loro aiuto. C'è uno bravo ad aprire casseforti, nella tua squadra di Rennes?

– Non sul posto, ma posso farlo venire.

– Fallo. Ce ne sarà bisogno.

Era l'una e la squadra lasciò il locale.

– Faccia attenzione, Violette, – si raccomandò Johan sulla soglia.

Non appena la locanda si fu svuotata, l'oste si eclissò verso il sentiero del vecchio ponte – le rondini amavano fare il nido sotto la sua arcata – alla ricerca dell'uccello bianco come portafortuna per Violette, che il commissario esponeva a un'azione cosí pericolosa.

32.

Non appena giunsero in vista della casa di Gilles, le tre auto civetta rallentarono per far meno rumore e si arrestarono dietro la siepe, a trenta metri dal cancello d'ingresso. Alle due meno un quarto, Retancourt, in camicetta azzurro chiaro da impiegata pubblica e con una cartella portadocumenti sottobraccio, scese dalla macchina ed entrò nella proprietà.

Appostati dietro la siepe, gli altri poliziotti la videro attraversare il prato con la fiacca indolenza di un'impiegata comunale mandata a svolgere il proprio lavoro, attardandosi un attimo sotto il grande melo per osservare una coppia di cince. L'uomo la stava sbirciando da dietro uno dei vetri della porta.

Il tipo aprí ancor prima che lei suonasse. Come previsto, era alto, ben piantato, brutto, con i capelli cortissimi, mezzo sdentato e con il naso rotto. Il classico ritratto del malavitoso.

– Che cosa vuole? – chiese senza preamboli.

– Buongiorno, signore, – esordí Retancourt con il tono piú innocente del mondo. – Mi scusi se la disturbo. Vengo per il censimento, – continuò mostrando i moduli con l'intestazione del comune di Combourg.

– Quale censimento?

– Il censimento per contare il numero di abitanti della comunità di comuni. Le ruberò solo un paio di minuti, non di piú, glielo prometto.

– Va bene. Faccia le sue domande, ma alla svelta.

Chinandosi sulle sue carte, Retancourt vide l'arma infilata nella cintura dell'uomo.

Le dispiace farmi entrare un attimo per appoggiare i fogli?

– Va bene, – ripeté lui. – Si sieda e si sbrighi con le domande. Che rottura quelli del comune.

– Non se la prenda con me, signore. È obbligatorio per legge.

– Va bene, ho detto. Avanti, spari.

– Quante persone vivono in questa abitazione?

– Solo io.

– Niente persone di servizio? Familiari?

– No.

– Quindi, una persona, – disse Retancourt compilando il modulo. – Visto, abbiamo già finito.

In quell'istante fecero irruzione Matthieu e Adamsberg, piazzandosi ciascuno a un lato di Gilles. In una frazione di secondo, però, lui estrasse la pistola e la puntò contro la fronte di Retancourt, con il cane alzato.

– Muovetevi di un solo millimetro e la faccio fuori. Chiaro? Sbirri! Avrei dovuto capirlo!

I due commissari si immobilizzarono, valutando le alternative: si riducevano a zero.

– Alzati, grassona, – disse Gilles passando il braccio destro intorno al collo di Retancourt e stringendo fin quasi a strozzarla. – Voi due buttate le armi, presto. Proprio una furbata da sbirri del cazzo.

Mentre le armi cadevano a terra, l'uomo serrò la morsa al collo del tenente. Matthieu e Adamsberg, impotenti, la videro diventare paonazza. Ma poi, di colpo, la mano di Retancourt si abbatté sul polso sinistro dell'uomo e glielo torse con una forza tale da fargli mollare la pistola.

Per il dolore Gilles aveva allentato leggermente la presa e lei ne approfittò per richiudere le dita a mo' di pinze sul suo avambraccio. Chinò la testa e, con un energico colpo di reni, lo sollevò sopra di sé e lo fece ricadere di peso sul pavimento di pietra. Adamsberg si affrettò ad ammanettarlo con Matthieu che lo teneva sotto tiro.

– Accidenti, tenente! – esclamò Matthieu, sbalordito. – Ma come ha fatto?

– Lo ha visto, no? L'ho sollevato al di sopra della testa. Basta assestare un colpo secco e fargli perdere l'equilibrio, tutto qui.

– Ma è un pezzo d'uomo!

– Peso medio, – disse Retancourt con una smorfia. – Non troppo difficile da gestire.

– Tutto a posto, – disse Adamsberg rialzandosi. – Non l'ha conciato troppo male. Solo un bel bernoccolo sulla nuca.

– Be', non pretendeva mica che lo adagiassi delicatamente sul divano? Ancora un po' e ci restavamo secchi.

– Ho fatto bene a mandarla in avanscoperta, – disse Adamsberg. – Ma l'ho messa in pericolo.

– Con un fesso del genere non sono stata in pericolo un solo istante. Mi creda, commissario, non ha niente da rimproverarsi.

Matthieu chiamò i suoi cinque uomini e l'esperto in casseforti e cominciò la perquisizione. Le stanze non erano grandi e si misero subito all'opera. In fondo al fienile trovarono la cassaforte, sepolta sotto un mucchio di logore stoffe coperte di ragnatele e mascherata da una cassa di vimini e un ammasso di vecchi mobili rotti. L'esperto esaminò il doppio quadrante della combinazione e si lasciò sfuggire un fischio.

– Modello piuttosto sofisticato, – disse. – Ne avrò almeno per un'ora.

Gilles, fuori di sé, sbraitava e imprecava, rosso in faccia, pronto a mordere, tanto che, per avere pace, Retancourt finí per imbavagliarlo. Non solo era furioso per essersi fatto arrestare, ma moriva dalla vergogna che fosse stato per mano di una donna.

Munito delle chiavi della macchina, Adamsberg andò in garage con Veyrenc, Noël e Verdun. Matthieu era rimasto con l'esperto e Retancourt teneva in custodia Gilles insieme a Berrond. Mercadet dormiva seduto al tavolo, con la testa appoggiata sulle braccia.

Quando aprirono le porte, la luce inondò il capannone, in cui c'era soltanto l'auto.

– Niente, – disse Noël.

– Al contrario, – disse Adamsberg accendendo la plafoniera. – Ecco un pezzo forte: la sua auto.

– Nessunissima traccia di sangue, il tipo ha ripulito tutto per bene.

– Troppo per bene, – commentò lui inginocchiandosi davanti a uno pneumatico. – Avete mai visto dei battistrada sporchi e impolverati, ma con le scolpiture perfettamente pulite? Il nostro uomo si è premurato di ripulire alla perfezione tutti i solchi. Peccato che salti agli occhi. Cosa cercava di eliminare? Frammenti di sughero.

– Già, – disse Veyrenc. – I residui che abbiamo trovato sulla strada. Robic deve averlo avvisato che la sua ditta aveva fatto una consegna di recente. Va verificato con Estelle Braz.

– Ci penso io, – disse Adamsberg. – Intanto controlliamo anche noi, vedi mai che abbia lasciato qualche frammento. Ha fatto il lavoro in piena notte, sotto la luce elettrica... mica facile vedere in profondità nei solchi neri.

Ciascuno si aggiudicò uno pneumatico e cominciò l'esame. Fecero indietreggiare la macchina trenta centimetri alla volta per ispezionare ogni singola scolpitura. In totale, Veyrenc raccolse in un sacchetto ventidue frammenti di sughero.

– Minuscoli, ma probanti, – disse. – Sono cosí fini che il tipo non li ha visti, lavorando di notte.

– È la prova che la sua auto ha imboccato la strada che costeggia la casa del dottore, – disse Adamsberg. – Non ci resta che mandare i campioni raccolti al laboratorio di Rennes. E adesso andiamo a vedere a che punto siamo con la cassaforte.

L'esperto stava ultimando il lavoro sotto lo sguardo attento di Matthieu: ruotò la manopola con un ultimo scatto e aprí il pesante sportello di ferro. Denaro, un bel po' di denaro, gioielli, armi di vario calibro e documenti. Il fotografo fece uno scatto dell'interno della cassaforte.

– Matthieu, tiriamo fuori tutto, in modo da fotografare pezzo per pezzo ed esaminare ogni cosa.

Sopra un vecchio baule adagiarono grosse mazzette di banconote, due braccialetti e un ciondolo sfavillante, quattro pistole, tre passaporti, cinque carte d'identità e cinque patenti di guida.

– Il documento piú vecchio sarà quello autentico, – disse Adamsberg passandoli al vaglio. – Eccolo qui: abbiamo un Hervé Pouliquen, nato a Combourg cinquantaquattro anni fa. La foto di un bambino di due, tre anni. Nuovo documento a diciannove anni, stesso nome, residente a Rennes. Corrisponde a quello che ci ha detto Josselin. Quindi è alle scuole medie di Combourg e al liceo di Rennes che ha fatto amicizia con Pierre Robic e Pierre Le Guillou. Che altro c'è, Matthieu?

– Alcune lettere d'amore di gioventú e quelle che sembrano foto di famiglia.

– Lasciamo perdere le lettere d'amore e le foto di famiglia e il resto lo portiamo a Rennes insieme al nostro uomo per interrogarlo. Prima, però, dobbiamo contare il denaro.

I due commissari raggiunsero Berrond e Retancourt, intenti a chiacchierare tranquillamente come niente fosse mentre Hervé Pouliquen continuava a strepitare sotto il bavaglio e a dimenarsi per terra come un ossesso. Adamsberg raccontò a Berrond la prodezza atletica di Retancourt, il che non fece che accrescere la sua ammirazione per il tenente. Gli dispiaceva molto essersi perso la scena.

– Ma come si fa, – insisté Berrond incalzando Retancourt, – ad atterrare un tizio che ti sta puntando un'arma contro?

– L'ho già detto, tenente, giocavo sul velluto. Teneva la mano premuta contro la mia spalla, mi è bastato torcergli il polso. A dire il vero, credo di avergli assestato una bella mazzata. Dopodiché non resta che sbilanciarlo in avanti, afferrandogli il braccio come fosse la maniglia di una valigia. Non è stato poi cosí difficile.

– Però... – mormorò Berrond. – Però...

– E tu, – disse Retancourt scuotendo per il braccio Hervé Pouliquen, – smettila di sbraitare, ci stai facendo una testa come un pallone. Ringrazia che mi trattengo, sennò ti darei un bel colpo sulla zucca col calcio della pistola e buonanotte.

La squadra si divise nelle tre auto, una sola delle quali diretta al commissariato di Rennes con il prigioniero e i due commissari, che si preparavano per l'interrogatorio.

– Temo che un uomo di Robic, – disse Adamsberg, – non si farà cavare niente di utile. Il suo capo è capace di farlo fuori, anche in cella. E questo lo sanno tutti.

Prima di far entrare Hervé Pouliquen, Adamsberg si era premurato di togliere di mezzo i corpi del reato, riponendoli nell'armadio. Cosicché l'uomo si sedette davanti a un tavolo vuoto, di fronte ai due commissari. Per un attimo sperò che gli sbirri non avessero messo le mani sulla cassaforte.

– Hervé Pouliquen, o Gilles Lambert, secondo la sua ultima carta d'identità, – esordí Matthieu, – è sottoposto a interrogatorio in quanto sospettato dell'omicidio del dottor Loig Jaffré, commesso la sera di venerdí 5 maggio, nonché di numerosi furti, occultamento di denaro e gioielli rubati, detenzione di documenti falsi e altri reati che vedremo in seguito.

– Non conosco nessun Jaffré, – disse Lambert con la sua voce roca, alzando le spalle.

– Esatto, non lo conosce. Ma ha agito dietro esplicita richiesta e le sono state fornite le istruzioni necessarie.

Era la prima volta che Adamsberg ascoltava Matthieu esprimersi in forma ufficiale, ed era ben contento di lasciare al collega il compito di cominciare l'interrogatorio con tutti i crismi: non erano esattamente il suo forte, i crismi.

– Ah, sí? E da quando uno uccide uno sconosciuto dietro richiesta?

– Da quando viene pagato per farlo.

– Non ho un soldo. Controllate pure il mio conto in banca.

– Già fatto. Lei ha agito su ordine del suo capo, Pierre Robic, residente a Combourg.

– Non so chi sia.

– Invece lo conosce molto bene, sin dai tempi della scuola a Combourg e poi del liceo a Rennes. Fanno fede le testimonianze dei presidi, sulla base dei registri e delle foto di classe.

– Passa sette anni nella stessa classe con Pierre Robic e il suo nome non le dice niente? – intervenne Adamsberg.

– Anche se era pappa e ciccia con lui e la sua banda di delinquenti? Altro che buco di memoria! È un vero e proprio cratere!

Che io sia impiccato se hanno un Gilles Lambert sui loro registri.

– Glielo concedo, dato che Gilles Lambert non è il suo vero nome. Non è cosí? Ma su questo torneremo in seguito. Per il momento restiamo all'omicidio del dottor Jaffré.

Gilles si agitava sulla sedia, sfregandosi il polso dolente che gli avevano fasciato in infermeria. Non gli piaceva essere interrogato da Adamsberg, c'era qualcosa in quel poliziotto che indeboliva le sue difese naturali.

– Ha parcheggiato in fondo a una strada lastricata che costeggia la proprietà del dottore, – proseguí Matthieu. – Ci sono tracce di sangue che vanno dal luogo del delitto fino alla carreggiata e si ritrovano nel punto dove ha lasciato la macchina. Sangue che, come confermato dalle analisi di laboratorio che abbiamo appena ricevuto, appartiene al dottore.

– La mia auto non è uscita dal garage, – sbottò Lambert.

– Sí, invece.

Adamsberg si alzò, aprí l'armadio e depositò delicatamente sulla scrivania una bustina di plastica.

– Li riconosce? – domandò. – Prenda pure la busta, osservi con attenzione il contenuto.

– Non c'è bisogno. Mai vista questa roba.

– Oh, eccome se l'ha vista, – riprese Matthieu. – Una settimana fa il dottore Jaffré si è fatto consegnare dei pannelli isolanti di sughero dalla ditta La vostra casa dalla A alla Z con sede a Combourg. Ce l'ha confermato la segretaria, Estelle Braz. Evidentemente non erano di buona qualità, perché gli angoli si sbriciolavano e, con i sobbalzi del furgone sul selciato, qualche frammento è caduto per strada. Lei era stato informato di questo inconveniente e, una volta tornato in garage, ha ripulito con cura i solchi degli pneumatici della sua auto, con dei cotton fioc inumiditi o qualcosa di simile. Confesso di non aver mai visto un assassino piú coscienzioso di lei.

– Non ho mai ripulito gli pneumatici della mia auto! Cos'è, mi prendete per un matto?

– No, per uno molto prudente, – continuò Matthieu. – E sappiamo che li ha ripuliti per bene, quegli pneumatici. Perché, purtroppo per lei, il battistrada dei suoi pneumatici era tutto impolverato, ma le scolpiture invece erano belle lustre. Allora abbiamo fatto come lei e ci siamo dedicati a una ricerca minuziosa. Risultato: quei piccoli frammenti di sughero.

Gilles si morse l'interno del labbro.

– Non se la prenda, noi abbiamo ispezionato gli pneumatici in pieno giorno, lei invece ha lavorato di notte, alla luce della plafoniera. È normale che le siano sfuggiti.

– Gli pneumatici potrebbero aver tirato su quella roba su qualsiasi strada.

– Non tutti si prendono la briga di ripulire le scolpiture, però. Lei è passato per quella strada, non può negarlo. Un confronto tra i campioni prelevati sulla strada e quelli sui suoi pneumatici lo confermerà.

Matthieu lasciò passare un lungo silenzio. Gilles si sforzava invano di trovare una scappatoia.

– Ma non ha senso! – sbottò rabbioso. – E lunedí scorso sono stato all'autolavaggio.

– Accidenti! La sua auto si è impolverata in frettissima! Che cosa fa per vivere, signor Lambert?

– Autista free lance. Chi ha bisogno di una macchina può chiamarmi giorno e notte. Molto piú comodo rispetto a un normale taxi. Di notte tariffa doppia.

– Ed è con questo lavoro che si è pagato la ristrutturazione di casa sua?

– Sono bravo a fare lavoretti. Praticamente ho risistemato tutto da solo, poco alla volta. Ci ho messo anni.

– Ha lasciato Combourg da giovanissimo. Dov'è andato? A Sète?

– Non la riguarda.

– Mai stato negli Stati Uniti?

– No di certo. Odio quel Paese.

– Come fa a odiarlo se non ci ha mai messo piede?

– Non ce n'è bisogno. Un Paese di pezzenti e uomini d'affari danarosi, non conoscono altro. E poi c'è la tivú. Solo film americani.

Ci siamo, si disse Adamsberg infilandosi i guanti prima di andare a prelevare due passaporti dall'armadio.

– È molto strano, – disse mentre ne sfogliava uno, – vedo qui un ingresso a Los Angeles, circa ventisei anni fa.

– Impossibile, – ringhiò Gilles. – Mai messo piede.

– Sí, invece, – replicò Matthieu mostrandogli il passaporto. – Il nome è un altro, d'accordo. René Genêt. Ma la foto è la sua, non ci piove.

– Lo avete falsificato voi! – sbraitò Gilles. – La polizia è bravissima a fabbricare tutti i documenti che vuole! Una banda di canaglie che si dànno man forte.

– Anche le vere canaglie sono bravissime in questo, – osservò Adamsberg.

– Poi abbiamo un rientro in Francia, – continuò Matthieu, – piú o meno quattordici anni fa e sotto un altro nome ancora, Paul Merlin. Ma la faccia è sempre la tua, con quel naso storto. E se confrontiamo le firme, per contraffatte che siano, a chi arriveremo? A te. I passaporti autentici sono solo due, a nome di Hervé Pouliquen.

– Il tuo vero nome, – disse Adamsberg. – Ti farà suonare qualche campanello, no? E sai qual è la cosa piú strana? Che tu sia tornato dagli Stati Uniti diciassette giorni dopo Pierre Robic. Buffo, no? Si direbbe che quel Paese non sia piaciuto a nessuno dei due.

– È tutto inventato, vi siete inventati tutto! – sbraitò Gilles alzandosi e scaraventando via la sedia.

– E questo? E questo? E questo? E questo? – snocciolò Matthieu, lanciando via via sul tavolo le false carte di identità e la patente. – Certe sono vecchiotte, non credi? Secondo te ci saremmo dati la briga di fabbricare passaporti con della carta vecchia?

– Siete dei falsari! – gridò rabbiosamente Gilles, che non riusciva a staccare gli occhi dal mucchio di documenti falsi sparsi sul tavolo.

– E quanto dici di avere sul conto? – gli chiese Matthieu.

– Ottomilasettecentoventidue euro.

– Sul conto a nome di Gilles Lambert. E sugli altri? Comunque non ha importanza, su quei conti c'è una miseria. Perché tu hai una piccola riserva da parte: questa, – disse il commissario sbattendo sul tavolo quattro grandi pacchi sigillati, pieni di banconote da duecento euro. – Un milione e trecentomila euro. Anche queste banconote le avremmo fabbricate noi per farti piacere? E aggiungo un paio di altre inezie, – disse depositando sul mucchio di soldi il ciondolo sfavillante e i braccialetti.

– Non è roba mia, – si affrettò a ribattere Gilles, messo alle strette. – Qualcuno ha messo quella roba nella mia cassaforte per incastrarmi.

– Certo, come no. Un bel regalo. Con quattro pistole in omaggio, senza contare la quinta che portavi addosso. Te ne servono cosí tante? E chi avrebbe interesse a «incastrarti»? Un semplice autista privato? Me lo spieghi?

Pouliquen tornò a sedersi, lasciandosi cadere pesantemente sulla sedia.

– Posso fumare? – chiese.

Primo segno di cedimento: il bisogno di aggrapparsi a qualcosa nello sconforto. Adamsberg tirò fuori il suo pacchetto e diede una sigaretta e da accendere a ciascuno, estraendo un posacenere da sotto il mucchio di oggetti sul tavolo.

– Fa schifo questa sigaretta.

– Già, – confermò lui.

– Adesso ti dico quello che penso, – riprese Matthieu soffiando fuori il fumo. – A diciannove o vent'anni, tu e Pierre Robic, e forse altri di cui per il momento ignoriamo il nome, ve ne andate da questo «buco di sfigati», come diceva Robic, e vi sistemate a Sète. Qui, tra furti di gioielli e traffico di droga, accumulate quanto basta per mettere su la vostra piccola «casa da gioco». Che dà i suoi frutti, oltre a fornirvi una facciata. Dai furti alle rapine, diventate sempre piú agguerriti, vi infiltrate nel giro della malavita e chiamate qualche ex compagno del liceo di Rennes. Scelti, immagino, tra quei criminali in erba che hanno ignobilmente fatto a pezzi il cane della bidella sotto i suoi occhi. Agli ordini di Robic, che già allora era il vostro capo e che ammiravate, lui, il taglieggiatore, il sadico, il sanguinario. Ma la polizia di Sète comincia a sentire puzza di bruciato: un tenore di vita troppo agiato per basarsi sulle entrate di un'attività piuttosto modesta. Robic, che all'epoca si fa chiamare Bordeaux, vende la casa da gioco, ungete le persone giuste del giro per procurarvi passaporti falsi e dopo nove fruttuosi anni a Sète la banda al completo si trasferisce a Los Angeles. Dove farete le cose in grande, molto piú in grande. È sempre cosí: piú soldi fai e piú ne vuoi, finché non sbatti il grugno.

– Coronate la vostra carriera in America con un colpo grosso: l'appropriazione indebita dell'eredità di un ricco americano, che assassinate subito dopo aver spedito al notaio il suo falso testamento, inscenando una banale aggressione. Armez, dato che è stato lui a ucciderlo, pretende una fetta piú grossa del bottino, che Robic non gli concede. E Robic aspetterà qualche giorno dal suo ritorno a Louviec per togliere di mezzo l'ex socio diventato una minaccia. Dettaglio piú, dettaglio meno, che ne pensi di questa storia?

– Da qualche frammento di sughero avete fatto una montagna.

– E questa roba, – continuò Matthieu indicando il mucchio di passaporti falsi, soldi, gioielli, armi, – non è una montagna?

– È una trappola infame. Respingo tutto. E andate a farvi fottere.

Matthieu fece segno ai due agenti che piantonavano immobili la stanza.

– Portatelo in cella, – disse.

– Non vi preoccupate per me, – disse Pouliquen rivolto ai due commissari. – Non ci resterò a lungo. Posso fumare un'ultima sigaretta prima di andare?

Adamsberg gliene allungò una insieme all'accendino.

– Fanno veramente schifo, queste sigarette.

– Già, – ripeté Adamsberg.

– Allora perché le fuma?

– Una questione affettiva. Una cosa che non puoi capire.

– Me ne sbatto. Tanto tra poco riavrò le mie, state pur certi.

33.

Robic era arrivato puntuale all'acquario di Saint-Malo. Si attardò un po', fingendo di interessarsi ai pesci, in attesa di veder spuntare Gilles. Non rispondeva al cellulare. Strano. Qualcosa era andato storto e Gilles era nelle mani della polizia, poco ma sicuro. Accusato dell'omicidio su commissione del dottor Jaffré. Robic era convinto che Gilles non avesse fatto il suo nome, ma la sua appartenenza alla banda del liceo doveva essere già nota, ragione di piú per strappare il suo socio dalle grinfie della polizia.

L'attentato a Adamsberg, pianificato per quella sera, si rendeva piú che mai necessario. Impresa non facile, dato che, secondo i suoi informatori, il commissario usciva sempre in gruppo dalla locanda, si tratteneva a chiacchierare e saliva in macchina con i suoi quattro collaboratori. A quell'ora probabilmente avrebbe cominciato a far buio, ma non al punto da impedire al Prestigiatore di riconoscere Adamsberg dal suo nascondiglio, sotto il colonnato quasi di fronte alla locanda. La sua faccia gli era nota. Bisognava però fare in modo di isolare il commissario anche solo per qualche secondo, il tempo di permettere al suo uomo di colpire il bersaglio.

Robic rifletteva sulla strada del ritorno da Saint-Malo. Per quanto azzardata, l'idea di pretendere il rilascio di Gilles con garanzia di immunità dietro minaccia di una rappresaglia mortale gli sembrava ottima. Un semplice proiettile in un braccio a mo' di primo avvertimento quella sera. Poi un secondo attentato con ferimento e infine, se non lo accontentavano, la morte. Cosí da dare all'opinione pubblica e ai media il tempo di mobilitarsi. Il ministro dell'Interno poteva permettersi di perdere un uomo tanto rinomato e apprezzato come Adamsberg? E venire accusato di aver sacrificato il commissario per la gloria di arrestare un solo assassino? Gli sembrava poco probabile. Dopo i primi due ferimenti avrebbe senz'altro ceduto e aperto alle negoziazioni. Una cosa era ottenere l'immunità per Gilles, ma Robic aveva deciso che Adamsberg doveva comunque morire. Il commissario era sulle sue tracce e non si sarebbe certo fermato lí, Robic ne era convinto. Niente gli impediva, perciò, di farlo fuori anche dopo il rilascio di Gilles.

Dunque la decisione era presa una volta per tutte. Bisognava aspettare il momento in cui il gruppo si attardava fuori dalla locanda, per chiamare Adamsberg, il quale si sarebbe scostato per sentire e, dopo averlo isolato dagli altri, il suo uomo avrebbe sparato. Doveva informare il Prestigiatore del cambiamento di programma: sparare quando Adamsberg si fosse allontanato dagli altri e limitarsi a colpirlo al braccio, una ferita di striscio, in modo da farlo dimettere dall'ospedale già l'indomani. Non gli restava che preparare il messaggio minatorio per il commissario. Non l'avrebbe inviato quella sera, però, per evitare che venisse subito circondato da guardie del corpo. L'indomani. Solo dopo la ferita al braccio il messaggio sarebbe apparso credibile. Avrebbero di certo approntato un cordone di sicurezza intorno a Adamsberg, ma Robic stava già pensando a come aggirare l'ostacolo maggiore. Per quell'incarico la sua scelta sarebbe ricaduta sul Giocatore, che aveva alle spalle una carriera nel circo come ginnasta, contorsionista, saltatore, equilibrista, tutte abilità per le quali il suo corpo snodato era mirabilmente dotato.

Accostò sul ciglio della strada e preparò il messaggio in anticipo:

> Adamsberg, faccia rilasciare Gilles all'istante con garanzia di immunità, altrimenti pagherà con la vita. L'attentato di ieri è stato solo un primo avvertimento, se ne aspetti un secondo. Se entro tre giorni Gilles non sarà stato rilasciato, lei morirà.

Molto bene, pensò. Classico ma quanto mai efficace.

Dopo la lauta cena da Johan, gli otto poliziotti continuarono a discutere degli eventi del giorno per strada, di fronte all'ingresso della locanda. Adamsberg si allontanò di un paio di metri per rispondere alla chiamata di un numero sconosciuto. Si sentí uno sparo e il commissario si premette una mano sul braccio, accartocciandosi su sé stesso. Il sangue fuoriusciva copioso, ci fu un istante di panico nella squadra e solo Veyrenc e Matthieu ebbero la presenza di spirito per riuscire a localizzare il cecchino. Un uomo si stava allontanando di gran carriera. Era già a piú di trenta metri di distanza, quando i due poliziotti si lanciarono al suo inseguimento.

– Dàgli, Retancourt, dàgli! – gridò Adamsberg come si incita un cane da caccia dietro un cinghiale.

Retancourt non aveva aspettato l'ordine del capo e aveva già raggiunto Veyrenc e Matthieu.

– Partiti troppo tardi, – disse Veyrenc rifiatando. – Non lo prenderemo mai, corre troppo veloce.

– Lo prenderemo, – disse Retancourt. – Diamogli tempo. Un complice lo starà aspettando per forza da qualche parte. Meglio acciuffarne due che uno.

Il tenente superò i due poliziotti e ridusse di molto lo scarto tra lei e il fuggiasco, visibile nella luce crepuscolare. Dopo aver infilato una serie di vicoli e stradine, l'uomo sboccò in uno sterrato dove lo aspettava un'auto con i fari spenti. Retancourt fece segno con il braccio ai due colleghi e accelerò. Veyrenc e Matthieu non riuscirono a starle dietro. L'uomo si girò, senza smettere di correre, e fece fuoco mancando la sua inseguitrice, che gli si slanciò addosso e lo atterrò sotto il suo peso, disarmandolo. Retancourt mirò agli pneumatici dell'auto e ne centrò tre. Stesa a terra, con tutto il suo peso sul corpo dell'uomo che si dimenava a vuoto, mandò in mille pezzi il lunotto posteriore e lo specchietto retrovisore. Il proiettile passò abbastanza vicino al conducente da farlo schizzare fuori dall'auto e rotolare sullo sterrato, con il braccio teso. Retancourt si aspettava quella mossa e gli sparò alla mano senza dargli il tempo di togliere la sicura. Due secondi di scarto. Nel frattempo Veyrenc e Matthieu avevano raggiunto la collega, che stava ammanettando il cecchino.

– Occupatevi di quell'altro, – urlò il tenente. – È ferito alla mano, ma fate attenzione: la pistola è lí vicino. Un secondo: vedo luccicare il calcio. Questi imbecilli che non resistono a sfoggiare una pistola con l'impugnatura di madreperla...

Sparò due colpi alla pistola, allontanandola di un paio di metri sullo sterrato.

– Via libera, potete andare.

Come fu in piedi chiamò per avere notizie di Adamsberg.

– Se la caverà, – disse chiudendo la telefonata, con una nota di sollievo nella voce. – Lo ha preso di striscio, ma ci vorrà qualche punto. Noël lo sta già portando all'ospedale di Rennes.

Aveva afferrato il prigioniero per il colletto e fece per trascinarlo via. Ma siccome quello non la smetteva di dimenarsi, lo calmò con un bel pugno in faccia.

– Mi spiace, – sospirò rivolta ai colleghi, – ma bisogna pur che ce li portiamo dietro. Vorrà dire che questo qui si farà un bel sonnellino.

Retancourt si trascinò dietro il suo uomo come se si trattasse di una balla di cotone. Veyrenc e Matthieu, in due, faticarono non poco con il corpulento conducente. Il gruppo, che era stato avvertito, li aspettava davanti all'ingresso della locanda.

– Abbiamo perso tempo, – spiegò Retancourt posando come un sacco di patate il suo fardello ancora stordito vicino ai gradini della locanda. – Non volevo acciuffare il cecchino prima che raggiungesse il suo complice.

– Mercadet, – disse Veyrenc depositando il suo prigioniero accanto all'altro e ammanettando insieme i due uomini, – la loro auto è all'angolo tra rue du Chêne Mort e una strada sterrata.

– Il sentiero della Ghigliottina, – disse Johan.

– Benissimo, Matthieu, manda degli agenti a rimorchiare l'auto. Che portino il cecchino in cella a Rennes e il conducente all'ospedale di Combourg sotto scorta armata per fargli medicare la mano.

– E Josselin? – propose timidamente Johan. – Potrebbe venire a vedere se riconosce questi tizi, la faccia o la voce. Visto che a quanto pare hanno documenti falsi.

– Ottima idea, – disse Retancourt. – Lo faccia venire.

Josselin arrivò poco dopo, saltò giú dalla bici e osservò i due uomini. Poi prese da parte Matthieu.

– Dalla faccia non riesco a dargli un nome. Non sono molto sicuro, è passato troppo tempo e non ho una buona memoria. Dovrei sentirli parlare.

– Ci penso io. Resti al mio fianco.

Matthieu si accovacciò prima accanto al cecchino.

– Hai mancato il colpo, eh? – disse.

– Non ho mancato un bel niente.

– Qual era il tuo scopo?

– Ferirlo al braccio. E l'ho fatto.

– Qual è il tuo vero nome?

– Stai fresco!

– Vuoi che ti metta seduto sui gradini?

– Chissenefrega! Togliti di mezzo e basta.

Matthieu si rialzò e si allontanò con Josselin.

– Piú di questo non gli si caverà di bocca. Le dice qualcosa?

– Credo che sia il Prestigiatore. E la sua faccia mi dice vagamente qualcosa, sí. Per caso ha la foto di classe dell'ultimo anno del liceo di Rennes?

– Mercadet ce l'ha di sicuro in archivio.

Un attimo dopo Mercadet chiamò Matthieu e Josselin all'interno della locanda illuminata. Sullo schermo del computer mostrò la foto di classe dove appariva Chateaubriand. Tutti sorridenti, come usava. L'immagine era nitida e Josselin esaminò un viso dopo l'altro.

– Questo è Robic, – disse indicando un adolescente dai capelli corti corti, il mento sporgente e i denti storti. – Ma lui lo conoscete già. Quello che cerchiamo, con il naso sottile, l'attaccatura bassa, capelli bruni ricci...

Josselin uscí a dare un'altra occhiata al viso del cecchino.

– Che hai da guardare?

– Sono Chateaubriand, ti ricorda niente?

– Ah, Chateau! – esclamò l'uomo divertito. – Il grand'uomo della classe!

Si rese conto di aver detto probabilmente piú del dovuto e strinse le mascelle. Josselin tornò a guardare la foto.

– Si è tradito. Era nella mia classe. Collo corto, lobi allungati, occhi piccoli e scuri, molto ravvicinati, fronte bassa... È lui, – disse indicando un adolescente che, piú che sorridere, ghignava. – Era uno della banda, ma ancora maldestro. Ha perso un bel po' di capelli da allora.

Mercadet consultò lo schedario.

– Seconda fila, terzo da sinistra: Yvon Le Bras. Grazie, Josselin. Può fare un tentativo per il conducente?

– Se lo si fa parlare mentre ascolto e lo guardo...

Matthieu e Chateaubriand si accovacciarono accanto al conducente, che si teneva la mano. Johan l'aveva disinfettata e fasciata alla bell'e meglio. Gli agenti erano arrivati, ma Matthieu gli chiese di aspettare.

– E quindi tu, – attaccò, – aspettavi come un coglione al volante, non dovevi fare altro che mettere in moto. E invece è andato tutto a puttane.

– Colpa di quella maledetta, – ringhiò l'uomo con una voce bassa e roca. – Ma cos'è? Una donna o una palla di cannone? Mi ha massacrato la mano, la stronza.

– Tu le puntavi contro una pistola.

– Basta cosí, – disse Josselin.

Chateaubriand tornò alla foto.

– Voce bassa, roca, naso a patata, sopracciglia unite, pomo d'Adamo sporgente, collo magro, è lui, «Domino», – disse indicando un altro viso.

– E quindi è Jean Gildas, – disse Mercadet dopo una rapida ricerca.

Matthieu fece segno agli agenti che potevano portare via il ferito. Due sarebbero rimasti di guardia alla sua porta all'ospedale di Combourg. Un'altra auto condusse il cecchino al commissariato di Rennes, Verdun al volante e Berrond al fianco di Yvon Le Bras, detto il «Prestigiatore».

– Dunque sono già cinque nella stessa classe, – disse Matthieu appuntando i nomi. – Pierre Robic, Yvon Le Bras, Jean Gildas, Hervé Pouliquen e Pierre Le Guillou.

– Ho gli indirizzi dei due nuovi, – disse Mercadet alzando gli occhi dal computer. – Il cecchino abita a Louvigné e il conducente a Bois-sur-Combourg. Ci aspettano altre due perquisizioni, commissario Matthieu.

– Con il consenso di Adamsberg e del commissario capo, sí.

– Lascio a lei l'incarico, – disse Mercadet, che non si reggeva piú in piedi.

Noël entrò con Retancourt, di ritorno dall'ospedale di Rennes. Tutti i visi si voltarono verso di loro.

– Da quello che ci ha detto l'infermiera, il bicipite è stato perforato, lo ricuciranno in anestesia locale e ci restituiranno il commissario domani con antibiotici, antisettico e fasciatura da cambiare ogni giorno. Ovviamente bisognerà aspettare che la ferita si cicatrizzi prima che riesca a muovere il braccio. Quindi dovranno steccarglielo.

– Che sollievo! – esclamò Johan versando il chouchen. – A che ora lo operano?

– Stasera stessa.

Matthieu riferí a Noël e Retancourt le identificazioni di Josselin.

– Gran bel lavoro, – disse Noël. – Stiamo cogliendo i suoi uomini come mele, a Robic non piacerà. Questa faccenda, però, ci distoglie dal nostro obiettivo iniziale: l'assassino di Louviec.

– No, – replicò Retancourt. – Lo seguiamo in diagonale, come ha detto il capo. Robic ha fatto uccidere il dottore su richiesta di qualcuno di Louviec. Incastrando la sua banda incastriamo il nostro assassino. Basta far parlare uno di loro.

– Giusto, – concordò Veyrenc. – Commissario, propongo di procedere alle due perquisizioni domani, non appena possibile. Entrambe le case nella stessa giornata.

– Benissimo, – disse Matthieu. – Rimandiamo gli interrogatori a dopo le perquisizioni. Siamo solo in sette. Un po' risicati per perquisire due case nella stessa giornata. Porto altri cinque agenti e l'esperto in casseforti.

34.

L'indomani mattina alle nove meno dieci, prima ancora che avesse avuto il tempo di richiederla, arrivò a Matthieu l'autorizzazione del commissario capo per procedere alla perquisizione dei domicili di Yvon Le Bras a Louvigné e di Jean Gildas a Bois-sur-Combourg. Prova che, non appena uscito dall'intervento al braccio, Adamsberg era tornato subito operativo e si era messo in contatto con il suo superiore. All'ospedale, ma pur sempre operativo. Con un altro messaggio aveva fatto sapere che stava bene e contava di essere alla locanda quella sera stessa alle sette.

Le due squadre si diedero subito appuntamento davanti alla casa di Yvon Le Bras a Louvigné, al 6 di rue de la Cerisaie. Un altro casolare ristrutturato, ma meno grande di quello di Hervé Pouliquen.

– Raccogliete tutto quello che vi sembra interessante, anche se dubito che abbia lasciato qualcosa in giro, – disse Matthieu. – Tranne nella cassaforte. Controllate i muri, le assi dei pavimenti e le mattonelle. Frugate da cima a fondo soffitta e cantina, senza dimenticare il garage. Dobbiamo assolutamente trovare la cassaforte.

Infilati i guanti, i dodici agenti si sparpagliarono per la casa, zeppa di mobili e oggetti di ogni tipo. Per facilitarsi il compito, portarono fuori sul prato il maggior numero possibile di mobili. Matthieu si incaricò di aprire e rovistare in cassetti, credenze, comò, armadi e bauli. Scese in cantina con Noël e Veyrenc, la sgombrarono di tutto il ciarpame, svuotarono ogni ripiano, tirarono fuori gli scaffali portabottiglie e le casse di vino in attesa. Il pavimento era ricoperto di terra battuta argillosa, per ridurre l'umidità. Veyrenc esaminò un paio di stivali con le suole incrostate di un terriccio molle e piú scuro.

– C'è un'altra cantina qui sotto, questo è certo, – disse.

Una volta messo a nudo il pavimento, cominciarono a battere coi piedi metodicamente, di trenta centimetri in trenta centimetri, per individuare dove suonasse sordo. Trovarono il punto sotto le scaffalature per il vino, una superficie di circa un metro e venti per un metro.

– Andiamo a prendere gli attrezzi per scavare, – disse Veyrenc.

A soli dieci centimetri sotto la terra argillosa spuntarono delle assi di legno, che furono portate completamente alla luce. La botola, munita di un grosso anello, si sollevò senza il minimo rumore.

– Si prendeva la briga di lubrificare le cerniere, – disse Matthieu agganciando il pannello a una sbarra di ferro. – Fate attenzione a scendere, la scala è ripida.

La seconda cantina, scavata direttamente nella roccia, era molto piú umida; il suolo scuro, un po' fangoso, si attaccava alle suole.

– Ecco a cosa gli servono gli stivali, – disse Matthieu raggiungendo il collega e accendendo la plafoniera. – Puoi essere accorto quanto vuoi, c'è sempre un'inezia che sfugge. Senza quel fango sugli stivali non è detto che avremmo scoperto questa seconda cantina.

Entrambi osservarono la cassaforte addossata al muro di fondo.

– È il caso di dare due colpi di fischietto, – disse Veyrenc.

Poco dopo l'esperto esaminava la massiccia cassaforte alla luce di una grossa torcia, ruotando le manopole con l'orecchio incollato al meccanismo.

– Roba tosta, – disse. – Ma la chiusura è meno sofisticata di quell'altra. Datemi una mezz'ora.

Come il giorno prima, Matthieu gli restò accanto per ammirare la sua destrezza. Veyrenc annunciò agli agenti che potevano interrompere le ricerche e rimettere a posto mobili e oggetti, lasciando fuori solo un tavolo.

– Dov'era? – domandò Retancourt.

– In una seconda cantinetta, sotto il pavimento. Il tizio doveva fare una bella fatica per arrivare alla cassaforte.

Era mezzogiorno. Berrond tirò fuori un enorme cestino preparato da Johan e distribuí in giro panini, crêpe farcite, fette di formaggio, frutta, bottiglie di vino, bicchieri e piattini di carta, tovagliolini.

– Lasciatene un po' per Matthieu e l'esperto, – disse. – E voi mi saprete dire com'è il vino, – aggiunse rivolto ai cinque agenti di Matthieu.

Stavano finendo il formaggio quando il commissario e l'esperto li raggiunsero.

– Come, non ci avete aspettato? – disse Matthieu con un sorriso, lo sguardo rivolto a Berrond.

– Non ho resistito, – ammise l'altro. – Ma vi abbiamo tenuto qualcosa da parte.

– Ci voleva proprio, – disse Matthieu sedendosi accanto all'esperto, che non era abituato a spuntini cosí elaborati. – Andateci piano col vino, abbiamo anche la casa di Jean Gildas da perquisire. A Bois-sur-Combourg. Qualcuno conosce Bois-sur-Combourg?

– Io, – disse uno degli agenti. – Ci abita mia sorella. Un buco di duecento anime, piú tranquillo di cosí si muore. Se la casa si trova ai margini del paese, la banda poteva andare e venire senza dare minimamente nell'occhio. Qual è indirizzo?

– Rue de la Gare, 7.

– Come potete ben immaginare, la stazione è stata demolita da un pezzo. Ma in effetti la strada si trova in fondo al paese. Dev'essere la vecchia casa di mattoni col tetto di ardesia.

– Grande?

– Due piani, ma direi non piú di tre stanze per piano.

Matthieu fece girare diverse foto della cassaforte appena aperta, il cui contenuto era piú o meno uguale a quello della cassaforte di Hervé Pouliquen: mazzette di banconote, armi, gioielli, documenti.

– Robic si teneva la fetta piú grossa, senz'altro piú della metà, ma a quanto pare tra i soci divideva equamente, – disse Matthieu. – Infilatevi i guanti: tiriamo fuori tutto quello che c'è in cassaforte e lo depositiamo sul tavolo, lo fotografiamo e lo imbustiamo. Un prelievo di terra, poi richiudiamo la seconda cantina, la ricopriamo e rimettiamo tutto a posto. Dimentico qualcosa?

– Gli stivali? – disse Veyrenc.

– Ah, già, gli stivali: in una busta di plastica. E finiamo di fare ordine.

Mentre il fotografo scattava le foto, Matthieu esaminò piú da vicino il contenuto della cassaforte alla luce del sole. Tre armi, voluminose mazzette di banconote, due collane di perle, sei anelli, tre passaporti, l'ultimo dei quali era stato usato per Los Angeles. Un altro era ancora privo di timbri, probabilmente riservato all'evenienza di una fuga improvvisa. Quattro patenti e carte d'identità false, intestate a Jérôme Verteuil, Georges Charron, Roger Fresnes e Martin Serpentin. Matthieu prese l'ultima e andò da Mercadet.

– Tenente, Serpentin è il vero nome della vipera, giusto?
– Sí, – rispose Mercadet dopo una breve ricerca.
– Allora come mai dicono che è la sorella di Joumot?
– Due secondi... Ecco, ci sono. Suo padre, Serpentin, ha divorziato e si è risposato con una donna che aveva avuto un figlio da un matrimonio precedente: Alain Joumot. In realtà Joumot è il fratello acquisito della Serpentin. Suppongo che a Louviec lo chiamino «fratello» perché quei due abitano insieme e vanno d'amore e d'accordo. A cosa pensa?
– Al fatto che è difficile per certe persone non lasciare una traccia del loro passato nei nomi falsi che si scelgono. Una delle due carte d'identità contraffatte del nostro Yvon Le Bras è a nome di Martin Serpentin.
– Cerca un collegamento tra Louviec e Robic?
– Perché no? In ogni caso potrebbe essercene uno tra Yvon Le Bras e la Serpentin, e dunque con Joumot.
– Pensa che Joumot sia coinvolto?
– Diciamo che è in grado di fornire qualche informazione. Lui o la sorella acquisita. Su, finisco e chiudiamo tutto, – disse Matthieu rialzandosi.
– La casa è quasi in ordine, finite di imbustare e siamo pronti, – disse Berrond.
– Io torno a Rennes con Verdun per interrogare Yvon Le Bras, adesso che abbiamo il contenuto della sua cassaforte. Ma non mi aspetto di cavarne piú di quanto abbiamo ottenuto da Hervé Pouliquen. Quelli sono della stessa scuola, tengono la bocca cucita. Sperano che il loro capo li tiri fuori dai pasticci.
– Ehi, Matthieu! – Mercadet richiamò il commissario che si allontanava.
– Che c'è?
– Gli stivali!

Le stesse operazioni della mattina si ripeterono nella casa di mattoni di Jean Gildas a Bois-sur-Combourg. Perquisizione di tutti i mobili e ispezione di tramezzi e pavimenti. Dopo aver svuotato la legnaia di un ammasso di tondelli e assi, scoprirono una vecchia botola sporca di terra, al di sotto della quale si celavano due piccole casseforti che gli agenti portarono alla luce del sole. L'esperto si sedette sul prato per mettersi all'opera, il fotografo tirò fuori l'apparecchio e Veyrenc si preparò a imbustare.

– Sono un modello piú classico delle altre due, – disse l'esperto. – Penso di riuscire ad aprirle mentre voi finite di rimettere in ordine la casa. Meno di trenta minuti.

Alla stessa ora Robic era già informato dell'arresto del Prestigiatore e di Domino. Catturati anche loro due. Era lo svantaggio delle armi da fuoco rispetto al coltello. Una detonazione provocava l'immediata reazione della polizia, che si gettava all'inseguimento del fuggitivo. Ma avrebbero dovuto cavarsela, porco boia! Comunque il piano andava portato avanti fino in fondo, pazienza se gli costava altri uomini. Era ora di mandare il messaggio, leggermente modificato, al commissario. Prima, però, chiamò il Giocatore per impartirgli le istruzioni.

– Stasera bersaglio Adamsberg, – disse. – Senz'altro circondato da guardie del corpo. Uscirà di sicuro verso sera. Sai che faccia ha?

– Sí, – rispose il Giocatore con una certa riluttanza.

– Anche con le guardie intorno, resta sempre uno spazio tra le gambe. Mira in quello spazio e ferisci Adamsberg alla coscia, senza toccare l'arteria.

– Ho ben presente il punto. E ho già un'idea di come fare.

– Come riuscirai a prendere la mira?
– C'è una luce, fuori dalla locanda.
– Poi filatela alla svelta. Ho l'impressione che abbiano un agente piuttosto lesto.
– Sono stato medaglia d'oro al campionato nazionale e non ho mai smesso di allenarmi.
– Data la difficoltà supplementare, avrai un extra in caso di successo.

Intontito dai sedativi, Adamsberg si stava riprendendo quando ricevette il messaggio:

> Adamsberg, faccia rilasciare all'istante Gilles, il Prestigiatore e Domino con garanzia di immunità, altrimenti pagherà con la vita. L'attentato di ieri è stato solo un primo avvertimento, se ne aspetti un secondo. Se entro domani i miei uomini non saranno stati rilasciati, lei morirà.

Perché non ucciderlo subito, la sera prima? Perché quegli avvertimenti, col rischio di rimetterci degli uomini?, si chiedeva Adamsberg mentre l'infermiera gli cambiava la fasciatura. Risposta: perché Robic era sicuro che i suoi scagnozzi non si sarebbero fatti prendere. Non potendo prevederlo, aveva trascurato il fattore Retancourt e in effetti, senza di lei, i due avrebbero avuto tutto il tempo di svignarsela. D'altra parte, la prima aggressione, inaspettata ma non mortale, al momento dava piena credibilità alla sua minaccia, fornendo altresí il tempo necessario affinché il ministro prendesse una decisione in merito al rilascio dei tre figuri. Ecco dunque che l'ultimatum arrivava oggi, martedí, e Adamsberg lo inoltrò subito a Matthieu, al sottosegretario del ministro e al commissario capo di Parigi.

Matthieu, che era agli sgoccioli nell'interrogatorio – infruttuoso – di Yvon Le Bras, si sentí cedere le ginocchia leggendo il messaggio di Adamsberg. Con il viso teso per la preoccupazione, lo mostrò a Verdun senza dire niente e uscí lasciando al collega l'incombenza di terminare il lavoro prima di passare a interrogare Jean Gildas, detto Domino. Il contenuto della sua cassaforte era appena arrivato a Rennes.

Il commissario si precipitò all'ospedale ed entrò nella camera di Adamsberg bianco come un lenzuolo.

– Merda! – proruppe torcendosi le mani. – E adesso che facciamo?

– Ho già avvisato il commissario capo e il ministero, – rispose pacato Adamsberg. – La decisione è nelle loro mani: Gilles, il Prestigiatore e Domino o me. To', eccoti intanto la risposta del commissario capo, che piú pusillanime non si può: «Una mera spacconata. Si circondi di guardie del corpo».

«Nessuna spacconata, – rispose lui. – Prima aggressione ieri sera, sono all'ospedale con un braccio immobilizzato».

– Si capisce che in ballo non c'è la loro pelle, – sbottò Matthieu, che si accese una sigaretta con mani tremanti e ne allungò una al collega. – Sí, lo so, è vietato fumare nelle camere, – disse aprendo la finestra, – ma chissenefrega. Come esci ti rimetti casco e giubbotto antiproiettile e non te li togli neanche quando vai a stenderti sul tuo menhir...

– Il mio dolmen, – lo corresse Adamsberg.

– Sí, vabbe'. E andrai in giro scortato da guardie del corpo debitamente equipaggiate. Giorno e notte. Il che significa che devo farmi mandare ventiquattro uomini che si diano il cambio.

– Molto pratico per andare a pisciare.

– E a dormire, a lavarti, eccetera. Ci saranno sempre due piantoni fuori dalla porta e due in camera e nelle docce. Per pisciare, ti arrangerai con il braccio libero, ma due agenti ti accompagneranno sempre e staranno fuori di guardia.

– Bene, – sospirò Adamsberg. – Esco tra due ore. Organizzami la scorta e riportami la mia attrezzatura.

Alle sette gli otto agenti si ritrovarono davanti alla locanda e Johan abbracciò Adamsberg. Erano tutti al corrente della minaccia di morte che incombeva sul commissario e la tensione era palpabile. Non lontano dalla porta stazionava un cellulare blu e otto guardie del corpo gli facevano scudo. Adamsberg scrutò i paraggi con maggiore attenzione di quanto avesse fatto fino a quel momento.

– L'alberone di fronte alla locanda, dall'altra parte della strada, è un faggio, giusto? – chiese a Johan.

– Sí, e ha centosessantanove anni, pensa un po'.

Adamsberg lo osservò per un attimo e concluse: – Tronco enorme, lungo, largo e liscio, impossibile arrampicarsi. In compenso, il portico con le colonne costituisce un ottimo nascondiglio.

– Che provvederemo a ispezionare, – disse Matthieu. – Su, entriamo. Inutile esporsi per la strada.

– Alla fine non ti hanno steccato? – domandò Veyrenc sedendosi al tavolo.

– Devo solo portare il braccio al collo. Qui dentro, – disse Adamsberg togliendosi casco e giubbotto antiproiettile, – posso liberarmi di tutta la bardatura?

– Sí, – rispose Matthieu. – Ci sono due uomini davanti alla porta e uno davanti a ogni finestra. E altri due davanti all'uscita sul retro, attraverso l'ex cappella. Stasera esci solo quando fa buio. Non prima delle dieci e mezza.

– Mi sembra ragionevole, – disse Adamsberg. – Le guardie creperanno di caldo, oggi è stata una giornata afosa. Domani pare che pioverà.

– Vado a portargli un bicchierino, – disse Johan.

– Non possono bere alcol, Johan, – disse Adamsberg sedendosi a sua volta. – Solo acqua.

– Benissimo. Acqua con mezzo bicchiere di chouchen, non gli farà mica male, no?

– No, – disse Adamsberg. – Permesso accordato.

– E un giro per voi?

Dando per scontata la risposta, Johan tornò con la bottiglia e i bicchierini. Gli tremavano leggermente le mani. Anche se non l'aveva vista, era sicuro che la rondine bianca aveva protetto Violette. E lui avrebbe cercato di fare altrettanto con il commissario.

– Non ti preoccupare, Johan, – disse Adamsberg. – Non morirò stasera. L'ultimatum è per domani. Ah, risposta del ministero. Un capolavoro di ignavia. Ve la leggo: «Lo Stato non cede alle minacce. Pura provocazione, ma si faccia dare una scorta».

– Stronzi, – disse Johan riempiendo i bicchieri. – Chi orchestra queste aggressioni?

– Robic, senza ombra di dubbio, – disse Berrond. – Chi altri, se no?

– Oppure Robic protegge l'assassino di Louviec puntando al vertice della squadra per stroncare l'inchiesta, – disse Verdun.

– Oppure è l'assassino di Louviec che protegge sé stesso, – suggerí Johan.

– No, – intervenne Mercadet. – Ho cercato di risalire all'origine del messaggio di avvertimento. Impossibile rintracciare la provenienza, telefono criptato. E non ce lo vedo l'assassino di Louviec in possesso di un apparecchio simile. Solo Robic può disporre di un'attrezzatura del genere.

– In ogni caso, – disse Berrond, – c'è un legame tra la banda di Robic e Louviec. Da una parte l'omicidio del dottore, con le stesse modalità del nostro assassino. Dall'altra, uno dei documenti falsi di Yvon Le Bras è a nome Serpentin. E la Serpentin è la sorellastra di Joumot. E niente ci dice che Joumot non tenga in pugno Robic. Deve sapere un bel po' di cose...

– E cos'è saltato fuori dalle perquisizioni odierne? – domandò Adamsberg.

– Le casseforti contenevano la stessa roba che abbiamo trovato da Hervé Pouliquen, – disse Matthieu. – Soldi, gioielli, armi, una sfilza di documenti falsi. Yvon Le Bras ha seguito Robic a Los Angeles, ma Jean Gildas no. Suo padre era malato.

– E gli interrogatori?

Verdun sospirò.

– Stessa solfa, – disse. – All'inizio hanno negato categoricamente, poi, davanti all'evidenza della refurtiva e dei documenti falsi, mutismo assoluto o accuse di macchinazione. Sembrano nutrire una fiducia cieca nel loro capo.

– Ma *sono* ciechi, Verdun, – disse Adamsberg. – Lo seguono docili come cani fedeli. Un tiranno e i suoi schiavi, e va avanti cosí da anni.

– Forse a Louviec ci sono schiavi insospettati.

– Forse, – disse Adamsberg mettendosi a mangiare, in apparenza per nulla impensierito dalla prospettiva che l'indomani lo aspettava la morte.

Dopo cena, aspettarono le dieci e mezza per organizzare l'uscita di Adamsberg. Per ordine di Matthieu, Johan spense la luce dell'ingresso e quella della sala, ormai vuota. La porta d'ingresso a due battenti era abbastanza larga da permettere a tre uomini di uscire schierati. Noël andò a prendere l'auto del commissario e la portò davanti alla locanda e otto uomini scortarono Adamsberg: due davanti, due per lato e due dietro. Il Giocatore, vestito di nero, si appostò su un fianco del faggio e si accovacciò. Il buio non era totale e la luna, quasi piena, gli permetteva nonostante tutto di avere una visuale della scena. Tutti gli sguardi erano rivolti verso il commissario. Quando uno degli agenti gli aprí la portiera e Adamsberg si tirò leggermente indietro per salire in macchina, i due uomini che lo proteggevano ai fianchi, ingrossati dai giubbotti antiproiettile, lasciarono uno spazio di circa trenta centimetri tra le loro gambe e quelle del commissario. Era il momento buono. Il Giocatore mirò alla gamba e sparò alla coscia sinistra. Adamsberg si portò d'istinto il braccio destro alla gamba, riaprendo la ferita, e si piegò sulle ginocchia con un verso di rabbia. Seguí un parapiglia, esclamazioni, ordini, mentre il Giocatore, che si era subito messo al riparo del faggio, spiccò un salto di un metro e mezzo da terra e, nell'oscurità, si arrampicò senza sforzo su per il tronco liscio dell'albero. Raggiunse agilmente i primi rami a un'altezza di circa dodici metri, dopodiché si issò di ramo in ramo, appollaiandosi a una ventina di metri da terra. A chi sarebbe mai venuto in mente di cercare lassú qualcuno che stava scappando?

Quattro uomini restarono di guardia alla portiera davanti a Adamsberg, steso a terra mentre le altre guardie del corpo e i sette poliziotti scandagliavano tutt'intorno con il fascio delle torce per cercare di scovare l'uomo in fuga. Non si scorgeva nessuna sagoma, del cecchino nemmeno l'ombra.

– Cilecca, – disse Retancourt.

L'ambulanza, che era stata fatta venire per precauzione, trasportò di nuovo il commissario all'ospedale di Rennes. Gli altri intanto tornarono ai propri alloggi con la coda tra le gambe. Il Giocatore contemplava il loro sconforto, compiaciuto di sé stesso per aver colpito Adamsberg come previsto, senza gravi conseguenze. Dovette comunque aspettare piú di mezz'ora in cima all'albero, il tempo che la locanda chiudesse le imposte e le strade si svuotassero, prima di scendere speditamente, sgusciare tra le stradine e raggiungere l'auto in attesa.

– Stavolta è andato tutto liscio, – disse allacciandosi la cintura. – Mi sono arrampicato sul faggio di fronte alla locanda e li ho guardati affannarsi a destra e a manca dal mio posatoio a venti metri di altezza. È stato uno spasso. Per l'omicidio vero e proprio di domani la faccenda è piú complicata. Va detto, però, che gli uomini che stanno intorno al commissario non sono granché equipaggiati. Gli fanno da guardie del corpo, sí, ma hanno giusto casco e giubbotto antiproiettile. C'è un punto debole all'altezza del collo. Si può sparare a due poliziotti e colpire Adamsberg.

Durante il tragitto il Giocatore rifletté sui dettagli della tattica da attuare l'indomani. Al tempo stesso si augurava ardentemente di non essere lui il prescelto per quell'incarico omicida. Intanto, però, era giocoforza approntare una strategia. Sapeva fin troppo bene cosa l'aspettava se si fosse rifiutato di obbedire.

Avrebbero fatto uscire Adamsberg dalla locanda col favore delle tenebre per farlo salire difilato in macchina, come quella sera. Stavolta doveva mirare al collo dei poliziotti, di sbieco, alla base della nuca, per evitare la carotide, e poi sparare al commissario. I tempi erano strettissimi, sia per sparare che per risalire sull'albero. Scosse mestamente la testa, un po' disgustato all'idea di quel massacro.

Matthieu aveva appena mandato un messaggio a Rennes con la richiesta urgente di otto scudi balistici per proteggere Adamsberg. Era ancora troppo esposto, in particolare al collo. Un proiettile alla trachea o all'arteria ed era la fine. Oltre a un'ambulanza già sul posto, richiese anche la presenza di un medico pronto a intervenire e tutto l'occorrente per medicare le ferite da arma da fuoco.

Per la seconda volta i poliziotti si separarono demoralizzati e indispettiti dalla frustrante sensazione di aver fallito nella loro missione, cui si aggiungeva l'aggravante della mancata cattura del cecchino. Retancourt lanciava invettive, lasciandosi sfuggire dalle labbra un ringhio sordo che non prometteva niente di buono.

35.

La sera della data preannunciata per l'omicidio di Adamsberg trascorse in un'atmosfera di grandissima tensione e azioni intraprese per dissiparla. I media locali e regionali davano ampio spazio ai due attentati contro il commissario e, con qualche eccezione, tutti si stupivano della superficialità delle ferite inflitte e ipotizzavano che si trattasse di una volontà deliberata per far pressione in modo da ottenere il rilascio dei detenuti. E dunque la morte di Adamsberg sarebbe stata il passo successivo, se il ministro non avesse ottemperato. Eventualità che la maggior parte dei giornalisti denunciava con fermezza.

Adamsberg controllava il telefono dal letto d'ospedale: non solo il governo non si piegava al ricatto, ma non si era nemmeno sprecato a mandargli un messaggio di incoraggiamento. «Le alte sfere» si rintanavano come conigli, cosa che non lo meravigliava affatto. La squadra di Matthieu al completo era a Rennes, impegnata a redigere i verbali degli interrogatori e a catalogare e sistemare i corpi del reato nelle apposite scatole, in modo che rimanessero sotto custodia nel commissariato. Adamsberg sembrava l'unico a non scomporsi. Matthieu leggeva e rileggeva il messaggio ricevuto quella mattina: «Suturata ferita profonda alla coscia, accesso di febbre stanotte, dolorante, sotto calmanti, intontito, stampella, stasera alle sette da Johan». Ebbe un lieve sorriso al pensiero che il collega preferiva usare il termine «calmanti» invece di «analgesici», parola di cui non doveva essere del tutto sicuro.

Nel tardo pomeriggio le guardie del corpo, munite di scudi, andarono a prendere il commissario all'ospedale di Rennes per portarlo alla locanda, reputato un luogo sicuro. Le due squadre di Matthieu e Adamsberg aspettavano già per strada, sforzandosi di fare due chiacchiere per calmare l'angoscia crescente. Retancourt non ci provava neppure a parlare. Si limitava a emettere il ringhio sordo di un leone che si prepara ad attaccare. Prima di far entrare il commissario, avevano provveduto a una lunga e accurata perquisizione della locanda per accertarsi che non ci fosse nessuno nascosto da qualche parte. Johan aveva chiuso le pesanti imposte di quercia e sbarrato la porta della cantina, porta che aveva fatto blindare per proteggere le sue preziose bottiglie e che soddisfaceva appieno le guardie del corpo. Una volta che i luoghi vennero dichiarati «sicuri», parcheggiarono l'ambulanza davanti alla porta e le guardie del corpo formarono coi loro scudi una specie di tunnel corto e stretto attraverso cui far passare il commissario per entrare nel locale.

Johan, che nel frattempo era andato a rivolgere una preghiera alla sua rondine invisibile, gli aveva predisposto una sedia comoda e sistemato sotto il tavolo uno sgabello dotato di cuscino per appoggiarci sopra la gamba.

– Se ho capito bene, – disse Adamsberg prima di scendere dall'auto, – cambiamo tecnica.

– Sí, – rispose Matthieu. – E, credimi, non sai quanto ho penato per avere quegli scudi balistici. Larghi e lunghi, e pesano dieci chili. Meno male che i ragazzi sono ben piantati. Cosí possiamo lavorare all'antica, alla romana.

– Spiega un po', – lo incalzò Adamsberg.

– I Galli avevano inventato un'intelligente tattica difensiva per far avanzare i loro uomini sotto la pioggia di frecce del nemico. Raggruppati in quadrati belli stretti, i guerrieri tenevano sollevato un grande scudo sopra la testa, mantenendo gli altri scudi ai fianchi, davanti e dietro. Tecnica ampiamente adottata dai Romani e che prende il nome di formazione a testuggine, o piú in generale di testuggine romana.

– Quindi entrerò nella locanda protetto da una formazione a testuggine? Piuttosto stragavante, non trovi?

– Stravagante, Adamsberg, stravagante. Non stragavante.

– Come vuoi. Proviamo anche questa.

– La tecnica ha duemila anni, ma cosí il passaggio è blindato. Stesso corridoio all'uscita. E stavolta ho ottenuto due auto coi vetri antiproiettile. Nella prima auto ci saranno quattro uomini con te e altri quattro nella seconda. Stesso schema per entrare nell'ex casa di cura dove siete acquartierati.

– Quasi perfetto, ma c'è una falla nel sistema, Matthieu, – disse Adamsberg infilandosi con la stampella nel tunnel formato dagli scudi.

L'innata serenità di Adamsberg, rimasta immutata, rasserenò in parte gli animi e il giro di chouchen fu per tutti il primo momento sereno della giornata. Johan non si dimenticò degli otto agenti che piantonavano l'esterno della locanda e uscí a portargli dei mezzi bicchierini di chouchen e acqua. Fece lo stesso con Retancourt, che, seduta sui gradini, scrutava con attenzione il faggio. Adamsberg plaudí mentalmente alla premura di Johan: sotto quella spessa corazza nera, infatti, le guardie sembravano piú dei robot che uomini in grado di apprezzare un bicchierino di chouchen. Avevano cenato in anticipo, in modo da essere pronti a svolgere la loro missione.

– Quale falla? – domandò Matthieu non appena Adamsberg si fu sistemato a tavola, con la gamba appoggiata sullo sgabello.

– Al ritorno, le guardie del corpo potranno proteggere le portiere con gli scudi, ma quella del conducente resta vulnerabile. Adesso che sanno che sono protetto potrebbero passare all'artiglieria pesante. Non potendo colpirmi, dato il giubbotto antiproiettile, il cecchino avvertirà un complice che ci seguirà. Alla prima occasione buona ci sorpassano, il cecchino colpisce gli pneumatici con una sventagliata di proiettili, ferisce o ammazza il nostro conducente e l'incidente è assicurato. Succederà un macello e nella mischia sarà facile uccidermi.

Matthieu fece una smorfia.

– Ci ho pensato, – disse. – E poi, quanto a sicurezza, l'ex ospizio lascia molto a desiderare. Grandi balconi a ogni piano, finestre alte e senza imposte, piano terra tutto vetrate e verande: un vero e proprio colabrodo. Va detto che l'edificio era stato progettato con un intento terapeutico, in modo che gli ospiti non avessero la sensazione di essere rinchiusi e godessero appieno della vista e della luce. Esattamente il contrario di quello che ci serve.

– Oppure, – aggiunse Adamsberg, – se stasera la scampiamo, torneranno alla carica domani con altre modalità e questa situazione può protrarsi per giorni e giorni, finché non mi avranno fatto fuori. Robic è un tipo orgoglioso, non mollerà finché non l'avrà avuta vinta. E noi non possiamo starcene rintanati per sempre a Louviec dietro i nostri scudi.

– Ecco a che punto siamo per colpa del ministero, – sbottò Matthieu, sbattendo il pugno per la rabbia. – Se le autorità avessero accettato di rilasciare i tre indiziati non ci ritroveremmo in questo pantano. Abbiamo le foto e le impronte di quei tre. Sarebbe bastato diffondere i dati segnaletici per riacciuffarli nel giro di tre giorni. Invece no, lo Stato mostra i muscoli: «Lo Stato non cede alle minacce». Risultato: siamo in trappola.

– A meno di fare un blitz in casa di Robic, – propose Noël.

– Impossibile, sarebbe illegale, Noël. Non abbiamo uno straccio di prova contro di lui.

Johan, preoccupatissimo, aveva apparecchiato e stava portando di che tirare un po' su il morale dei commensali.

– Intanto ceniamo, – disse Retancourt. – Inutile uscire prima che faccia buio.

– E perché? – chiese Veyrenc.

– Perché l'assassino è già in agguato nel suo nascondiglio. Dev'essersi appostato da un pezzo, in pieno giorno, secondo me quando gli agenti sono andati a prendere il commissario all'ospedale. Non era rimasto piú nessuno di guardia davanti alla locanda. Ha aspettato il momento propizio, e cioè che la strada fosse completamente deserta, ed è corso a nascondersi. Ha assistito all'entrata di Adamsberg sotto il corridoio di scudi e ha capito che non aveva nessuna possibilità di colpirlo. Di fronte a questo intoppo, il nostro assassino non aspetta altro che faccia buio per svignarsela. E noi, invece, aspettiamo il momento propizio per acciuffarlo.

– Ieri abbiamo fatto cilecca, – disse Veyrenc. – Non sappiamo dove se ne sta imbucato.

– Ma non si imbuca affatto, – disse Retancourt con un sorrisetto. – È sopra le nostre teste.

– Abbiamo ispezionato i tetti, – disse Matthieu. – Non c'è nessuno.

– Perché non è su un tetto. È in cima al faggio. Ieri, mentre noi ci affannavamo a cercarlo per strada, se ne è rimasto tranquillo sul suo albero, in attesa di avere campo libero.

– Ma il ramo piú basso è almeno a una decina di metri di altezza e il tronco non offre nessun appiglio, – obiettò Veyrenc.

– Se si osserva da vicino, si notano delle sottili striature sulla corteccia, sul lato posteriore del tronco. Sono segni di ramponi. I primi sono a un metro e mezzo da terra. Quello è capace di saltare da fermo a quell'altezza, un'impresa quasi da record, e poi di arrampicarsi in un lampo fino ai rami. Dev'essere un tipo agile e atletico.

Adamsberg annuí con approvazione.

– Ottimo, tenente. Non so se io ci avrei mai pensato.

– E cosa aspettiamo per andare a beccarlo? – disse Berrond.

– Che faccia buio. Cosí evitiamo che si metta a fare il tiro al piccione con noi. Verso le dieci e un quarto circondiamo l'albero con i riflettori puntati. Ne abbiamo cinque, giusto, Matthieu?

– Sí. Due nelle nostre auto e tre nel cellulare. Johan, possiamo metterli in carica nella tua cucina?

– Certo.

– Vai tu da solo a prenderli, Matthieu. Con la tecnica della testuggine, – disse Adamsberg.

– Una volta che il faggio sarà illuminato dai riflettori non sarà difficile localizzare il nostro uomo, – concluse Retancourt. – È solo maggio, il fogliame non è ancora molto folto.

– In ogni caso, se quello è a quindici, venti metri di altezza o anche di piú, come facciamo ad acciuffarlo? – disse Berrond.

– Un camion dei vigili del fuoco ha una scala estensibile, – suggerí Verdun.

– Ma ci può salire un uomo solo, – obiettò Adamsberg. – Che verrebbe colpito non appena si avvicina al tipo.

– Oppure il tipo può far rientrare la scala con un calcio.

– La scala estensibile non si può far rientrare con un calcio.

– Allora il pompiere verrà ucciso, e cosí tutti quelli che ci proveranno dopo di lui, – concluse Veyrenc.

– Dunque il piano è aspettare che il nostro uomo, completamente accerchiato, si arrenda e scenda da solo, – riepilogò Adamsberg.

– Non ci sono alternative, – approvò Matthieu, arrivato con il quinto riflettore. – Gli agenti con gli scudi sistemeranno i riflettori, dopodiché si schiereranno intorno all'albero.

– Le nostre squadre, piú vulnerabili, si terranno nelle retrovie, al riparo del portico e delle colonne, – puntualizzò Adamsberg.

– Tranne te, – disse Matthieu. – Tu non metti il naso fuori di qui.

– Appunto a proposito dello spostamento del commissario, – intervenne Johan un po' in imbarazzo, – avete detto che non è privo di rischi e che l'ex ospizio non garantisce il massimo della sicurezza. Allora, so che non mi riguarda, ma una soluzione ci sarebbe per tenerlo al sicuro.

– E quale? – chiese Veyrenc.

– Non farlo uscire per niente, – rispose Johan.

– E come?

– Ho una stanza di sotto, è la piú sicura. La finestra dà sulla strada, ma ci sono le sbarre e le imposte di ferro sono solide. E poi la locanda è piantonata.

– Astuto, – commentò Retancourt.

– D'accordo, – approvò Adamsberg. – Ma, porco Giuda, per quanto tempo dovrò starmene recluso, Johan?

– Quando avranno capito che non possono spararti, cambieranno piani, – disse Veyrenc. – Poco ma sicuro. Robic non starà ad aspettare, invertirà la rotta, e molto presto: è il suo modo di agire.

– Grazie, Johan, – disse Adamsberg. – Spero di non essere troppo d'incomodo.

– Tu? D'incomodo? Ma se sei leggero come una piuma! Corro a prepararti la stanza. Poi mi occuperò della vostra cena.

– Senza fretta, Johan, – disse Retancourt. – Ceniamo con calma, non sono ancora le otto.

– C'è un punto da cui poter osservare quello che succederà qui fuori stasera? – domandò Adamsberg.

– Potremmo scostare poco poco le imposte, – disse Johan. – Tre centimetri, non appena avranno acceso i riflettori. Il cecchino avrà ben altro a cui pensare che mettersi a sparare attraverso una fessura cosí sottile.

– Tanto piú che sarà in alto.

– Appena scende però le richiudiamo, commissario.

Alle dieci e un quarto i sette poliziotti della squadra, muniti di scudi, uscirono a sistemare i riflettori sui treppiedi. Prima ancora che cominciassero a piazzarli, al Giocatore fu chiaro che non servivano certo a illuminare la strada. Dovevano aver capito che lui era appostato sull'albero. E nessuno aveva previsto il ricorso alla tecnica della testuggine con gli scudi balistici. Impossibile uccidere il commissario. Di fronte a quell'ostacolo insormontabile, il Giocatore provò un enorme sollievo. Adesso, però, doveva evitare a tutti i costi di farsi acciuffare e studiò subito la disposizione dei rami per trovare il modo migliore di tirarsi fuori da quel ginepraio. Il pesante equipaggiamento delle forze speciali avrebbe impedito loro di muoversi e i giubbotti antiproiettile avrebbero rallentato gli altri. In ogni caso, nessuno di loro, anche senza bardatura, sarebbe mai stato veloce quanto lui. Si spostò furtivamente di ramo in ramo – si trovava a circa venticinque metri di altezza – per individuare una via di fuga e il punto in cui saltare giú. Tutti i riflettori erano stati posizionati e orientati verso l'alto a inondare il faggio di una luce abbagliante. Gli agenti si erano disposti in cerchio, lasciando uno spazio di circa un metro tra loro e il tronco, per essere pronti a bloccarlo una volta che fosse saltato giú.

– È lassú in cima, – disse Adamsberg. – Guarda.

Johan sbirciò dalla fessura dell'imposta.

– A venticinque metri di altezza, – disse. – Non ha paura di niente, quello.

Il Giocatore studiò di nuovo la posizione degli otto poliziotti schierati e muniti di scudi e degli altri distribuiti lungo il perimetro della locanda. Loro non avrebbero sparato. Avevano senz'altro ricevuto l'ordine, come per il Prestigiatore e Domino, di catturarlo vivo. Catturarlo, figuriamoci!

– Va bene, va bene, – annunciò in tono leggero. – Non sparate, scendo.

– Si è arreso subito e prima di quanto credessi, – osservò Adamsberg aggrottando le sopracciglia. – Non promette niente di buono, Johan.

– Che cosa credevi?

– Che aspettasse che tirassimo fuori una scala. Che si mettesse a fare il tiro al piccione, come ha detto Retancourt. Invece no, scende senza opporre la minima resistenza.

Fingendo apprensione e impaccio, il Giocatore scese dalla sua postazione e raggiunse il ramo che aveva individuato, a circa dodici metri da terra: non era rivolto verso la locanda, dov'erano schierati i poliziotti, ma puntava sulla sinistra. L'estremità era sottile, dunque il ramo era abbastanza elastico da permettergli di usarlo come trampolino. Gli agenti, interdetti, lo videro avanzare lungo il ramo, chissà con quali intenzioni.

– Si allontana dal tronco, cammina senza nessun appiglio verso la punta del ramo, a dodici metri di altezza, – disse Matthieu. – Cristo santo, non può fare una cosa del genere! Dodici metri sono all'incirca quattro piani: è da pazzi!

– Fare cosa? – chiese Berrond.

– Saltare.

– Saltare? Intende suicidarsi?

Sbigottito, Adamsberg lo vide accovacciarsi in fondo al lungo ramo e farlo ondeggiare dolcemente sotto lo sguardo attonito dei poliziotti. Poi l'uomo respirò a fondo e spiccò un balzo, passando ben oltre la barriera dei poliziotti schierati per atterrare a gambe piegate alle loro spalle e schizzare via. Retancourt, sbalordita al pari degli altri da quella strabiliante prodezza, si sfilò il giubbotto antiproiettile e scattò alla rincorsa del fuggitivo, seguita da Matthieu e Veyrenc con oltre quindici metri di distacco.

Dopo una serie di strade e stradine, sboccarono su un campo in fondo al quale c'era un'auto in attesa. L'uomo era cosí spedito che Retancourt non riuscí ad accorciare le distanze. Vedendo che si avvicinava all'auto, si riempí d'aria i polmoni e ingranò la massima velocità, ben sapendo che avrebbe potuto reggere per quindici metri al massimo. Tanto bastò a permetterle di raggiungere il fuggitivo e buttarglisi addosso di peso, col fiatone e il cuore in gola, trovando comunque la forza di sfoderare la pistola. A quell'ora il lampione che rischiarava la strada le permise di distinguere l'auto, con il finestrino abbassato dalla parte del conducente. Come aveva fatto due giorni prima, mirò agli pneumatici con la mano che le tremava per la galoppata. Puntò la torcia e sparò di nuovo, anticipando forse di un secondo il conducente. La pistola gli scivolò a terra e l'uomo si abbassò per allungarsi a raccoglierla. Retancourt scorse l'arma, anche quella con l'impugnatura di madreperla – doveva essere un vezzo nella banda – e con un altro colpo la allontanò di un metro. Sentendo sotto di sé lo spilungone che si dimenava per cercare di sottrarsi al suo peso schiacciante, incrociò i piedi e gli immobilizzò le gambe. Contorsionista, scalatore, saltatore, equilibrista, corridore... quel tizio doveva essere stato un artista circense. L'altro intanto stava strisciando verso la pistola, e Retancourt la allontanò ancora con un secondo colpo. Ma dove cazzo erano finiti gli altri? Si voltò e vide la luce delle torce avvicinarsi. Era ora!

– Prima l'autista! – gridò. – La pistola è a due metri da lui!

Sparò una terza volta per scostarla e guadagnare tempo per i colleghi e quando vide che lo avevano agguantato tirò finalmente il fiato. A quel punto bloccò il contorsionista con le ginocchia e gli ammanettò le mani dietro la schiena. Poi gli si sedette sulle gambe e gli legò le caviglie con la cintura. Solo allora si lasciò rotolare sull'erba e chiuse gli occhi, in stato di completo abbandono. Veyrenc la raggiunse di corsa.

– È ferita, tenente?

– No, – ansimò Retancourt. – Mai visto nessuno correre cosí. Mi dia due minuti.

Matthieu e Veyrenc si incaricarono di portare indietro i due prigionieri, che depositarono sui gradini della locanda.

– Ehi, dite un po', avete intenzione di continuare a fare un bel mucchio qui davanti? – disse Johan raggiante.

– Mi darebbe un goccio di cognac, Johan? – disse Retancourt. – Non ne ho mai bevuto, ma stasera credo di averne proprio bisogno. Quel tizio correva come una lepre, credevo di rimanerci secca.

Mentre Johan serviva un cognac a Retancourt e un giro di chouchen agli altri, Matthieu raccontò le prodezze del tenente, per la gioia dell'oste e di Berrond.

Credo che adesso tu possa dare un bicchierino agli agenti, – disse Adamsberg mentre chiamava Josselin. – Per stasera il pericolo è passato.

Chateaubriand arrivò di corsa, si informò degli ultimi eventi, tracannò il bicchierino di chouchen e uscí, seguito dal commissario, per dare un'occhiata ai due prigionieri sui gradini. Mercadet aveva già tirato fuori il computer.

– Lui, – disse Josselin indicando il contorsionista, – lo riconosco. Ha perso un po' dei suoi capelli biondi, ma per il resto non è cambiato molto. Lui invece, – continuò passando all'autista, – non mi dice niente. Fategli qualche domanda, cosí sento che voce ha.

– Stasera è andata male, – disse Adamsberg all'autista, reggendosi sulla stampella. – Robic non sarà contento, e puoi dire addio alla tua ricompensa.

– Non so chi sia, – rispose l'altro con una voce impostata.

– Neanche di nome? Mai sentito nominare?

– Mai.

– Certo, come no. Lavori per la piú grande organizzazione criminale della zona, tutti ne hanno sentito parlare tranne te.

– E allora? Perché dovrebbe interessarmi?

– Aspetti un attimo, – disse Josselin mentre Adamsberg, in preda allo scoramento, risaliva goffamente i gradini. – Potrebbe farmi vedere la sua mano sinistra?

Josselin scorse tre grosse cicatrici bianche e irregolari.

– Si direbbe il morso di un cane, – disse Adamsberg.

– Infatti è cosí. Si è fatto azzannare da un mastino che si divertiva a tormentare senza nessun motivo, se non per impressionarci. Mi ricordo che la ferita si era infettata e ha rischiato di perdere due dita. Le dispiace farmi vedere la fronte, sul lato destro? Dovrebbe esserci una cicatrice. Eccola. Se l'è fatta durante una partita a calcio, sbattendo in pieno contro un palo della porta. Non lo riconoscevo perché pensavo a un compagno di classe, ma ogni tanto organizzavano degli incontri sportivi tra le varie scuole e lui era in un'altra sezione dell'ultimo anno, ed era il portiere piú bravo della scuola. Capelli neri lisci lisci e foltissimi, anche se adesso è brizzolato, occhi a mandorla, lo chiamavamo l'Indiano. Esistono delle foto di quegli incontri. Dalla voce, direi che è quello che chiamano Jeff.

I due tornarono nella sala per esaminare la foto della squadra di calcio del liceo di Rennes che Mercadet era riuscito a tirare fuori dagli archivi. I nomi dei giocatori erano scritti a mano sotto la foto.

– Eccolo, – disse Josselin battendo il dito sulla faccia di uno dei giocatori.

– Vero nome: Karl Grossman, – lesse Adamsberg.

Mercadet registrò il dato e tornò alla foto di classe.

– E il vostro saltatore è lui, – disse Josselin indicando uno spilungone biondo e magro che superava in altezza i compagni. – Noi lo chiamavamo l'Acrobata. Nella banda di Robic dev'essere quello che chiamano il Giocatore. È un vero atleta, gli riusciva tutto: salto con la corda, esercizi alla trave, acrobazie e ovviamente la corsa. Eppure non era per niente ben piantato, ma sapeva servirsi del suo corpo come di un elastico. A quanto pare non ha perso il talento. Era un tipo molto simpatico, pensavamo che avrebbe fatto carriera in un circo. Faccio davvero fatica a capire come mai sia finito in una banda di criminali. Si chiama Laurent Verdurin.

– Sei tu, Josselin? – disse il Giocatore dai gradini.

– Anche tu mi hai riconosciuto? – chiese Chateaubriand avvicinandosi.

– Difficile non riconoscerti con la faccia che ti ritrovi. Anche tu mi stavi simpatico. Hai ragione, ho lavorato a lungo in un circo. Sono stato acrobata, contorsionista, trapezista, giocoliere, saltatore: era la mia strada. Avevo un brutto ricordo del branco di delinquenti della nostra classe. Ti ricordi cos'avevano fatto a quel povero cane?

– Stai pur certo che non me lo scordo.

– Abominevole. E io ho finito per farmi incastrare dalla banda. Perché se ci entri non ne esci piú. Se provi a sfilarti sei morto.

– Ma perché hai accettato, la prima volta?

– Perché? Eravamo a Montpellier, la terza serata del nostro tour. All'uscita trovo un tizio ad aspettarmi che mi chiede se mi interessa guadagnarmi un bel gruzzoletto. E come? Un gioco da ragazzi per me, dice quello: dovevo scalare una facciata fino al terzo piano, entrare da una finestra e scendere ad aprire la porta agli altri. Tutto qui. Furto in appartamento. Io mi sono rifiutato. Allora quello ha tirato fuori la pistola e mi ha minacciato: «Tu lo fai e basta, capito?» E mi ha caricato sulla sua auto. Da quel momento sono stato fregato. Mi hanno portato a Sète – a due passi da Montpellier, è cosí che mi avevano individuato – e mi hanno costretto a lavorare per loro. Poi si sono trasferiti a Los Angeles, e sinceramente speravo di non rivederli mai piú. Ma Robic ha avuto delle grane e quattordici anni fa sono tornati tutti da queste parti. E il capo ci ha messo un attimo a ribeccarmi. Non era difficile, non ho mai cambiato nome. Tenevo un corso di circo a Le Mans. Di nuovo, non mi ha lasciato scelta e ho dovuto riprendere a lavorare per loro.

– Hai ammazzato qualcuno? – chiese Adamsberg, che stava seguendo la conversazione dall'interno della locanda.

– Mai. Sono sempre riuscito a evitare che mi accollassero un incarico del genere. Fino a ieri e a stasera. Robic aveva bisogno di me perché ero in grado di fare numeri di cui nessun altro era capace. Nel suo caso, commissario, la scelta è caduta sul Prestigiatore per la prima aggressione, perché è uno dei migliori tiratori. E l'avete schiaffato dentro. Poi, quando sono arrivate le guardie del corpo, l'unico modo per colpirla era da in cima al faggio. Per mia sfortuna, ero l'unico in grado di farlo. Quando però mi sono reso conto che, grazie alla tecnica della testuggine, mi sarebbe stato impossibile portare a termine la mia missione, mi sono sentito liberato da un peso enorme. La fortuna era dalla mia. Non fosse stato per la sua portentosa tenente, che è riuscita non so come ad acciuffarmi. Ma anche questa la considero una fortuna. È finita, grazie al cielo. Preferisco mille volte la prigione che essere tenuto in ostaggio da Robic.

– Dato che non hai ucciso nessuno e hai agito sotto costrizione te la caverai con poco, – disse Adamsberg. – Testimonierò in tuo favore. Scusa l'indiscrezione, ma mi sono permesso di registrare la vostra conversazione. Costituirà un'importante pezza d'appoggio in tua difesa. Confessione naturale e spontanea: libertà condizionale.

Il Giocatore gli rivolse uno sguardo speranzoso.

– È la verità, – disse Adamsberg. – Non si mente su certe cose.

36.

Al mattino, oltre alle guardie del corpo venute alle otto a dare il cambio e rimaste a piantonare la locanda per proteggere Adamsberg, altri dieci uomini si erano aggiunti alle squadre dei commissari per procedere alle perquisizioni in casa di Karl Grossman, detto Jeff, e di Laurent Verdurin, detto il Giocatore. Con diciassette agenti suddivisi in due gruppi, le operazioni sarebbero presumibilmente terminate ben prima dell'ora di pranzo. Dalle foto reperite da Mercadet, le abitazioni non erano molto grandi, cinque stanze al massimo, piú un edificio annesso che serviva da garage. Quella di Grossman era nuova di zecca e piuttosto brutta, quella di Verdurin era vecchia e poco ristrutturata. Johan e Adamsberg fecero colazione.

– Sei certo di quel che dici? – chiese Johan sottovoce, con una certa inquietudine.

– Te l'assicuro. Non le fa né caldo né freddo, non me ne ha neanche accennato.

– Perché, capisci, – ribadí l'oste rosicchiandosi la pellicina di un dito, – mostrarmi terrorizzato da una falena mi ha messo in ridicolo davanti a Violette. Di certo mi prende per un povero fesso, un mollusco, uno smidollato.

– Per la centesima volta: no. Non è questo il metro di giudizio di Violette per quanto riguarda gli uomini. Mettitelo bene in testa e piantala di tormentarti.

Adamsberg stava finendo di dissipare i timori di Johan quando bussarono alla porta della locanda.

– Sono Josselin, Johan, apri.

– Riconosco il suo modo di bussare, – disse Johan agli agenti. – E la voce è la sua. Fatelo pure entrare.

Gli agenti lo fecero entrare e richiusero subito la porta alle sue spalle.

– Sembra piuttosto eccitato, – commentò Johan servendogli una tazza di caffè.

– Ieri, nel trambusto della serata, ho dimenticato di dirle una cosa importante, commissario. Appena posso continuo a seguire quei figuri e giro in macchina in lungo e in largo. E pazienza per i funghi. Ieri, verso le dodici e trenta, stavo andando a caso verso Montfort-la-Tour, in direzione di Rennes, quando ho incrociato un tizio in moto. Per via del caldo viaggiava con la visiera sollevata. Non andava forte, l'avrei riconosciuto tra mille. Non ho bisogno di sentirlo parlare o di vederlo in foto, era lui: Pierre Le Guillou, tornato nei paraggi. Ho proseguito per cinquecento metri prima di fare inversione per raggiungerlo. Giusto in tempo per vederlo imboccare il viale di un bel casolare completamente rimesso a nuovo. A una ventina di metri dall'uscita per Montfort, in rue du Cormier 7, un posto molto isolato. I lavori di ristrutturazione sono durati mesi.

– Prima era un rudere circondato di sterpaglia, – disse Johan. – Dev'essere costato un botto recuperarlo.

Adamsberg mandò un messaggio a Mercadet perché scovasse il nome del proprietario del casolare in rue du Cormier.

– Quando sono terminati i lavori? – chiese.

– All'incirca cinque anni fa, – rispose Johan.

– E da allora, Josselin, ci abita qualcuno?

– No, la casa è sempre stata chiusa. Avrò visto le imposte aperte tre o quattro volte in tutto.

– Per periodi lunghi?

– No, molto brevi. Massimo due o tre giorni.

– Quindi sarebbe il punto di appoggio di Le Guillou quando Robic è su un colpo importante.

– Allora qualcosa bolle in pentola, – disse Josselin. – So che non aiuta molto, ma è pur sempre un dato in piú.

– C'è modo di sorvegliare con discrezione la casa?

– È circondata da siepi cespugliose piuttosto alte e sulla destra passa un sentiero sassoso.

– Il proprietario, – Adamsberg lesse la risposta di Mercadet, – è Yannick Plennec. Anche Le Guillou ha cambiato nome. Era un bel ragazzo?

– Molto, – rispose Josselin. – Perché?

– Forse è lui quello soprannominato «Casanova».

– Molto probabile. Bei vestiti, riccioli biondi, occhi di un azzurro intenso, tutte le ragazze gli correvano dietro. Adesso la lascio, commissario. Ma stia all'erta. Robic e Le Guillou messi insieme sono dinamite.

A mezzogiorno le guardie del corpo e i poliziotti si ritrovarono alla locanda.

– Mangiamo un boccone veloce, Johan, – disse Adamsberg una volta che furono tutti lí. – C'è troppa calma dopo il fiasco di ieri sera. Qualcosa bolle in pentola.

– Lascerà perdere e passerà a un altro colpo, tutto qui, – disse Johan.

– No, – ribatté Adamsberg, l'espressione concentrata. – Robic non è tipo da rimediare a un mancato assassinio con una rapina in gioielleria. Dato che io sono fuori dalla sua portata, cambierà bersaglio e ci andrà giú pesante. Ormai ha ben cinque uomini in galera.

– Assai probabile, – disse Veyrenc. – Vedrai che ben presto riceverai un messaggio.

– Johan, anche se ti fa orrore, preparaci solo dei panini, – disse Adamsberg. – È piú che sufficiente. Esito delle perquisizioni, Matthieu?

– La cassaforte di Karl Grossman, «Jeff», era sotto il letame di cavallo nelle stalle. A trovarla non ci abbiamo messo niente, ma aprirla è stata un'impresa. Solito armamentario. In compenso, Laurent Verdurin, il Giocatore, era molto meno fornito degli altri: un braccialetto, una sola busta piena di banconote e una pistola, mai usata. Il che conferma le sue affermazioni: il suo coinvolgimento era marginale. Si arrampicava sui tetti, preparava il terreno, faceva il palo, l'autista, lo scalatore, che so io... In ogni caso non ne ricavava molto. E dice il vero quando afferma di non aver seguito la banda a Los Angeles.

Alle dodici e trenta, mentre le guardie del corpo e i poliziotti finivano di mangiare, Adamsberg ricevette un messaggio bomba: «Dato che Adamsberg si è rintanato vigliaccamente, la musica cambia: abbiamo la figlia di Johan, Rose. La sua vita in cambio dei cinque prigionieri, senza condizioni. Altrimenti la mocciosa morirà domani alle tredici».

Impietrito, scosso, Adamsberg restò un attimo indeciso sul da farsi. Avvertire o no Johan? A ogni modo, tempo mezz'ora e a scuola si sarebbero accorti che la bambina mancava a mensa e avrebbero chiamato il padre. La decisione fu presa prima ancora che avesse avuto il tempo di pensarci. Si sarebbe consegnato al posto della piccola.

– Johan, – disse con voce alterata. – Siediti.

– Ma sto tagliando il formaggio. Per il secondo giro di panini.

– Lascia perdere il formaggio. Vieni qui e siediti.

Il commissario girò lo sguardo intorno alla tavola e tutti smisero di mangiare, capendo al volo che era successo qualcosa di molto grave.

– Johan, – riprese Adamsberg in tono dolente. – Hanno rapito tua figlia Rose.

– No! No! Ti sbagli!

Il commissario gli mostrò il messaggio e Johan emise un lungo ululato da animale ferito prima di crollare sul tavolo, tra i piatti, la testa affondata tra le braccia, le spalle scosse dai singhiozzi.

– Non ti preoccupare, – continuò Adamsberg. – È la mia pelle che vogliono. Mi consegnerò al posto di tua figlia.

– Neanche per sogno! – esclamò Matthieu scattando in piedi, sovrastando appena i singhiozzi del padre. – Non ci credo nemmeno per un secondo. Dopo quello che ha visto e sentito non la libereranno di certo. Vi ammazzeranno tutti e due.

– Dobbiamo tentare, – replicò seccamente Adamsberg.

– No, – intervenne Retancourt. – Bisogna trovarla, e in fretta. Johan, per carità, ci aiuti. Le riporteremo sua figlia, ma ci servono informazioni.

Lui levò il viso sfatto verso quella donna che riteneva capace di qualsiasi miracolo. Ragion per cui Adamsberg passò a lei la mano e convocò d'urgenza Josselin.

– I bambini escono da scuola all'ora di pranzo? – domandò Retancourt.

– Sí, per andare in mensa, – rispose Johan con voce strozzata.

– A piedi? Quanto dista?

Johan si strofinò il naso sulla manica e Veyrenc gli allungò un fazzoletto mentre Matthieu gli riempiva un bicchierino di cognac.

– Bevi, – disse all'oste.

– Non bevo cognac.

– Bevi.

– Quanto dista la mensa? – ripeté Retancourt posando una mano sulla spalla massiccia di Johan.

– Non so... Trenta metri...

– Escono in fila ordinata, accompagnati delle maestre?

– Macché, – rispose lui soffiandosi il naso con forza. – Sono finiti i tempi in cui ci si teneva in fila per due. Sono passato diverse volte a quell'ora ed è una baraonda.

– A che ora escono?

– Mezzogiorno, mezzogiorno e dieci, dipende...

– L'hanno rapita approfittando di quel momento, – disse Adamsberg. – Ma come hanno fatto a riconoscerla?

– La sua foto, – disse Johan in un singulto. – La settimana scorsa la sua foto era sulla prima pagina del giornale locale, «Sept jours à Louviec», perché ha vinto il premio di disegno della scuola!

– E la foto era nitida?

– Nitidissima.

– Era possibile riconoscerla?

– Oh sí, sí, – disse Johan sprofondando di nuovo la testa tra le braccia. – Le persone si complimentavano con lei per strada.

Josselin bussò e si annunciò per farsi aprire la porta. Adamsberg, senza dire una parola, gli mostrò il messaggio che aveva ricevuto e l'altro si lasciò cadere su una sedia.

– Ha portato la mappa, Josselin? – gli chiese il commissario.

Chateaubriand la tirò fuori dalla giacca e la stese sul tavolo, scostando i piatti.

– Per favore, Matthieu, fai venire altri venti agenti con la massima urgenza da Rennes, Combourg e dintorni con delle auto civetta. Saremo trentotto, piú le mie otto guardie del corpo, per un totale di quarantasei. Dovrebbe bastare. Josselin, quanti nascondigli ha localizzato durante le sue peregrinazioni?

Chateaubriand alzò gli occhi al soffitto per riflettere mentre contava sulle dita.

– Quattordici.

– E di che genere di nascondigli si tratta?

– Sei sono fattorie abbandonate, quattro dei capannoni dismessi, due in muratura e due in lamiera, tre sono ex officine meccaniche e l'ultimo è il rudere di una vecchia torre.

– Le dispiace segnare dove si trovano con delle croci sulla mappa?

Josselin accontentò il commissario, poi si alzò e andò a stringere per le spalle Johan. L'oste aveva posato il telefono sul tavolo e cercava di non ascoltare gli strilli e gli improperi di sua moglie che stava urlando che era tutta colpa sua, se non si fosse invischiato con quella manica di poliziotti, se non avesse...

Adamsberg afferrò il telefono.

– Signora Kerbrat? Commissario Adamsberg, a capo delle operazioni. Suo marito non è...

– Ex marito.

– È me che vogliono uccidere, non Rose. Mi capisce? La colpa è solo mia e ci stiamo preparando in quarantasei poliziotti per battere palmo a palmo tutti i luoghi dove potrebbero...

– Vi siete praticamente accampati da lui! – strepitò la donna in preda alla disperazione. – Per questo hanno preso di mira mia figlia! Johan non avrebbe mai dovuto, mai...

Niente da fare. E il peggio era che quella donna non aveva torto. Adamsberg rimise il telefono sul tavolo. Aveva pensato di farla venire lí per sostenere Johan, ma a quanto pareva non era il caso. Johan abbassò il volume del cellulare.

In quell'istante i dieci poliziotti di Combourg parcheggiarono davanti alla porta ed entrarono nella locanda, sempre circondata dalle otto guardie del corpo munite di scudi. Poco dopo arrivarono venti uomini da Dol-de-Bretagne e Rennes.

– Ci sono quattordici possibili nascondigli da ispezionare, piú le case dei cinque soggetti che abbiamo arrestato, – spiegò Matthieu. – Totale: diciannove posti. E noi siamo in trentasei. Non quarantasei. Scusami, Adamsberg, se escludo te, le tue guardie speciali e Mercadet. Tu sei inabile e tutt'ora in pericolo. E Mercadet non è in condizione.

– È in condizione, deve esserlo. E io non corro piú nessun pericolo.

– Che ne sai? Le mosse di Robic sono diaboliche.

– Io vengo, e anche le mie guardie del corpo. Abbiamo solo ventiquattr'ore a disposizione.

– Ma non puoi correre né sparare.

– Quarantacinque o niente, Matthieu, – dichiarò Adamsberg con fermezza. – Non discutere. E lasciamo riposare Mercadet.

– Molto bene, – si arrese Matthieu con un breve sospiro. – Probabilmente Robic dispone al massimo di quattro uomini, piú il suo autista muto ma armato. Un uomo, forse due, terranno prigioniera Rose, ma può anche darsi che la banda al completo si sia riunita in uno dei nascondigli per organizzare il da farsi. Saremo in minoranza di fronte a sei uomini armati.

– E rischiamo di farci sparare addosso, – disse Adamsberg. – Dividiamoci in sette squadre di sei, sette uomini per setacciare i vari posti. Mi raccomando: da cima a fondo. Se una delle fattorie abbandonate ha dei fabbricati annessi, ispezionate ogni angolo, soprattutto gli scantinati. Matthieu, forma i gruppi. Sette colori sulla mappa, sette squadre: verde, rosso, blu, arancione, giallo, marrone e nero. Qualcuno ha dei pennarelli?

– Nell'astuccio della bambina, – disse Johan con voce spenta.

– Dov'è? – chiese con dolcezza Adamsberg.

– In camera sua, di sopra. È rosa con delle stelline.

Matthieu ebbe la delicatezza di prendere solo i sette pennarelli necessari e lasciare l'astuccio lontano dalla vista del padre. Cerchiò le croci sulla mappa con i vari colori e ciascun poliziotto scattò una foto per localizzare gli obiettivi assegnati. Adamsberg mandò, senza contarci troppo, un messaggio al ministero per informare chi di dovere che sarebbe morta una bambina se non avessero rilasciato i prigionieri. Se non avesse ricevuto una risposta entro le diciotto, avrebbe informato la stampa. Forse il fatto che fosse coinvolta una bambina avrebbe piegato il ministro di fronte alla reazione dell'opinione pubblica. Alle tredici e venticinque le squadre di poliziotti partirono, lasciando Mercadet, morto di sonno, e Johan a un difficile tu per tu.

– Non vuole andare a riposarsi? – chiese Mercadet con voce impastata.

– Non posso, – rispose l'oste scuotendo la testa. – Voglio restare vicino al telefono.

– Vuole bere qualcosa?

Johan scosse di nuovo la testa.

– Vuole accendere la televisione?

– Per carità. Domani ne parleranno tutti, sui giornali, in tivú, in Internet. Dappertutto. È un incubo. Mia figlia...

– Non ascolteremo niente e non leggeremo niente. Vuole fare una partita a scacchi?

– Io voglio Rose, tenente.

Una chiamata dopo l'altra, tutte le squadre segnalarono esito negativo nelle perquisizioni dei diciannove nascondigli. A testa china, gli occhi pesti, Mercadet allontanò demoralizzato il telefono sul tavolo.

Per le cinque tutti gli uomini erano rientrati alla base con le pive nel sacco.

– Evidentemente non la tengono in uno dei nascondigli ma a casa di uno di loro, – concluse Veyrenc.

– È quello che ho pensato anch'io, – disse Adamsberg. – Ma non conosciamo gli indirizzi, tranne quello di Le Guillou. E dobbiamo andarci, per la miseria!

– Legalmente non abbiamo nessun diritto di violare la sua proprietà, – obiettò Matthieu scuotendo la testa. – Non abbiamo nulla contro di lui.

– Eppure non è certo tornato per niente, – insisté Adamsberg.

Seguí una lunga e pesante pausa di silenzio, punteggiata dagli scatti degli accendini e dal tintinnio di qualche bicchiere. Ciascuno rimuginava pensieri cupi, cercava strade alternative per arrivare a una soluzione, si proiettava al giorno dopo, alle tredici, quando la piccola sarebbe stata uccisa. Adamsberg aveva ricevuto la risposta del ministero dell'Interno, cosí avvilente che non l'aveva nemmeno mostrata agli altri: «Lo Stato non cede alle minacce. Impieghi tutti i mezzi necessari per trovare la bambina».

Alle sei si sentí bussare.

– Non voglio vedere nessuno, – bofonchiò Johan.

– Sono io, Maël! Cristo santo, apri, Johan!

Si avvertiva una nota d'urgenza nella voce. Le guardie lo fecero entrare e l'ex Gobbo restò in piedi, trafelato.

– Hai corso? – gli chiese Matthieu.

– No, è l'agitazione. Ieri mattina ero venuto qui a prendere il caffè e dalle finestre ho sentito la voce tesa del visconte. Era successo qualcosa, di solito non parla mai in modo concitato e a voce alta. Le guardie davanti alla porta non mi hanno fatto entrare, sono stato perquisito e poi sono rimasto addossato al muro accanto a una finestra ad aspettare il mio amico Josselin. Lo so, non si origlia dietro le porte, ma ero curioso. E cosí ho scoperto che Josselin aveva visto Le Guillou e dove. L'informazione mi interessava perché è da un pezzo che meditavo di spaccare la faccia a quello schifoso, se mai l'avessi rivisto. E oggi, verso le due, sono venuto a sapere della scomparsa della piccola.

– Come hai fatto? – gli chiese Matthieu. – Non lo sa nessuno.

– Dal mio capo, il contabile, che è amico della maestra.

– Vai avanti.

– La notizia mi ha sconvolto. Poi però ho ragionato: se Le Guillou si era ristabilito in casa sua, doveva esserci in ballo qualcosa. E infatti la bambina era stata rapita.

– Il ragionamento funziona, – disse Adamsberg teso.

– Allora ho detto al mio capo che mi era venuta un'idea riguardo alla piccola Rose e ho chiesto il pomeriggio libero. Sono andato dritto da Le Guillou e mi sono nascosto dietro i cespugli. Attraverso i rami avevo una visuale perfetta. Ho aspettato quasi due ore. Verso le quattro e mezza è comparso un tipo con una grossa pancia e un pacchetto. Il pacchetto era in una busta di plastica che ho riconosciuto subito: veniva dal negozio di giocattoli di Combourg. Ma, dico, è scemo o cosa? Stavo quasi per mollare il colpo, ma a quel punto sono rimasto appostato e un'ora dopo è arrivato un altro tizio con un altro sacchetto con su scritto «Moda bimbi». Conosco il negozio, anche quello è a Combourg. Poi è arrivato un furgoncino. Si è fermato davanti alla porta e sono corso a nascondermi dietro la siepe per vedere cosa scaricava. Un cilindro avvolto nella plastica, da cui spuntava l'estremità di un materassino sottile, sa, di quelli che si arrotolano.

Maël fece una pausa.

– Per bambini, – aggiunse tutto d'un fiato. – Allora ho fatto due piú due: giocattoli, credo una bambola, vestiti per bambini e un materassino. E mi sono detto: ehi, è lí che tengono la piccola Rose. A casa di quello schifoso di Le Guillou. Lontano da tutto, la piccola può strillare e piangere quanto vuole, non la sentirà nessuno.

I poliziotti pendevano dalle labbra di Maël e Johan sembrava essersi risollevato come un pallone rigonfiato.

– Vale un bicchierino di chouchen, eh, Johan?

– Ne vale dieci! – esclamò l'oste. – Bisogna dire che quando ti viene un'idea vai fino in fondo, eh?

– E il bello è che quei tre non sono piú usciti dalla casa. Con Le Guillou, sono in quattro là dentro. E non è escluso che si faccia vivo pure il re dei bastardi, Robic, con il suo autista. Ho aspettato ancora un po' ma poi hanno chiuso il cancello. Il minimo che si possa dire è che il resto della banda di Robic non è composto proprio da aquile. Andarsene in giro con i sacchetti dei negozi in bella mostra significa non avere un granello di sale in zucca.

– Quasi quasi, Maël, ti recluto nella mia squadra, – disse Adamsberg. – Che ore sono? – chiese guardando di nuovo una volta i suoi orologi inutili.

– Le sei e dieci, – gongolò Berrond.

– Filiamo al *Café des Arcades* a farci una crêpe e poi diamo il via alla battuta di caccia.

– Al *Café des Arcades*? – si risentí Johan. – Perché, qui non va bene?

– È che non pensavo avessi la forza di spignattare, – rispose Adamsberg.

– Ce l'ho eccome la forza. I miei polli sono pronti già

da stamattina e il fondo di cottura anche. Devo solo infornare insieme al gratin di patate della casa e tra dieci minuti siete serviti.

– Ottimo, – disse Adamsberg sedendosi.

– Ma ci vuole un motivo per fare irruzione in un'abitazione privata, – osservò Maël.

– Era appunto quello che ci mancava. La tua testimonianza basta e avanza: sospetto rapimento di minore. Sto per chiedere l'avallo al commissario capo. Siamo quarantasei, loro sono in sei o otto. Non possono sfuggirci. La cosa migliore sarebbe beccare il gruppo al completo, all'ora di cena.

– No, tu ti tieni le tue otto guardie, – intervenne Matthieu in tono secco. – Forse è proprio quello che si aspettano: che ti lasciamo sguarnito per buttarci a capofitto alla ricerca della bambina, cosí possono sforacchiarti a piacimento. Perciò trentasette, meno Mercadet, che è allo stremo. Dunque trentasei. Basta e avanza.

– E sia, – cedette Adamsberg dopo una breve pausa. – Ma verrò con voi. E pure Mercadet. A che ora è probabile che si mettano a tavola?

– Le sette e mezza, direi, – disse Johan.

– O le otto, se aspettano il capo.

– Non abbiamo molto tempo, – disse Adamsberg. – Porta in tavola il prima possibile, Johan.

– È quasi pronto, – disse l'oste mentre apparecchiava.

– Matthieu, i tuoi uomini hanno qualcosa da mangiare?

– Sí. L'avevo previsto.

La speranza e l'ansietà facevano tremare Johan fino ai gomiti. Adamsberg, attentissimo a cogliere i segnali emotivi, si alzò aiutandosi col bastone, imitato un istante dopo da Retancourt, e aiutò Johan ad apparecchiare, portando i piatti con la mano libera.

– Josselin conosce la casa, – disse rimettendosi a sedere. – Abbiamo bisogno di una descrizione precisa. Lo richiamo. Mercadet, trovi tutte le foto che le riesce.

– Prima localizzo il posto. Eccolo qui: Montfort è a metà strada tra Combourg e Rennes. Una casa isolata, come le altre. E si tratta di un vecchio casolare, ma rifatto da cima a fondo.

– Ah, Josselin, eccola qui, grazie di essere venuto, – disse Adamsberg. – Questo pomeriggio Maël si è imboscato dalle parti della casa di Le Guillou. Sono arrivati tre ceffi uno dopo l'altro con un sacchetto di giocattoli, dei vestiti per bambini e un materassino. E non sono piú usciti dalla casa.

– Molto furbo, Maël, – disse Josselin. – Avrei dovuto pensarci.

Adamsberg guardò il suo telefono, che si era messo a squillare.

– Abbiamo l'autorizzazione del commissario capo per fare irruzione in casa di Le Guillou, – annunciò. – Josselin, ci mostri il punto esatto in cui si trova sulla strada di Montfort.

Josselin fece una croce rossa sulla mappa.

– Fate attenzione, – avvertí Maël. – Ha due cani, due bestie feroci che di sicuro Le Guillou sguinzaglia in giro la sera senza averle sfamate. Sarà sicuramente necessario abbatterli. Si metteranno ad abbaiare non appena avvertiranno la vostra presenza e di certo qualcuno uscirà a vedere che cosa succede.

– Portatevi dietro della carne, – suggerí Josselin. – Almeno una quindicina di pezzi, e lanciateli oltre la siepe. Terrà i cani occupati per un po' e li farà stare in silenzio. Quando si saranno zittiti potrete neutralizzarli. Non mi piace l'idea di abbattere dei cani, ma quelli sono stati addestrati per uccidere.

– Come fa a saperlo?

– Li ho visti. Due pitbull neri, grossi, con le mascelle possenti, piuttosto terrificanti. Non è vero, Maël?

– Spaventosi. Il genere di bestia che ti salta alla gola. Le Guillou deve portarseli dietro ogni volta che viene a Montfort.

– Prima di tutto, però, bisogna riuscire a entrare, – fece notare Adamsberg.

– Il cancello è alto e irto di punte acuminate, ed è chiuso da una grossa catena, – disse Josselin.

– Lo si vede molto bene qui, – disse Mercadet ingrandendo la foto.

– Invalicabile, – disse Adamsberg. – L'unica soluzione è passare attraverso la siepe aprendo un varco con una sega a mano o delle cesoie. Qual è il punto piú adatto secondo lei, Josselin?

– Non ho ispezionato i luoghi da vicino, non volevo rischiare di farmi riconoscere. Ma ho notato qualche arboscello secco nella parte est della siepe. Non dovrebbe essere difficile passare di lí.

– La siepe cosa costeggia?

– Una stradina sterrata abbastanza lunga. C'è tutto lo spazio per imboscare le auto.

– Perfetto. Fate attenzione quando scendete dalla macchina: non sbattete le portiere, lasciatele socchiuse. Cominciamo subito ad aprirci un varco e lanciamo la carne da lí. Bisogna attirare al piú presto i due molossi nello stesso punto e abbatterli. Finiremo il lavoro mentre i cani saranno occupati con la carne. Ne hai di riserva, Johan?

– Sí, ma è carne di prima scelta. Peccato darla ai cani.

– È in ballo la vita di tua figlia, Johan! – sbottò Adamsberg. – Chissenefrega se è carne di prima scelta!

– Chiedo scusa, – disse Johan stropicciandosi gli occhi. – Non sono molto lucido. Scusatemi. Vi preparo subito i pezzi di carne.

– Meglio usare dei silenziatori per i cani, – disse Veyrenc. – Io ne ho uno con me.

– A quel punto sparerete, – disse Matthieu.

– Tolti di mezzo i cani, – riprese Adamsberg, – dieci uomini fileranno sul retro per aprire un secondo varco ed entrare anche da quella parte. Quindi circonderemo la casa. Quante porte ci sono sulla facciata, Josselin?

– Ne vedo una sul davanti piú cinque finestre, di cui due piú grandi, – disse Mercadet.

– Esatto, – confermò Josselin. – Ma non sappiamo niente della facciata nord.

– Ci saranno per forza altre aperture, – disse Mercadet.

– Le due finestre piú grandi saranno quelle della sala da pranzo, le altre delle camere da letto e dello studio.

– Alle otto ci sarà ancora luce, – disse Adamsberg, – ma le finestre non sono grandi e quei casolari sono bui. Immagino che verso quell'ora accenderanno le luci, come qui da Johan. Segno che sono riuniti in sala da pranzo per mettersi a tavola, e a quel punto facciamo irruzione.

– E come? – chiese Matthieu.

– Non c'è altra soluzione che strisciare sul prato, in modo da proteggere il collo, e raggiungere le porte sul davanti e sul retro. Non dimenticate che ci sarà ancora luce. Restate bocconi, con la pistola in pugno, pronti a sparare. Io non potrò fare altro che osservare dal varco nella siepe.

– Ho trovato una foto del retro della casa, – esclamò Mercadet. – Probabilmente di quando è stata messa in vendita. Da quella parte il muro è di mattoni.

– Succede spesso nei vecchi casolari, – disse Josselin.

– Dunque, – proseguí esaminando la foto, – una porta a nord e tre finestre.

– Dettaglio fondamentale: una bocca di lupo, – notò Retancourt osservando la foto. – Dunque uno scantinato. Può fare un ingrandimento, Mercadet?

– Proprio cosí, – disse avvicinandosi il computer. – E ha una grata. Si riesce a infilare l'avambraccio, ma non il braccio intero. Non il mio, in ogni caso. Basta per puntare un'arma.

– La bambina è là dentro, – disse Adamsberg. – Spiega i vestiti: fa freddo in uno scantinato.

– Dipende da quello che ha visto Maël, – disse Matthieu. – Hai notato se le imposte della facciata erano tutte aperte quando ti sei appostato?

– Mi sembra di sí.

– Allora è sicuro che la tengono in cantina, – disse Adamsberg. – Non avrebbero corso il rischio di rinchiuderla in una stanza. Ha otto anni, capacissima di sfondare una finestra con una sedia.

– E la mia piccola Rose è forte, – disse Johan servendo da mangiare. – Dovete vederla come trasporta i ceppi.

– Una volta dato il via all'operazione, alcuni uomini dovranno essere già piazzati davanti alla grata. Sempre che non tengano la bambina in soffitta.

– Dopo aver raggiunto le porte strisciando per terra, come procediamo? – domandò Verdun.

– Spacchiamo tutto ed entriamo, – disse Retancourt.

– Traduco, – disse Adamsberg. – Le porte saranno chiuse, per cui facciamo saltare le serrature a colpi di pistola e li accerchiamo. I primi a entrare saranno gli uomini con gli scudi. E noi subito dietro.

– Tu no, – disse dolcemente Matthieu. – E ti tieni le guardie.

– E voi subito dietro, – si corresse Adamsberg. – Matthieu e dodici uomini nella stanza sul davanti, dieci in quella sul retro. A seguire i poliziotti di Combourg. Non vedo proprio cosa potranno fare in sei contro un simile dispiegamento di forze. Li disarmiamo e li teniamo sotto tiro, la pistola puntata alla gola. Cinque di noi – di voi – scenderanno in cantina a controllare e altri cinque saliranno in soffitta.

– E se la porta della cantina è blindata, commissario? – ipotizzò Retancourt. – Supponendo che ci tenga la cassaforte.

– Poco probabile, – disse Matthieu. – Altrimenti non avrebbero lasciato il muro di mattoni.

– Giusto. Un muro di mattoni lo sfondi in un attimo con una mazza, – disse Retancourt. – Ne ho portata una.

– Mercadet, pensa di riuscire a reggere per l'intera operazione? – chiese Adamsberg.

– No, – rispose il tenente scuotendo la testa. – Ma voglio esserci. Chiederò a Johan un thermos di caffè.

– Ho qualcosa di meglio, – disse Johan. – Tipo la piccola pozione che vi ho dato per addormentarvi, ma al contrario. È un cordiale di mia produzione, innocuo, ma la aiuterà a stare sveglio. Va da sé che non è da prendere tutti i giorni. Solo in caso di emergenza.

– Lo prendo subito, – approvò con slancio Mercadet.

– È ora, – disse Adamsberg alzandosi con l'aiuto della stampella, mentre il suo collaboratore mandava giú il cordiale fatto in casa. – Arrivate con tutte le auto sulla strada sterrata senza fare il minimo rumore. È abbastanza larga per il cellulare, Josselin?

– Nessun problema.

– Dimenticate la carne! – disse Johan consegnando due scatole a Matthieu.

– Perché due? – domandò quest'ultimo.

– Per fare piú in fretta. Quelle bestiacce vi sentiranno non appena metterete piede fuori dalle auto. Ci sono venti pezzi succulenti. Dieci per ciascun cane. Li terranno occupati per un po'.

37.

Alle diciannove e quindici la colonna di auto si avviò in direzione di Montfort-la-Tour, seguita da un'ambulanza richiesta con insistenza da Adamsberg.

Venti minuti dopo, giunsero in vista della casa di Le Guillou. Tutti i veicoli si imboscarono nella strada sterrata. Come aveva previsto Josselin, i cani cominciarono a ringhiare non appena i primi poliziotti furono scesi dalle macchine. Cinque uomini e Retancourt si misero subito all'opera e aprirono un varco tra i rami secchi della siepe, mentre i cani avevano attaccato ad abbaiare come furie. Adamsberg era sceso dall'auto e aveva raggiunto faticosamente la squadra.

– La carne, presto! – disse.

– I cani arrivano al galoppo, – disse Veyrenc puntando l'arma.

La porta di casa si aprí e sulla soglia apparve un bell'uomo.

– Quello dev'essere Le Guillou che viene a vedere che cosa succede, – disse Adamsberg. – È l'unico a non temere i pitbull.

Veyrenc e Noël avevano finito di lanciare i pezzi di carne, abbastanza vicino alla siepe perché restassero a portata di tiro, e i cani ci si erano avventati sopra. Adesso avevano smesso di abbaiare. Il tenente tese il braccio attraverso il varco e mirò alla gola. I due molossi si accasciarono uno dopo l'altro senza il minimo sospiro.

Ristabilito il silenzio, videro Le Guillou, troppo lontano per scorgere i cani a terra, che alzava le spalle e richiudeva la porta. Retancourt finí di allargare il varco e, seguita da Veyrenc, si preparò a raggiungere la squadra a nord. Erano le venti.

Nella sala principale si accesero le luci, illuminando le due finestre piú grandi.

– Ognuno avanzi rasoterra e raggiunga il posto assegnato, – ordinò Adamsberg. – L'erba è bassa, ma l'equipaggiamento vi rallenta. Nessuna mossa precipitosa, abbiamo tutto il tempo. Quelli sul retro della casa, comandati da Veyrenc, aspettino di sentire lo schianto della porta principale prima di sfondare quella di servizio.

Rimasto in compagnia di sole quattro guardie speciali, Adamsberg, arma in pugno, seguiva con lo sguardo gli agenti che strisciavano verso le rispettive postazioni. Una volta che i dodici uomini di Matthieu ebbero raggiunto la porta, il commissario alzò il braccio in direzione del collega. Era il segnale: stavano per far saltare la serratura. Serratura blindata, quindi fu necessaria una scarica di sei proiettili per farla cedere. A quel punto un agente sfondò con un calcio la porta squassata e i tredici poliziotti si riversarono all'interno. A coppie si piazzarono alle spalle dei cinque commensali, la canna della pistola premuta sul collo e un braccio agganciato sotto il mento. Matthieu aveva riconosciuto Le Guillou, il bellone della foto di classe, ma non gli altri quattro seduti a tavola. Si gettò su Robic, che se ne stava in piedi nel bel mezzo della stanza, una bottiglia in mano. Con la mano libera fece per afferrare la pistola, ma Matthieu lo disarmò con un colpo secco, gli passò un braccio intorno al collo e gli puntò la pistola alla carotide.

– Dov'è la piccola? – gridò. – Quarantasei poliziotti, non avete scampo! Dov'è la piccola? – sbraitò ancora piú forte.

– Non capisco, – fece Robic con la voce strozzata dalla pressione del braccio. – Sono stato invitato a una cena tra amici e non so di che bambina sta parlando.

– Toglietegli le armi e ammanettateli! – ordinò Matthieu mentre faceva sedere di forza Robic.

– La bambina! – gridò Berrond strapazzando Le Guillou. – Dove la tieni? In cantina? Era da là sotto che veniva il tuo capo?

– Bambina? Qui non ci sono bambini, – replicò aspramente Le Guillou.

– E allora i giocattoli? I vestiti? Il materassino? Ci dormi tu per caso?

Nel frattempo l'altra squadra era entrata dal retro attraverso la cucina, e dopo un breve istante Veyrenc fece segno a Retancourt.

– Voi restate qui, – disse agli altri agenti. – Retancourt, presto, alla bocca di lupo.

Un dubbio inquietante aveva assalito Retancourt di fronte alla calma impassibile di quegli uomini. E se Rose non era lí? Se gli acquisti di giocattoli e vestiti fossero stati un regalo di Le Guillou per una ragazzina della sua famiglia? Sí, ma il materasso... Quello provava che la bambina era tenuta prigioniera lí.

Lei e Veyrenc si sdraiarono a terra bocconi, con le torce puntate verso la grata.

– Riesce a vederla? – chiese Veyrenc.

– Sí. Una piccola sagoma su un materasso. Illumini un po' piú a destra. E quella è una bambola, una massa di capelli biondi. È qui, Veyrenc, è qui.

– Ha avuto paura?

– Sí.

– Anch'io. Avverto Matthieu.

– Dov'è la cantina? – chiese Matthieu a Le Guillou, una volta ricevuto il messaggio.

Quello alzò le spalle e sorrise.

– Le scale sulla vostra sinistra. Auguri.

Matthieu e Berrond si fiondarono giú per le scale e solo arrivati in fondo capirono il suo tono ironico. La porta della cantina era blindata.

– Rose! Rose! Rispondi! Polizia! – gridò Berrond.

Nessuna risposta. Berrond continuò a tempestare di pugni la porta d'acciaio senza smettere di chiamare.

– Forse l'hanno già uccisa, – disse prostrato. – O ferita per farla stare zitta.

– Robic veniva da qui, – disse Matthieu tra i denti. – Tornava dalla cantina.

In preda a una rabbia furiosa, risalí le scale di corsa e si avventò su Le Guillou.

– Porta blindata. La cosa ti diverte, eh? Be', sfonderemo il muro di mattoni e ci riprenderemo la piccola. Sappiamo benissimo che è là sotto.

– Mi prende per un idiota? – ribatté Le Guillou. – Il muro di mattoni è blindato dall'interno.

– Dammi le chiavi! Sbrigati! Non farmi innervosire, altrimenti mi trema la mano. E il cane è alzato.

– Non ce le ho le chiavi.

– Chi le ha? Dove sono nascoste? – incalzò rabbiosamente Matthieu. – Cancellazione del reato di sequestro di minore e circostanze attenuanti per chi mi consegna le chiavi.

– Con quali garanzie? – chiese Robic.

– Perché tu lo sai dove sono, vero? Ma certo, il grande capo non le affiderebbe a nessun altro. Il grande capo decide tutto lui perché non si fida di nessuno dei suoi uomini. Nemmeno di Pierre Le Guillou.

– Con quali garanzie? – ripeté pacato Robic.

– Le chiedo al ministero, – rispose Matthieu impugnando il telefono.

Intorno al tavolo si levò un brontolio sordo.

– Razza di vigliacco! – sbraitò Le Guillou. – Sei un ignobile traditore! Tu pensi sempre solo a te stesso, di noialtri te ne sbatti alla grande, quel che conta è salvarti il culo! La pagherai, Robic, stanne pur certo.

Berrond guardò allibito il suo capo. Una semi-amnistia per Robic, questo voleva ottenere? Matthieu gli lanciò uno sguardo glaciale mentre scriveva un messaggio a Adamsberg per consultarlo sulla strategia da adottare.

«Mandami subito Mercadet», gli ripose all'istante Adamsberg.

«Che intendi fare?»

«Fabbricare un falso messaggio del ministero e fartelo inviare da Mercadet».

«Accidenti! È capace di farlo?»

«Ci riuscirà. Mandamelo in fretta».

– Berrond e Mercadet, andate immediatamente da Adamsberg, – ordinò Matthieu. – La ferita si è riaperta e si è infettata, la febbre sta salendo alle stelle. Ce l'avete un'aspirina? Quella almeno potete darcela?

– Vai a farti fottere, – disse Robic. – Che nessuno si muova. Tanto meglio se Adamsberg crepa!

– Banda di bastardi! – esclamò Matthieu. – Siete proprio dei gran bastardi!

Matthieu si precipitò nella stanza accanto, aprí gli armadi, prese un lenzuolo pulito e lo diede a Berrond.

– Presto, corra, Berrond. E anche lei, Mercadet. Adamsberg ha bisogno di voi. Fermate l'emorragia e chiamate un'ambulanza.

I due uomini, allarmati, si fiondarono a tutta velocità

verso il varco nella siepe dove Adamsberg li aspettava seduto, con il telefono in grembo.

– Ma non stava male?

– Una trovata di Matthieu per mandarvi qui. Mercadet, è una cosa urgente. Ha sentito Matthieu?

– Sí, ha proposto un patto allucinante a Robic: le chiavi della cantina, blindata da entrambe le parti, in cambio della cancellazione del reato di sequestro di minore e circostanze attenuanti per tutto il resto. Non possiamo accettarlo, è impossibile, commissario!

– Invece è possibile perché sarà lei a farlo, Mercadet. Dovrà scrivere un falso messaggio da parte del ministero dell'Interno che io le detterò e che invierà seduta stante a Matthieu. Può entrare nella messaggistica del ministero?

– Da un bel pezzo, – rispose Mercadet.

Adamsberg si complimentò con un cenno pronunciato della testa.

– Allora scriva, con l'intestazione del ministero dell'Interno.

– Poi sarebbe meglio che io inoltrassi a Matthieu dal suo telefono i messaggi autentici che ha ricevuto, in caso Robic volesse verificare.

– Giustissimo. È già entrato nel sito?

– Due secondi. Ecco, ci sono.

– Poi potrà cancellare ogni traccia?

– Ovviamente, commissario.

– Allora scriva: «Nell'intento di salvare la vita di una bambina, chiediamo a Pierre Robic di permetterci di accedere alla cantina. In cambio: cancellazione del reato di sequestro di minore e concessione di circostanze attenuanti per gli altri capi d'accusa. Condizione espressa: in caso di reato o tentativo di fuga da parte di Pierre Robic le concessioni eccezionali sopra enunciate decadranno con effetto immediato».

– Fatto. Rilegga per bene, Berrond. Un errore di ortografia farebbe una pessima impressione.

Berrond fece correggere «eccezzionali» e Mercadet mostrò la sua opera a Adamsberg. Il commissario non trovò nessuna differenza rispetto ai messaggi autentici che aveva ricevuto dal ministero.

– Lei è un portento, tenente. Com'è riuscito a riprodurre la firma?

– È automatizzata sul sito. È facile copiarla.

– Tenga, inoltri il tutto a Matthieu, compresi i messaggi precedenti, – disse Adamsberg allungandogli il cellulare.

Nella sala regnava un silenzio di tomba, rotto solo dai mugugni dei compari di Robic. La coesione della banda si stava sfaldando. Pierre Le Guillou era assorto a rimuginare sulla maniera di vendicarsi del tradimento di Robic. Lo avrebbero portato in cella come gli altri, ma da una cella si possono fare un sacco di cose. Robic l'avrebbe pagata.

Nonostante fosse al colmo del nervosismo, Matthieu continuava a ostentare calma. Berrond tornò col lenzuolo strappato.

– Gli abbiamo cambiato la fasciatura. Ma scotta. Ha bisogno di assistenza medica.

Il telefono di Matthieu fece una serie di trilli e il commissario lo tirò fuori senza fretta dalla tasca.

– È fatta, – disse serafico mostrando a Robic il messaggio con l'intestazione «ministero dell'Interno». – Contento?

Robic esaminò il testo, scrutò l'intestazione, lesse e rilesse il messaggio. Un'ombra di sospetto aleggiava sulle labbra increspate.

– Ed ecco qui i messaggi che Adamsberg ha ricevuto dal ministero dopo le vostre minacce, – continuò Matthieu. – Me li ha appena girati. Confrontali pure se credi.

– Perfetto, – disse alla fine Robic alzandosi, con il sorriso di chi ottiene sempre quello che vuole.

Perché, sbirri o non sbirri, una volta a piede libero, in attesa del processo, era convinto che sarebbe riuscito a tagliare la corda.

– La chiave, – intimò Matthieu recuperando il telefono.

– Adesso andiamo a prenderla, – disse Robic senza degnare di uno sguardo i suoi compari, nei quali, con la piú totale indifferenza, avvertiva montare la rabbia e il disprezzo. – Non te la prendere, Pierre, – aggiunse. – Ho cambiato nascondiglio, non avresti mai potuto dargli la chiave.

Con la pistola di Matthieu puntata alla schiena e in compagnia di Berrond e Retancourt, Robic scese le scale della cantina e si fermò a metà strada. Alzò le mani legate verso il muro e abbrancò un mattone tirandolo pian piano fuori dal suo alloggiamento. Matthieu affondò le dita nella cavità ed estrasse una lunga chiave lucida.

– Lo riporti di sopra, Berrond, – ordinò. – Lei resti, Retancourt. Ho bisogno di una donna per confortare la piccola.

Il commissario scese i gradini restanti, aprí la porta blindata e si inginocchiò accanto al materasso dov'era sdraiata la bambina. Incollò l'orecchio al suo petto, sollevò la leggera copertina e rigirò la piccola da tutte le parti come un sacco di farina, le diede un pizzicotto, le parlò e la ricoprí, sistemandole per bene la testa sul cuscino.

– Non è morta, – disse con voce affannata, – e nemmeno ferita. Ma è stata drogata, non c'è dubbio. Se in dose letale o no, questo non lo so. Ma reagisce ai pizzicotti e sente quando le parli, il che mi fa ben sperare. E soprattutto è stata drogata da poco. Ecco che cosa stava facendo Robic quando siamo arrivati. Ringraziamo Adamsberg di aver insistito per avere un'ambulanza. Nel giro di venti minuti si prenderanno cura di lei all'ospedale di Rennes. Bisogna agire entro la prima ora.

Retancourt prese in braccio la bambina, avvolta nella coperta, e raggiunse di corsa l'ambulanza, che partí subito per Rennes a sirene spiegate. Matthieu chiamò Johan per dargli la notizia. E lo ascoltò piangere, stavolta di sollievo.

– Rose sta andando all'ospedale, – gli disse. – No, tranquillo. Aspettaci alla locanda.

Le Guillou e i suoi furono condotti al commissariato di Rennes dagli uomini di Matthieu. Robic fu portato via con gli altri quattro per non destare i sospetti della stampa. Matthieu, Berrond, Verdun e la squadra di Adamsberg tornarono verso Louviec, accompagnati dalle guardie speciali che, in mancanza di nuovi ordini, continuavano a proteggere il commissario. Davanti alla locanda di Johan assunsero la formazione a testuggine per farlo entrare.

38.

L'oste, piantato davanti alla porta, strinse Adamsberg in un abbraccio.

– Puoi benedire Mercadet, – disse lui. – Senza di lui eravamo fottuti.

Johan si avvicinò al tenente e abbracciò anche lui con slancio.

– Grazie della pozione, Johan, – disse Mercadet. – Era proprio quel che ci voleva. E a proposito di benedizioni, benedica il commissario per aver voluto un'ambulanza. Da quel che ha detto Matthieu, Robic ha fatto prendere un barbiturico a sua figlia.

Il nuovo dottore di Louviec, che era accorso su richiesta di Johan, scosse la testa.

– Hanno chiamato dall'ospedale, – disse. – È arrivata giusto in tempo, hanno potuto somministrarle subito del carbone vegetale attivo.

– Dottore, – disse Johan con voce scossa, – che cosa sarebbe successo senza quel coso attivo?

– Sarebbe morta stanotte, – rispose il medico in tono molto pacato. – Ma, – aggiunse posando la sua mano sottile sulla possente spalla di Johan, – stia tranquillo. Ormai non c'è piú nessun pericolo, gliel'assicuro. Bisognava intervenire con la massima urgenza e questi uomini sono intervenuti in tempo.

– Senza di voi, – disse Johan lasciandosi cadere pesantemente su una sedia, con il viso stravolto per l'angoscia e l'emozione, – avrei perso mia figlia.

– Dimentichi Maël, – disse Adamsberg. – È lui che ha individuato il nascondiglio. E Josselin, che ha localizzato la casa di Le Guillou.

– E te, che hai preteso un'ambulanza. Non so davvero come fare a esprimervi tutta la mia riconoscenza, non lo so proprio.

– Dandomi un'aspirina e portandoci del caffè, – sorrise Adamsberg.

– Con una bella fetta di torta, bella corroborante. Mi saprai dire –. Johan aveva ritrovato il fiato e il sorriso. – Ma ti si sono riaperte le ferite?

– Ho dovuto muovermi, spostarmi. Sono solo un po' dolorante.

– Chiamo il cuoco. Ti disinfetta e ti cambia subito le fasciature. Ha studiato per un anno da infermiere prima di cambiare strada.

– Ti ringrazio. L'aspetto a letto nella «mia» camera.

Mentre l'infermiere-cuoco gli medicava le ferite al braccio e alla gamba e gli cambiava le fasciature, Adamsberg si affrettò a mandare un messaggio a Maël e Josselin per rassicurarli sulle condizioni di Rose e ringraziarli.

– Ma cosa le è successo? – esclamò l'altro con una smorfia. – Ha fatto un percorso di guerra?

– Mi sono mosso, spostato, trascinato...

– Non poteva starsene tranquillo qui?

– No, potevano aver bisogno di me.

– Ed è stato cosí?

– Sí, – rispose Adamsberg ripensando con un sorriso al falso messaggio e alla rapidità con cui l'invincibile Robic era capitolato.

– Capisco, adesso però riposo assoluto. Dov'è la sua stampella?

– Persa nel trambusto. Andrò a recuperarla.

Il cuoco scosse la testa in segno di disapprovazione, come avrebbe fatto di fronte a un bambino cocciuto, e somministrò un analgesico al commissario.

Adamsberg ascoltava l'acciottolio di piatti che proveniva dalla grande sala e le guardie speciali che, imperturbabili, chiudevano le imposte. Che cosa se ne facevano di quegli uomini adesso? L'indomani Robic sarebbe stato rimesso in libertà, cosí da avvalorare fino in fondo il falso messaggio. Se lo avessero tenuto in guardina, Robic avrebbe mangiato la foglia e si sarebbe reso conto di essere caduto nella trappola che la polizia gli aveva teso piratando le comunicazioni del ministero e mostrandogliene una falsa. Atto grave, gravissimo, e Robic non avrebbe mancato di allertare il ministero. L'Anticrimine al completo sarebbe saltata e cosí pure la squadra di Matthieu, con tanto di condanne esemplari in vista. No, nonostante i rischi, Robic andava rilasciato l'indomani. Adamsberg non provava il benché minimo rammarico per la decisione pericolosamente illegale che aveva preso. Vero è che aveva avuto un attimo di esitazione prima di chiedere a Mercadet di confezionare il messaggio contraffatto. Certo, avrebbero potuto aspettare l'arrivo di un esperto da Rennes e l'intervento per scassinare la porta blindata avrebbe richiesto altro tempo. Il medico, però, aveva detto che la bambina non avrebbe superato la notte e quello infatti era stato il suo timore. Robic non aveva intenzione di risparmiarla e aveva già messo in conto di ucciderla. No, nessun rammarico. Restava comunque da giustificare al ministero, che l'indomani sera ne sarebbe stato informato, come mai

Robic fosse stato rimesso in libertà quando Le Guillou, interrogato, avrebbe denunciato a colpo sicuro il ruolo principale che aveva avuto nella faccenda.

Avrebbe dovuto mentire, sostenere che si stava servendo di Robic – tenuto sotto stretta sorveglianza – come esca per acciuffare il resto dei complici. Detto come si deve, ben argomentato e con le debite motivazioni il discorso sarebbe passato.

Adesso che la banda era stata decimata, Adamsberg riteneva di essere fuori pericolo. Con Robic, però, non si poteva mai sapere. Chissà, avrebbe potuto decidere di liquidarlo di persona, nottetempo, imitando il modus operandi dell'assassino di Louviec o limitandosi a spararsgli addosso per vendicarsi di avergli smantellato l'intera organizzazione. Meglio tenere le guardie del corpo ancora per un po', almeno finché non si fosse rimesso in sesto e fosse stato in grado di difendersi da solo.

Stava per appisolarsi in attesa che l'analgesico facesse effetto quando, dal fondo del lago opaco, avvertí una bolla improvvisa risalire, lentamente e faticosamente, verso la sua coscienza. Immobile, in agguato, la lasciò avanzare, con le mani a coppa sull'addome come pronto ad afferrarla quando sarebbe spuntata. Era pesante, confusa, un gliommero di schegge del suo riccio tornato nel boschetto, delle ultime parole di Gaël, immagini di Joumot, del dottore, dell'uovo, di *cordialità*... La catturò con delicatezza quando la punta scura fece capolino, poi, imprigionandola tra le mani a conchiglia come aveva fatto Matthieu con la falena, ripeté tra sé una decina di volte, per memorizzarle, le parole aggrovigliate ed eterogenee che l'avevano spinta verso di lui. Il cuoco fu cosí gentile da portargli un'altra stampella. Adamsberg si affrettò ad annotare le svariate parole centellinate dalla bolla e si uní alla squadra, che stava per mettersi a tavola.

– Non va a dormire, tenente? – chiese avvicinandosi a Mercadet.

– Dev'essere l'effetto del cordiale di Johan, ma mi sento in gran forma. E voglio un'altra fetta di torta, – aggiunse l'altro con tono infantile.

– Mercadet, – gli bisbigliò all'orecchio Adamsberg, – nel racconto che non mancherà di essere fatto di questa sera, non una parola sul nostro magheggio, mi raccomando. Per quel che riguarda la sceneggiata per ottenere le chiavi, prenderò l'iniziativa di raccontarla alla mia maniera. Robic ha ceduto alle nostre false promesse, tutto qui.

Il commissario sussurrò le medesime istruzioni a Matthieu, che approvò, mentre Mercadet provvedeva a cancellare il messaggio contraffatto dal suo telefono. Josselin si era unito alla tavolata e aspettarono che gli uomini finissero letteralmente di divorare la torta, davvero corroborante, per metterlo al lavoro con Mercadet. Johan posò il telefono, raggiante.

– Ha aperto gli occhi e ha sorriso a Violette, – annunciò. – Presto avremo gli esiti dell'esame sulla dose di barbi... barbiturici che le hanno fatto prendere.

– Magnifico, Johan. Sanno quando sarà in grado di parlare? – chiese Adamsberg. – La descrizione che ci fornirà dei rapitori sarà fondamentale.

– Già domattina, mi hanno detto.

– Ci sarò, – disse Adamsberg.

39.

– Ci restano quattro uomini da identificare, – disse Mercadet una volta spazzolato il dolce, – per poter localizzare casa loro. Stando agli pseudonimi sono: il Lanciatore, il Poeta, il Trippone e l'autista muto. Stasera sono riuscito a riprenderli e a registrare le voci a tratti. E ho catalogato le immagini per ciascuno dei quattro.

– Ottimo lavoro, tenente, – disse Adamsberg.

– Cominciamo dall'autista, – disse Josselin. – Al liceo c'era un ragazzo muto. Quell'handicap lo rendeva poco simpatico, come lo capisco! È che grugniva invece di parlare. Come se non bastasse, aveva un testone enorme e le braccia troppo corte. Capelli castani, occhi azzurri e tristi. Mi faccia vedere la foto di classe e il suo aspetto attuale.

Mercadet mostrò uno spezzone di video in cui si vedeva il Muto che si esprimeva a gesti e smorfie.

– È questo qui, – disse Josselin dopo un rapido esame, puntando il dito sulla foto di classe. – Mi ricordo che si chiamava Claude, ma il cognome l'ho dimenticato.

– Claude Berthou, – disse Mercadet.

– Esatto.

– Cerco l'indirizzo.

– Li ha assoldati proprio tutti al liceo.

– Forza del passato, fiducia di gioventú, – disse Adamsberg.

– E da dove ti viene questa nuova citazione? – domandò Veyrenc.

– Louis, sai benissimo che non sono capace di citare nessun autore. La frase è mia.

– Be', niente male. Te la rubo.

– Il Lanciatore, – mormorò Josselin. – C'era un tipo che chiamavano cosí al liceo. Non era nella mia classe, ma nella squadra sportiva interclasse, come il portiere, Karl Grossman. Era il cannoniere piú bravo di tutti. Sí, ora ricordo. Moro moro, pelle ricoperta di acne, capelli sparati in aria, naso rincagnato. Mi faccia vedere il video, tenente.

– Simpatico?

– Per niente. Ma una gran parlantina, un vero spaccone.

Josselin dedicò piú tempo all'esame del video, facendo continui confronti tra la foto della squadra sportiva e le immagini. Alla fine indicò un ragazzo alto e bruno coi capelli a spazzola e il viso butterato dall'acne.

– Tutto sommato non è cambiato molto, – disse indicando il giovane, – a parte il doppio mento. E l'acne gli ha lasciato delle brutte cicatrici.

– Allora dovrebbe essere Germain Cléach, – disse Mercadet.

– È lui, – confermò Josselin.

– Andiamo avanti? – domandò il tenente.

– Ma certo. In fondo è un gioco abbastanza ricreativo.

– Questo qui dev'essere per forza il Trippone, – disse Mercadet facendo scorrere le immagini prese quella sera.

– Meno male, tenente, che nel suo video sorride leggermente, quasi sornione. Vede, ha una fessura tra i due incisivi. Dicono che porti fortuna. E ha grandi orecchie a sventola. È lui, – disse Chateaubriand tornando alla foto di classe. – Già cicciottello, come può ben vedere. Ma il nome mi sfugge.

– Félix Hénaff, – disse Mercadet.

– Ah, sí, ora me lo ricordo.

– Credo che sarà l'unico da cui possiamo sperare di cavare qualcosa, – disse Adamsberg. – Dopo gli insulti giustificati di Le Guillou a Robic, qualcosa nel suo sguardo ha vacillato. Non ne voleva piú sapere, non ci stava piú.

– Non mi stupirebbe, – disse Josselin. – Seguiva Robic come gli altri, ma la sua determinazione non era priva di un certo timore. Combattuto, direi.

– Ne rimane solo uno, – disse Mercadet. – Il Poeta.

– Il Poeta? – ripeté Josselin. – Potrebbe farmelo vedere e anche farmi sentire la sua voce?

– È uno spezzone brevissimo. Si rivolge al Lanciatore, che era al suo fianco al momento dell'arresto, ma a voce molto bassa.

Josselin esaminò nel video un tizio dai capelli rossi ormai brizzolati e si concentrò per afferrare qualche frase smozzicata della voce acuta e modulata del Poeta: «... aveva detto che... un'idea del cazzo... per forza saperlo...» Josselin sorrise e picchiettò col dito la foto di classe.

– Dalla voce non si direbbe, tra l'altro cantava come tenore nella nostra piccola formazione musicale, ma era una pellaccia dura. Capelli rossi, ben proporzionato, bel viso, ma guai a contrariarlo. Robin... Robin come?

– Robin Corcuff.

– Ci siamo. Li abbiano tutti adesso, no?

– Abbiamo tutti e dieci i complici, – disse Mercadet col tono sollevato di un uomo vittorioso. – Ci aspettano altre quattro perquisizioni, senza contare la casa di Robic e Le Guillou. Che fanno sei.

– Abbiamo uomini a sufficienza, – disse Matthieu.

«Domani, – gli scrisse Adamsberg, – durante l'interrogatorio di Robic, appena un cenno al sequestro, ma senza insistere, visto che l'"abbiamo" escluso dai capi d'accusa. Deve crederci».

Matthieu lesse il messaggio e annuí.

– Propongo, – disse sottovoce, – di cominciare a interrogare quelli che abbiamo piú probabilità di far crollare prima di passare ai capi, Robic e Le Guillou, che non diranno una parola.

– Invece ci sono buone speranze che Le Guillou, furioso con Robic, vuoti il sacco. Sono da interrogare, tutti e due, – disse Adamsberg.

– Quindi domani sei interrogatori. Prima, però, procediamo con le perquisizioni, con la squadra e le guardie speciali al completo. E gli interrogatori contestualmente, man mano che troveremo le casseforti. Prendo con me Berrond e Verdun per le perquisizioni e incarico uomini esperti negli interrogatori. Per il Muto chiameremo un interprete specifico.

– Vi invio gli indirizzi dei quattro soggetti, – disse Mercadet, che ora cascava dal sonno e chiese a Johan se gli poteva dare un altro cordiale l'indomani.

– No, – rispose categorico Johan. – Non tutti i giorni. Vorrà dire che parteciperà solo alla metà delle perquisizioni.

In attesa di prendere una decisione in merito, Adamsberg sarebbe rimasto a dormire ancora una notte alla locanda. Matthieu era sul punto di uscire e il commissario lo trattenne per la manica.

– Due cose, Matthieu: dopo l'interrogatorio di domani lasceremo Robic a briglia sciolta, senza sorveglianza apparente, per un paio di giorni. Il tempo che si convinca di essere effettivamente libero. Mi aspetto che per qualche giorno finga di rigare dritto, ma è intenzionato a filarsela non appena possibile. Magari a Sète, dove ha qualche conoscenza. Oppure a Combourg. Gli servirà un po' di tempo per organizzarsi. Quando dal ministero ci chiederanno perché Robic non è piú in cella, gli diremo che lo stiamo usando come esca per catturare gli elementi restanti della banda. Ti sembra plausibile?

– Molto.

– Penso io ad allertare subito i posti di frontiera. Ti chiamo domani, dopo che avrò interrogato la piccola.

– E l'altra cosa?

– Quale altra cosa?

– Avevi detto che c'erano due cose.

– Ah, già, dimenticavo. Che cos'è il «carbone vegetale attivo»?

– In soldoni, carbone di legna purificato che serve ad assorbire le tossine. Ti pare il momento di interessarti di medicina?

– Mi piace capire.

Matthieu sorrise scuotendo la testa e Adamsberg rientrò nella locanda, con le imposte chiuse e sempre piantonata dalle guardie speciali, nonostante Robic fosse temporaneamente sotto chiave. Diramò un avviso, accompagnato da una foto di Pierre Robic, a tutti i commissariati, le gendarmerie e i posti di frontiera del Paese, allertando in modo particolare la capitaneria di porto di Sète di intensificare i controlli di tutti coloro che salivano a bordo di qualsiasi imbarcazione: mercantili, pescherecci o da diporto. Dopodiché andò a stendersi sul letto, senza chiudere gli occhi, attento a ogni minimo movimento della sua bolla che si era mostrata arrendevole ma poco chiara.

40.

Il commissario si presentò all'ospedale di Rennes alle otto del mattino, munito delle due bambole preferite di Rose, che gli aveva dato Johan. Incrociò un medico che andava di fretta e che lo autorizzò a vedere la bambina.

– Ha fatto una colazione leggera, – gli disse. – Potrà uscire domani. Ci vada piano, però, è ancora debole. L'abbiamo salvata per un pelo.

Adamsberg entrò in punta di piedi nella stanza dove riposava Rose, con gli occhi semichiusi.

– È un dottore? – gli chiese la piccola con una vocina sottile.

– No, sono un poliziotto.

– Un poliziotto vero? – domandò incuriosita lei, incredula.

– Un poliziotto vero.

– È stato lei a liberarmi?

– Con la mia squadra, sí. Tieni, – disse il commissario posando le bambole sul letto. – Tuo papà ha pensato che ti avrebbe fatto piacere.

Rose afferrò con un sorriso una delle bambole e la cullò contro il petto.

– Perché papà non è venuto? E la mamma?

– Sono qui fuori. Aspettano che io finisca di parlare con te per entrare.

– Parlare di che cosa?

– Dei cattivi che ti hanno portato in quella casa. Ho bisogno del tuo aiuto, Rose.

– Andranno in prigione?

– Sí, ma devi aiutarmi. Che cos'è successo mentre andavi in mensa?

– Si è fermata una macchina.

– E poi?

– Poi è sceso un signore che mi ha detto che il mio papà si era ammalato e voleva vedermi. Era un signore gentile e stava mangiando delle caramelle. Ho avuto paura per papà e sono salita in macchina. Il signore con una grossa pancia mi ha dato delle caramelle. L'altro guidava.

– Li hai visti bene?

– Soprattutto il signore che è sceso dalla macchina. E quando ho detto che non era la strada giusta per andare da papà, il signore che guidava si è fermato a un semaforo rosso e mi ha detto che papà era ricoverato a Combourg. Sta bene il mio papà?

– Sta benissimo, non preoccuparti, – disse Adamsberg. – Guarda attentamente, – continuò mostrandole le sei foto di Robic, Le Guillou e degli altri quattro uomini ricavate dal video di Mercadet. – Puoi mostrarmi i due signori che ti hanno caricato in macchina?

– Lui, – disse la bambina senza la minima esitazione indicando la foto di Germain Cléach, il Lanciatore. – Aveva i capelli dritti dritti e la faccia piena di buchi.

– Era lui che guidava?

– Sí.

– E l'altro, il signore con le caramelle, lo riconosci?

Rose passò in rassegna le foto come un'alunna diligente che si applica a fare i compiti.

– È lui, – disse indicando la foto del Trippone. – Aveva un buco in mezzo ai denti.

Félix Hénaff, detto il Trippone, scelto senza dubbio per il suo aspetto bonaccione.

– Sei bravissima, – disse Adamsberg. – Scommetto che vai bene a scuola, vero?

– In matematica non tanto, ma ho la media dell'8.

– Ti dispiace se ti faccio sforzare ancora un po'?

– No, lei è molto gentile. E poi mi annoio qui.

– Uscirai prestissimo. Dove siete arrivati con la macchina?

– A una bella casa con i fiori e ho pensato che era lí che curavano papà. Invece il signore mi ha accompagnato alla porta, mi ha fatto entrare in una stanza e poi se n'è andato. E allora...

– Piangi pure, è normale, – disse Adamsberg accarezzandole i capelli. – Anch'io piangerei. Hai avuto molta paura, e noi pure, sai? C'era qualcuno nella stanza?

– Due signori. E loro erano cattivi.

– Da cosa te ne sei accorta?

– Avevano gli occhi e la bocca da cattivi, come nei film, – disse la piccola tirando su col naso.

– Me li mostreresti?

Senza la minima esitazione, Rose indicò le foto di Robic e Le Guillou.

– Mi hanno preso per le braccia e per le gambe, – continuò asciugandosi le lacrime, – e mi hanno portato giú per una scala. In fondo c'era una cantina, e mi hanno posato a terra. Mi hanno detto di stare tranquilla, che avrei rivisto presto mamma e papà, e poi hanno chiuso la porta di ferro. Io però non riuscivo a stare tranquilla. Mi sono messa a piangere, a strillare, volevo la mia mamma e il mio papà. Allora il signore coi capelli biondi e gli occhi azzurri da cattivo, questo qui, – aggiunse mostrando la foto di Pierre Le Guillou, – è tornato e mi ha dato due schiaffi.

E ha detto che se non la smettevo me ne avrebbe dati ancora. Non serviva a niente piangere, ha detto, perché non mi sentiva nessuno. Poi mi ha portato una bambola, un materasso e un maglione pesante e io piangevo con la bocca premuta sulla bambola per non farmi sentire. Dopo un po' l'altro cattivo, questo qui, – disse indicando la foto di Robic, – è arrivato con un vassoio e del pane e formaggio, ma prima voleva che inghiottissi due caramelle con un po' d'acqua. Io lo so che non sono caramelle quelle che bisogna inghiottire con l'acqua, sono medicine e non volevo prenderle. Allora mi ha scosso forte e mi ha detto di mandare giú le caramelle, che erano per dormire e che domani papà veniva a riprendermi.

– Non hai visto nessun altro entrare in cantina?

– No, dopo non mi ricordo piú niente.

Adamsberg le accarezzò la guancia bagnata di lacrime e raccolse le foto sparse sul letto.

– Sei incredibile, Rose, hai aiutato moltissimo la polizia.

– Davvero? – disse la piccola ritrovando il sorriso.

– Eccome. Grazie a te tutti quei cattivi andranno in prigione e non li rivedrai mai piú.

Adamsberg aprí la porta e fece entrare Johan. La bambina gli si buttò tra le braccia.

– Il signore mi ha detto che l'ho aiutato moltissimo.

Adamsberg si eclissò con discrezione e chiamò Matthieu non appena fuori dall'ospedale.

– Il conducente è il Lanciatore, Germain Cléach, e il tipo che è sceso dall'auto per convincere la piccola ad andare con loro è il Trippone. Dopo che l'hanno rinchiusa in cantina sono entrati solo in due. Indovina chi.

– Le Guillou e Robic.

– Bravo. Le Guillou le ha mollato due sberle per farla smettere di piangere e di strillare ed è stato Robic, molto dopo, a portarle pane e formaggio e obbligarla a inghiottire due pillole.

– Non ha visto né il Muto né il Poeta?

– No. E possiamo fare affidamento sulla sua testimonianza. Non abbiamo ancora elementi che dimostrino la complicità di quei due. È vero, però, che quando abbiamo chiesto dov'era la bambina, non sono sembrati per niente sorpresi, non hanno battuto ciglio. Per me erano tutti coinvolti. Ma Robic era l'unico intenzionato a uccidere Rose.

– E perché, secondo te?

– Perché non riusciva a uccidere me. Allora mi ha teso una trappola ignobile decidendo di rapire qualcuno di cui mi importasse: la figlia di Johan. Era sicuro che mi sarei proposto per uno scambio, e infatti quella era la mia intenzione. Ma avevi ragione: ci avrebbe assassinati entrambi senza tanti complimenti.

– Per il momento, Adamsberg, e nell'istante in cui Robic sarà a piede libero stasera, continuiamo a tenerci le guardie speciali e i rinforzi. E proteggiamo anche la piccola. Niente scuola fino a nuovo ordine.

– D'accordo. Anche se credo che, isolato com'è adesso e avendo tradito i suoi complici, Robic preferirà pensare a organizzare la sua fuga piuttosto che a farmi fuori.

– Ma potrebbe orchestrare la tua morte dalla cella. Con lui non possiamo star sicuri di niente. Tu ti saresti aspettato che avrebbe rapito Rose?

– Magari non Rose, ma qualcuno della mia squadra al posto mio, sí.

– Farò partire gli interrogatori del Trippone e del Lanciatore man mano che procediamo con le perquisizioni. Abbiamo un testimone del sequestro, il loro capo è in prigione e, una volta aperte le loro casseforti, è possibile che denuncino gli altri. A nessuno piace essere il solo a pagare. Dopodiché setacceremo le case di Robic, Le Guillou, il Poeta e il Muto. Sono le nove? Vi raggiungo tra poco dal Trippone. Nel caso di Robic, però, dobbiamo andarci cauti, data la faccenda del messaggio contraffatto. Che motivo ci inventiamo per una perquisizione?

Adamsberg sembrò pensarci su un attimo.

– Sospettato di complicità in un reato, – disse adagio. – In fondo niente ce lo impedisce nel «messaggio del ministero», quali che siano le «circostanze attenuanti». È una formulazione vaga e ci lascia un certo margine di manovra. Sí, direi anzi che è un atto dovuto. Dopodiché, per lui l'interrogatorio sarà una pura formalità, dato che si sente protetto da queste «circostanze». Quindi, perquisizione, sequestro del contenuto della cassaforte, contenuto cosí compromettente da giustificare il «sospetto di reato». E lo rilasciamo.

Tre quarti d'ora dopo le squadre di Adamsberg e Matthieu confluivano nella villetta vecchiotta del Trippone, accompagnate dai venti gendarmi di Combourg e da Adamsberg in persona, sempre scortato dalle guardie del corpo. Si divisero in due gruppi e quattordici uomini partirono per il domicilio del Lanciatore.

A mezzogiorno entrambe le case avevano consegnato i loro segreti, ossia il contenuto delle casseforti, a cui ormai gli agenti avevano fatto l'abitudine: armi, cellulari, documenti di identità falsi, gioielli e mazzette di banconote. Il tutto fotografato e imbustato. Tanto il Trippone quanto il Lanciatore erano stati remunerati meno generosamente degli altri. I documenti falsi provavano che non avevano seguito il resto della banda a Los Angeles e non avevano quindi avuto diritto alla loro fetta di eredità.

Adamsberg e Matthieu informarono i collaboratori del

commissario a Rennes degli esiti delle due perquisizioni per permettergli di condurre gli interrogatori. All'inizio i due uomini negarono qualsiasi coinvolgimento nelle azioni criminali di Robic e nel sequestro di Rose, ma l'elenco e le foto del contenuto delle loro casseforti, in aggiunta alla testimonianza puntuale della bambina, li lasciarono sconcertati. Lo sgomento che dimostrarono nell'apprendere che Robic, quando era sceso in cantina, aveva somministrato alla piccola una dose letale di barbiturici – fenobarbital, com'era risultato dalle analisi – era sincero. Scioccati, stomacati dalla spietata crudeltà del loro stimatissimo capo, denunciarono ventidue delle imprese piú gravi e sanguinarie che aveva commesso a Sète e nella regione di Combourg – rapine a mano armata in banche e gioiellerie, assalti a furgoni portavalori, furti – minimizzando la portata della propria partecipazione. Entrambi giurarono di non aver mai ammazzato nessuno.

– Allora chi si incaricava di ammazzare quando serviva? – chiese Lenôtre, il poliziotto che conduceva l'interrogatorio.

Il Trippone e il Lanciatore, riuniti nella parte finale dell'interrogatorio, chinarono la testa, esitando a fornire i nomi dei complici.

– Adesso le dico come la penso, – disse Matthieu al suo vice. – I tre killer della squadra sono senz'altro Le Guillou, freddo braccio destro di Robic, Hervé Pouliquen, l'assassino del dottore, uomo totalmente privo di emozioni, e Yvon Le Bras, detto il Prestigiatore, che a sentire il Giocatore era un asso nel maneggiare la pistola. Quanto a Robic, sempre attento a proteggere la sua persona esponendo gli altri, lui non uccideva mai, preferiva farlo fare. Tranne nel caso della bambina e del Giramondo. Il che lascia pensare che forse Le Guillou non fosse al corrente del piano di eliminare Rose.

Si sedettero tutti sul prato davanti alla casa di Robic, circondati dalle guardie del corpo. Adamsberg, con le gambe allungate, si mise ad aprire i vari cestini da picnic che aveva preparato Johan: uno spuntino di altissima qualità accompagnato da un vinello leggero. Le guardie del corpo divorarono i raffinatissimi panini di Johan, formando un gruppo meno silenzioso e appartato di prima. Cominciavano a mescolarsi agli altri e a uscire dal loro mutismo. Dopo aver spazzolato la sua razione, Mercadet andò a fare un sonnellino di qualche ora.

– Invece di perdere tempo a rientrare a Louviec, – disse Adamsberg, – potrebbe dormire qui sul prato. L'erba è soffice come un tappeto pregiato e la temperatura è mite.

– Come giustifichi al tuo capo un elemento come Mercadet? – gli chiese Matthieu.

– Semplicissimo: non ne sa niente.

Matthieu annuí con aria pensosa.

– Questo pomeriggio ci smazziamo le due perquisizioni piú rognose, – disse. – Robic e Le Guillou. Stesse squadre, ma ho fatto venire anche un secondo esperto. Temo che le casseforti di quei due ci daranno del filo da torcere. Sia trovarle che aprirle. Poi avremo il tempo di perquisire la casa del Poeta e del Muto e interrogarli.

Dopo due ore di ricerche non erano riusciti a localizzare la cassaforte né da Robic né da Le Guillou. Reggendosi in piedi con la stampella nella cucina del primo e circondato dalle guardie del corpo, Adamsberg osservava meditabondo le due grosse cucine bianche una di fronte all'altra.

– Louis, sai se i Robic ricevevano spesso?

– Da quel che dice Johan, la moglie dava una grande festa almeno tutte le domeniche, cosa che esasperava il marito.

– Allora è possibile.

– Cosa è possibile?

– Che ci siano due cucine. Avete controllato l'interno?

– Sí, e sono cucine a tutti gli effetti.

– E i forni come sono?

– Sono dei forni, Jean-Baptiste. Normali forni.

– Siamo sicuri?

– Diciamo che il forno di questa qui è poco profondo, – concesse Veyrenc.

– Allora è lí, – disse Adamsberg. – Chiama l'esperto.

Veyrenc girò le manopole del gas.

– Guarda, funzionano benissimo tutte e due.

– I fornelli sí, ma di certo non il forno della cucina piú grossa.

– Hai ragione, – disse Veyrenc dopo aver fatto un tentativo. – Non funziona.

Dietro il doppio fondo della cucina con il forno inutile, l'esperto portò alla luce la cassaforte – un rettangolo alto e spesso incastrato nel muro – e si mise subito al lavoro. Adamsberg chiamò Matthieu, che stava conducendo la perquisizione da Le Guillou.

– Robic ha avuto davvero un'idea originale. Due cucine a gas, una con un doppio fondo dietro cui nascondere la cassaforte. Possibilissimo che i due abbiano condiviso lo stratagemma. Noti niente in cucina?

– Un grande frigorifero e un congelatore enorme. Li abbiamo svuotati entrambi.

– Misura la profondità dell'interno del congelatore e la larghezza esterna.

– Trentadue centimetri di differenza, – disse Matthieu.

– La cassaforte è lí. Fai smontare i panelli posteriori.

I due esperti lavorarono, da un parte e dall'altra, un'ora buona per riuscire a sbloccare gli sportelli delle casseforti.

Il contenuto di entrambe era impressionante: i due capi si erano accaparrati svariate decine di milioni e una gran quantità di gioielli, prova della disparità di trattamento tra i vari componenti della banda. Robic aveva un passaporto ancora intonso, come Yvon Le Bras, evidente precauzione nell'eventualità di una fuga precipitosa. Ovviamente non avrebbe potuto portarsi dietro quell'immensa fortuna, ma di sicuro aveva previsto di affidarne la gestione a qualche losco finanziere di sua conoscenza. Non immaginava certo che prima della sua «liberazione» la polizia avrebbe fatto piazza pulita del contenuto della sua cassaforte. Oltre alle armi, ai cellulari, ai milioni, ai documenti falsi, ai gioielli, anche un faldone contenente tutti i documenti riguardo all'eredità «legale» di Robic. Faccenda che Adamsberg avrebbe trattato con la polizia di Los Angeles non appena tornato a Parigi, dopo aver confrontato minuziosamente quel testo con la calligrafia autentica di Donald Jameson, alla ricerca della piú piccola differenza.

41.

A cominciare dall'assassinio di Gaël, il giornale locale, «Sept jours à Louviec», aveva fatto uscire un'edizione speciale di una pagina a ogni nuovo fatto – l'omicidio di Anaëlle Briand, del sindaco, della psichiatra e del dottore – e ipotizzava l'esistenza di un legame tra un abitante di Louviec e uno o piú complici all'esterno. I giornalisti non ci misero molto a collegare i due attentati a Adamsberg a una banda ben organizzata che osava sfidare le forze di polizia intervenute a proteggere il commissario. Come avevano detto Johan e Maël, in paese si sospettava da un pezzo che Robic commettesse dei crimini coadiuvato da una banda di professionisti, senza però nessuna prova a sostegno di quella teoria. E gli arresti a stretto giro dell'assassino del dottore e dei quattro uomini responsabili delle aggressioni al commissario avevano messo in fibrillazione il piccolo quotidiano. «Il caso di Louviec» si era guadagnato le prime pagine della stampa nazionale e si cercava di contenere come meglio si poteva le orde di cronisti che invadevano il paese. Ma quelli battevano porta a porta e, a forza di essere pronunciato, anche il nome di Pierre Robic si guadagnò il suo spazio nei loro articoli.

Per il momento, e al fine di lasciare in pace la piccola, la notizia del sequestro di Rose non era stata divulgata, ma la polizia aveva accettato di informare i giornalisti dell'arresto degli ultimi sei uomini della banda, dei quali erano stati resi noti alcuni nomi. Ancora nessun elemento, però, lamentava la stampa – pur plaudendo alla straordinaria «retata» –, permetteva di collegare uno di quegli uomini agli omicidi di Louviec. I sospetti si indirizzavano verso Hervé Pouliquen, in quanto autore di un delitto simile nella persona del dottore, ma non era possibile stabilire nessun rapporto con gli altri quattro omicidi.

Superando l'assiepamento di giornalisti piazzati davanti al commissariato di Rennes, Matthieu e Adamsberg decisero di lasciare ai collaboratori del commissario l'incarico di torchiare il Poeta e il Muto e interrogare Robic e Le Guillou insieme, nella speranza di attizzare l'animosità che si era venuta a creare tra i due.

Di fronte ai due capi della banda, i poliziotti si scontrarono con la durezza dei bulli che un tempo terrorizzavano il liceo di Rennes, stavolta però per ragioni diverse: il primo, sapendo di non dover rispondere del sequestro della bambina, si sentiva al riparo da azioni giudiziarie troppo pesanti per gli altri reati; il secondo, pieno di astio, era consapevole di rischiare l'ergastolo se non dimostrava la sua estraneità a qualsivoglia omicidio.

I due inseparabili amici d'infanzia erano diventati acerrimi nemici. Robic, credendosi protetto dal ministero, si dissociò di sua spontanea volontà da qualsiasi coinvolgimento nel sequestro e ammise, come del resto fece Le Guillou, i ventidue misfatti enumerati dal Trippone e dal Lanciatore. A questi si aggiungevano i reati perpetrati a Los Angeles, in merito ai quali si trincerarono entrambi in un ostinato mutismo, negando categoricamente di aver mai commesso un omicidio.

– È falso! – saltò su Le Guillou. – È stato lui, lui solo, che ha ucciso il Giramondo pochi giorni dopo essere arrivato a Louviec!

Robic scosse la testa, impassibile, negando l'evidenza e liquidando l'accusa con un gesto della mano.

– Ammettendo che sia vero, chi erano allora i killer della banda?

– Hervé Pouliquen e il Prestigiatore, – spifferò Le Guillou. – E Robic li manovrava come burattini e distribuiva i ruoli.

– Dimentichi il Casanova, – disse Adamsberg. – Cioè tu, Le Guillou. No, non dire niente, ti difenderai piú tardi. E chi ha assassinato Donald Jameson?

– Il Giramondo, ma è stato Robic a pianificare tutto e a redigere il testamento.

– E chi ha tentato di uccidere la piccola Rose somministrandole dei barbiturici? Secondo i medici, la dose era cosí forte che se non fossimo intervenuti la bambina sarebbe morta nella notte.

– Che cosa? – esclamò Le Guillou. Si era alzato di scatto, in manette. – Hai osato fare una cosa del genere? – sbottò rivolto al suo ex capo.

– Era solo per farla dormire.

– Mi prendi per il culo? Hai sentito che cos'hanno detto i medici! Tu avevi intenzione di ucciderla a nostra insaputa! Perché ti aveva visto in faccia! E ci hai fatto credere che l'avresti liberata! Pezzo di merda! Prendertela con una bambina! Per questo hai voluto portarle tu da mangiare!

– Non sono tenuto a rispondere in merito a questa faccenda. Il ministero l'ha depennata dal mio fascicolo, e a ragion veduta.

– Già, – riprese Adamsberg. – Ma ne riparleremo. I quattro uomini che erano con voi erano tutti al corrente del sequestro? Il Trippone e il Lanciatore, è ovvio. Ma il Poeta e il Muto? Datemi un secondo.

Inviò a Maël le foto del Poeta e del Muto chiedendogli se riconosceva l'uno o l'altro degli uomini che aveva sorpreso a casa di Le Guillou.

«Li ho visti in faccia quando sono tornati verso la macchina. Il primo ha portato i giochi, il secondo il materasso. Garantito al limone».

«E il terzo, quello che ha portato da vestire, ti dice qualcosa? Ti mando la foto».

«È lui, senza alcun dubbio, commissario».

Adamsberg mostrò i messaggi a Matthieu, che annuí e girò l'informazione ai suoi collaboratori.

– Sono tutti coinvolti, – disse Adamsberg. – Ma probabilmente solo uno aveva intenzione di uccidere. Sei fortunato, Robic, molto fortunato.

– Perché questo pezzo di merda ha accettato di venire a patti con voi! Ci ha scaricati tutti nelle mani della polizia e lui invece se n'è tirato fuori!

In un'altra stanza, nel frattempo, terminava l'interrogatorio del Poeta e del Muto condotto dai collaboratori di Matthieu in presenza di un interprete nella lingua dei segni.

– Dunque nessuno di voi due sapeva che una bambina era stata rapita e veniva tenuta prigioniera in cantina? Allora si può sapere che cosa ci facevate là?

– Ci aveva invitato Le Guillou, – rispose il Poeta.

– Facevate spesso cenette tra amici?

– No, capitava di rado, – mimò il Muto. – In genere venivamo convocati quando c'era in ballo un nuovo colpo. E ci riunivamo soprattutto in luoghi abbandonati.

– Quindi, voi non c'entravate niente con la bambina. In tal caso, come mai hai portato dei giocattoli da Le Guillou nel pomeriggio? Con tanto di imballaggio del negozio? – chiese il poliziotto al Poeta. – E tu, – continuò rivolto al Muto, – come mai piú tardi hai portato un materassino per bambini? Senza nemmeno preoccuparti di arrotolarlo per bene? Non avete molto sale in zucca, eh? Guarda caso qualcuno vi ha visto e vi ha riconosciuto. Eravate tutti coinvolti, eccome.

– Sigaretta? – chiese il secondo poliziotto. – Adesso arriva la domanda piú difficile.

Prigionieri e poliziotti si concessero una breve pausa, col posacenere tra loro.

– Robic è sceso in cantina con un vassoio? – riprese uno dei poliziotti.

– Sí, – rispose il Poeta. – Le ha portato pane e formaggio e un bicchier d'acqua. Mi è sembrato pochino, un solo bicchier d'acqua, per una bambina.

– E che altro?

– Nient'altro, – disse il Muto.

– Sí, invece. Due compresse di barbiturici, una dose cosí forte per una bambina di otto anni che, se la polizia non fosse arrivata in tempo, la mattina dopo l'avreste ritrovata morta.

Lenôtre osservò l'espressione allibita del Poeta e quella scossa del Muto. Lo stupore era autentico.

– Dovevamo liberarla se i nostri compagni non fossero stati rilasciati, – disse il Poeta. – Se il ricatto non fosse riuscito.

Il Muto confermò le parole del Poeta con veementi cenni del capo.

– Ecco chi era il vostro capo. Non solo un criminale che affidava ad altri il lavoro sporco, ma uno capace di ammazzare i bambini.

– C'erano quelli che uccidevano per lui nei colpi piú tosti, sí, – ammise il Poeta.

– Casanova, Gilles e Jeff il Prestigiatore, è cosí? – disse Lenôtre, che riceveva via via le informazioni dai due commissari.

– Sí, ma fare del male a una bambina... Non riesco a crederci...

– Eh, be', adesso potete crederci eccome e pensateci due volte se è il caso di continuare a coprire un individuo tanto spregevole. Stiamo per procedere alla perquisizione delle vostre case. Abbiamo trovato le casseforti degli altri nove, fateci risparmiare tempo e diteci dove sono le vostre. Piú vi mostrate cooperativi e meglio sarà per voi.

– In una botola, sotto la lavatrice, – disse il Poeta.

– Nel compost, – disse il Muto attraverso l'interprete.

– Puzza, – osservò Lenôtre.

– È vero, – ammise il Muto. – Non si può negare: puzza.

– Visto che vi abbiamo detto dove sono le casseforti, possiamo avere un'altra sigaretta? – fece il Poeta.

– Una bambina... – mormorò a segni il Muto. – Una bambina... E ci ha tirato tutti dentro... La pagherà, giuro che la pagherà.

– Ma quella canaglia verrà liberata, – disse il Poeta col suo bel timbro di voce. – E ci sono anche altri che lavorano per lui. Tipi imbucati, fidati.

– I loro nomi?

– E chi li conosce? Robic non condivide le informazioni nemmeno con i suoi soci piú stretti, tipo me. E comunque sarebbero nomi falsi.

Tutti gli imputati, tranne Robic, furono ricondotti in cella. Alle sei di sera squillò la campanella che annunciava la distribuzione dei pasti. Adamsberg si avvicinò a uno degli addetti che spingeva un carrello di vassoi con braciole di maiale rinsecchite e contorno di porri.

– Voi guardie mangiate le stesse cose?

– No. La qualità è leggermente superiore. Ma ci vuole comunque un po' di buona volontà.

– Non ho mai capito perché ai prigionieri diano da mangiare della sbobba inqualificabile. Non dico di arrivare ai menu di Johan, ma insomma…

– Per fiaccarli, – rispose Matthieu leggendo un messaggio.

– Invece si ottiene il risultato contrario.

– Da bambino, nessuno di noi riusciva a finire di mangiare quello che ci davano in mensa. Notizie da Verdun: stanno perquisendo le ultime due case e non ci vorrà molto, dato che sanno dove cercare le casseforti. Come mai hai smesso di parlare? Un'idea che si aggira nel tuo lago?

– No, sto pensando a come far uscire Robic di qui senza che lo sappia la stampa. Sarebbe un bel guaio per noi.

– Passeremo per i sotterranei dove sbattono gli ossi piú duri. Il corridoio sbocca dalla parte opposta della piazza. Gli copro il viso e gli faccio tenere la testa china, nessuno lo vedrà in faccia. Prediamo un'auto civetta e quattro poliziotti per riaccompagnare a casa quella canaglia di Robic. Hai saputo cos'ha detto il Poeta?

– Che ci sono altri uomini che lavorano per lui.

– Che potrebbero fargliela pagare.

– Oppure aiutarlo.

– O vendicare il suo arresto prima di tutto. Ucciderti per portare a termine il lavoro. Tu restatene nascosto, impossibile prevedere cos'ha in testa quella carogna.

– Non posso restare nascosto, Matthieu. Devo stravagare. Devo andare sul mio dolmen.

– *Devi?*

– Proprio cosí. Sono le bolle, le idee vaghe. Stanno risalendo dal fondo melmoso. Si muovono, si incrociano, si scontrano. Non posso permettermi di trascurarle troppo a lungo, altrimenti torneranno a rintanarsi in fondo al lago.

– È proprio indispensabile?

– Sí. C'è tutto il tempo, stasera ceniamo tardi.

– E va bene, – sospirò Matthieu. – Andrai ad aspettarle al varco sul *tuo* dolmen, con otto guardie del corpo che veglieranno su di te mentre tu girovaghi.

42.

Un quarto d'ora dopo, scortato dai suoi uomini armati, Matthieu andò a prelevare Robic dalla stanza in cui era rinchiuso e lo fece uscire come stabilito.

– Da dove passiamo? – domandò Robic.

– Da un'uscita che le eviterà di imbattersi nei giornalisti. Visto come siamo premurosi? Il suo rilascio non dev'essere noto alla stampa o a chicchessia.

– Perché rischio la vita?

– Proprio cosí. Sia il piú discreto possibile, resti in casa e non vada in ufficio. È un ordine.

L'uscita avvenne senza intoppi, senonché, nel chinare la testa, a Robic scivolò a terra il passamontagna troppo largo e Matthieu si affrettò a rimetterglielo.

Qualcuno, qualcuno di Louviec che era a Rennes per delle compere, osservava la scena. Nei due secondi che aveva avuto a disposizione era riuscito a scorgere per un istante il viso scoperto del prigioniero, ma gli era bastato. Dunque Robic era libero. Evidentemente le testimonianze non erano sufficienti e non c'erano prove, e lui doveva aver addossato tutta la colpa ai suoi complici. Sorrise. Pregustava già la sonora batosta che aspettava Robic.

Maël lesse e rilesse i vari giornali che aveva comprato, anche se ripetevano tutti le stesse cose, e ascoltò senza stancarsi le notizie che trasmettevano incessantemente per televisione. Sapere che tutti quei bastardi erano stati infine acciuffati lo riempiva di una gioia immensa. Ritagliò le foto di ciascuno e le fissò alla parete con delle puntine. Chateaubriand fece lo stesso. A distanza di decenni dal massacro del cane, finalmente Robic e Le Guillou pagavano per i misfatti compiuti, loro e la loro banda di delinquenti.

Robic ignorava bellamente la stampa e si godeva la libertà riconquistata, tanto piú che sua moglie al momento non c'era. Cancellazione del reato di sequestro e riconoscimento di circostanze attenuanti: con l'aiuto di un ottimo avvocato non se la sarebbe cavata male al processo. Ma non aveva importanza. Al momento del processo lui sarebbe stato ben lontano, pensò con un sorriso. Non pensò nemmeno per un attimo ai dieci uomini incarcerati della sua banda. Erano l'ultimo dei suoi pensieri. Tranne per il fatto che ritrovarsi da solo non gli facilitava le cose. Poteva contare ancora su un certo numero di contatti per filare a Sète con un'auto chc non fosse la sua, destinazione piú che naturale: da lí, grazie alle sue conoscenze, sarebbe riuscito a imbarcarsi su un battello alla volta della costa africana. Bisognava pagare l'equipaggio, tra l'altro profumatamente, e chi lo avrebbe accompagnato al porto. La polizia lo aveva depredato del prezioso contenuto della cassaforte, lasciandogli poche centinaia di euro, del tutto insufficienti. E ritirare una grossa somma in banca era troppo rischioso. Non gli restava che introdursi nottetempo in ufficio e arraffare il denaro liquido dell'impresa. Con le gambe allungate sul tavolo, passò in rassegna le sue vecchie conoscenze, valutando quale fosse la piú adatta da coinvolgere. Avrebbe usato un travestimento, ovvio, e un gran bel travestimento. Aveva sotto mano tutto l'occorrente. Gli sbirri non lo avevano toccato, aveva controllato, senz'altro convinti che sarebbe stato piú che sufficiente privarlo del bottino della cassaforte per farlo capitolare, senza bisogno di portare via anche quei vecchi stracci.

Alle sette di sera Adamsberg si era fatto accompagnare al suo dolmen dalle guardie del corpo.

– Perché il dolmen? – chiese una di loro.

– Aiuta a far spuntare le idee.

– Ah, sí? Prima o poi ci proverò anch'io. Sono vecchie quelle pietre là, no?

– Qualcosa come due o tremila anni.

Due guardie del corpo lo aiutarono a issarsi sul lastrone del dolmen e il commissario si stese sulla pietra tiepida. Quattro uomini lo circondarono, seduti sulla lastra, gli altri si erano piazzati ai quattro angoli. Nessuno ebbe da ridire sulla stranezza della situazione. Adamsberg chiuse gli occhi per il sole e riprese il filo delle sue deambulazioni. Temeva di essersi perso una bolla per strada, ma si rinfrancò ritrovandola dieci minuti dopo. A dimostrazione del fatto che non bisognava lasciarle in pace troppo a lungo.

Non era certo la prima volta che aveva a che fare con bolle di pensieri e l'accesso era sempre stato difficile. Ma adesso erano numerose, scisse, a tratti quasi ostili tra loro o, al contrario, troppo unite per vederci chiaro, gli davano del filo da torcere. Le riprese, una per una, riafferrando quelle che volevano sprofondare, scartando quelle che cercavano di insinuarsi senza un valido motivo. Passò cosí quasi due ore, dopodiché si tirò su e annotò rapidamente qualche parola sul suo taccuino. E dire che era stato vicinissimo a capire. Aveva i primi frammenti sottomano fin dall'inizio. Ma non se la prese. I fatti, i cento fatti insignificanti di ogni giorno, le migliaia di parole sentite, la quantità di azioni a cui aveva dovuto far fronte, tutte queste cose avevano rivestito di un carapace, come una tartaruga, i soli e unici elementi pertinenti sommersi nella massa. Cosí ridotti che si potevano contare sulle dita di una mano.

Adamsberg scese dal suo dolmen con l'aiuto delle guardie, che lo afferrarono per la vita e gli fecero da scaletta con le mani. Riconobbe l'uomo con cui aveva parlato prima, quello dagli occhi azzurrissimi. Occhi vivaci, intelligenti, attenti, con uno sguardo in cui si mescolavano indulgenza e delicatezza.

– Ha funzionato? – chiese.

– Direi proprio di sí.

– Bisogna per forza sdraiarsi su questo dolmen per farsi venire le idee?

– Un posto vale l'altro.

– E bisogna sdraiarsi?

– No, basta camminare lentamente, per esempio. E fermarsi di colpo quando si sente che una sta spuntando.

– E perché io non sento niente?

– Perché non sta indagando. Non sta cercando una soluzione.

– No, io cerco delle idee di vita.

– Non le piace fare la guardia del corpo?

– No, appunto perché è un lavoro in cui ti chiedono di non pensare a niente, di non farti domande.

Adamsberg si fermò in mezzo al prato che stavano attraversando, e rifletté appoggiato alla stampella.

– A cosa preferisce pensare?

– Alla mia famiglia, va da sé, ma anche a una cosa per me fondamentale che le sembrerà assurda.

– Sentiamo.

– Be'... – tentennò la guardia abbassando gli occhi come se stesse per confessare un peccato. – Penso agli asini.

– Intende gli idioti o gli asini veri?

– Gli asini veri. Tutti dicono che sono bestie stupide, un po' la stessa cosa che pensano di noi guardie del corpo. Ma è falso.

– Allora perché non si mette ad allevarli?

Come un'onda bretone che sfavilla a un raggio di sole, un lampo accese l'azzurro degli occhi della guardia.

– Non pensa che sia ridicolo?

– Io mi sono infatuato di un riccio. E prima ancora di un piccione.

– Quindi crede che sia possibile?

– Be', per cominciare, un asinello dovrebbe costare sui trecento euro.

– Ce li ho trecento euro, – si entusiasmò la guardia. – Ma dove lo metto un asinello? Non ho un terreno.

– Bisogna pensarci. So che Josselin de Chateaubriand ha un cavallo da queste parti. E un cavallo non sopporta la solitudine, ha bisogno di compagnia. Per questo spesso si mette un asino nel prato con lui. Chissà, magari Chateaubriand sarebbe bendisposto.

– Chateaubriand, il famoso scrittore, giusto? Di Combourg?

– Esatto, ma è un vecchissimo antenato dello Chateaubriand di Louviec.

– E come lo trovo questo Chateaubriand?

– Mi riaccompagni in paese e ci parliamo subito. Se accetta, lei ci sta? Non è che si tira indietro?

– No di certo! Comincerò con una femmina, poi prenderò un maschio e cosí avrò dei piccoli.

– E dei pensieri. È vero che guardarli dà da pensare. E poi li si può sempre montare per andarsene a spasso. Ma dovrà andare a trovarli spesso perché si abituino a lei e la riconoscano.

– Tranne in caso di emergenze, ho una giornata e mezza libera alla settimana. Oltre alle ferie. Al momento stiamo per trasferirci da Rennes a Saint-Gildas.

– È vicinissimo Saint-Gildas. È sposato?

– Sí.

– Ne ha parlato con sua moglie, degli asini?

– Temevo che mi scoraggiasse. Lei è la prima persona a cui l'ho detto. Però mia moglie sa che sono cresciuto con l'asino di mio nonno. Adoravo quella bestia.

– Deve parlargliene. Avete figli?

– Un maschietto di tre anni.

– Che tra due potrebbe divertirsi a montare l'asino. Un ottimo argomento per sua moglie. Venga, andiamo a trovare Chateaubriand.

Poco dopo Josselin ricevette la visita del commissario e della guardia del corpo. La casa era troppo piccola, per cui le altre sette guardie aspettarono fuori.

– Qualcosa di grave? – chiese Josselin inquieto.

– No, ma importante per lui, – disse Adamsberg indicando il suo nuovo compagno dagli occhi azzurri.

Quindi espose la problematica a Josselin, che si mostrò molto interessato.

– Sí, ho un cavallo in un prato appena fuori Louviec. Lo monto spesso per andare a spasso nei boschi. Ma è sempre solo ed è vero che lo vedo deperire dalla noia, e la cosa mi preoccupa. La compagnia di un asino gli farebbe un gran bene. Quando verrebbe? – chiese Josselin con impazienza.

– Il fatto è che non so dove comprare un asino né come sceglierlo, – disse la guardia.

– Io sí. Se per lei va bene, martedí prossimo vado alla

fiera del bestiame e gliene compro uno. Uno mansueto, visto che ha un bambino.

– Sarebbe fantastico, – disse la guardia, che aveva aperto la giacca tutto contento. – Quanto le devo? Il signor commissario ha parlato di trecento euro.

– O trecentocinquanta. Mi pagherà quando l'avrò comprato.

– Be', prima dovrà convincere sua moglie, – intervenne Adamsberg.

– Se sua moglie è d'accordo, passi martedí verso le undici. Ah, no, impossibile, sarà di servizio.

– No, sono di servizio domenica e lunedí, quindi ho il martedí libero.

– Perfetto. Venga con me, cosí li vedrà fare conoscenza. Il mio cavallo si chiama Armonica, perché adora sentirmela suonare.

La guardia richiuse la giacca, si raddrizzò e strinse la mano a Josselin con gli occhi pieni di riconoscenza.

– Che forza, un dolmen, – disse.

43.

La squadra si riuní non prima delle otto e mezza alla locanda, dove Johan aveva già predisposto per loro un tavolo isolato. Prima di sedersi, Adamsberg prese Mercadet in disparte.

– Tenente, bisogna assolutamente cancellare il messaggio falso dal cellulare di Matthieu.

– Già fatto stamattina, commissario. Mica gli lasciavo sul cellulare una bomba del genere.

Adamsberg posò una mano sulla spalla del tenente a mo' di ringraziamento e si uní al resto della squadra, che si accingeva ad attaccare l'antipasto portato da Johan. Matthieu sventolò una busta tra due dita.

– Ti ricordi che avevamo mandato ad analizzare la pozione della Serpentin? Sono arrivati i risultati, – disse consegnando la busta a Adamsberg. – Acqua sporca. Una bacca di ribes schiacciata, qualche rametto di timo, un chiodo di garofano tritato, un pizzico di cannella, di anice, di aceto, grani di pepe e via discorrendo, a seconda della «finalità» delle famigerate pozioni. In poche parole: una truffa bella e buona. Nella pozione che doveva addormentare gli Ombristi e fiaccare il loro animo c'era semplicemente una piccola dose di sonniferi mescolata a fiori d'arancio e qualche goccia di cognac. Ti ricordi a quanto vendeva la sua paccottiglia?

– Cara e salata, la vendeva.

– Che facciamo? La arrestiamo per truffa?

– Perché no? Pagherà una piccola multa – e non sarà certo un problema, col suo giro d'affari – e le verrà vietato «esercitare». Il che sarà un bel risparmio per i creduloni e magari metterà fine alla contrapposizione tra Ombrosi e Ombristi che lei fomentava per il proprio profitto.

– Ci penso io. La faccio caricare sotto gli occhi di tutti su un'auto della gendarmeria e la notizia comparirà sulla stampa locale. Quella donna è una calamità e una spacciatrice di falsi rimedi, vedrai che questo servirà a calmarla. Potrà sempre continuare a esercitare la sua forza nociva diffondendo pettegolezzi in tutta Louviec, sarà piú che sufficiente. Raccolta fruttuosa, sul tuo dolmen?

– Non posso lamentarmi.

Johan portò un'anatra all'arancia e Adamsberg lasciò alla squadra il tempo di rifocillarsi e di distendersi prima di abbordare il punto cruciale della loro strategia.

– Torniamo a Robic, – disse allontanando il piatto vuoto. – Matthieu l'ha riaccompagnato a casa verso le diciannove. Libero.

– Fino a un certo punto, – rettificò Matthieu. – Ho lasciato sei uomini a sorvegliarlo con discrezione, incaricati di controllare l'uscita dalla sua proprietà.

– Saggia precauzione, – approvò Adamsberg, – anche se probabilmente prematura. Comunque avvisa i tuoi uomini che le uscite sono due.

– Due? – chiese Mercadet, che aveva dormito durante la perquisizione.

– Due. Oltre al cancello principale c'è anche una porticina dalla parte opposta, in fondo al prato, versante nord, ben dissimulata dietro i pioppi e un cespuglio di rovo. Noël, che è quello con le gambe piú lunghe, si è infilato fra i tronchi e ha scavalcato i rovi senza sfiorarli. E ha aperto la porta con il mio grimaldello senza lasciare la minima traccia.

– Quindi, – intervenne Veyrenc, – se Robic controlla, ne concluderà che quel passaggio ci è sfuggito?

– E perché dovrebbe andare a controllare? – chiese Berrond servendosi una seconda porzione.

– Ma perché ha tutta l'intenzione di filarsela, – disse Matthieu. – È in «libertà», certo, ma provvisoria, molto provvisoria. Non è cosí stupido da non immaginarlo.

– Solo che non può piú contare sui suoi scagnozzi, – osservò Adamsberg, – e ha bisogno di tempo per organizzarsi. Stanotte di sicuro non se la svignerà, e tantomeno domani in pieno giorno. Ma state pur certi che sta pianificando l'operazione. E ricontatterà vecchie conoscenze che non sputeranno sui soldi. Ho idea che intenda spostarsi usando auto diverse e, una volta a Sète, imbarcarsi per l'Africa.

– Tutte le imbarcazioni a Sète sono state avvisate di non farlo salire a bordo.

– Con una bella mazzetta, Matthieu, se ne infischieranno dell'avvertimento. E poi Robic sarà di sicuro travestito. Quindi propongo di continuare con la sorveglianza nella piú assoluta discrezione: in bicicletta, a piedi e ovviamente in borghese. E, per eccesso di precauzione, giorno e notte. E dovranno pensarci gli uomini di Matthieu, noi ci conosce.

– Il rischio resta alto, – disse Matthieu con una smorfia.

– Al punto in cui siamo, perché non fabbricare un secondo messaggio contraffatto che revoca le concessioni e autorizza il suo arresto? Il motivo? La scoperta, emersa dalle testimonianze dei medici e della bambina, che ha tentato di uccidere Rose.

– Fattibile, ma no.

– Perché?

– Perché devi sapere che ieri non ho avvisato il ministero che eravamo riusciti a localizzare la piccola e a liberarla. Una mancanza da parte mia, e deliberata.

– Perché sei stato zitto? – esclamò Matthieu, piuttosto stupito.

– Perché finora quelli se ne sono sempre sbattuti, – rispose Adamsberg indurendo i toni. – Prima rifiutano di liberare i prigionieri quando io sono minacciato di morte, poi rifiutano ancora quando Rose viene rapita. La seconda dimostrazione di indifferenza l'ho trovata davvero ignobile. Perciò, visto che loro ci hanno mandato bellamente affanculo, io ce li mando a mia volta.

– Approvo, – disse con fermezza Matthieu.

– Quindi non sanno niente della liberazione di Rose, e quando verranno a saperlo andranno su tutte le furie. Si chiederanno come ci siamo riusciti, a chissà quale patteggiamento o stratagemma siamo ricorsi. Capacissimi di incaricare una commissione d'inchiesta, verificare l'esistenza della porta blindata, interrogare Robic e scoprire la faccenda del messaggio contraffatto. E noi non gli daremo questa soddisfazione, Matthieu.

– No di certo. Non ci rimane che arrangiarci da soli, con Robic.

– Esatto. Domani mando un messaggio stringato di due parole, non di piú, per informarli dell'avvenuto salvataggio della bambina, in modo da pararci il culo. Poi, come hai detto, ci arrangiamo da soli. Tutti sono d'accordo?

Ci fu un mormorio generale di approvazione e Johan reputò che fosse il momento opportuno per portare il dessert.

L'indomani Matthieu si dedicò per tutta la giornata a sbrigare la burocrazia relativa ai nuovi detenuti, mentre Adamsberg, dopo una rinnovata puntata al dolmen, deambulava per le strade del paese, scortato dalle sue guardie, lo sguardo perso. Ogni tanto si fermava per far riposare la gamba e poi riprendeva a girovagare. A mezzogiorno lo chiamò Matthieu per informarlo che gli agenti incaricati della sorveglianza avevano visto Robic uscire a telefonare per quattro volte sul retro del giardino di casa. Alle tre Adamsberg rientrò alla locanda per distendere la gamba bistrattata. Alle sei, accigliato, chiamò il collega al commissariato di Rennes.

– A quante siamo, Matthieu?

– Di che cosa?

– Di chiamate.

– Undici. Parecchie, eh?

– Troppe. Raduna la squadra, ci ritroviamo alla locanda alle sette.

Stava suonando l'Angelus della sera quando i sette uomini e Retancourt si misero di nuovo a tavola da Johan, davanti a un bicchierino di chouchen.

– Robic ha fatto undici telefonate oggi, – ricapitolò Matthieu. – E sicuramente anche di piú. Gli agenti hanno potuto tenere d'occhio solo il retro della casa, circondato da pioppi e filo spinato, non il davanti, cinto da un'alta siepe spinosa. Si sta organizzando per scappare, non c'è alcun dubbio.

– E se ha già preso contatto con almeno undici uomini, – concluse Adamsberg, – il piano potrebbe anche riuscirgli sotto il nostro naso. Ho l'impressione che si stia muovendo molto piú in fretta del previsto.

– Tagliare la corda, dileguarsi... – rifletté Veyrenc. – Avrà pure trovato gli uomini e i mezzi, ma non ha piú un centesimo.

– Dimentichi la cassaforte della ditta, Louis. Arrafferà il contante strada facendo. Di notte. Forse stanotte stessa. Dobbiamo stringere le maglie, Matthieu. Raddoppia il numero di uomini e prevedi dei turni. Cosí fanno dodici. Piú le guardie speciali e la nostra squadra, ventisette in totale.

– Ci sono anch'io, – disse Mercadet. – Ho dormito abbastanza.

– Ventotto in totale, – riprese Adamsberg. – Dovremo resistere fino all'alba.

– Di notte... – ripeté. – E col buio pesto, quindi diciamo undici e mezza. Dobbiamo essere sul posto alle dieci e quarantacinque.

– Anche prima, – disse Matthieu. – Il nostro uomo agisce con rapidità e inventiva, meglio non correre rischi. Dobbiamo essere sul pezzo a partire dalle dieci. Presidiamo tutte le vie di accesso alla casa. Partenza dalla locanda alle nove e mezza.

L'uomo rifletteva. Se gli sbirri avevano rilasciato Robic furtivamente, come aveva visto fare il giorno prima, potevano esserci solo due spiegazioni. O le prove erano insufficienti – cosa di cui dubitava – oppure era un'astuzia della polizia per acciuffare il resto della banda, se ancora era rimasto qualcuno. E qualcuno era per forza rimasto, data la rete di contatti che Robic aveva intrecciato nel corso degli anni. Era possibile che fosse caduto nella trappola. Ma non se ne sarebbe certo rimasto buono buono nel suo giardino. Non era proprio il tipo. Di certo doveva immaginare che prima o poi – e piú prima che poi – la piccola Rose lo avrebbe messo in mezzo e la polizia gli sarebbe piombata addosso. Dall'aria pimpante di Johan era evidente che la bambina non era morta. Dunque Robic era senz'altro occupato a tessere la tela per filarsela, e al piú presto.

L'uomo cercò di mettersi nei suoi panni: una staffetta di auto per andarsene da Louviec senza dare nell'occhio. Verso quale destinazione? Ma Sète, ovvio! Da lí qualcuno, lautamente pagato, gli avrebbe fatto attraversare il Mediterraneo. Il denaro è il nerbo della guerra, garanzia di successo, e gliene serviva un mucchio. L'unica soluzione era prelevarlo dalla cassaforte della ditta. Reattivo com'era Robic, avrebbe potuto dileguarsi già quella notte, o l'indomani mattina all'alba. Gli sbirri sarebbero rimasti a bocca asciutta. Si fregò le mani sorridendo. C'era da divertirsi.

Robic chiuse l'ultima telefonata. Tutto era stato predisposto: alle tre e mezza del mattino lo aspettava un'auto, vicino alla vecchia porta a nord, sulla strada della Malcroix. Sarebbe entrato nella ditta dalla porta blindata laterale. Poi, con la borsa zeppa di denaro, si sarebbero diretti verso sud. Sua moglie, che nel frattempo era tornata, aveva invitato come al solito una marea di gente, ma una volta tanto la confusione gli faceva gioco. Poteva andare e venire a piacimento, concludere i preparativi, prendere l'occorrente per travestirsi e ricevere le ultime conferme senza che nessuno badasse a lui. E alle tre del mattino quei cretini di ospiti se ne sarebbero andati da un pezzo e sua moglie sarebbe stata fuori combattimento.

Tutto era andato meglio di quanto avesse sperato. Nondimeno, il messaggio che aveva ricevuto alle sette e mezza, di sicuro da un cellulare rubato, aveva stemperato la sua soddisfazione: «Annullamento libertà in vista domani. Informazioni. Urgente. Appuntamento stasera dietro la rimessa, parete nord, alle 21. Ripeto: urgente».

Domani? I pezzi grossi del ministero avevano cambiato idea? Possibilissimo, se erano venuti a sapere del suo tentativo di eliminare la bambina. La mocciosa doveva aver raccontato delle «caramelle» che le aveva fatto inghiottire a forza. Ma non aveva importanza, l'indomani sarebbe stato già lontano. Ciò non toglie che doveva assolutamente sapere in che cosa consistevano quelle nuove informazioni.

La cena da Johan si svolse in un'atmosfera tesa e animata al tempo stesso. Ciascuno si chiedeva, adesso che si conoscevano meglio le personalità degli undici uomini della banda, quale tra loro poteva essere il responsabile dei delitti di Louviec. E perché.

– In fondo, – disse Matthieu, – anche se sono gli scagnozzi di Robic, non vuol dire che non abbiano dei conti personali da regolare. Prendi Robic stesso, per esempio. Non fa in tempo a tornare a Louviec che Jean Armez viene assassinato.

– Io invece sono convinto che tutto dipenda dalla faccenda dell'eredità, – disse Berrond.

– E tutto partirebbe dal dottor Jaffré, – disse Retancourt. – Lui sapeva che il testamento era falso. E magari ne ha parlato alla collega, la psichiatra. E al sindaco. A Johan lo ha pur detto, no?

– E a Gaël? – domandò dubbioso Noël.

– Gaël era capacissimo di ricattare Robic, – disse Retancourt. – Sia riguardo all'eredità sia riguardo a Jean Armez.

– E le uova, allora? – fece notare Mercadet riempiendosi di nuovo il piatto. – Che cosa c'entrano in tutta questa storia le uova?

– Un diversivo, – disse Verdun. – Per spingerci sulla pista dell'aborto e allontanarci dal vero movente. Cosa che abbiamo fatto, da bravi soldatini.

– L'omicidio di Anaëlle non quadra con questa ipotesi.

– Se non rendere piú credibile la manovra del diversivo.

– Ma non è Robic l'autore di questi omicidi, – obiettò Matthieu. – Non è la sua mano. Può aver utilizzato Le Guillou, Yvon Le Bras o Hervé Pouliquen. O tutti e tre, uno dopo l'altro. Bisognerà metterli l'uno contro l'altro.

Poco prima delle otto Maël spinse la porta della locanda.

– Posso? – chiese rivolgendo un saluto alla compagnia. – Sto lavorando come un mulo per finire la contabilità della settimana. Mangio un boccone rapido e torno ai miei numeri.

– Siediti, – disse Johan. – Ho fatto un arrosto, con salsa di pancetta e funghi.

– A quanto pare avete rilasciato Robic, – disse Maël. – E io che già mi rallegravo a immaginarlo dietro le sbarre, – aggiunse con un sospiro.

– Chi te l'ha detto? – chiese Adamsberg.

– Un tipo, il fabbro, che a sua volta l'ha saputo da uno che l'ha saputo da uno, eccetera. Avevate in mente qualcosa, no? Tipo, non so, di servirvi di Robic per arrivare al resto della banda, ma... Insomma, quello che voglio dire è che uno come quello è capacissimo di sfuggirvi come niente dalle grinfie.

– Lo sappiamo, – disse Matthieu.

– Non sono affari tuoi, Maël, – intervenne Johan. – Lascia che facciano a modo loro.

– Non ho niente contro, – disse mestamente l'altro. – Ma tu hai già dimenticato che sono stato io a informarli appena in tempo del posto dove tenevano prigioniera tua figlia?

– No, – si affrettò a dire Johan. – E di questo ti sarò grato in eterno. Scusami, davvero, scusami.

– Non si sa mai, volevo solo rendermi utile, – disse Maël. – Ho pensato bene che fosse il caso di avvertirli: come ho già detto, ho lavorato come muratore in nero da Robic quando si stava facendo costruire la casa, quattordici anni fa. Be', proprio in fondo alla sua proprietà, sul lato nord, nascosta dai cespugli, c'è la vecchia porta di una cantina da cui si accede a una galleria che sbocca sulla strada della Malcroix e si ricollega a quella per Montfort-la-Tour. Il passaggio è molto vecchio, ma è possibile che sia tutt'ora praticabile.

– E tu come fai a sapere queste cose? – gli chiese Matthieu.

Maël aveva spazzolato il piatto e bevve qualche sorso di vino.

– Gli altri manovali mi avevano detto che era vietato avvicinarsi perché c'era un nido di vipere.

– E tu sei andato a curiosare lo stesso? – chiese Matthieu.

– Be', mi sembrava strano che lasciassero i cespugli al loro posto e le vipere dov'erano, perciò una sera mi sono infilato un paio di stivali e sono andato a vedere. E cosí ho scoperto la porticina e la galleria. Bastava un cacciavite per aprire le vecchie serrature.

– L'abbiamo trovata, – disse Adamsberg. – Porte e serrature erano state sostituite ma le abbiamo forzate per cercare la cassaforte. La galleria è ancora praticabile, l'uscita è sorvegliata.

– Ah, meno male, – disse Maël con un sospiro di sollievo, e vuotò il bicchiere. – Non riuscivo a non pensare alla faccenda del passaggio sotterraneo, per questo sono rimasto indietro con i conti. Ma se lo sapete già, allora è tutto a posto. Chiudo i conti e vado a dormire a cuor leggero.

Maël era uscito da meno di cinque minuti che si fece vivo Chateaubriand.

– Scusa, Johan, non è che ti avanza un pezzo di carne fredda?

– Anche calda, si accomodi.

– Si dice che Robic sia a piede libero.

– A quanto pare vengono tutti a chiedere notizie, – sorrise Adamsberg. – Come lo ha saputo?
– Lo sa tutta Louviec, – disse Josselin. – Ma mi chiedevo se la voce fosse vera.
– Lo è, – confermò Matthieu.
– Occhio, allora, – disse Josselin ringraziando con un cenno della testa Johan che gli aveva portato un piatto. – Quello è capace di svignarsela in un battibaleno.

Alle nove e trenta la squadra del turno di notte lasciò la locanda alla volta della casa di Robic. Parcheggiarono a trecento metri di distanza e si sparpagliarono in silenzio lungo l'intero perimetro della proprietà, appostandosi in attesa, pronti a bloccare il minimo tentativo di fuga. Attorniato dalle guardie del corpo e seduto sul prato, allo sbocco della vecchia galleria, Adamsberg gongolava. Il dispositivo era stato approntato. Robic non poteva sfuggirgli.

44.

La moglie di Robic non si curava minimamente di quel che faceva il marito e fu il giardiniere che, il mattino dopo verso le otto meno un quarto, trovò, dietro la rimessa, il cadavere del padrone riverso in una pozza di sangue. Lo detestava e non batté ciglio nel vederlo morto. Ma la scena era raccapricciante, con le mosche che già banchettavano, e si allontanò di qualche metro per chiamare la gendarmeria di Combourg. Gli passarono il commissario Adamsberg: da un momento all'altro sarebbero arrivate forze fresche a dare il cambio alla squadra che era rimasta di guardia per tutta la notte invano.

Adamsberg telefonò subito a Matthieu e al medico legale, non molto contento di essere buttato giú dal letto a quell'ora di domenica. Matthieu raggiunse subito Combourg con i suoi vice.

– Siamo stati dei coglioni, – mugugnò al telefono.

– Perché eravamo omnubilati, – confermò Adamsberg. – Abbiamo pensato solo a impedire la fuga di Robic.

– *Ob*nubilati, – corresse Matthieu.

– Come dici tu.

– Risultato: abbiamo tenuto d'occhio tutta la notte le vie di fuga, senza sospettare che, dopo il tradimento da parte del grande capo, qualcuno potesse essere già sul posto per fargliela pagare. Ma chi se lo immaginava che l'assassino sarebbe passato all'azione cosí in fretta? Anche se Robic era ancora in libertà vigilata?

– Tutta Louviec ha saputo che la piccola Rose era fuori pericolo. Il che significava un rischio di arresto imminente.

– Avremmo dovuto prevederlo, merda! – sbottò Matthieu facendo un sorpasso azzardato. – Che cazzo è successo?

– La maledetta omnubilazione, Matthieu. Succede a tutti, perfino ai poliziotti piú in gamba. In ogni caso rincoglionisce, come hai detto.

– O*b*nubilazione, Adamsberg.

A venti metri di distanza, la massa sanguinolenta del cadavere di Robic si preannunciava una vista difficile da reggere e si avvicinarono a passi lenti. Un coltello era conficcato nel polmone, ma il corpo era crivellato da una gran quantità di ferite, molto piú numerose di quelle subite dalla psichiatra. Nemmeno gambe e braccia sembravano essere sfuggite al massacro, ed entrambi gli occhi erano stati cavati.

– In ogni caso, – disse Matthieu con voce assonnata, – non è opera dell'assassino di Louviec. Abbiamo un coltello da cucina, ma non un Ferrand, niente uovo schiacciato nel pugno, ferite multiple.

– Ho già visto corpi martoriati da assassini in preda a un cieco furore, – disse il medico legale, – ma è sempre scioccante. Impossibile sapere qualcosa prima di lavare via il sangue, ma posso dire che è stato colpito non meno di una quarantina di volte. Le ferite non letali, a gambe, braccia e viso, sono state inferte prima dell'ultimo colpo mortale al cuore. Senz'altro l'intenzione era di farlo soffrire.

– A che ora si può far risalire il decesso?

– Ieri sera, probabilmente dopo il crepuscolo, ma quando? Datemi l'ora del suo ultimo pasto e potrò stabilirlo. Chiamo un'ambulanza.

– L'assassino sarà stato ricoperto di sangue, – osservò Matthieu.

– Poco ma sicuro. Ma non si è cambiato molto lontano. Piú o meno là, – disse Adamsberg indicando, a circa un metro dalla testa del cadavere, un cerchio calpestato, disseminato di gocce di sangue, molto piú abbondanti del solito. – Stavolta si dev'essere preso la briga di coprirsi i vestiti e portarsi dietro un sacco.

– Un accesso di furore non si premedita, – disse Matthieu. – Ma può montare nel giro di un'ora, a decisione presa. C'erano ospiti ieri sera? – domandò al giardiniere che, in mancanza di istruzioni, era rimasto lí impalato.

– Una caterva, – rispose quello. – Quando sono andato via, alle sette, ne erano arrivati già trentacinque.

Matthieu perlustrava i muri che giravano intorno alla parte anteriore della grande casa. Dal muro a nord fece segno a Adamsberg.

– È entrato e uscito dalla galleria. Guarda, la serratura è stata forzata e gli arbusti davanti alla porta sono schiacciati.

I due commissari si affrettarono a tornare dal medico legale, pronto a far caricare il corpo sull'ambulanza.

– Ci dia prima il tempo di perquisirlo, – disse Adamsberg.

Aiutati da Retancourt e Berrond, entrambi si applicarono a quel compito stomachevole e stesero sul prato un mazzo di chiavi, qualche spicciolo e un telefono insanguinato. Il resto dell'equipaggiamento era in un sacco pronto per la partenza.

– Qualcuno ha dei fazzoletti di carta? – domandò Adamsberg.

– Io, – disse il medico legale.

– Grazie, – disse il commissario cambiandosi i guanti. Ripulí alla bell'e meglio dal sangue il telefono, lo accese e controllò se funzionava. – Funziona ancora, – disse tendendolo a Mercadet, che si teneva un po' discosto dalla scena. – Tenente, non trovo i messaggi inviati e ricevuti ieri, tutti cancellati. Può recuperarli?

Mercadet annuí e si mise subito all'opera.

– È stato l'assassino di Louviec a ucciderlo? – chiese il giardiniere.

– Cosa glielo fa pensare?

– Be', il modo. Il coltello piantato nel cuore e lasciato conficcato nella ferita. Se adesso comincia a spostarsi a Combourg non la finiamo piú.

– Che opinione aveva del padrone di casa?

– Pessima, ma non bisogna parlar male dei morti. Diciamo che non mi stupisce quello che gli è successo.

– E come mai?

– Non era molto amato, diciamo. E in tanti lo detestavano.

– Lei, per esempio?

– Anche. Mi degnava appena di un saluto, ero poco piú di una cosa ai suoi occhi. Ma pagava bene e ogni tanto si sprecava in una gentilezza. Per tenerci buoni.

– E con sua moglie? In che rapporti era?

– Oh, era una guerra continua. Un giorno che stavo lavorando al roseto giallo li ho sentiti litigare. La finestra era aperta, mica potevo tapparmi le orecchie.

– E che cosa si dicevano?

– Il signor Robic voleva separarsi e non era la prima volta che glielo sentivo dire. Lei ha sghignazzato e ha detto, me lo ricordo bene perché mi ha dato da pensare, con la massima calma gli ha detto: «Non puoi, ne so troppo sul tuo conto, quante volte devo ripetertelo?» Al che lui, fuori dai gangheri, le ha risposto, testualmente: «Tu giochi con il fuoco. Te ne pentirai». Se non è una minaccia questa... Non era poi cosí difficile da capire: lui non voleva lasciarle la metà dei soldi, questo è quanto. E lei, stupida come una gallina, si è messa a ridere. Quel «ne so troppo sul tuo conto» ha confermato la mia idea che Robic fosse un poco di buono. Del resto sono in molti da queste parti a pensare che ci sia sotto qualcosa di losco e che la sua attività non basti a giustificare tanti soldi. Infatti era a capo di una banda e sono finiti tutti in galera.

– La fanno lavorare di domenica?

– Sí, perché i fiori della signora siano sempre perfetti. Ma mi pagano il doppio e io non dico di no. D'altronde non è che qui uno abbia il diritto di rifiutare...

In quel momento Berrond e Retancourt uscirono dalla casa, dov'erano stati a interrogare la servitú. A Robic era stata servita la cena alle diciannove e quarantacinque, aveva mangiato in fretta e finito di cenare in un quarto d'ora.

– Cenava con gli ospiti e sua moglie?

Le due domestiche si erano scambiate un'occhiata imbarazzata.

– Avanti, rispondete, è un'inchiesta di polizia, – le aveva incalzate Berrond.

– Il fatto è che non abbiamo servito la cena alla signora. Bisogna dire che la festa era cominciata presto, verso le sei e mezza e... be'... dopo un'oretta ha avuto bisogno di andare a riposare un po'.

– Intende dire che era già sbronza?

– Esatto, signor commissario.

– Tenente, – aveva rettificato Berrond.

– Comunque succedeva abbastanza spesso che si alzasse da tavola di colpo. E quasi sempre scendeva un quarto d'ora dopo, fresca come una rosa. Noi ci dicevamo che saliva per... per...

– ... vomitare, non è cosí?

– Sí, ecco. Solo che ieri non è tornata a tavola. Il signore è andato a vedere cosa succedeva ed è tornato dicendo che la signora dormiva come un sasso, che la lasciassero riposare, avrebbero fatto a meno di lei. Sembrava piuttosto compiaciuto. Vero, Coralie? Dopodiché se n'è andato, detestava quei ricevimenti.

– Chiedo scusa, – disse Mercadet avvicinandosi ai commissari. – Sono riuscito a recuperare dei messaggi frammentari sul cellulare: un'auto doveva venire a prenderlo stanotte alle tre e mezza, sulla strada della Mal qualcosa.

– Della Malcroix, – disse Adamsberg. – Senz'altro per fare una tappa alla cassaforte e poi proseguire. E come mai quell'auto non si è vista? Perché la presenza della polizia avrà dissuaso il complice.

– L'ultimo messaggio che ha ricevuto, però, ce l'ho per intero. E fissa l'ora della morte. Qualcuno gli ha dato un appuntamento urgente alle ventuno dietro la rimessa. Sicuramente l'assassino.

Adamsberg lesse il messaggio e annuí.

– Inviato alle diciannove e trenta, – disse. – Una trappola, ma viste le circostanze complesse della sua partenza non ha saputo resistere. Voleva sapere quali erano quelle famigerate «informazioni». Abbiamo un mittente?

– Molto semplice. Una certa Louise Méchin.

– Questo nome le dice qualcosa, Matthieu?

– Ma la conoscono tutti! – esclamò Matthieu. – È la nonnina di Combourg, ha novantanove anni! Sempre sorridente, una donna buona come il pane. In tasca ha sempre qualche dolciume per i bambini. Fa la spesa da sola, camminando a passettini, con la sporta spalancata, niente di piú facile che sgraffignarle il cellulare. Il tipo avrà avuto addirittura il tempo di scrivere il messaggio, raggiungerla in tre falcate e rimetterle il telefono nella borsa senza che lei si accorgesse di niente.

– Berrond, Retancourt, – chiamò Adamsberg. – Andate a strapazzare la vedova Robic. Da quel che è venuto fuori, non sarà disperata per la morte del marito.

– A quest'ora? Neanche a pensarci! – esclamò Coralie sgomenta.

– A quest'ora, sí. Dov'è la sua stanza?

– La prima a destra nel corridoio. È la camera piú bella, si affaccia sul parco.

Berrond bussò alla porta, ma la signora Robic non rispondeva. Retancourt bussò piú forte, senza successo.

– Entriamo, – disse.

– Però, è schiantata di brutto, – commentò Berrond.

– Direi piuttosto che è stata strangolata, – lo corresse Retancourt guardando il viso cianotico sul cuscino. – E da un po'. Non un bello spettacolo. Dunque Robic progettava di filarsela stanotte stessa. Caspita che rapidità d'azione! Fuggire e intanto lasciare la moglie senza un soldo. E evitare che spifferasse tutto quello che sapeva sul suo conto. Ha aperto la finestra della camera, facilmente accessibile, tanto per confondere le acque. Chiamo il commissario.

Retancourt fece il numero di Adamsberg, il quale, zoppicando lungo il sentiero della Malcroix e la strada per Montfort-le-Vieux e reggendosi al braccio delle sue guardie del corpo, stava tentando invano di reperire tracce di un veicolo.

– Il fondo è lastricato, – disse Matthieu. – Non troveremo niente.

– Matthieu, – disse Adamsberg chiudendo la telefonata. – Ha strangolato la moglie.

– Con tutta quella gente in casa?

– Certo, gli faceva gioco. Probabilmente aveva previsto di strangolarla nottetempo, prima di salire su quell'auto. Ma il caso lo ha aiutato. Lei si era ritirata in camera per smaltire la sbornia e poco dopo lui è andato a vedere come stava. Ne ha approfittato per strangolarla e ha raccontato agli ospiti che dormiva come un sasso e bisognava lasciarla tranquilla. L'avevano vista tutti bere come una spugna e nessuno si è stupito. Per Retancourt questa è la prova che contava di svignarsela stanotte. Sua moglie sapeva troppo, andava eliminata. Ne è testimone il giardiniere. E di lasciarle il denaro neanche a parlarne. Duplice movente.

– E progettava di tagliare la corda in gran fretta, almeno questo lo avevamo previsto. Ti rendi conto che ha avuto soltanto una sera e un giorno per organizzarsi? Contattare i complici, piú di undici chiamate, le varie auto già predisposte. Un fulmine, l'aveva detto Josselin. Lui e Maël avevano tutte le ragioni di temere il peggio. Arrivare a Sète con una staffetta di auto e da lí imbarcarsi. Non avremmo mai dovuto lasciargli il cellulare.

– Avrebbe usato quello della moglie. O quello del custode. Cambiando numero, sarebbe stata la stessa cosa.

Adamsberg chiamò di nuovo il medico legale per annunciargli che l'aspettava un altro cadavere.

– E di chi si tratta, Cristo santo?

– Di sua moglie. Robic l'ha strangolata. Aveva previsto di ucciderla prima di partire stanotte. A proposito, ha finito di cenare intorno alle venti.

– Alle venti? In tal caso, dai primi dati dell'autopsia, direi che è morto un'ora dopo o poco piú tardi.

– Mi raccomando, non dimentichi di cercare morsi recenti di pulci su Robic. Ce ne saranno. E la lama affondata in profondità avrà deviato.

– Per la miseria, Adamsberg! – esclamò Matthieu. – Avevamo detto che non era opera dell'assassino di Louviec!

– *Tu* l'hai detto, – replicò pacatamente il collega. – Perciò, dottore, cerchi quei morsi. E faccia mandare un'altra ambulanza per la moglie.

Matthieu scuoteva la testa, smarrito.

– Sigaretta? – propose.

– Quel che mi ci vorrebbe è un caffè triplo, – disse Adamsberg accendendo la sigaretta alla fiamma che gli porgeva Matthieu. – E rimetterebbe in sesto anche Verdun. Si è allontanato per vomitare l'anima. Prima però cerchiamo i bagagli di Robic.

I bagagli si trovavano molto semplicemente nell'armadio della sua camera: uno zaino – piú discreto di una valigia – con dentro biancheria per cinque giorni, l'occorrente per l'igiene personale, occhiali, un portafoglio contenente circa trecento euro, una carta di identità e un passaporto già usati ma ancora in corso di validità a nome di Jacques Bontemps, né armi né gioielli. Adamsberg era perplesso: come avevano fatto quei documenti a sfuggire alle loro ricerche? Forse perché erano stati omnubilati – o*b*nubilati? – dalla cassaforte ed erano stati troppo sbrigativi quando avevano perquisito i mobili della casa. Dopo gli arresti successivi di Gilles, di Domino e del Prestigiatore, nonostante si sentisse sicuro di sé, Robic si era cautelato mettendo da parte dei documenti in caso di necessità. Per il resto, lo zaino non conteneva niente di sospetto, il tipico bagaglio da turista, nell'eventualità di un'ispezione, tranne, riposti in un astuccio, una parrucca castana e baffi assortiti, finti occhiali da vista – travestimento classico ma efficace –, della polvere nera per ingrigirsi i denti, tutti accessori che Robic avrebbe utilizzato durante il viaggio. Cosí travestito, la somiglianza con il Jacques Bontemps dei documenti contraffatti sarebbe stata convincente.

– Ci portiamo via lo zaino e gli effetti personali che aveva addosso, – concluse Adamsberg. – E andiamo a berci quel caffè triplo. Da Johan.

Il fotografo stava tornando dalla camera della signora Robic dopo aver fatto tutti gli scatti necessari.

– Be', non ci è andato leggero, per cosí dire.

Arrivò la seconda ambulanza e i paramedici caricarono il corpo della donna. Giardiniere, domestiche e custode se ne stavano impalati sul prato senza mostrare la minima traccia di emozione.

– Che liberazione! – borbottò il giardiniere senza che nessuno si scomponesse. Quello fu l'unico elogio funebre che spettò ai Robic.

Johan reagí con stupore alla notizia del duplice omicidio, ma prima di fare la benché minima domanda preparò caffè per tutti. Matthieu congedò le guardie del corpo e le rispedí alle rispettive caserme; gli agenti di Combourg e di Dol tornarono ai loro quartier generali con i ringraziamenti dei due commissari. La guardia con gli occhi azzurri si avvicinò a Adamsberg e bisbigliò: – Se si dimentica, ci pensa lei a ricordarglielo?

– Che cosa?

– Chateaubriand. L'asino. Mia moglie è d'accordo e la fiera è dopodomani.

– Non si preoccupi. Mi dia un numero a cui poterla chiamare, – disse Adamsberg. Si frugò in tasca e gli allungò un biglietto da visita spiegazzato su cui scrivere.

45.

Gli otto poliziotti restanti presero posto intorno alla tavola dove Johan aveva portato caffè in abbondanza, un bicchierino di cognac per Verdun e un paio di vassoi di biscotti fatti in casa.

– Perché cognac per me? – chiese Verdun.

– Perché la vedo provato, tenente. È stata cosí dura?

– Peggio di quanto tu possa immaginare, – disse Adamsberg. – L'assassino ha infierito su Robic.

– Se capisco bene, ma non siete obbligati a rispondermi, è stato l'assassino di Louviec a massacrare Robic?

– Matthieu non la pensa cosí, – disse Adamsberg.

– Ma se Robic prima ha ucciso sua moglie, è perché progettava di tagliare la corda la notte scorsa?

– Esatto.

– Rapido come una lepre, – disse Johan. – In fondo era quello che temevano Maël e Josselin ieri. Che si dileguasse in quattro e quattr'otto.

– Se fossimo andati ad arrestarlo ieri sera, prima delle otto, sarebbe ancora vivo, – disse Adamsberg. – E anche sua moglie.

– Capisco, – disse Johan. – Sarebbe vivo ma sotto chiave. E tu sai come si comportano i detenuti con chi uccide i bambini. Perché la faccenda finirà per sapersi.

– Fai in modo che succeda il piú tardi possibile.

– Perché?

– Per lasciare il tempo alla piccola di riprendersi.

Il medico legale chiamò e Adamsberg mise in viva voce.

– L'arma è diversa, – disse il dottore. – E i colpi sono stati inferti con la mano destra e senza deviazioni.

Matthieu fece un sorrisetto e la cosa non sfuggí a Adamsberg. Il commissario di Rennes gongolava.

– Quanto al resto, – continuò il medico legale, – oltre quelle agli occhi, ho contato trentanove ferite. L'assassino si è accanito. Ma è stata la seconda coltellata al cuore a finirlo, senz'altro tra le ventuno e le ventuno e trenta. Nel caso della donna, classico strangolamento, stretta vigorosa, probabilmente intorno alle venti, ma senza nessuna certezza. Tuttavia, per accontentarla, ho ispezionato a fondo Robic una volta lavato. C'erano tre morsi di pulce molto recenti. Nessuna traccia di vecchi morsi. Il che, devo ammettere, mi lascia perplesso. Nessun morso sulla moglie.

– Grazie, dottore.

Il sorriso gli si era cancellato dalla faccia, ma Matthieu scosse di nuovo la testa.

– Impossibile, – affermò guardando Adamsberg. – Saranno i loro cani ad avere le pulci.

– E non ci sarebbero tracce di vecchi morsi? Solo quei tre?

– Sono i loro cani, – insisté con fermezza Matthieu.

– Controlliamo subito, – disse Adamsberg. – Chiama il personale di servizio.

L'addetto ai cani restò scandalizzato dalla domanda di Matthieu, come se il commissario avesse gravemente attentato al suo onore.

– I miei cani? – si indignò. – Con le pulci? E magari anche le zecche e i vermi intestinali, già che ci siamo? Sappia, per sua norma e regola, commissario, che i cani sono curati e toelettati come da nessun'altra parte e le loro cucce sono regolarmente disinfettate. E nessuno in questa casa è mai stato morso dalle pulci. È il mio lavoro e so il fatto mio. Non delego mai nessun altro.

– E va bene, – ammise Matthieu. – Abbiamo a che fare con l'assassino di Louviec. Ma allora perché non ha lasciato l'uovo?

– Forse perché non ce l'aveva, semplicemente, – disse Verdun. – Non dimentichiamo che nel caso di Robic ha dovuto agire in fretta, molto in fretta. Quasi un omicidio imprevisto. Era scontato che Robic, in libertà provvisoria, avrebbe tagliato la corda e sarebbe stato fuori tiro.

– E sia, – disse Matthieu. – Ma perché non utilizzare il quarto coltello?

– Come sarebbe? – chiese Berrond.

– Per l'omicidio di Gaël ha usato il coltello rubato a Josselin. Dopodiché ne ha comprati quattro a Rennes, – ricapitolò Matthieu. – Erano riservati ad Anaëlle, al sindaco, alla psichiatra e al dottore. Il suo piano criminale doveva arrestarsi qui, giusto?

– Sí, se vogliamo, – concesse senza convinzione Adamsberg. – È anche possibile che a Rennes abbia trovato solo quattro coltelli con i rivetti argentati. Mettersi a setacciare le ferramenta della città poteva destare sospetti, quindi si è limitato ai quattro coltelli, rimandando a un secondo momento un eventuale seguito.

– Sempre che fosse previsto, un seguito, – puntualizzò Matthieu. – In ogni caso, il cordone di sicurezza intorno al centro città gli ha impedito di arrivare al dottore e cosí è stato costretto a delegare il compito alla banda di Robic.

– Quindi gli restava un coltello Ferrand, – concluse Adamsberg. – Coltello destinato a uccidere ma inutilizzato. Un coltello in attesa del momento buono, per cosí dire. Per l'assassino, dunque, non era piú un coltello come un altro. Che cosa ci ha visto? Un significato? Un segno? E quale? Che la sua opera non era ancora finita? Che mancava una vittima al suo palmarès? Che la purificazione non era ultimata? Sí, ne era consapevole.

– Che cosa intendi per «purificazione»? – chiese Matthieu.

– Una purga, un'epurazione, l'eliminazione di tutto quello che aveva causato la sua infelicità. Aveva scelto figure emblematiche dei suoi tormentatori. Gli mancava il pezzo forte, ne era consapevole, ma non si era azzardato a colpirlo. Troppo difficile, troppo rischioso, e soprattutto troppo rivelatore. Ma la presenza imprevista di quell'ultimo, prezioso coltello lo solleticava e l'ha conservato, nonostante tutto, per il giorno in cui si sarebbe presentata l'occasione di portare a termine la sua missione. Per questo ha usato un normale coltello per uccidere Robic, una manna ulteriore offerta dalle circostanze, un trofeo supplementare da aggiungere alla lista.

– Lista da cui va esclusa Anaëlle, – intervenne Matthieu, – eliminata per portarci sulla pista sbagliata.

– Forse, Matthieu, non è certo. Anche l'eliminazione di Anaëlle ha la sua parte. Ma prendiamo Josselin, per esempio. Sappiamo che è un uomo infelice, privato in un certo senso di una sua reale identità. Dunque uno che potrebbe farla pagare ai responsabili diretti della maledizione che pesa sul suo nome e la sua faccia, uno che potrebbe ucciderli per alleviare la propria afflizione. È solo un film, Johan. L'ultima frase di Gaël lo accusa. Cosí come il coltello e il foulard sul corpo di Anaëlle. Finora non abbiamo preso in considerazione quegli indizi, troppo numerosi, troppo evidenti. Supponiamo di esserci sbagliati. Il sindaco, nonostante fosse in buona fede agendo per il bene di Louviec, era una figura tipica di ciò che opprimeva Josselin: lo proteggeva e gli forniva un alloggio, è vero, ma in cambio lui doveva accettare di incarnare il ruolo del visconte e farsi fotografare accanto ai turisti. Erano in pochi a trattarlo normalmente, senza pensare né alla sua ascendenza né alla straordinaria somiglianza con il suo lontano progenitore. Tra questi c'è Johan. Ma non Gaël, che invece si divertiva a stuzzicare uno dei suoi tasti dolenti chiamandolo in continuazione «visconte». Non era certo l'unico a rivolgersi a lui in quei termini, ma mica poteva ammazzare tutta Louviec, no? È possibile che da parte di Anaëlle, della psichiatra e del dottore Josselin abbia avvertito un rispetto reverenziale verso il personaggio Chateaubriand, e non ne poteva piú. E che abbia ucciso quelle persone proprio per farla finita con l'impostura che lo costringevano a incarnare. Con Robic aveva un conto personale da regolare dai tempi dell'infanzia e degli anni di scuola. L'infanzia è un fattore determinante, basterebbe da sola a spiegare l'accanimento su di lui.

Johan mostrava segni di insofferenza, pronto a venire in soccorso di Josselin.

– È solo un film, Johan, – ripeté Adamsberg.

– E l'uovo, che c'entra?

– Per continuare con il film, l'uovo potrebbe rappresentare il fardello che Josselin doveva portare per via della sua ascendenza e di cui avrebbe fatto volentieri a meno. Alle sue vittime faceva schiacciare quell'ascendenza che tanto ammiravano o sfruttavano.

Dopo mezzogiorno e mezzo la locanda cominciò a riempirsi. Tutti i clienti abituali avevano in mano una breve edizione speciale di «Sept jours à Louviec» uscita in gran fretta con gli aggiornamenti degli omicidi di Robic e la moglie avvenuti la sera prima. L'estensore dell'articolo attribuiva il primo omicidio all'assassino di Louviec e il secondo allo stesso Robic.

– Sono stati veloci, – commentò Matthieu. – E oggi è pure domenica. Come l'hanno saputo?

– Le auto della polizia intorno alla proprietà stamattina, – rispose Adamsberg. – Qualcuno avrà avvisato il giornale e, dopo che i corpi sono stati portati via e la polizia ha lasciato campo libero, i cronisti saranno sciamati sul posto. E avranno pagato il personale e il giardiniere per farsi dare le informazioni di cui erano in possesso. A ogni modo, ormai non c'è alcun motivo per tenere tutto sotto silenzio. La storia si conclude.

– Da quale punto di vista?

– Da quello dell'assassino di Louviec. Il che è un bene, perché hanno chiamato dal ministero dell'Interno su tutte le furie per la notizia che avevamo lasciato Robic a piede libero. Io ho mentito raccontandogli che lo tenevamo «sotto strettissima sorveglianza» ma che l'assassino si era introdotto attraverso un passaggio segreto, la galleria di Maël, e che non abbiamo potuto farci nulla. Dovrai mentire a tua volta e informare i tuoi uomini che erano ben piú di sei sabato sera fino al nostro arrivo. C'è caso che ti smentiscano?

– No, avevo scelto uomini che conosco bene, fidatissimi. Mi appoggeranno. Perché dici che la storia si conclude?

– Diciamo che è quello che penso.

Adamsberg fermò Johan che si affaccendava tra i tavoli.

– Johan, potresti riservarci la sala di sopra, lontano dai clienti? Riunione straordinaria. E, a proposito, quando Maël arriva, mandacelo su, prima però aspetta che abbiamo finito di pranzare.

– Perché credi che Maël si farà vivo? – domandò Matthieu.

– Perché è domenica e verrà a chiedere notizie. È fatto cosí.

Adamsberg rispose a una telefonata di Danglard. Credeva che fosse già al corrente degli ultimi avvenimenti, ma il comandante chiamava per tutt'altro motivo: il ritratto abborracciato del giovane aggressore col passamontagna era stato riconosciuto da sette suoi amici e da quattro membri della sua famiglia. Il giovane aveva confessato ed era stato arrestato.

– Una volta tanto si riesce a chiudere un caso in fretta, – disse, complimentandosi con Froissy e Mercadet per l'idea innovativa di ricostruire una faccia attraverso le maglie larghe.

Prima di sedersi a tavola Adamsberg lesse l'articolo dell'edizione speciale dedicata agli omicidi della sera prima e allungò il giornale al collega con aria smagata.

Matthieu gli diede una rapida scorsa e lo sbatté sul tavolo con un gesto di stizza.

– Si compiacciono per la morte di Robic, ma a noi della polizia ci mazzolano di brutto.

– Ci siamo abituati, – disse Berrond, che si gettò sul piatto non appena Johan lo ebbe posato sul tavolo. – Che cosa ci rimproverano? Di essere incapaci di acciuffare l'assassino di Louviec?

– Ovviamente, – rispose Matthieu. – Ma anche di aver lasciato libero Robic e permesso con la nostra negligenza che venisse ucciso, per non parlare dell'omicidio della moglie. È piuttosto grave.

– E a questo cosa rispondiamo?

Si passarono il piatto in silenzio.

– La stessa cosa, – disse Matthieu. – Che era tenuto sotto stretta sorveglianza sull'intero perimetro della proprietà.

– Che è falso, – disse Retancourt.

– Ma per noi, tenente, nessuno escluso, sarà vero, in tutto e per tutto. E spiegherà perché l'agente che era di sentinella davanti alla vecchia porta abbia mancato per un soffio l'ingresso dell'assassino nella galleria.

– Scusate se ho ascoltato, – disse Johan portando il vino. – Ma non è il caso che vi facciate tanti problemi. Ho preso una decisione. La bambina sta bene, non sembra traumatizzata, come si dice, ma non sono un esperto in materia. Vedrà un terapeuta, promesso commissario, ma io ho intenzione di dire la verità ai giornalisti. A proposito delle pasticche. Sanno che è stata portata all'ospedale per un controllo, ma non che le avevano fatto ingerire una dose massiccia di barbi…

– … turici, – finí la frase Adamsberg, rincuorato di aver trovato in Johan un compagno titubante quanto lui su certe parole difficili. – Per quanto riguarda le tue intenzioni, Johan…

– No, – tagliò corto l'oste, – non mi farai cambiare idea. Non appena si saprà che Robic voleva uccidere mia figlia, vedrete che tutta la stampa e anche il ministero invertiranno completamente la rotta. Allora niente piú «negligenza» della polizia. Con il loro intervento, gli agenti hanno salvato una bambina: si meritano una medaglia.

– Johan, – insisté Adamsberg, – non credi sia il caso di aspettare un po'?

– Neanche per sogno. Non sopporto piú di vedervi trascinare nel fango. Quindi parlerò. E comunque nessuno poteva prevedere l'omicidio della moglie.

Johan si ritirò con sussiego e i poliziotti si consultarono con lo sguardo.

– Forse non ha tutti i torti, – disse Matthieu.

I colleghi si trovarono d'accordo con l'opinione del commissario e il pranzo si concluse in un'atmosfera piú distesa. Quando Maël arrivò erano al terzo caffè e Adamsberg scese per fare segno all'oste.

– Se hai tempo vieni anche tu, – disse. – Cosí mi eviti di farti un lungo riassunto.

– Sembra una cosa seria.

– Lo è. Vieni.

Johan seguí il commissario e si sedette in fondo al tavolo.

– Da quel che si capisce, – disse Maël con il giornale in mano, – Robic aveva intenzione di svignarsela nottetempo, dato che prima ha ucciso la moglie.

– Cosí sembrerebbe, – confermò Adamsberg indicandogli una sedia isolata.

– Devo sedermi lí? E perché? – domandò Maël.

– Perché da quando ti è morto il cane sei infestato di pulci, – disse Adamsberg. – È facilissimo prenderle, quindi meglio mantenere le distanze.

– Come vuole, – disse Maël senza offendersi. – L'assassino è passato attraverso la galleria? Non ne parlano.

– Sí, in effetti è entrato e uscito dalla galleria poco prima che circondassimo la proprietà.

– È strano, – continuò Maël, – ma ieri, dopo essermene andato, continuavo a non sentirmi tranquillo e non riuscivo a concentrarmi sui miei numeri. Dovevo vedere che cosa stava combinando. A casa di Robic c'era un'altra delle loro maledette feste, il cancello era spalancato e sono entrato indisturbato, col mio vestito migliore. Mi sono appostato dietro una grande ortensia fitta di foglie, a un angolo della casa. Cosí potevo tenere d'occhio Robic sul lato sud e lato nord. Non pensavo all'assassino, pensavo alle manovre di Robic. Ero là, diciamo, intorno alle venti e quarantacinque. E non ho visto nessuno arrivare dalla galleria. Magari l'assassino era già sul posto.

Mi è passato davanti un tipo, poteva essere uno qualsiasi degli ospiti, ma teneva la testa bassa e si guardava in continuazione alle spalle. Allora sono uscito dal mio nascondiglio e l'ho seguito. Come sono entrato sono uscito. Siamo usciti entrambi. Il tipo non si guardava piú alle spalle, ha messo una borsa nel bagagliaio ed è salito in macchina. Hai preso un granchio, Maël, mi sono detto, era solo un ospite che non aveva voglia di perdere tempo a salutare l'allegra compagnia.

Durante il racconto di Maël, Adamsberg giocherellava con un tappo di sughero che si era messo in tasca perché c'era stampato sopra un brutto ritratto di Chateaubriand. Il vero Chateaubriand. Una specie di souvenir. Prendeva il tappo, lo teneva in equilibrio prima su una faccia, poi sull'altra e ricominciava a farlo scivolare lentamente sul palmo. Sembrava totalmente assorbito da quel gioco, indifferente al discorso di Maël, al punto che tutti gli sguardi finirono per appuntarsi sulla sua mano e sul tappo e a poco a poco scese il silenzio, come regolandosi su quello del commissario. Matthieu l'aveva visto già una volta dedicarsi a quel giochino meccanico, segno di un'invisibile e profonda preoccupazione.

– In ogni caso, non si sa mai, – riprese Maël alla fine, – sono riuscito a vedere le prime tre lettere della targa: RSC. Mi sono detto che magari poteva interessarvi perché...

– Finiscila con le chiacchiere, – disse Adamsberg in tono pacato, arrestando di colpo il movimento della mano e ficcandosi in tasca il tappo con fare distratto.

– Come? – fece Maël, stupito quanto il resto della compagnia. – Non le interessa avere il numero di targa?

– Ho detto di finirla con le chiacchiere, Maël.

– Ma quali chiacchiere? – disse l'altro posando il bicchiere.

– Tutta la storia: il nascondiglio dietro l'ortensia, il tipo che passa, la macchina, la targa... Insomma, tutto quanto.

– Okay, d'accordo, – fece Maël imbronciato, incrociando le braccia. – Se non vuole sapere niente sono fatti suoi. Comunque, stando all'ora che dicono i giornali, il tipo che ho visto uscire poteva essere benissimo l'assassino.

– Impossibile, – disse Adamsberg.

– E perché?

– Perché sappiamo chi è l'assassino.

– Sapete chi è?

– Sí.

– Con assoluta certezza?

– Sí.

– E chi è? Chi è?

Adamsberg restò zitto e si mise a ruotare la base del suo calice sul tavolo in un silenzio di piombo.

– Ma insomma, chi è? – insisté Maël. – Perché non mi vuole dire il suo nome?

Adamsberg bevve un sorso d'acqua e posò il bicchiere con delicatezza.

– Ma perché sei tu, Maël, – disse lentamente.

46.

Tutti fissavano Adamsberg, allibiti, increduli. Maël era talmente sbalordito da essere rimasto a bocca aperta. Dopo alcuni attimi di pesante disagio riprese la parola.

– Lei scherza, commissario, oppure è impazzito. Io? Io sarei l'assassino di Louviec?

– Sí, tu.

– Ho sempre pensato che lei fosse un tipo strano, commissario, anche balordo. Stavolta, però, sporgo querela, – disse Maël alzandosi, con i grossi pugni piantati sul tavolo.

– Siediti, – disse pacato Adamsberg. – Sporgerai querela quando avrò finito di parlare.

Girò lo sguardo sui colleghi e, tranne per Veyrenc, vide facce scettiche, imbarazzate e preoccupate. Non poteva dargli torto. Lui per primo ci aveva messo un bel po' ad arrivare a Maël.

– A essere sincero, – disse alzandosi, senza bisogno della stampella, non tanto per mettersi in cattedra, ma perché mal sopportava di stare troppo tempo seduto, – non sono in grado di spiegare passo per passo come ci sono arrivato, perché non si è trattato di una successione di punti allineati uno dopo l'altro, ma di una nebulosa di punti, priva di logica e coerenza. Elementi sparsi, a volte inafferrabili o incomprensibili.

– Le idee vaghe, – mormorò Matthieu.

Adamsberg approvò con un cenno della testa.

– Ma almeno posso dire che cosa mi disturbava o mi metteva a disagio senza che riuscissi a capirne il motivo. Tutto, o quasi, era già nelle ultime parole di Gaël, che ci hanno fatto brancolare nel buio. La chiave ce l'avevamo da subito, ma era troppo occultata. Senza saperlo, però, l'avevo intravista, quella chiave. E poi, fin dall'inizio, due parole mi ossessionavano, non mi davano pace. Tutte le espressioni che giravano intorno a «groppa», «groppone», «appioppare sul groppone». E stranamente anche la parola «cordiale». Quando siamo arrivati qui, si sentiva ripetere spesso dagli abitanti. «È una persona cordiale, calorosa». «Cordiale», «cordiale»: una parola simpatica, che motivo aveva di assillarmi? E poi la presenza dell'uovo, che abbiamo equivocato e quel «brion» pronunciato dal sindaco agonizzante. Abbiamo interpretato «embrione», e a ragione, ma questo non spiegava perché non avesse usato la parola «feto» come avrebbe fatto chiunque. Il sindaco aveva anche parlato di «impostore», una pista che non abbiamo seguito, io per primo, perché non siamo stati capaci di interpretarla nel modo giusto. «Impostore» è qualcuno che fa credere di essere qualcosa che non è. E poi, ancora, le parole di Gaël «botte Joumot». Come vi ho detto, «botte» è una parola che avrebbe usato un bambino, un adulto avrebbe detto «picchiare», «spaccare la faccia», tutto quello che volete, ma non «fare a botte». E faticavo a capire come mai Maël si innervosiva ogni volta che qualcuno gli toccava la gobba, pur essendo un gesto «amichevole», *cordiale*, appunto.

Adamsberg si interruppe e si sfregò le guance.

– Scusate, non sono capace di raccontare nel giusto ordine. Ma, del resto, niente è successo in un ordine consecutivo, non piú delle mie «idee vaghe», Matthieu. Ho riflettuto sulle parole di Gaël, al termine che aveva usato:

«botte». A che cosa si poteva collegare? Alle pacche date sulla schiena, sulla groppa o sulla spalla! Una pacca sulla spalla. Cosí mi tornava, per quanto non c'entrasse niente con Joumot. Ed evocava un gesto cordiale. Una cordiale pacca sulla spalla. E se c'era qualcuno a cui tutti davano pacche cordialmente era proprio Maël, nonostante la sua insofferenza. Non è difficile capire che la mania che avevano gli altri di dargli pacche sulla gobba fin dall'infanzia potesse esasperarlo, ricordandogli in continuazione la sua gobba. E lo chiamavano pure il Gobbo. Come se fosse impossibile dimenticarsene per un solo istante. E infatti sappiamo che ne ha sofferto terribilmente. Preso in giro, emarginato, additato da ragazzo e da adulto sempre e solo come il Gobbo, mai come Maël. Già, una vita di patimenti, senza mai una tregua, Maël, – disse guardandolo. – Di dolore e pena incessanti. Per altre ragioni, si potrebbe dire che anche la vita di Josselin è stata calpestata: privato della sua identità in nome dell'antenato Chateaubriand, come Maël in nome del Gobbo.

Adamsberg chiese ulteriore caffè caldo e aspettò Johan che tornasse per riprendere a parlare.

– Ma di vite rovinate, – disse versandosi il caffè, – ne abbiamo conosciute tutti. Eppure le vittime non sono diventate assassini. No, c'era dell'altro. Perché Maël fosse cosí contrariato a farsi toccare la gobba, tanto che, per evitarlo, da Johan si metteva spesso con la schiena al muro, doveva esserci per forza una ragione valida. Ci è sfuggita perché è un fatto rarissimo, eppure ce l'avevamo lí, sotto gli occhi, nelle uova fecondate schiacciate nel pugno delle vittime, e ce lo dicevano le parole del sindaco e di Gaël. Ho ricostruito solo molto dopo il vero significato dell'inizio della frase di Gaël. «Visc» e «beran» non indicavano affatto Josselin. Ma «Yvisc», che è il cognome di Maël e «beran» sta per protuberanza, la gobba a cui tutti davano delle botte. «Yvisc beran botte». Ma Joumot? Cosí ha capito il dottore e Matthieu ha interpretato come Joumot, e noi con lui, perché Joumot era venuto alle mani con Josselin. Ma non tornava. Allora ho cercato una parola con un suono simile che potesse dare un senso alla frase. E ho trovato: «Yvisc beran botte gemello». E sono scattato a sedere sul mio dolmen. L'uovo, l'embrione distrutto, il gemello, la protuberanza. Non capivo per quale insensato mistero quella protuberanza dovesse essere un gemello e non una normale gobba. Ma non c'era altra spiegazione. Allora mi sono messo a cercare.

– E ha trovato, – intervenne Mercadet, – che in rarissimi casi può succedere che un embrione si fissi su un altro embrione e qui si sviluppi parzialmente. Può innestarsi in qualsiasi parte del nascituro: la fronte, l'addome, la schiena. E si tratta a tutti gli effetti di un gemello. Il feto incompiuto, invisibile alla nascita, che il neonato porta in sé, può crescere per anni e svilupparsi in frammenti di cranio, di capelli, un abbozzo di busto, di arti. Quel feto incompleto, non vitale, nel punto in cui si è fissato può assumere l'aspetto di una gobba che risulta solida al tatto.

– È cosí, Maël, vero? – disse Adamsberg. – E tu ti sei morbosamente affezionato a quel gemello incompiuto. A che età ti sei reso conto di avere addosso un fratello o una sorella? Undici, tredici anni? Per questo non sopportavi che la gente ti picchiasse sulla «gobba». Ogni botta, infatti, nuoceva al tuo gemello e rischiava di ucciderlo. A questo si riferiva il sindaco parlando di un'impostura. Tu facevi credere di avere una gobba e invece era qualcos'altro. Perché non hai mai detto la verità? Chissà quante volte ti avranno avvisato da ragazzo che col tempo quel gemello poteva deteriorarsi, causare un'infezione e portarti alla morte. I tuoi genitori, che ci tenevano a te, volevano farti operare a ogni costo. Ma tu ti sei sempre opposto strenuamente. Quel gemello te lo saresti tenuto stretto, a dispetto di tutto e di tutti. E cosí hai fatto. E nessuno doveva sapere la verità. Intanto perché gli altri ti avrebbero guardato come una bestia rara, piú ancora di quanto avrebbero fatto con un gobbo; e poi perché nessuno ti avrebbe lasciato in pace finché non ti fossi sbarazzato di quel gemello minaccioso per la tua salute, o per meglio dire, di quel frammento di gemello. E questo tu non lo avresti mai potuto accettare, perché per te era ben piú di un compagno, era il tuo doppio. Conservarlo era diventata a tal punto un'ossessione che il terrore di perderlo per via delle continue pacche che ti davano sulla schiena ti faceva infuriare. Soprattutto le ripetute manate di Gaël che, burlone com'era, poteva arrivare a dartene anche dieci in una serata. Lui era il re delle pacche! E anche Anaëlle, con il suo carattere vivace, impulsivo, molto *cordiale* ti picchiava affettuosamente sulla gobba ogni volta che ti incontrava. E succedeva molto spesso, dato che vi incrociavate quasi tutti i giorni andando al lavoro. E il sindaco, uomo quanto mai espansivo, dimostrava che gli eri simpatico con quel gesto vigoroso. Gli altri, nel complesso, per quello che ho avuto modo di osservare, si limitavano a un gesto accennato, uno sfioramento, una carezza, e questo non ti dava fastidio. Sono tutte informazioni che ho avuto da Josselin, il quale, pur senza capirne il senso, ha risposto alle mie domande. Io infatti ti avevo visto gobbo solo per una sera. Restava poi il dottore, che aveva palpato quella protuberanza con atteggiamento clinico. Ne aveva parlato con la collega, la psichiatra, ed entrambi volevano convincerti a farti operare. Anche la psichiatra, quindi, faceva parte del campo nemico, come il dottor Jaffré. Loro due non perché ti picchiavano sulla gobba, ma perché *sapevano*.

E poi è successo quel che doveva succedere: l'embrione è morto e ha causato una setticemia che avrebbe potuto ucciderti nel giro di un paio di giorni. Allora il dottore ti ha caricato di peso su un'ambulanza. Febbricitante com'eri, non avevi la forza di opporti. All'ospedale di Rennes ti hanno asportato il gemello, salvandoti la vita.

Piegato in due, prostrato, le braccia serrate contro lo stomaco, Maël non diceva una parola, ma si vedeva che ascoltava attento il racconto di Adamsberg.

– E tale perdita è stato l'elemento scatenante degli omicidi. Ma già da prima la rabbia ti montava dentro e ti sei divertito a fare lo Zoppo per le strade del paese, per «dare il tormento agli altri», come hai detto, cioè per spaventarli.

Maël chinò ancora di piú il capo.

– Pazzo di dolore dopo l'operazione, hai pianificato la tua vendetta. Hai ucciso quelli che consideravi i maggiori responsabili della morte di tuo fratello: quelli che ti picchiavano in continuazione la «gobba», accelerando, secondo te, la morte del tuo gemello, e quelli che volevano togliertela, ossia Gaël, Anaëlle, il sindaco, la psichiatra e ovviamente il dottore che ti aveva portato all'ospedale. Nel caso del dottore, però, sei stato impossibilitato dal cordone di sicurezza della polizia. Sbarramento efficace, ma con una falla: la posta. Non eravamo autorizzati ad aprire la corrispondenza degli abitanti di Louviec. E tu ne hai approfittato per delegare l'omicidio a Robic e la sua banda. Nella lettera che gli hai scritto avrai insinuato qualche vaga minaccia per far credere che eri piú informato di quanto non fossi in realtà. Ma non credo che siano state le tue minacce a convincere Robic, quanto il fatto che anche lui aveva un conto in sospeso con il dottore, il quale dubitava fortemente della legittimità della sua favolosa eredità americana. E a Robic faceva molto comodo appioppare l'omicidio all'assassino di Louviec. Tu gli hai dato tutte le istruzioni da seguire senza tradirti: il coltello Ferrand, dove colpire la vittima, l'accortezza di sferrare i colpi col braccio sinistro e l'uovo. Adesso, però, ho bisogno di un goccio di chouchen. Qualcuno mi fa compagnia?

Nove mani si alzarono, compresa quella di Maël, e Johan andò a prendere la bottiglia. Aspettarono in silenzio che tornasse e riempisse i bicchieri. Johan ascoltava sbigottito il commissario e non voleva perdersi nemmeno una virgola. Tutti mandarono giú due sorsi e rivolsero di nuovo l'attenzione a Adamsberg.

– Hai dato dimostrazione di una notevole ingegnosità, degna della tua grande intelligenza, – riprese lui. – Sferrare le coltellate sarebbe stato scontato per un mancino, ma sapevi che per un destrorso la traiettoria non sarebbe stata la stessa. E infatti è cosí. Col braccio sinistro ingessato eri insospettabile. Ma purtroppo per te, un destrorso che colpisce col sinistro non ha la stessa forza di un mancino e la lama devia leggermente. E il medico legale ha notato quella piccola deviazione che dimostrava che la ferita non era stata inferta in un solo colpo. Sapevamo da un po' che in realtà l'assassino era un destrorso che colpiva col braccio sinistro per fuorviarci. Oltre al fatto che era infestato di pulci, poiché tutte le vittime presentavano morsi freschi. Tranne il dottore. E di nuovo per tua sfortuna, l'uomo scelto da Robic per uccidere il dottore era un vero mancino, com'è risultato dall'analisi delle ferite. È cosí che siamo riusciti a identificarlo, con l'aiuto di Josselin. Perciò era impossibile attribuire quell'omicidio all'assassino di Louviec, come tu ti auguravi.

– Ma Maël è destrorso! – esclamò Johan. – E non ha potuto colpire col sinistro, che è immobilizzato.

– Immobilizzato? – Adamsberg si avvicinò a Maël e lo afferrò per il polso.

– Non mi tocchi! – strillò lui. – Deve saldarsi, la scapola è fratturata!

– La scapola è fratturata? – Il commissario cominciò a srotolare il bendaggio intorno alla parte superiore del gesso.

Dopodiché sollevò il braccio di Maël perché tutti potessero vedere: un largo taglio a *v* era stato praticato in alto, nella parte inferiore del gesso.

– Avanti, continua tu, che sei piú pratico. Togliti il gesso.

– Ma non posso!

– Ferito da strapazzo, gesso da due soldi, – disse Adamsberg. Assestò un colpo secco alla parte superiore del gomito, mettendo a nudo l'intero braccio di Maël.

Poi posò il gesso posticcio sul tavolo.

– Un gesso rimovibile, idea brillante, – disse. – E a causa di questo gesso siamo saltati tutti alla conclusione che Maël, benché pieno di pulci, andava eliminato d'ufficio dai sospettati, dato che le ferite erano inferte col braccio sinistro e il tuo era ingessato. Ingessato, figuriamoci! Frattura, figuriamoci! Il tuo braccio è intero quanto il mio. Per un ex-muratore non ci vuole niente a confezionare un gesso. Oltre a escluderti automaticamente dai sospettati, l'apertura era abbastanza larga per nascondere il coltello e il sacchetto con dentro i copriscarpe. Idea geniale, un lavoro da professionista, non mi stupisce che tu ci abbia dato un bel po' di filo da torcere.

– E il massacro di Robic? – chiese Retancourt.

– Ah, l'accanimento. Quello non era previsto, lí per lí. Dovevi trovare un modo per arrivare a lui. Robic non abitava a Louviec e non se ne andava in giro per le strade di sera. Lui si chiudeva nella sua villa e non era mai solo. Caso difficile, bisognava pensarci. Ma quando hai saputo che

Robic era stato rilasciato, hai capito subito che avrebbe tagliato la corda e ti sarebbe sfuggito per sempre. Neanche a parlarne! Robic doveva pagare! Lui ti aveva tormentato e sfruttato, ma soprattutto ti aveva dato non so quante pacche sulla schiena – su tuo fratello – sin da quando eri giovane e piú di chiunque altro: ti batteva sulla spalla ogni giorno, venti volte al giorno, per beffarsi della tua gobba ma, per come la vivevi tu, danneggiando il tuo gemello cento volte piú di tutti gli altri messi insieme. Robic era il colpevole principale.

– Il suo «omicidio conclusivo»? – domandò Berrond.

– Non credo, – rettificò Adamsberg. – Ma una tappa indispensabile lungo il percorso. Tu, Maël, sapevi che ogni ora contava, che Robic poteva diventare uccel di bosco già dal giorno dopo, adesso che era stato liberato. Quindi o sabato sera o mai piú: dovevi organizzarti e colpire. Ma non con il quarto coltello. No, quello era destinato all'«omicidio conclusivo», com'era ormai diventato evidente. Ma allora perché non comprare subito cinque coltelli, dico io? Semplice, perché ne hai trovati solo quattro! Un Ferrand non è un articolo molto comune. Avevi intenzione di procurartene un altro in seguito, e in un'altra città. Ma l'impellenza ti ha colto alla sprovvista. Sei andato in avanscoperta dalle parti di casa di Robic e hai visto che si preparava l'ennesima festa. Il che ti faceva gioco. La sera gli hai mandato un messaggio anonimo dal telefono dell'inconsapevole Louise Méchin. E come ti eri procurato il suo numero? Nel modo piú semplice: tramite Estelle Braz, con la quale sei in ottimi rapporti. Questo è da verificare, ma sono sicuro di non sbagliarmi. Con quale scusa? Ti occupavi della contabilità della ditta di Robic, ti serviva un'informazione riservata di estrema importanza. E il gioco era fatto.

– Proprio cosí, – approvò Maël. – Estelle non aveva nessun motivo di insospettirsi.

– E dunque, – proseguí Adamsberg, – in quel messaggio davi appuntamento a Robic dietro la rimessa approfittando della confusione della festa. Sentivi montarti dentro la rabbia e, siccome non ti fidavi piú delle tue reazioni, dopo la crisi incontrollata con la psichiatra, hai infilato una cerata e preso un sacchetto per infilarcela dentro in caso si fosse reso necessario. E quell'omicidio non volevi piú attribuirtelo, perché nel frattempo Robic era diventato un bersaglio di primaria importanza per la polizia e troppi sarebbero stati i poliziotti sguinzagliati per una vittima del genere, cosí hai optato per la prudenza. Una volta sul posto, vedendo avvicinarsi il tuo ex seviziatore, non hai tolto il gesso come al solito, ma hai sferrato il primo colpo con il braccio destro con un grande coltello comune e senza lasciare l'uovo. Non che ti piacesse, ovviamente, ma ne andava della tua libertà. Poi, la vista di Robic che si contorceva a terra ha scatenato in te una violenza improvvisa. Tutte le sofferenze che avevi patito in gioventú si sono risvegliate e, in preda a una furia cieca, ti sei accanito senza riuscire a fermarti. A un certo punto, però, ti sei reso conto che c'erano trenta o quaranta persone nelle vicinanze ed era il caso di battere in ritirata. Allora hai sferrato l'ultimo colpo mortale al cuore, ti sei tolto i guanti, la cerata, i copriscarpe e sei scappato attraverso la galleria, di cui avevi forzato le porte. L'opera era compiuta, o quasi, senza che fossimo riusciti ad acciuffarti. Tranne per un dettaglio che ti ha tradito: avevi lasciato una pulce su Robic. Fine della storia. Avevi fatto un passaggio preliminare alla locanda, e perché? Per parlarci di quella galleria che sboccava sul sentiero della Malcroix. Mossa furba anche questa: quale assassino infatti svelerebbe di sua sponte la via di accesso?

– E le uova? – intervenne Berrond. – Perché si è messo ad aggiungere le uova?

– L'idea gli è venuta solo dopo il secondo omicidio. Mancava qualcosa alla sua opera: un *senso*. Da un lato, ogni omicidio alleviava la sua rabbia, ma dall'altro gli rodeva che nessuno potesse capirne il motivo: l'uovo fecondato distrutto stava a significare che la vittima aveva provocato la morte di un embrione, di un feto. A questo proposito, vi ricordo di nuovo che ero rimasto piuttosto sorpreso dal fatto che il sindaco avesse usato il termine «embrione» e non «feto». Quindi doveva essere a conoscenza, sicuramente tramite l'amico dottore, della vera natura della gobba di Maël. Per questo ha aggiunto: «Avvisate il dottore». Ossia: «Avvisate il dottore del pericolo che corre». Per tornare all'uovo fecondato frantumato: era il sistema per illustrare il motivo delle sue azioni.

Adamsberg si rimise a sedere e, servendosi di un tovagliolo per evitare le pulci, sollevò il mento a Maël per guardarlo negli occhi.

– Avresti dovuto parlare. Gli altri non ti avrebbero trattato come una bestia curiosa, ma come un uomo dotato di una caratteristica molto rara. Succede a una persona su cinquecentomila. E nessuno si sarebbe azzardato a picchiarti sulla gobba.

Lasciò passare un attimo di silenzio e osservò di nuovo le facce dei colleghi. Stavolta non c'era traccia di scetticismo, ma un interesse ardente e sguardi concentrati. Johan, sempre in preda allo sconcerto, guardava ora Maël ora Adamsberg, sbigottito e impressionato.

– Adesso devi venire con me, Maël, – riprese pacatamente il commissario.

– Alla polizia di Rennes, vero?

– Sí.

– Ci penso io, – disse Matthieu leggendo il turbamento sulla faccia del collega.

– Preferisco che mi accompagni Adamsberg, – disse Maël. – Mi sentirei meno solo.

– Allora vengo. Non credo che ti metteranno in prigione. Nessuno dimentica che hai salvato una bambina.

– Mi metteranno tra i matti, eh?

– Non tra i matti, no. In un istituto di pena per malati psichiatrici. Ti rendi conto, no, che non si uccide cosí, e con un simile movente, se non si hanno dei disturbi mentali?

– Sí, – assentí Maël con un filo di voce.

– Quanto alla valigetta che hai affidato a tua sorella e che, al contrario di quel che le hai fatto credere, non contiene un solo centesimo ma i resti di tuo fratello, te la porto io se vuoi.

– Ci devo pensare. Mia sorella potrebbe farla seppellire.

– È un'idea, e una buona idea. Gliene parlerai.

– Resta ancora una cosa che non mi è chiara, – disse Berrond. – Perché Maël ha fatto di tutto per far ricadere la colpa su Josselin, nonostante gli fosse affezionato? Rubargli il coltello, imitare il passo dello Zoppo, colpire col sinistro, lasciare il suo foulard sul corpo di Anaëlle... Sono un bel po' di indizi, no?

– Anche troppi, infatti, – disse Adamsberg. – Maël non ha disseminato quegli indizi per far incriminare Josselin, a cui è molto affezionato, appunto. Al contrario, l'ha fatto per proteggerlo, ben sapendo, furbo com'è, che quell'anomalo eccesso di prove avrebbe sviato da Josselin i nostri sospetti. Non era a conoscenza delle ultime parole di Gaël, cosí come non sapeva che avremmo identificato un assassino destrorso e falso mancino. Ma dal suo punto di vista, il coltello, il braccio sinistro, il foulard e persino lo

Zoppo sarebbero stati sufficienti a non prendere in considerazione Josselin. Un eccesso di prove sconfessa la prova.

– Stento ancora a capire bene tutto, – insisté Berrond. – Perché aveva paura che accusassimo Josselin?

– Perché Maël sapeva che Josselin pativa come lui, a non essere trattato come tutti gli altri. Che, come lui, in paese era considerato un tipo particolare, cosa che lo rendeva insofferente, proprio come lui. E dall'esasperazione alla rabbia e dalla rabbia all'omicidio il passo era breve, dato che lui stesso covava quei sentimenti. Maël si era costruito un parallelo eccessivo tra sé stesso e Josselin e, dopo gli omicidi, temeva che la polizia rivolgesse i suoi sospetti su Chateaubriand, cosí ha fatto in modo di sviarli.

Berrond annuí, assorto.

– E l'«omicidio conclusivo»? – chiese Noël. – Con l'ultimo coltello? Chi era la vittima predestinata?

– Io penso, e non credo di sbagliarmi troppo, che fosse il chirurgo che gli ha asportato l'embrione letale.

– Ma certo, – disse Matthieu annuendo con uno sguardo ambivalente, abbattuto per la propria disfatta e al tempo stesso pago per il trionfo del collega. – Tu non sbagli mai, hai ragione su tutta la linea. Almeno una vita l'abbiamo salvata.

Adamsberg si alzò, fece segno al commissario e Matthieu ammanettò Maël, cosa di cui gli fu grato.

47.

Su espressa richiesta di Adamsberg, tutti i giornali e telegiornali della sera furono informati della conclusione delle indagini, nell'intento di dissipare la fitta nebbia di paura e diffidenza che pervadeva gli animi e ammantava Louviec di sospetti, una cappa grigia di cui Josselin era il primo a fare le spese.

Il resto della serata fu contrassegnato da un misto di malinconia e sollievo. Tornato da Rennes con Matthieu, Adamsberg rispose come meglio poteva alle molteplici domande dei colleghi. Acciuffare l'assassino delle cinque ragazze gli aveva dato un'immensa soddisfazione. Ma in quel caso si trattava di una bestia feroce. Maël, invece, era un pozzo di sofferenza. Che nondimeno aveva stroncato sei vite e seminato desolazione. E se c'era una vita della cui perdita non si rammaricava, era quella di Robic.

Per tutta la durata delle indagini Adamsberg aveva tenuto puntualmente aggiornata l'Anticrimine di Parigi e informato ogni due o tre giorni il suo amico Lucio, il vecchio spagnolo con il quale, la sera, andava a bere una birra sotto l'albero del giardinetto di casa. Gli mancava, Lucio. Per quanto scontroso e di poche parole, era una di quelle persone di cui si dice che sono impregnate di una saggezza innata. Chissà che cosa gli avrebbe detto, col minimo possibile di parole.

Sentí Johan scuoterlo per la spalla.

– Ti dà da pensare, eh?

– Sí, Johan. Lo conoscevo appena e da pochissimo, ma mi piaceva Maël.

– Be', anche a me. Ma non ci stava piú con la testa, e lo sai. Per questo ti dico che una volta lanciato, non si sarebbe piú fermato. Ci sono uomini fatti cosí, feto o non feto, con o senza gobba. Avrebbe continuato a uccidere e a uccidere ancora. Era uno squilibrato. Mi credi?

– Sí, Johan, – convenne Adamsberg versandosi un bicchiere di chouchen e aprendosi finalmente in un sorriso.

– Allora ficcati bene in testa una cosa: ti sei comportato come un vero capo, parola di Johan.

L'oste si allontanò e Adamsberg lesse un messaggio appena arrivato del vecchio Lucio: «*Hola*, *hombre*, hai scavato a fondo, *¡por la verdad!*»

Seguivano tutti i messaggi di congratulazioni da parte dei colleghi dell'Anticrimine rimasti a Parigi, compresi quelli che erano stati lí lí per dubitare che sarebbe riuscito a spuntarla.

– Parole sante quelle di Johan, – disse Matthieu, che gli sedeva accanto. – Maël era una scheggia impazzita. Se tu non l'avessi fermato in tempo, stai pur certo che lui non lo avrebbe fatto. Neanche per idea. Scoperta la voluttà di pugnalare – quaranta colpi su Robic – avrebbe perseverato in nome di questa o quella follia. Una vittima dopo l'altra.

– È vero, – disse Adamsberg, rasserenato.

– Però continua a sfuggirmi come hai fatto ad arrivarci, – aggiunse il commissario con un sorriso.

– Non lo so, Matthieu. Minuscoli frammenti di alghe si staccano, si aggrovigliano, salgono in superficie. Io mi limito ad aspettarle, con pazienza.

– E tra questi frammenti ce n'era uno che hai subito individuato ma che non volevi vedere: Maël sbarellava e le tue idee lo avevano presagito fin dall'inizio.

– È questo che pensi?

– Ne sono certo. Lo dimostra il fatto che hai intuito che era lui lo Zoppo senza avere la minima prova. E c'è un'altra cosa che volevo dirti.

– Che cosa?

– Be', Adamsberg, accidenti! Era un casino pazzesco, un'atrocità che per poco non ti è costata la pelle e te la sei cavata alla grande.

– Il fatto è, Matthieu, che qui si può contare sull'aiuto del dolmen.

– Del *tuo* dolmen.

Il giorno dopo i quotidiani, la radio, Internet e tutti gli abitanti di Louviec, Combourg e dintorni erano in fibrillazione per le ultime notizie. Johan aveva visto giusto: non appena si venne a sapere che quell'infame di Pierre Robic aveva tentato di uccidere la piccola Rose, salvata appena in tempo dall'intervento della polizia, non una sola voce si alzò a criticare l'operato di Adamsberg e Matthieu. L'opinione pubblica mutò all'istante e lodò l'azione dei due commissari, tant'è che non ebbero praticamente tregua di fronte alla valanga di domande da parte dei giornalisti, tranne nella pausa pranzo, durante la quale Johan lasciò entrare solo gli otto poliziotti nella locanda e chiuse la porta a doppia mandata, tirando il servizio per le lunghe, perché potessero starsene in pace.

L'indomani la squadra di Adamsberg sarebbe ripartita in treno alla volta di Parigi. Verso sera cominciarono a scambiarsi saluti *cordiali* e anche ben di piú, saluti *calorosi*. Tutti si davano gran pacche sulle spalle, Johan chiese a Retancourt il permesso di baciarla sulle guance e Berrond, imbaldanzito, lo imitò.

48.

Il martedí verso le undici, lontano dal tumulto, Adamsberg aspettava in pacifica compagnia di Josselin che arrivasse la guardia del corpo dagli occhi azzurri. Con loro c'era l'asino, anzi, l'asina che, placida, mangiava biada e ogni tanto strofinava la testa contro quella del commissario. Aveva il dorso grigio chiaro, la pancia e le zampe bianche.

– È una bella bestia, e mansueta, – disse Josselin.

– È perfetta.

La guardia, in borghese dato che non era in servizio, gli venne incontro di corsa, impaziente di scoprire la sua «idea di vita» finalmente avviata. Cinse l'asina per il collo e le accarezzò con vigore la criniera, ammirato, già conquistato. Se l'intelligenza degli occhi puri della guardia non si era riverberata nello sguardo del giovane animale, il suo affetto si era indiscutibilmente trasmesso.

– Grazie, signor de Chateaubriand, grazie commissario.

In preda a una gioia incontenibile, si affrettò a consegnare i trecentoventi euro che era costata l'asina.

– Ho spuntato un buon prezzo, – disse Josselin. – Il proprietario ne voleva trecentosessanta, perché è una bestia robusta, lo vedrà. Andiamo a metterla nel campo e presentarla ad Armonica?

Alla guardia si accesero gli occhi in quel modo cosí particolare e i tre uomini si avviarono, seguiti dall'asina che ogni tanto si fermava a brucare qui e là lungo la strada.

– So già come la chiamerò, – disse la guardia. – Visconte. È un nome maschile, lo so, ma ci tengo. Va bene, vero? Pare che la chiamino cosí.

– Ma io non sono un visconte, – obiettò Josselin col suo lieve sorriso.

– Neanche lei, – disse la guardia accarezzando la sua asina. – È appunto questo il bello.

E lungo il sentiero alberato che stavano percorrendo Adamsberg sentí la guardia tutta felice che ripeteva tra sé: – Che forza, un dolmen.

Nota al testo.

La citazione a p. 21 è tratta F.-R. de Chateaubriand, *Memorie d'oltretomba*, a cura di I. Rosi e F. Vasarri, trad. di I. Rosi, F. Martellucci e F. Vasarri, Einaudi, Torino 2015, vol. I, libro III, cap. 2, p. 81.

Questo libro è stampato su carta contenente fibre certificate FSC®
e con fibre provenienti da altre fonti controllate.

FSC
www.fsc.org
MISTO
Carta da fonti gestite in maniera responsabile
FSC® C115118

Stampato su carta HOLMEN con fibra vergine
proveniente da foreste sostenibili
www.holmen.com/paper

Stampato per conto della Casa editrice Einaudi
presso ELCOGRAF S.p.A. - Stabilimento di Cles (Tn)
nel mese di giugno 2024

C.L. 26355

Edizione							Anno			
1	2	3	4	5	6		2024	2025	2026	2027